DREW MURRAY

Die Quantum-Mission

DREW MURRAY

DIE QUANTUM MISSION

THRILLER

Aus dem Englischen
von Wolfgang Thon

blanvalet

Die Originalausgabe erschien 2020 unter dem Titel
»Broken Genius« bei Oceanview Publishing, Longboat Key.

MIX
Papier aus verantwortungsvollen Quellen
FSC
www.fsc.org
FSC® C014496

Klimaneutral*
Druckprodukt
ClimatePartner.com/14044-1912-1001

Penguin Random House Verlagsgruppe FSC® N001967

1. Auflage 2021

Redaktion: Peter Thannisch
Umschlaggestaltung und -motiv: © Johannes Frick
unter Verwendung von Motiven von iStock.com
(© Lorado, © Amguy)
HK · Herstellung: sam
Satz: KompetenzCenter, Mönchengladbach
Druck und Einband: GGP Media GmbH, Pößneck
Printed in Germany
ISBN 978-3-7341-1000-9

www.blanvalet.de

Für Christine

1

10. März 2011

In der Nacht, in der ich nach Japan fliegen sollte, ahnte ich nicht, wie wenig Zeit ich vor meiner persönlichen Apokalypse noch haben sollte. Hätte ich es gewusst, hätte ich eines anders gemacht. Es ist die eine Sache, die mich nachts aufweckt, die Zähne so fest zusammengebissen, dass sie fast zu splittern drohen. Das eine, mit dem ich meine Hände mit Blut besudelt und mein Konto mit einem Tod belastet habe. Das eine, das mich nicht loslässt.

Ein Fehler, den ich gemacht habe.

Schon klar, ich weiß, wir alle machen Fehler und so weiter. Aber ich normalerweise nicht. Ich habe meine erste Firma gegründet, bevor ich Auto fahren konnte. Die Firma, die mich aber wirklich berühmt gemacht hat, die weltweit bekannt wurde, kam später. Sie heißt CastorNet und wurde schon vor dem Börsengang auf über eine Milliarde Dollar geschätzt. Eine solche Firma ist nicht mehr ganz so selten wie früher, aber die Leute merken immer noch auf, wenn sie von einem Zwanzigjährigen geleitet wird.

Doch das reichte mir nicht. Ich wollte einen Platz in den Geschichtsbüchern. Darum wollte ich in dieser Nacht nach Japan fliegen, um einen Deal abzuschließen, der meinen Namen in eine Reihe mit denen von Jobs, Gates und Zuckerberg setzen würde.

Später, wenn alles über die Bühne gegangen war, würde ich in meinem Privatjet eine Flasche Cristal köpfen. Gerade aber nippte ich stattdessen an einem faden grünen Smoothie und hockte mit einem langhaarigen, bärtigen Kerl im Dunkeln vor einem Computerbildschirm, während ich versuchte, mir das FBI vom Hals zu schaffen, ohne alles zu vermasseln.

»Die Schadsoftware wurde implementiert und geht jetzt online«, sagte der haarige Bursche. Der helle Monitor beleuchtete seinen zerzausten Bart und verlieh ihm in der dämmrigen Kabine ein unheimliches Profil. »Was willst du den Leuten von Fukushima Semiconductor sagen, warum du nicht dort auftauchst, um die Übernahme abzuschließen?«

Jack Walton. Meine rechte Hand und mein ältester Freund. Ein brillanter Programmierer, aber wie schon der legendäre Wozniak hatte auch er keinen Sinn fürs Geschäft. Der Aufbau von CastorNet war allein mein Werk. Und er war der Einzige, dem ich diese Sache anvertrauen konnte, denn auch wenn wir es in Absprache mit dem FBI taten, wenn etwas davon durchsickerte, wäre das ein Desaster.

»Ich schaffe es schon noch rechtzeitig dorthin, um den Deal abzuschließen. Ich nehme den Jet, wenn wir hier fertig sind. Ich hab nur keine Zeit, im Hotel einzuchecken, deshalb muss ich am Flughafen duschen.«

»Ein wahrhaft heroisches Opfer, wenn man bedenkt, dass dich dieser Deal zum Milliardär machen wird«, meinte Jack, dem der Widerwille in meinem Tonfall aufgefallen war. »Aber zunächst mal – wer auch immer dieser Kerl ist, wir müssen ihn finden.«

»Werden wir. Sobald dieser FBI-Typ ... Wie heißt er noch gleich? Salazar irgendwas ...«

»Burke.« Jack verdrehte die Augen. »Special Agent in Charge Salazar Burke.«

»Wie auch immer.« Ich machte eine abfällige Handbewegung. »Danach machen wir mit Fukushima weiter, während Burke die Lorbeeren für unser Genie einheimst.«

Der Mann von der L.-A.-Außendienststelle des FBI war mit einem Problem vor unserer Tür aufgetaucht. Dieser kranke Drecksack Bruce Sterling hatte ein Mädchen namens Kate Mason aus ihrem Bett im College gekidnappt. Laut FBI hatte er schon andere Mädchen entführt, die alle tot aufgefunden worden waren. Und jedes Mal hatte er die Perversitäten, die er ihnen antat, live gestreamt, und dafür hatte er unsere Software benutzt. Noch hatten die Medien keinen Wind davon bekommen, aber das konnte sich jederzeit ändern.

Die negative Presse wäre schlimm für uns gewesen, aber ich war sicher, dass Ace Prior, unser Betriebsmanager, die Sache unter Kontrolle bekommen konnte. Er kann gut mit Kameras und bleibt stets gelassen.

Burke hatte mir und Jack Fotos von Sterlings früheren Opfern gezeigt. Es ist leicht, sich moralisch überlegen zu geben, wenn es nur um Ideale geht, um Wörter auf einer Seite oder um eine Firmenphilosophie. Aber wenn man Dinge sieht, wie Burke sie uns gezeigt hat, verändert dich das. Es trifft dich auf einer weit tieferen Ebene als dem Intellekt. Es zielt direkt in den Teil deines Gehirns, der sich von einem pelzigen kleinen Säugetier weiterentwickelt hat, dessen einziger Antrieb es war, die Angriffe von Raubtieren zu überleben.

Burke erklärte uns, dass er Sterling finden müsse, bevor er all diese Dinge auch Kate antat. Wer Kate war oder woher sie kam, spielte für mich keine Rolle. Sieht man, dass jemandem so etwas Grauenvolles angetan wird, will man helfen. Das heißt aber nicht, dass man gleich alles wegwirft, was man in jahrelanger Arbeit aufgebaut hat. CastorNets kostbarste Produkte waren sichere private Nachrichten und ebenso sicheres Livevideostreaming. Wenn also jemand herausfand, was Jack und ich für das FBI taten, waren wir erledigt.

»Will, der Marketing-Push von Privacy startet morgen.« Jack zupfte an seinem Bart. »Bist du sicher, dass nicht herauskommt, dass wir eine Hintertür …«

»Nenn es nicht Hintertür!«

»Wie soll ich es dann nennen?«

»Falltür.«

»Es reicht nicht, dass du es einfach umbenennst, Will. Es ist…«

»In derselben Minute, in der diese Sache hier vorbei ist, löschen wir die Falltür«, unterbrach ich ihn und überprüfte die Zeit auf meinem iPhone. »Schmuggel den Patch in ein wichtiges Update und schick ihn morgen raus.«

»Schick mir den Patch, dann pack ich ihn in die Warteschleife.«

»Du hast ihn schon. Er liegt im selben Verzeichnis wie die Änderung der Schadsoftware.«

Das ist der Grund, warum ich vor Ort sein musste. Um sicherzugehen, dass die Sache wirklich erledigt wurde. Entwickler, selbst so brillante wie Jack, brauchen Führung.

»Ich hab ihn nicht«, antwortete Jack. »Du hast selbst die Veränderung an der Software vorgenommen.«

In meinem Magen bildete sich ein Knoten.

Bei dem letzten Push auf Version 1.0 hatten wir die erste Betaversion in einem Programmiermarathon fertiggestellt. Damals hatten viele meiner Mitarbeiter von zu Hause aus gearbeitet, denn Jack hatte mich davon überzeugt, dass es ihnen dann leichter fallen würde, vierundzwanzig Stunden durchzuarbeiten. Ich war der Meinung gewesen, dass es die Leute nur leichter ablenken würde.

Also hatte ich eine Routine in unsere Software implementiert, um die Entwickler zu beobachten. Sie schoss mittels Webcam ein Foto und versah es mit der Botschaft: »Lass dich nicht ablenken. Geh zurück an die Arbeit!«, zusammen mit dem präzisen, aktuellen Aufenthaltsort der betreffenden Person.

Ich fand das damals komisch. Jack nannte es demotivierend. Wie auch immer. Es hatte funktioniert.

Und jetzt benutzten wir diese App, um Sterlings Position zu bestimmen, die wir dann ans FBI weitergeben würden. Eine schnelle Veränderung des Codes sollte verhindern, dass die Message auf Sterlings Bildschirm aufpoppte, denn dann würde er natürlich sofort wissen, dass jemand ihn gefunden hatte. Was würde er Kate dann wohl antun? Und wem würde er alles von unserer »Falltür« erzählen?

»Ich hab die Veränderung nicht vorgenommen.« Ich schluckte schwer. Jack würde mir bestimmt gleich sagen, dass er mich missverstanden habe und alles in Ordnung sei. »Ich war den ganzen Tag mit dem Fukushima-Deal beschäftigt. *Du* hast die Veränderung an der Schadsoftware vorgenommen.«

»Ich weiß genau, was ich gemacht hab, Will, und ich habe nichts am Programm verändert. Es ist *dein* Trojaner, nicht meiner. Das hab ich dir gesagt, nach dem täglichen Stand-up-Meeting.«

»Aber du hast den Code getestet!«

»Es gab keinen Test!« Jack tippte wie verrückt, um den Code aufzurufen. »Warum sollten wir *dei-*

nen Code prüfen? Du bist ein Genie. Du hasst es, wenn ich deine Codes checke.«

Ein gutes Argument. Und vollkommen wahr.

»Dann änder ihn jetzt«, sagte ich und beugte mich über seine Schulter. »Schnell!«

»Bin schon dabei.« Er tippte so hart auf die Tastatur, dass die leere Dose Red Bull auf dem Tisch klapperte. Auf dem Bildschirm tauchte plötzlich ein Schwarm aus Text und Zahlen im Editor auf. »Okay, das ist der Code – wohin muss ich?«

Ich schob Jacks Stuhl zur Seite. »Ich mach es selbst. Ruf du Burke an. Sag ihm, wir brauchen mehr Zeit.«

Jeden Moment konnte Sterling die Falltür auslösen, und nur Sekunden später würde die Botschaft auf seinem Bildschirm aufpoppen. Die Fotos von Sterlings Opfern zuckten in einer stakkatoartigen Slideshow an meinem inneren Auge vorbei, während ich den Code überflog. Ich würde nur eine Minute brauchen, um die Pop-up-Message zu unterdrücken und dann das Update auf Sterlings Computer zu schicken. Das war zwar brachial, aber es würde funktionieren.

Ich erinnere mich an jede App, die ich jemals geschrieben habe, und auch diese bildete keine Ausnahme.

Meine Finger flogen über die Tasten, ich fand das Message-Modul und begann damit, es auszukommentieren.

Bevor ich jedoch fertig war, hörte ich das unverwechselbare Trillern. Es war ein spezieller Klingelton, den ich auf meinem Handy eingerichtet hatte. Er informierte mich, dass ich wieder einen lustigen Webcam-Shot von einem Praktikanten erhalten hatte. Nur war es diesmal kein Praktikant und ganz sicher alles andere als lustig.

Meine Finger erstarrten eine Sekunde über der Tastatur, während mein Verstand die Möglichkeit beschwor, dass ich das Trillern vielleicht gar nicht gehört hatte.

»Ist es gerade passiert?«, fragte Jack von der anderen Seite des Schreibtischs. Er hatte sein Handy in der Hand, und seine Frage zerstörte meine hoffnungsvolle Illusion.

Ich stieß mich von der Workstation zurück, und der Knoten in meinem Bauch löste eine Welle von Übelkeit aus. Ich zog mein iPhone heraus. Ich hatte eine Botschaft erhalten.

Das Foto zeigte einen Raum, der aussah wie das nicht ausgebaute Kellergeschoss eines alten Hauses. Vor einer Betonmauer stand ein leerer Stuhl, und am oberen Rand des Bildes waren gerade noch die Deckenbalken auszumachen. In der Ecke war die Box mit der »Geh zurück an die Arbeit!«-Botschaft, mit IP-Adresse und der genauen Position auf einer Karte. Die App hatte funktioniert.

Aber ohne die Änderung, an der ich gerade so fieberhaft gearbeitet hatte, stand dieselbe Botschaft, auf die ich jetzt blickte, auch auf Sterlings Bildschirm.

»Was machen wir jetzt?« Jacks haariges Gesicht war blass geworden. Im bläulichen Licht des Monitors sah er aus wie eine Leiche.

»Ist das stumm geschaltet?« Ich deutete flüsternd auf das Telefon in seiner Hand.

»Klar«, sagte Jack.

»Sicher?«

»Ja!«

»Dann machen wir nichts.«

»Was?« Jack starrte mich zweifelnd an.

»Was können wir denn tun? In dem Moment, in dem Sterling den Computer betätigt, verschwindet die Botschaft, und keiner wird jemals etwas erfahren.«

»Ist das dein Ernst, Will? Was ist mit dem Mädchen?«

»Schick Burke dorthin!« Ich gab ihm mein iPhone mit den Koordinaten der Position.

»Und wenn sie es nicht rechtzeitig schaffen?«

»Sag ihnen, sie sollen sich beeilen!«

Burke hatte den Anruf offenbar angenommen, denn Jack fing plötzlich an, sehr schnell zu reden.

Ich rief die Livestreamkonsole auf und tippte Sterlings ID ein. Er war online, aber inaktiv. Vielleicht hatte er seinen Computer hochgefahren und war weggegangen.

Ein roter Button wechselte auf Grün und zerstörte alle meine Hoffnungen. Er lud einen Livefeed hoch.

Meine Finger schwebten über der Maus. Ich wollte aufstehen, einfach davonlaufen, doch das tat ich nicht. Ich musste das alles irgendwie unter Kontrolle bekommen. Ich brauchte nur Zeit, das war alles.

»Burke sagt, ein Einsatzkommando der örtlichen Polizei ist auf dem Weg«, erklärte Jack. »Aber es wird ein paar Minuten dauern.«

Ich klickte den Button an. Der Videostream wurde geladen. Der Stuhl vor Sterlings Computer war immer noch leer.

»Ist das live?« Jack war um den Schreibtisch herumgeflitzt, hinter mich getreten, blickte mir über die Schulter. »Können wir was hören?«

Ich streckte die Hand aus und drehte die Lautstärke der teuren Referenz-Aktivlautsprecher an, die ich für jede Workstation im Büro spendiert hatte; das gab es nicht mal bei Facebook. Wir hörten das Geräusch eines Ventilators. Es wurde perfekt wiedergegeben, aber es war nur ein Hintergrundgeräusch.

»Siehst du, er ist nicht mal da.« Ich klatschte in die Hände. »Wenn der Stream per Autostart aktiviert wurde, ist die Message vielleicht schon verschwunden.«

Ich versuchte, meine Atmung zu kontrollieren. Ich hatte Ähnliches schon häufiger erlebt, hatte am Rand einer Katastrophe gestanden, aber letztendlich war ich immer noch davongekommen, und es gab keinen Grund, dass es diesmal anders sein würde.

Jack und ich starrten schweigend auf den Bildschirm. Eine Minute. Zwei. Zehn. Wir beobachteten, wie die Minuten auf der Zeitangabe in der Ecke des Bildschirms heruntertickten. Wo blieb das verdammte Einsatzkommando?

Dann hörten wir ein neues Geräusch. Ein dumpfes Schaben, etwas wurde über den Boden gezerrt, und Metall kreischte auf Beton; die teuren Lautsprecher gaben es perfekt wieder.

Eine Person trat rückwärts ins Bild. Ein großer Kerl in einem Golfhemd mit Schweißflecken unter den Achseln. Er wirkte ungepflegt, dreckig. Ich verzog angewidert das Gesicht.

Der Mann drehte sich um und trat zurück, womit er den Blick auf einen anderen Stuhl freigab. Der war aus Metall. Und der war nicht leer. Ich erkannte Kate Mason aufgrund der Fotos. Sie war gefesselt und geknebelt, und ihre Augen waren so groß wie Golfbälle, drohten ihr fast aus dem Kopf zu springen. Ihre Brust hob und senkte sich schnell, so panisch atmete sie. Sie zerrte an dem Seil, mit dem sie an den Stuhl gefesselt war. Solche Seile kannte ich. Es war ein mehrlagiges Seil aus einer Kletterhalle.

»Sag Burke, er soll sich beeilen!«, schrie ich. Meine Stimme brach.

Die Tür hinter uns wurde geöffnet, und ein großer, dürrer Mann steckte den Kopf in den Raum. Ace Prior.

»Will, ich glaube, du musst die Nachrichten anmachen. Es geht um Japan.« Seine Stimme hatte einen beschwörenden Unterton, aber dafür hatte ich gerade keine Zeit.

»Jetzt nicht!«, schrien Jack und ich unisono.

Ace hob seine Hand und verschwand.

Jack nahm wieder das Telefon und flehte Burke an, sich zu beeilen. Auf dem Bildschirm zog Sterling den leeren Stuhl ins Bild und setzte sich darauf. Dann schlang er seinen Arm um Kates Schultern wie ein großer Bruder. Nein, dafür war es zu intim. Wie ein Freund. Es lief mir eiskalt über den Rücken, und ich rutschte auf meinem Stuhl hin und her.

»Das Einsatzkommando braucht noch eine Minute«, erklärte Jack. »Sie gehen gerade in Position.«

Bruce Sterlings dreckige Visage verzerrte sich zu einem Grinsen, das überraschend weiße und perfekte Zähne zeigte. Ich mahlte mit dem Kiefer und zuckte vor dem Bildschirm zurück. Etwas an diesem Grinsen löste in mir den Drang aus, den faden grünen Smoothie auszukotzen.

Bitte beeilt euch, wiederholte ich unaufhörlich in meinem Kopf. Noch war Zeit. Natürlich war Zeit! Das Einsatzkommando war schließlich vor Ort, verflucht! Was hielt sie so lange auf?

Sterling beugte sich zur Kamera vor, blickte direkt in die Linse, und sein Blick durchbohrte selbst aus tausend Meilen Entfernung meine Seele. Er räusperte sich und leckte sich die Lippen, wie ein Raubtier, das sich auf ein Festmahl freute.

»Ich bin nicht abgelenkt«, sagte er und zwinkerte. »Gehen wir wieder an die Arbeit.«

Geh wieder an die Arbeit! Die Message. Er hatte sie gesehen! Die Zeit war abgelaufen.

»Sag ihnen, sie sollen zuschlagen!«, schrie ich Jack zu. »Jetzt! Sie müssen sofort handeln!«

Sterling lehnte sich zurück, umarmte Kate wieder auf diese intime Weise. »Also, was meinst du, Kate? Bist du mein Opus? Mein letztes Meisterstück? Warum treten wir nicht mit einem Crescendo ab?« Seine Augen funkelten vor Erregung.

Er hob die Hand. Sie hielt ein langes, brutal wirkendes Küchenmesser. Er beugte sich vor und liebkoste Kates blassen, makellosen Hals, drückte ihr die Klinge an die Brust, die sich weiterhin hastig hob und senkte.

Ich schlug die Hände vors Gesicht, konnte aber nicht anders, als zwischen meinen Fingern hindurchzulinsen.

»Sie gehen jetzt rein!«, rief Jack. »Sie gehen rein!«

Ich hörte aus diesen blöden teuren Lautsprechern ein entferntes Krachen, dem das dumpfe Knallen von Schüssen folgte. Aber das Messer blitzte noch einmal auf, und es war zu spät.

»Mein Gott!«, stöhnte Jack hinter mir.

Ich schrie. Ich weiß, dass ich geschrien habe, aber

bis zum heutigen Tag kann ich mich nicht daran erinnern, was. Vielleicht war es nur ein wildes, schmerzerfülltes Heulen, keine Worte, nur der Ausdruck der Gefühle, die mich in diesem Augenblick überschwemmten. Aber ich weiß noch, dass es laut war. Ich hatte einen dummen Anfängerfehler gemacht, weil ich den Code nicht überprüft hatte. Und deshalb musste ich jetzt zusehen, wie eine junge Frau ihren letzten Atemzug tat. Und all das Blut, so viel Blut.

Die Tür zu Jacks Büro wurde erneut geöffnet. »Will. Jack. Ihr müsst euch das ansehen!«

Es war wieder Ace. Er wirkte aufgeregt. Trotz seines äußerlich so ruhigen Verhaltens hatte Ace eine sture Art. Es war allgemein bekannt, dass er sich oft genug schlicht weigerte, ein Nein als Antwort zu akzeptieren. Und seinen verschränkten Armen nach schien es eines dieser Male zu sein.

»Nicht jetzt!«, keuchte ich.

Jack war zu sehr damit beschäftigt, in seine Handfläche zu schluchzen, um überhaupt etwas hervorbringen zu können.

»Doch, *genau* jetzt!«, sagte Ace. »Du sagtest doch, Fukushima Semi läge direkt neben dem Kernkraftwerk, richtig?«

»Was?« Ich konnte einfach nicht geistig umschalten, um zu kapieren, wovon er da redete.

»Vor Japan gab es ein Erdbeben«, fuhr Ace unbeirrt fort.

»Ja, und? Die gibt es dort dauernd.« Aus den Referenzlautsprechern drangen weitere Schüsse und gedämpfte Schreie, als das Einsatzkommando den Raum stürmte. Ich streckte die Hand aus und drehte die Lautstärke herunter.

»Spielt ihr da etwa Videospiele?« Ace hob fassungslos die Hände.

»Nein!«, presste ich durch die Zähne hervor.

»Also … dieses Erdbeben hat einen Tsunami ausgelöst«, erklärte Ace. »Einen ziemlich großen. Und der hat gerade das Fukushima-Daiichi-Kernkraftwerk getroffen. Im Reaktor gibt es eine Kernschmelze.«

Ich schnappte mir den Mülleimer unter Jacks Schreibtisch gerade noch so rechtzeitig, um damit die grüne Smoothie-Kotze aufzufangen.

Ace ging rückwärts aus dem Zimmer. Sein Job war erledigt. Er hatte die Botschaft überbracht.

Während ich würgend nach Luft rang, wurden mir zwei Sachen mit absoluter Gewissheit klar: Erstens würde ich niemals diese Bilder von dem, was Sterling getan hatte, aus dem Kopf bekommen. Und zweitens würde mein Name niemals neben Jobs, Gates und Zuckerberg stehen.

2

Gegenwart

Ein Klingelton dringt aus einem Lautsprecher auf der Kommode und hallt von den hohen Glaswänden wider. Das Signal der Achtsamkeits-App erinnert mich an einen Tempel in Okinawa und verjagt erneut die Dämonen, die mich im Schlaf heimsuchen.

Ich atme langsam und gleichmäßig. Ein. Aus. So wie ich es gelernt habe. Ich rufe mir den Geruch von Zypressen und Weihrauch in Erinnerung, das Gefühl von Bambus unter meinen nackten Füßen, den salzigen Geschmack der Seeluft. Dann schiebe ich mit jedem Atemzug die Erinnerungen beiseite, eine nach der anderen, bis nur noch meine Atmung übrig ist.

Ruhe breitet sich in jedem Winkel meines Geistes und meines Körpers aus. Meine Schultern entspannen sich, der Schlag meines Herzens wird langsamer. Die Gedanken an Bruce Sterling und Fukushima werden zurückkommen, das tun sie immer, aber einstweilen herrscht Friede.

Mein Handy vibriert in meinem Schoß und zerstört die Ruhe.

Ich öffne die Augen. Der Raum ist dunkel, und der Mond spiegelt sich auf dem Ozean. Gedämpftes Licht fällt durch die deckenhohen Glasfenster rund um mein Schlafzimmer. Die Zeitangabe auf dem Handy sagt, dass es zu spät für den Abend und zu früh für den Morgen ist.

Es ist die Nummer des FBI-Hauptquartiers in Washington. Ich wische den Button zur Seite und nehme den Anruf an.

Siebeneinhalb Minuten später bin ich geduscht und angezogen, und ich habe mir diesen niedlichen Reiserucksack, den ich von Kickstarter bekommen habe, auf den Rücken geschnallt. Als ich hinaus in die Nacht trete, umhüllt mich eine warme südkalifornische Brise, die vom Pazifik her kommt. Die großen Eichentüren schließen sich hinter mir mit einem befriedigenden Knacken des Magnetschlosses. Auf meiner Auffahrt wartet bereits ein Wagen des FBI.

»Nette Hütte.« Der Fahrer blickt an der ultramodernen Ansammlung von Beton und Glaskästen hoch. Ein junger Kerl. Weißes Hemd, schwarze Krawatte. Eindeutig ein Mitarbeiter des FBI. »Wem gehört sie?«

»Mir.« Ich werfe meinen Rucksack auf den Rücksitz und steige vorn ein.

»Moment mal, mir hat man erzählt, Sie wären Agent.«

»Special Agent.«

»Verflucht, die Gehaltsstufe für *Special* Agents ist offensichtlich echt eine andere«, bemerkt er, dann lenkt er den Wagen die lange Auffahrt hinab.

Solche Kommentare höre ich nicht zum ersten Mal. Und das hier wird auch nicht das letzte Mal sein. Ich habe vielleicht Silicon Valley den Rücken gekehrt, aber nicht dem Komfort, den ich mir dort angewöhnt habe.

Nach dem Vorfall mit Sterling brauchte ich eine Veränderung. Ich habe sehr lange nur *genommen* und musste danach einfach etwas *geben*. Mein Geld verschenken? Keine Chance. Mir gehört immer noch ein sehr großer Teil von CastorNet, aber geleitet wird die Firma jetzt von jemand anderem.

Eine sehr verschlungene Straße hat mich dorthin geführt, wo ich jetzt bin, und ich gebe dem FBI etwas weit Wertvolleres als Geld: meine Zeit und meine Talente.

Theoretisch arbeite ich in der Abteilung für Cyberkriminalität, aber letztlich werde ich bei jedem größeren Fall gerufen, der eine technische Komponente hat.

Doch selbst für mich ist ein Weckruf des Stellvertretenden Direktors Burke mitten in der Nacht, gefolgt von einem Flug in einem FBI-Jet, höchst ungewöhnlich. Und ich steh auf höchst ungewöhnlich.

»Große Sache?«, erkundigt sich der Fahrer.

»Mord.« Ich belasse es dabei.

Dieser Fall stinkt nach Prominenz, aber Burke wollte nicht sagen, worum genau es geht. Nur so viel, dass die Sache oberste Priorität hat und extrem heikel ist. Ich solle einfach ins Flugzeug steigen. Ein anderer Agent würde mich am Zielort abholen. Wie ich Burke kenne, ein höherer FBI-Beamter, der das Sagen haben wird.

Burke lässt mich nicht gern allein arbeiten. Das verstehe ich. Das FBI hat das Prinzip von Struktur und Prozedere zur Kunstform erhoben, und Burke ist ein Produkt dieses Umfelds. Da ist es ganz natürlich, dass wir hinsichtlich meiner Vorgehensweise meist nicht einer Meinung sind. Ich nenne sie effizient, während er mein Verhalten als undiszipliniert bezeichnet. Was ihn aber wirklich nervt, ist, dass ich damit immer wieder Erfolge erziele.

Es herrscht zu dieser Nachtzeit selbst in L. A. nur wenig Verkehr. Aber irgendwo dort draußen in der Dunkelheit ist jemand ermordet worden. Wer? Burke hat es nicht gesagt, doch um wen auch immer es sich handelt, es geht um mehr als um Mord. Dass mich der Stellvertretende Direktor mitten in der Nacht in ein Flugzeug des FBI setzt und dafür zehn verschiedene Protokolle überspringt, lässt darauf schließen, dass Politik mit im Spiel ist.

Wie auch immer, ich werde es bald genug erfahren. Bis dahin ruhe ich mich aus.

Stunden später, als die Sonne gerade über den Horizont klettert, landet das Flugzeug auf einem mittelgroßen Flughafen. Die Gulfstream war okay. Ich selbst hatte eine etwas schickere, aber schon klar, die Regierung ist bescheiden, und luxuriöse Ausstattung oder nicht, ich weiß, was eine Flugstunde kostet. Jemandem ist es wirklich wichtig, dass ich jetzt hier bin.

Das Flugzeug rollt in einen Hangar weit weg vom Terminal. Ich sehe Zäune, Lagerhäuser ohne Schilder oder Beschriftung. Keine Bäume. Dicke grüne Gräser wachsen in den Ritzen von Betondecke und Asphalt. Als die Kabinentür geöffnet wird, atme ich tief feuchte, aber keineswegs brütend heiße Luft ein. Meine Welt sind New York und Kalifornien. Das hier ist keins von beiden, sondern irgendwas dazwischen.

Wieder wartet ein Wagen auf mich, diesmal ein Dodge Charger. Grau. Mit einer Beule an der hinteren rechten Ecke. Kennzeichen von Indiana. Keine verdeckten LEDs im Grill oder am Dachhimmel, also ist er nicht vom FBI. Ein Mietwagen.

Daneben steht ein großer, gut gebauter Afroamerikaner. Den Rücken hat er stocksteif durchgedrückt, der Schlips flattert im Wind. Thomas Decker.

»Will Parker, wie er leibt und lebt«, begrüßt er mich mit einem Lächeln, mit dem Autoverkäufer suggerieren: *Du kannst mir vertrauen.*

»Decker. Wie hat man Sie aus New York rausgelockt?«

»Ich liebe das Landleben«, erwidert er und drückt meine Hand so fest, dass ich meine Finger ausschüttle, als er loslässt. »Wie läuft's in L. A.?«

»Ist immer noch nicht im Ozean versunken.«

»Ist ja noch Zeit.« Er öffnet den Kofferraum des Charger. »Geben Sie mir Ihren Rucksack.«

Während er meinen Kickstarter-Bag im Kofferraum verstaut, rufe ich mir ins Gedächtnis, was ich über Decker weiß. Geboren in Chicago, aufgewachsen in New York City. Footballfan. Ist Anhänger der Chicago Bears, ansonsten ein echter New Yorker. Nach der Highschool Militär. Anschließend College mit GI-Stipendium. Danach FBI. Soweit ich gehört hatte, zuletzt tätig als Special Agent im New Yorker Büro, Abteilung Spionageabwehr. So jemanden erwartet man nicht gerade in Indiana.

»Worum geht's?«, erkundige ich mich. »Weshalb bin ich hier?«

»Um dem Gesetz Gültigkeit zu verschaffen und der Gerechtigkeit zu dienen.«

Ach ja, und er ist auch ein ziemlicher Korinthenkacker.

Wir steigen in den Charger, und ich werfe einen sehnsüchtigen Blick zurück auf die Gulfstream. Sie fährt bereits wieder die Turbinen hoch. Ich werde wohl eine Weile bleiben.

»Burke sagte, es hätte einen Mord gegeben.«

»Korrekt.« Decker tritt aufs Gas, und der Charger lässt dröhnend den Hangar hinter sich. »Das Opfer ist weiß, männlich, vierzig Jahre alt. Souvenirverkäufer auf irgend 'ner Comic Con, die dieses Wochenende hier stattfindet.«

Eine Comic Convention? Süß. Ich frage mich, wie wohl die Gästeliste aussieht. Selbst kleine Messen ziehen sich heutzutage irgendwelche halbwegs anständigen TV-Talente an Land. Vielleicht ist es gar nicht so schlecht, dass ich hier eine Weile festsitze.

»Die Security hat die Leiche um vier Uhr dreißig heute Morgen in einem der Waschräume entdeckt«, fährt Decker fort. »Jemand hat dem Mann den Schädel eingeschlagen. Überall Blut. Die Todesursache ist offenbar stumpfe Gewalteinwirkung gegen den Kopf, aber wir warten noch auf die Bestätigung durch den Autopsiebericht. Der sollte bis Mittag da sein.«

Bis Mittag? Die Sache ist eindeutig politisch. Selbst in L. A. dauern Autopsien länger. Irgendjemand hat in diesem Fall richtig Dampf gemacht.

»Zeugen?«

»Nein. Es ist irgendwann in der Nacht passiert, als das Convention Center schon geschlossen hatte.«

»Und man hat ihn erst heute Morgen um halb fünf gefunden?«

»Die Security macht alle paar Stunden ihre Runde, aber hauptsächlich schlendern sie durch die Gegend.« Decker schüttelt missmutig den Kopf.

»Nun gut, einem Messeverkäufer wird irgendwann mitten in der Nacht der Schädel eingeschlagen. Warum ist das ein Fall für die Bundespolizei?« Ich lehne mich auf dem Sitz zurück und setze eine Maui-Jim-Sonnenbrille auf, während der Charger auf den Highway fährt. Ich laufe immer noch auf L.-A.-Zeit, und in L. A. ist es noch früh.

In der folgenden Pause wählt Decker seine Worte sehr genau. Da haben wir sie, die Nebelwand. Diese Jungs von der Spionageabwehr sind alle gleich. Hüllen alles, was sie tun, in Geheimnistuerei. Selbst vor anderen Agenten desselben Vereins. Er wird mir nur das sagen, was ich seiner Meinung nach wissen muss.

»Der Kerl hinter dieser Messe ist ein prominenter Geschäftsmann und gehört zur hiesigen Society. Als die örtliche Polizei die Veranstaltung dichtmachen wollte, ist er fast ausgeflippt und hat ein paar Anrufe getätigt.«

»Müssen aber ziemlich teure Anrufe gewesen sein, wenn er damit einen Stellvertretenden Direktor des FBI aus dem Bett holen kann.«

Wir fahren eine Weile schweigend weiter, während sich Decker auf den Verkehr konzentriert. Schließlich verlässt er den Freeway und steuert den Wagen durch belebte Straßen. An einer roten Ampel hält er an.

»Wer ist dieser Kerl?«, bohre ich weiter. »Welche Beziehungen hat er?«

»Soweit ich weiß, ist er mit dem Generalbundesanwalt auf die Highschool gegangen.«

Wir spielen also Schoßhunde für irgendeinen alten Teeniekumpel des Generalbundesanwalts? Wo ist der Haken? Wofür braucht man in diesem Fall mein Techniktalent? Und Decker? Falls der Tote kein Spion war, gibt es keinen triftigen Grund für seine Anwesenheit. Er sagt mir nicht alles.

»Warum übernimmt die hiesige Außendienststelle nicht den Fall?«, frage ich.

Decker wirft mir einen Blick zu, versucht mich abzuchecken, aber meine Augen sind hinter den spiegelnden blauen Maui-Jim-Linsen verborgen. Es wird grün, und er gibt Gas.

Decker fährt hart und zügig. Vermutlich hat er sich das in Übersee angewöhnt, und man konnte es ihm während seines Warrior-Transition-Trainings nicht rausprogrammieren.

»Okay, also ist er ein Schwergewicht.« Ich bohre weiter. »Warum das FBI? Warum ich? Warum Sie? Sie sind doch immer noch bei der Spionageabwehr, richtig?«

»Das könnte ich Ihnen verraten, aber danach müsste ich Sie umbringen.« Er feixt und beobachtet mich aus dem Augenwinkel.

»Nun kommen Sie schon, Decker. Ein New Yorker Agent von der Spionageabwehr und ein Agent der Spec-Ops-Abteilung Cyberkriminalität L. A.… Weil jemand 'nem Kerl bei einer Nerdmesse den Schädel eingeschlagen hat?«

Decker sagt kein Wort mehr, während er auf die

Anfahrtsschleife eines Hotels in der Innenstadt einbiegt.

»Wir fahren nicht zum Tatort?« Ich runzle die Stirn.

»Das ist er.«

»Sie sagten, das Opfer wäre im Convention Center ermordet worden.«

»Es gibt einen zweiten Tatort, und der ist hier«, erklärt Decker, steigt aus und drückt dem Valet die Autoschlüssel in die Hand.

Ich verdrehe die Augen und folge ihm. Bei ihm bekommt man nie das ganze Bild, sondern nur Puzzlestücke. Es ist zum Kotzen.

3

In der Lobby nimmt Decker gleich Kurs auf die Aufzüge. Das Hotel ist überraschend luxuriös, mit einem Mahagoni-Empfangstresen und glänzenden Marmorböden, und das Foyer, in dem ein paar Leute herumsitzen und auf das warten, worauf Hotelgäste eben so warten, ist stilvoll möbliert. Ein Ständerschild lädt mich zu einem Besuch der Kaffeebar ein und verspricht mir den besten Kona-Kaffee.

Das ist durchaus verlockend, also biege ich in Richtung Kaffeebar ab.

»Parker, wohin wollen Sie?« Ich kann fast hören, wie Decker die Augen verdreht.

»Treibstoff!«

Er folgt mir in eine abgeschmackte Klitsche mit Tiki-Statuen und holzgetäfelten Wänden, alles im Hawaiistil. Na ja, immerhin die richtige Insel für Kona-Kaffee.

»Sie sollten noch etwas wissen«, sagt Decker.

»Zum Beispiel, warum Agenten der Spionageabwehr und der Cyberkriminalität einen Mordfall untersuchen sollen und nicht ein Agent aus der Abteilung Gewaltverbrechen?«

»Es steckt noch mehr dahinter.«

»Da wette ich drauf.«

Am Tresen gibt es keine Schlange. Ein Mädchen hat ihr Handy vor der Nase und bedeutet uns mit erhobenem Zeigefinger zu warten. Teenager. Keine Tätowierungen oder Piercings. Sie dreht sich leicht weg und scrollt etwas vom unteren Rand des Bildschirms hoch.

»Jagen Sie hier?« Ich ziehe mein Handy hervor. »Irgendwas Seltenes?«

»Nein, nur Taubsis.« Sie blickt kurz zu mir auf. »Aber das ist schon okay. Ich versuche ein Tauboga zu entwickeln, also schnapp ich mir Taubsis, wenn welche reinspazieren.«

»Tauben?« Decker sieht sich um. »Ich sehe hier keine Vögel.«

»Pokémon, Decker.« Ich winke mit meinem Handy.

»Ich dachte, Sie wollten einen Kaffee?«

Das Mädchen schiebt seufzend ihr Smartphone in die Gesäßtasche. »Was kann ich Ihnen bringen?«

»Peaberry«, antworte ich. »Den größten, den Sie haben.«

Sie sieht mich ausdruckslos an.

»Kaffee«, erkläre ich. »Von Hawaii. Kona?«

»Ach so, den haben wir nicht«, antwortet sie. »Aber wir haben einen Tropical Blend. Ist so ziemlich dasselbe.«

Ziemlich dasselbe? So viel dazu. Ich bin mir jetzt

sicher, dass der Besitzer dieser Kaffeebar niemals an der Westküste von Hawaii gewesen ist.

»Kaffee ist Kaffee«, mischt sich Decker ein. »Und alles ist besser als die Brühe, die ich in Kandahar trinken musste. Wir nehmen zwei.«

»Sie bringen mich um, Decker.«

Mit den Kaffeebechern gehen wir zu einem Tisch an einem Fenster, von dem aus wir auf die Straße blicken können. Niemand ist in der Nähe. Es ist sonnig und warm.

»Das Hotelzimmer des Opfers ist oben«, sagt Decker. »Die hiesige Polizei hat es schon unter die Lupe genommen, nachdem sie mit dem Tatort fertig waren.«

»Was haben sie gefunden?«

»Letztes Jahr ist ein neues Landesrecht in Kraft getreten. Alle Tatorte müssen auf Spuren nach MVWs abgeklopft werden.«

»Massenvernichtungswaffen? Ernsthaft? Hier?«

Die Polizei sucht nicht mal in New York oder L. A. ohne einen triftigen Grund nach Massenvernichtungswaffen. Was zum Teufel könnten sie hier gefunden haben? Ich hoffe, nichts Biologisches. Krass, ich hab plötzlich keine Lust mehr, hochzufahren.

Ich nehme einen Schluck Tropical Blend. Wider Erwarten ist er tatsächlich trinkbar. Womöglich bin ich auch einfach nur verzweifelt.

»Vielleicht sind ihre hiesigen Detektoren ja

Schrott«, fährt Decker fort, »aber angeblich hatten sie einen Treffer bei einem leeren Koffer. Er war radioaktiv.«

Der Becher Tropical Blend verhungert auf dem Weg zu meinen Lippen in der Luft. »Radioaktiv?«

»Die Strahlungssignatur passt nicht zu Waffen, aber sie ist identifizierbar. Der Messwert deutet auf ein Objekt hin, das der Strahlung bei dem Atomunfall 2011 in Fukushima-Daiichi in Japan ausgesetzt war.«

Ich stelle den Becher so hastig auf den Tisch, dass der heiße Kaffee über den Rand schwappt. Ich registriere die schmerzhaft heiße Flüssigkeit auf meiner Hand kaum. Decker kann unmöglich andeuten wollen, was ich vermute. Das ist einfach nicht möglich.

Ich schließe kurz die Augen und werde in die Nacht des Tsunami zurückversetzt. Ich erinnere mich daran, wie uns Ace die Nachricht überbracht hat. Und ich erinnere mich auch an Sterlings erwartungsvolles Grinsen, als er Kate Mason das Messer an die Kehle hielt. Die Meldungen »nukleare Katastrophe« und »Kernschmelze« liefen bei CNN unter den Bildern der Zerstörung. Mein Magen verkrampft sich genauso wie damals.

»Jetzt sind Sie wohl plötzlich bei der Sache, stimmt's?« Decker lächelt.

Dieser manipulative Schweinehund. Er genießt es. Er weiß genau, dass der Deal mit Fukushima Semi in jener Nacht geplatzt ist und dass ich mich kurz danach aus CastorNet zurückgezogen habe. Er weiß, dass mir das wichtig ist, und jetzt sorgt er dafür, dass ich weiß, wer hier das Sagen hat.

Aber er weiß nichts von dem Rest der Nacht. Dass ich damals zusehen musste, wie jemand wegen meines Fehlers starb.

Ebenso wenig weiß Decker, dass ich anschließend nach Fukushima geflogen bin und die TEPCO-Arbeiter bestochen habe, damit ich in einem Schutzanzug die radioaktiv verseuchte Zone aufsuchen konnte. Er weiß nicht, dass ich monatelang jedem Gerücht und jeder Spur gefolgt bin, wie dürftig sie auch waren. Und er weiß nicht, dass ich, nachdem ich schließlich zugeben musste, dass es vorbei war, dennoch ein ganzes Jahr nicht den Mut gefunden habe, nach Hause zurückzukehren.

Den Fukushima-Deal zu retten war meine Art, mich für das kolossale Desaster zu entschuldigen, das Kate Mason das Leben gekostet hat. Es war etwas wirklich Gutes für die Welt und hat ein wenig von dem wiedergutgemacht, was ich getan habe. Es spielt keine Rolle, dass ich der Einzige bin, der davon weiß.

»Das Fukushima-Einhorn.« Die Worte aus meinem Mund klingen belegt, so als würde ich mich an einer Fremdsprache versuchen, die neu für mich ist.

Decker nicht. »Sieht so aus.«

Es ist also doch noch nicht vorbei. Mein Verstand rattert die Möglichkeiten durch, und meine Gedanken überschlagen sich, bis sie absolut keinen Sinn mehr ergeben. Ich zwinge mich, ruhig zu atmen. Ein und aus. Finde die Ruhe.

Wir hatten natürlich versucht, den Deal geheim zu halten, aber eine Firma, die so groß und bekannt ist wie CastorNet, kann auf so was nicht den Deckel halten. Es sickerte durch, dass wir kurz davor waren, von einer kleinen Firma in Fukushima, Japan, Quantencomputertechnologie zu erwerben, die einen gewaltigen Entwicklungsschritt bedeutet hätte. Nach dem Tsunami und dem nuklearen Desaster war diese Technologie einfach weg, von der Bildfläche verschwunden. Die Leute nannten die verschwundene Technologie schon bald das Fukushima-Einhorn, weil niemand mehr lebte, der sie je zu Gesicht bekommen hatte. Außer mir.

»Woher wissen wir, dass es nicht schon wieder eine falsche Spur ist?«, frage ich. »Die Leute behaupten seit Jahren, dass sie jemanden kennen, der jemanden kannte, der es gesehen hätte. Es ist zu einer modernen Sage geworden. Deshalb nennen sie es ja auch Einhorn.«

Decker schüttelt den Kopf. »Wie viele Sagen kennen Sie, die radioaktive Spuren hinterlassen? Das Labor hat die Werte bestätigt.«

Nachdem der erste Schock abgeflaut ist, zwinge ich mich dazu, Logik und Vernunft zu aktivieren. Als ich damals nach Fukushima gekommen bin, war alles weg, das Gebäude verlassen und die Leute verschwunden. Als hätte dort nie etwas existiert. Ich suchte sämtliche Evakuierungszentren ab, alle *Ryokans* und *Minshuku* im Umkreis von zweihundert Meilen. Nichts. Ich stieß nur auf Gerüchte.

»Was ist bestätigt?«, entgegne ich. »Dass irgendetwas, was einmal in diesem Koffer gewesen ist, der Strahlung des Fukushima-Daiichi-Unfalls ausgesetzt war? Wissen Sie, ein wie großer Teil der japanischen Landschaft damals verstrahlt worden ist? Alles in der Sicherheitszone war heiß.«

Ich habe mich von Decker aus dem inneren Gleichgewicht bringen lassen, und das ist gar nicht gut. Ich will nicht, dass ein Kerl wie er weiß, welche Knöpfe er bei mir drücken muss, um mich aus der Fassung zu bringen. Zu meiner Verteidigung muss ich sagen, dass er mich in eine Falle hat tappen lassen. Er tut freundlich, aber für ihn bin ich nur ein Bauer in seinem Spiel. Es ist das Beste, ihn vorläufig in diesem Glauben zu lassen.

»Können Sie dieses Risiko eingehen, Will?«

Das kann ich nicht, und das weiß er genau.

»Erzählen Sie mir was über diesen leeren Koffer.« Ich nehme einen großen Schluck aus meinem Kaffeebecher.

»Ein Pelican-Koffer. Ein Hartschalenkoffer mit einem Ausschnitt in der Schaumpolsterung genau in der richtigen Form und Größe für das Einhorn.«

Es klingt plausibel. Das echte Fukushima-Einhorn würde strahlen wie verrückt. Und hätte es jemand mit dem Einhorn dort rausgeschafft, hätte ich ihn gefunden. Was bedeutet, das Einhorn wurde zurückgelassen, als die Strahlung alles verseucht hat. Abgesehen davon, dass ein innen mit Blei verkleideter Pelican-Koffer das Einhorn selbst schützte, hätte der zudem die Strahlung eingedämmt und die Person geschützt, die den Koffer mit sich trug.

»Sie haben ihn hier gefunden? Im Hotelzimmer des Opfers, habe ich das richtig verstanden?«

»Korrekt.« Decker trinkt einen Schluck Kaffee, schnell, obwohl er heiß ist. Dann saugt er Luft zwischen die Zähne ein, um den Kaffee in seinem Mund zu kühlen. Keine Chance. Aber er steht es durch. Seine Augen zucken unaufhörlich herum und überfliegen jedes Gesicht in der Kaffeebar und auch die der Leute auf der Straße, die er durchs Fenster sieht.

Sein nervöses Benehmen weckt meine Paranoia. Wen erwartet er, in diesem kleinen Flecken des Mittleren Westens zu entdecken? Wahrscheinlich sieht man überall Schatten, wenn man ihnen nur lange genug hinterherjagt.

»Wer ist jetzt noch in dem Hotelzimmer?«, erkundige ich mich.

»Im Moment ein hiesiger Kriminaltechniker und ein Detective der Mordkommission. Sie warten auf die Experten von Uncle Sam. Das sind wir.«

»Die wissen nicht, wer wir sind, oder?«

»Nein, und das müssen sie auch nicht erfahren. Wir sind Special Agents, mehr nicht.«

»Ich glaube, Sie kapieren das nicht.« Ich lache und lenke damit seine ganze Aufmerksamkeit wieder auf mich. »Ich bin so was wie eine große Nummer. Sie *werden* mich erkennen.«

Decker runzelt verwirrt die Stirn. Das überrascht mich nicht. Er hat sein ganzes Leben damit verbracht, sich unauffällig anzupassen. Im Valley tut man alles, um herauszustechen.

»Und wenn schon.« Decker trinkt einen großen Schluck und zieht erneut Luft durch die Zähne ein. »Zeit, nach oben zu gehen.«

Die ganze Sache hat noch einen Aspekt, einen, den er mir verschweigt. Ich frage mich, ob der Grund dafür ist, dass er ihn nicht kennt, oder ob er ihn einfach nicht rauslassen will. Ich vermute Letzteres. Denn ich bin nicht nur Experte, was das Fukushima-Einhorn angeht, sondern auch sein gesetzmäßiger Besitzer. Vielmehr CastorNet ist es.

Decker steht auf und zieht sein Jackett glatt.

»Moment noch.« Ich hebe die Hand. »Diese Übereinstimmung mit der Fukushima-Strahlung erklärt meine Anwesenheit, aber nicht Ihre.«

»Nein, das stimmt«, gibt er widerwillig zu.

»Irgendwelches Zeug, das Gammastrahlen abgibt, würde direkt die Terrorbekämpfung auf den Plan rufen, mit einer ressortübergreifenden Benachrichtigung an Homeland Security. Aber man hat niemanden von Homeland geschickt. Man hat Sie geschickt.«

»Und?«

»Warum?«

»Ich bin auch wegen des Einhorns hier«, räumt Decker ein.

Auf einmal macht es bei mir *Klick*. Die Neuigkeit vom Einhorn hat mich emotional überrumpelt, und das hat mich abgelenkt. So etwas hasse ich. Selbstverständlich bin ich nicht die einzige Person, die sich für das Einhorn interessiert. Und die Typen, die möglicherweise noch scharf darauf sind, gehören zu einer Gruppe von Leuten, die Decker liebend gern aufspüren würde.

»Wer ist es?«

Er sagt nichts. Er bleibt einfach stehen, die Hände in den Taschen seines billigen, aber perfekt gebügelten G-man-Anzugs. Er spielt das klassische Machtspielchen. Die Art von Spiel, die er für gewöhnlich gewinnt. Nur hat er es noch nie mit mir gespielt, einem Burschen, der einem Kerl wie ihm gegenüber wenig zu verlieren hat. Im schlimmsten Fall endet meine Karriere beim FBI damit, dass ich aus der Tür spaziere und das Leben eines stinkreichen Einprozenters führe, der sich zur Ruhe gesetzt hat. Das weiß er. Leider weiß er auch, dass mich die Sache mit dem Fukushima-Einhorn nicht kaltlässt.

Ich verdrehe die Augen, als er stumm bleibt, und ziehe mein riesiges iPhone hervor. Unser kleiner Zug hier kann nicht ohne mich aus dem Bahnhof dampfen, und etwas sagt mir, dass Decker Verzögerungen nicht sonderlich schätzt.

Ich weiß, dass er das Display von seinem Standort aus sehen kann. Ich öffne Facebook und überfliege die Nachrichten, die ich neu erhalten habe. Sarah hat gestern Abend Chans Restaurant besucht. Gary hat einen neuen Rettungshund. Als ich das Meme lese, das Ashraf gepostet hat, bricht Decker ein.

»Er nennt sich Dragoniis.«

»Kein Scheiß?« Die Worte kommen mir ganz unwillkürlich über die Lippen.

»Sie haben von ihm gehört?«

»Hallo?« Ich schüttele den Kopf. »Er ist der bekannteste und geschickteste Hacker in ganz Asien und wird von der chinesischen Regierung unterstützt. Angeblich ist er durch Sony Entertainment spaziert, als wär's ein sonntäglicher Einkaufsbummel in der Mall. Ein anderes Gerücht besagt, dass er gegen eine entsprechende Gebühr einige der namhaftesten Namen aus den Panama Papers gelöscht hat, bevor sie an die Öffentlichkeit gelangt sind. Und er hat inzwischen wohl so ziemlich jede größere Bank auf der Wall Street infiltriert.«

Ich mache eine Pause. Das FBI geht zudem davon aus, dass er die Kerncodes für die geheimen Chips geschrieben hat, die in den Servern der großen amerikanischen Technologiekonzerne, der US-Regierung und unserer Geheimdienste verbaut wurden. Was bedeutet, er kennt sämtliche Hintertüren, einschließlich denen, die wir nie gefunden haben. Mit dem Wissen von Dragoniis könnten die Chinesen unseren gesamten Informationsfluss weltweit lahmlegen oder – was noch besser ist – Desinformationen verbreiten. Kein Wunder, dass Decker so angespannt ist.

»Aber er reist nur sehr selten«, fahre ich fort. »Und wenn, dann immer in ein Land, das kein Auslieferungsabkommen mit uns hat. Wir kennen nicht mal seinen wahren Namen.«

»Wir haben läuten hören, dass er hierher unterwegs sein könnte«, antwortet Decker.

Meine Brauen schießen hoch, ich kann meine Überraschung nicht kaschieren. Er meint mit »hierher unterwegs« nicht nur einfach die Vereinigten Staaten. Er meint genau hier. Es gibt nur einen Grund, warum Dragoniis das Risiko eingehen würde, dass jemand wie Decker ihn zu fassen bekommt: Er ist hinter dem Einhorn her!

»Richtig.« Decker nickt, als er erkennt, dass ich eins und eins zusammengezählt habe. »Und wenn Sie die Chance haben wollen, das Einhorn zuerst zu bekommen, sollten wir besser dort oben auftauchen. Also, gehen wir?«

»Eine Sekunde, ich muss mich kurz in L. A. melden. Wir treffen uns vor den Aufzügen.« Ich entsperre mein Telefon.

»Muss ich Ihnen sagen, dass das hier als geheim eingestuft ist?«

»Nur wenn Sie sich dann besser fühlen.«

»Das tue ich.«

Als Decker zu den Aufzügen geht, denke ich über

was anderes nach. Wir wurden wegen eines Mordes hergerufen. Das heißt, wir haben bisher eine Leiche wegen des Einhorns. Wie viele weitere Leichen wird es noch geben, bevor die Sache vorbei ist? Angesichts dessen, was das Einhorn wert ist, sagt mir meine Magengrube: verdammt viele.

4

Ich: Wo steckst du?

Bradley W: Café Cenfor. Peruvian Gold. Willst du auch einen?

Ich: Und letzte Nacht?

Bradley W: Club Emerald. J-Lo und Leo waren da.

Ich: Du hackst immer noch VIP-Listen?

Bradley W: Wie soll ich sonst mit einem Regierungsgehalt da rankommen?

Ich: Geh auf der Stelle ins Büro. Ich brauch dich an deinem Schreibtisch.

Bradley W: Du bist nicht da?

Ich: Indiana.

Bradley W: What the fuck? Wie das denn?

Ich: Mitten in der Nacht. Anruf von Burke. Hat einen prominenten Fall erwischt.

Bradley W: Mist. Okay, Boss. Am Tisch in fünfzehn.

Bradley White ist mein Cheftechniker in der Außenstelle L. A. Ehemals bei der NSA, arbeitet er jetzt als ziviler Spezialist für das FBI. Nicht als Agent, was gut ist. Er ist wirklich kein Mann für den Außeneinsatz. Viel zu aufbrausend. Aber ich vertraue ihm.

Nachdem ich Bradley auf Stand-by habe, gehe ich zu den Aufzügen, wo Decker auf mich wartet, und wir fahren nach oben. Unterwegs drehen sich meine Gedanken unvermeidlich um die Vergangenheit.

Nachdem Sterling Kate Mason ermordet hatte, verdoppelte ich unsere Bemühungen, die »Privatsphäre zu schützen« und »die Art zu verändern, wie wir kommunizieren« und all die anderen großartigen Verheißungen aus den Werbevideos unserer Firma. In Wahrheit wollte ich mich einfach nur nicht dem stellen, was ich getan hatte. Mich in Arbeit zu stürzen ließ mir einfach weniger Zeit, darüber nachzudenken.

Und noch besser, als zu Hause in Arbeit zu ertrinken, war es, unterwegs von der Arbeit aufgefressen zu werden, denn so konnte ich allen Fragen nach dem Mord an Kate Mason ausweichen. Allerdings stellte keiner welche. Ich hatte natürlich recht gehabt: Die Pop-up-Nachricht war in dem Moment verschwunden, als Sterling mit dem Livestream begann. Das FBI fragte nie nach, was am technischen Ende der Sache passiert war. Man nahm an, es wäre alles nach Plan gelaufen, weil wir ihnen Sterlings genauen Aufenthaltsort hatten geben können. Man hat niemals nach der Message gefragt, und wir erzählten auch niemandem davon. Aber ich wusste, was wir getan hatten. Und Jack auch.

Das Bimmeln der Aufzugtüren holt mich in die Gegenwart zurück. Ich folge Decker durch den Flur, während in meinem Kopf die Gedanken um meine japanischen Partner und ihre Erfindung kreisen.

Als wir um eine Ecke des Flurs biegen, sehe ich einen uniformierten Polizisten, der vor einer Tür Wache steht. Das heißt, er sitzt, um genau zu sein. Man hat ihm offenbar einen Stuhl aus dem Speisesaal geholt, und er lümmelt mit übereinandergeschlagenen Beinen darauf herum und löst das Kreuzworträtsel in einer Zeitung. Woher hat er die? Wird so was noch hergestellt?

Decker baut sich gebieterisch und kerzengerade vor ihm auf. Eine Naturgewalt. Ich muss zugeben, dass allein seine Größe imponierend ist. Als er sein FBI-Abzeichen zückt, springt der Uniformierte auf.

»Special Agents Decker und Parker, FBI«, verkündet er.

Der Polizist sieht mich an, und ich bemerke die Überraschung auf seinem Gesicht. Decker entspricht vollkommen dem Bild eines Special Agents des Federal Bureau of Investigation, angefangen von seinem Kurzhaarschnitt bis zu seinem G-man-Anzug. Ich hingegen wohl eher nicht. Ich trage Jeans, ein T-Shirt mit dem Bild eines X-Flügel-Jägers aus *Star Wars* unter einem Blazer, dessen einziger Zweck darin besteht, das Abzeichen und die Waffe zu verstecken, die ich beide tragen muss.

Ich schnappe mir mein Abzeichen und halte es dem Uniformierten aufgeklappt unter die Nase. Der zuckt nur mit den Schultern.

»Moment, die Herren.« Er dreht sich um und schiebt eine Schlüsselkarte in das Türschloss. Die Tür öffnet sich, und er steckt den Kopf ins Zimmer dahinter. »Entschuldigen Sie, Detective, hier sind zwei Special Agents des FBI.«

»Tatsächlich? Schon?« Die weibliche Stimme klingt kräftig und entschieden. »Na, dann laden wir sie doch zur Party ein.«

Er öffnet die Tür so weit, dass wir hineingehen können. Nach New Yorker Standard ist das Zimmer riesig, aber für den Mittleren Westen eher Durchschnitt. Ein breites Doppelbett, eine Sitzgruppe, eine Minibar, ein Schreibtisch und Badezimmer direkt neben der Tür.

Als Erstes fällt mir auf, dass es hier für ein bewohntes Zimmer sonderbar ordentlich aussieht. Das Bett ist gemacht, eine Karte mit der Wettervorhersage des nächsten Tages klemmt fein säuberlich zwischen einer Flasche Wasser und einem sauberen Glas. Hier hat letzte Nacht niemand geschlafen.

Der Umschlag für die Schlüsselkarten liegt auf dem Schreibtisch vor dem Fernsehgerät. Eine Schlüsselkarte steckt noch drin. Auf dem Tisch sehe ich ein weißes Kabel, das in der Lampe steckt, daneben eine leere Donutschachtel und ein kleiner Netzbeutel mit einem Knäuel Computerkabel. Auf dem Gepäckständer steht ein Rollkoffer, Handgepäckgröße.

Große LED-Scheinwerfer auf Dreibeinen beleuchten grell einige Stellen an der Wand und auf dem

Boden. Dort kniet jemand in einem weißen Einwegoverall und hält eine digitale Spiegelreflexkamera in den Händen. Am Handgelenk trägt er eine schwarze Uhr. Der Kriminaltechniker.

Neben dem Tisch steht eine Frau. Durchschnittliche Größe, das pechschwarze Haar zu einem Pferdeschwanz gebunden, braungebrannt. Der graue Hosenanzug kann ihre athletische Figur nicht kaschieren. Sie lehnt am Schreibtisch, hat die rechte Hand auf die Hüfte gestützt, schiebt den Jackettschoß zurück und zeigt das goldene Abzeichen und das Gürtelholster mit einer Pistole von Smith & Wesson.

»Detective Dana Lopez, Mordkommission.« Sie nimmt die Hand von der Hüfte und deutet auf den Mann am Boden. »Keith Miller, Kriminaltechniker. Und Sie sind?«

»Special Agent Thomas Decker, FBI.«

»Special Agent Will Parker. Nennen Sie mich Will.«

Sie wirft mir diesen abschätzenden Cop-Blick zu. »Ernsthaft?«

»Kein Scheiß?« Miller rappelt sich auf. »Sind Sie das echt?«

Ich lächle und winke ihm zu.

Miller streckt die Hand aus, aber ich ergreife sie nicht. Er trägt Latexhandschuhe und ist auf dem Boden eines Hotels herumgekrochen. Nein danke.

Dana wirft ihm einen scharfen Blick zu, aber bevor sie etwas sagen kann, fährt Decker fort. »Ich habe Ihren Bericht gelesen. Er war ziemlich kurz. Warum setzen Sie uns nicht ins Bild?«

»Was für ein Bericht?«, frage ich. Also wieder mal Puzzlestücke. Ich bekomme nie das ganze Bild.

»Es war nur eine Seite«, antwortet Decker. »So gut wie keine Einzelheiten.« Ich erkenne die warnenden Anzeichen eines heraufziehenden Machismo, wie das erste Donnergrollen vor einem Sturm. Zyklon Decker.

Dana strafft sich. »Das Blut ist noch nicht mal trocken. Berichte sind hier nicht oberste Priorität, auch nicht, wenn sie beim FBI landen.«

»Das ist schon okay«, beschwichtige ich. »Erzählen Sie mir einfach etwas über die Strahlung.« Wenn ich auch nur die geringste Chance haben soll, das Einhorn zu finden, habe ich keine Zeit für Dominanzspielchen.

»Klar.« Dana wendet sich von Decker ab. »Als wir Caplans Hotelzimmer betraten, haben wir es kurz durchsucht und einen schwarzen Pelican-Koffer unter dem Bett gefunden. Leer.«

»Die Vorschriften in diesem Staat verlangen von uns, nach chemischen und radioaktiven Spuren zu suchen«, übernimmt Miller. »Als ich den Geigerzähler aktiviert habe, hat er sofort an dem offenen Koffer Alarm geschlagen.«

Miller verstummt, rot im Gesicht.

»Was ist dann passiert?«, frage ich. »Können wir bitte die Show am Laufen halten, Leute?«

»Miller hat uns befohlen rauszugehen«, antwortet Dana. »Sehr nachdrücklich.«

»Ich war nur vorsichtig. Das müssen Sie bitte verstehen!« Miller verschränkt die Arme vor der Brust und blickt auf den Boden. »Aber ich habe vielleicht etwas überreagiert.«

»War es das erste Mal, dass der Alarm losgegangen ist?«, frage ich.

»Ja«, bestätigt Miller.

Ich gehe zum Bett und bücke mich, um einen Blick darunter zu werfen. Die Höhe stimmt, es gibt Platz darunter für einen Pelican-Koffer, der groß genug für ein Einhorn ist. Selbst für einen mit ausreichender Isolierung. Außerdem liegt dort ein weißes Kabel, das noch an eine weiße Mehrfachsteckdose angeschlossen ist.

»Wo ist der Koffer jetzt?«

»Im Labor«, antwortet Miller, »in abgeschirmter Verwahrung.«

Ich stehe auf und sehe Miller an. Er erwidert meinen Blick zögernd. »Sind Sie sicher, dass Sie richtig gemessen haben?«

»Bin ich.« Er nickt, und sein Gesicht wird noch röter.

»Ich frage, weil das der einzige Grund für meine Anwesenheit hier ist, dieses Testergebnis.« Ich werfe einen Blick auf Dana, die immer noch neben dem Schreibtisch mit der Lampe steht und mich abschätzend beobachtet. »Wer ist Caplan?«

»Das Opfer. Roger Caplan. Vierzig. Männlich, Kaukasier. Souvenirhändler aus Boston.«

»Sammler«, verbessere ich sie auf dem Weg zum Schrank.

»Wie bitte?«

»Sammlerexemplare. So nennt man das auf einer Comic Con. Nicht Souvenirs. Souvenirs sind Sachen, die man am Times Square kauft und auf denen ›Ich *Herz* N. Y.‹ steht. Händler auf Comic Cons kaufen und verkaufen Sammlerexemplare zum Beispiel eines Genres an eine spezielle Fangemeinde.«

»Und woher wissen Sie das?« Dana stemmt jetzt beide Hände auf die Hüften.

»Weiß das nicht jeder? Miller jedenfalls tut es.« Ich deute auf den Techniker, bevor ich die Schranktüren aufschiebe.

Dana wirft Miller einen finsteren Blick zu, der mit den Schultern zuckt und nickt. Ich habe Miller in der Minute, in der ich durch die Tür getreten bin, als Science-Fiction-Fan identifiziert. Und er hat meinen Namen sofort zugeordnet, was bedeutet, er ist ein Technikfreak. Ein waschechter Computernerd.

»Tatsächlich?« Dana hebt eine Braue.

»Werfen Sie einen Blick auf das Zifferblatt seiner Uhr. Das Symbol für die *Star-Wars*-Rebellen-Allianz.« Ich drehe mich zu Miller herum. »Sind Sie bei der 501sten?«

»Kann sein.« Er hebt seinen Blick nicht vom

Boden und verdeckt verlegen seine Uhr mit der Kamera, die er in der anderen Hand hält.

»Die 501ste? Die Einheit kenn ich nicht«, wirft Decker ein.

»Natürlich nicht«, antworte ich. »Die 501ste sind Cosplayer.«

»Cos-was?«, fragt Decker.

»Haben Sie den Laptop schon untersucht?« Ich wende mich an Dana und ignoriere Decker.

»Wir haben keinen gefunden«, antwortet sie.

»Gut, dann wurde er wenigstens noch nicht kompromittiert.«

»Am Tatort war keiner, und hier stand keiner auf dem Schreibtisch, als wir reingekommen sind.« Sie ignoriert meine Bemerkung. Offenbar lässt sie sich nicht so leicht aus der Reserve locken. Faszinierend.

»Dann ist er noch hier drin.« Ich tippe auf den Metallsafe im obersten Regal des Schranks. Es gibt ein dumpfes Geräusch. Wie bei den meisten Hotelsafes ist das Metall nicht sonderlich dick.

»Woher wollen Sie das wissen?« Dana verzieht ihre Augen zu Schlitzen zusammen. Sie hat einen höllischen Blick, und ich weiche unwillkürlich ein wenig davor zurück.

»Weil unter dem Bett ein weißes Netzkabel angeschlossen ist. Apple, USB-C, sechzig Watt. Für ein MacBook. Außerdem hatte Caplan ein iPhone, dem Netzkabel nach zu schließen, das da in der Lampe steckt.«

Miller ist wieder unter das Bett getaucht. »Er hat recht«, bestätigt er. »Es muss vom Nachttisch gefallen sein. Ist mir nicht aufgefallen.«

»Also, wo soll der Laptop sonst sein?« Ich breite die Arme aus. »Wo auch immer Caplan hingegangen ist, er hat den Pelican-Koffer nicht mitgenommen, der ihn vor dem radioaktiven Inhalt geschützt hätte. Und wenn er den nicht mitgenommen hat, dann erst recht nicht seinen Laptop.«

Miller, neben dem Bett hockend, hebt den Kopf und sieht in seinem weißen Overall wie eine Meerkatze aus. Dana mustert mich immer noch scharf, aber wenigstens ist ihre Miene nicht mehr so finster. Decker feixt. Ich mache genau das, was er will, was mich ein wenig ärgert, aber schließlich hat mich Burke genau deshalb hergeschickt, also schlucke ich den Ärger runter. Vorläufig.

»Und wenn der Laptop noch hier ist, wo soll er dann sein?«, fahre ich fort. »Ich nehme an, Miller hat den Schreibtisch und die Schrankschubladen überprüft. Der TV-Schrank kommt nicht infrage, weil auf der einen Seite die Minibar ist und auf der anderen die Kaffeemaschine. Da gibt es nicht genug Stauraum.«

»Womit wir zum Safe kommen«, schlussfolgert Decker. »Haben Sie ihn schon geöffnet?«

Dana sieht Miller an.

»Das kann ich nicht«, erwidert er schulterzuckend. »Ich hab den Sicherheitsdienst des Hotels gerufen, aber bis jetzt hat sich noch keiner blicken lassen, also hab ich erst einmal den Rest des Zimmers untersucht.«

»Machen Sie damit einfach weiter«, sage ich. »Ich habe das Nötige für den Safe bei mir.«

In meiner Jackentasche stecken zwei Geräte. Mein robustes FBI-Androidhandy und ein iPhone. Das FBI-Handy benutze ich für dienstliche Gespräche, für alles andere das iPhone. Natürlich ist es kein gewöhnliches iPhone, es ist *mein* iPhone.

Ich ziehe es hervor und suche nach der App, die ich brauche. Als ich sie gefunden habe, halte ich das Telefon an den Safe.

»Was machen Sie da?«, will Dana wissen.

»Ich mache ihn auf«, antworte ich.

»Und *wie* machen Sie das?«, fragt Decker. »Wollen Sie den Safe anrufen?«

Ach, Decker. Der Mann ist echt von vorgestern. Mein Smartphone nennt sich vielleicht Telefon, aber es ist eigentlich ein Taschencomputer. Und wie jeder Computer bezieht er seine Macht aus den Programmen, die darauf gespeichert wurden. Und auf meinem sind einige echt coole Programme gespeichert.

Und eines dieser ganz besonderen Programme macht sich jetzt an die Arbeit. Technisch gesehen muss das Handy den Safe nicht berühren, sondern nur nah genug dran sein, aber ich bin müde, und der Tropical Blend hatte nicht genug Koffein, also lege ich es auf das Metall.

»Ihnen ist vielleicht aufgefallen, dass der Safe kein Schlüsselloch hat«, sage ich zu Decker. »Wenn man den vierstelligen Code für einen Hotelsafe nicht hat, kann man ihn über eine drahtlose Verbindung auf der richtigen Frequenz öffnen. Miller wartet nur deswegen noch auf die Hotel-Security, weil sie im Moment gerade das Gerät laden, mit dem sie das Schloss für gewöhnlich überbrücken. Es wird nicht so oft benutzt, und zweifellos lag es seit Monaten irgendwo in einer Schreibtischschublade herum, sodass der Akku inzwischen leer ist.«

»Und Sie benutzen die Telefonantenne, um den Safe zu scannen und nach der richtigen Frequenz zu suchen«, stellt Miller fest. »Verdammt clever!«

»Ja, ist es.« Ich werde für meine Geduld mit einem elektrischen Sirren und dem Knirschen von Zahnrädern belohnt. Das Display auf dem Safe flammt auf und zeigt »OFFEN«.

Ich strecke die Hand nach dem Griff aus, halte dann aber inne. »Haben Sie das schon auf Fingerabdrücke abgestaubt?«

»Ja«, sagt Miller.

Dana durchquert den Raum. Ihre finstere Miene ist verschwunden, und die zusammengezogenen Augen verraten jetzt Neugier, keinen Argwohn mehr. Ich begegne Deckers Blick. Das Einhorn. Könnte es mit dem Laptop in dem Safe sein? Was ist, wenn Caplan es dort sicher aufbewahren wollte und ihm das mit der Strahlung egal war?

»Warten Sie«, sagt Decker zu Dana und Miller. »Das könnte gefährlich sein. Was, wenn da drin auch irgendetwas Radioaktives ist? Vielleicht warten Sie besser draußen.«

»Ach, seid denn ihr Feds irgendwie immun gegen Strahlung?«, spottet Dana. »Wir bleiben hier.«

Meine Hand schwebt über dem Griff. Wie viele Jahre ist es her? Wie viele schlaflose Nächte habe ich versucht herauszufinden, was mit dem Einhorn passiert ist? Und jetzt könnte es auf der anderen Seite dieser dünnen Metalltür liegen. So habe ich mir unsere Wiedervereinigung nicht vorgestellt.

Indem Decker versucht, Dana und Miller aus dem Zimmer zu scheuchen, hat er sich als Problem enttarnt. Denn wenn das Einhorn da drin ist, wird er es an sich nehmen und damit der Regierung der Vereinigten Staaten eine furchterregende Macht in die Hände geben. Bin ich bereit, das einfach zuzulassen?

Aber jetzt ist es zu spät.

Ich schwinge die Tür des Safes weit auf und muss mich auf die Zehenspitzen stellen, um bis zur Rückwand zu blicken.

In dem Safe liegt ein dünner grauer Laptop. Das MacBook. Sonst nichts.

Ich atme aus. Erleichtert. Und enttäuscht.

5

»Und?«, fragt Decker hinter mir. »Ist es drin?«

Die beiden Polizeibeamten und er drängen sich um den Schrank, können jedoch nicht an meinem Kopf vorbei in den Safe blicken, dessen elektronisches Schloss ich gerade gehackt habe.

»Nein, nur der Laptop.«

»Nur? Wonach suchen Sie denn noch?« Ich fühle Danas Atem in meinem Nacken, so dicht steht sie hinter mir.

»Nach einem Fukushima-Einhorn.« Ich trete zur Seite und ziehe Nitrilhandschuhe aus meiner Tasche.

»Still!«, befiehlt Decker. »Das ist geheim.«

»Ist es nicht. Jeder weiß, dass er kurz davorstand, es zu kaufen«, sagt Miller. »Steht auf Wills Wikipedia-Seite.«

»Sie haben eine Wikipedia-Seite?« Dana sieht mich mit hochgezogenen Brauen an, die Hände wieder auf den Hüften.

»Klar hat er das.« Miller hebt die Kamera. »Agent Parker, kann ich an den Safe, um Fotos zu machen?«

»Was ist ein Fukushima-Einhorn?«, erkundigt

sich Dana, aber ich bin gedanklich zu sehr auf den Laptop fokussiert, um ihr zu antworten, und Decker hat wohl keine Lust dazu.

Als Miller mit den Fotos fertig ist, hebt er vorsichtig den Laptop aus dem Safe und stellt ihn auf den Tisch, wobei er die leere Donutschachtel zur Seite schiebt. Ich klappe ihn auf, und der Computer fährt hoch. Er zeigt den Standard-MacOS-Login-Schirm. Caplan hat ein Foto von Han Solo als User-Avatar ausgewählt, einem der Helden aus *Star Wars*, passend zu meinem T-Shirt.

»Hey, was machen Sie da?«, will Dana wissen. »Er sollte das doch nicht *hier* machen, oder?« Sie sieht Miller an, der die Hände hebt und mit den Schultern zuckt.

Sie hat recht. Normalerweise würde ich den Laptop in mein Labor bringen, damit sich ihn meine Techniker in einer kontrollierten Umgebung vornehmen. Aber mein Labor ist tausend Meilen entfernt, und wir stehen unter Zeitdruck. Wenn Dragoniis das Fukushima-Einhorn in die Hände bekommen hat, ist jede Sekunde kostbar.

»Was haben Sie vor?«, fragt mich Dana.

»Ich muss diesen Laptop zu meinem Techniker bringen.«

»Und dafür müssen Sie ihn hier hochfahren?« Sie greift nach meinem Arm, um mich zurückzuhalten.

»Der Techniker sitzt in L. A.«

Wieder sieht sie Miller an, und der erklärt: »Ich

würde ihn einfach machen lassen. Seine Firma hat *das* Buch über Security und Verschlüsselung geschrieben.«

»Firma?« Jetzt sieht sie wieder mich an. »Ich dachte, Sie wären FBI-Agent.«

»*Special* Agent.« Warum denkt niemand an das Special? »Miller spricht von der Firma, die ich vorher gegründet habe.«

»Vor was?«

»Bevor ich zum FBI gekommen bin. Und jetzt hören Sie zu, hier läuft gerade eine Art Countdown. Caplan kam von außerhalb, und wenn das hier also kein zufälliger, aus dem Ruder gelaufener Hotelraub war, gibt es eine Verbindung zwischen dem Killer und ihm oder zu dem Grund seines Hierseins.«

»Die Comic Con«, sagt Dana.

»Richtig. Also, falls sein Mörder nicht schon verschwunden ist, haben wir noch …«, ich überprüfe die Zeit auf meiner Smartwatch, »… knapp fünfundfünfzig Stunden, um den Fall zu lösen. Danach ist die Messe vorbei, und alle, die etwas damit und mit Roger Caplan zu tun haben, verlassen die Stadt.«

Sie sieht mir direkt in die Augen, mit ihrem durchdringenden Cop-Blick, an den ich mich mittlerweile allerdings schon gewöhne. Dann lässt sie meinen Arm endlich los und sagt: »Ich hoffe, Sie wissen, was Sie da tun.«

»Wenn einer es weiß, dann ich«, erwidere ich.

Miller hat recht. Für unseren abhörsicheren Messengerdienst hat CastorNet einige der fortschrittlichsten Verschlüsselungssysteme dieses Planeten entwickelt, und die sind auf jeden Fall besser als alles, über was das FBI verfügt. Ob das auch für die NSA gilt, kann ich allerdings nicht sagen, denn Burke erlaubt mir nicht, mit ihnen zu reden. Aber das Einhorn würde alles ändern.

Ich muss den Inhalt des Laptops zu Bradley schicken. Ich könnte zwar ebenfalls analysieren, was sich darauf befindet, aber ich kann meine Zeit besser nutzen. Bevor ich jedoch überhaupt irgendetwas tun kann, muss ich erst mal an den Inhalt heran.

»Er hat ein Passwort«, stellt Dana fest. »Wie kommen wir daran vorbei?«

»Durch mich.«

Ich nehme auf dem Stuhl vor dem Tisch Platz, sitze eine Minute ruhig da und denke nach. Dana und Decker blicken mir über die Schulter. Miller ist irgendwo im Zimmer, aber ich bin sicher, dass er mich ebenfalls beobachtet. Das stört mich nicht. Ich bin schon mein ganzes Leben in einem Goldfischglas gewesen.

Die einfachste Methode, ein Passwort zu hacken, ist, es zu erraten. Es gibt noch andere Methoden, aber die sind alle recht kompliziert und brauchen mehr Zeit. Um jedoch ein Passwort erraten zu können, muss man die Person kennen, die es für sich gewählt hat. Kennt man sie nicht, muss man auf sämtliche Daten zurückgreifen, die man über diese

Person hat, und dann hoffen, dass er kein wirklich sicheres, sprich »starkes« Passwort benutzt hat.

»Ist Caplan verheiratet?«

»Geschieden«, antwortet Dana.

»Vielleicht sein Geburtstag?«, schlägt Miller vor.

»Er wird seinen Geburtstag nicht genommen haben, das ist zu naheliegend«, erwidere ich. »Immerhin hat er sich die Zeit genommen, den Laptop in den Safe zu legen.«

»Vielleicht wollte er einfach nur verhindern, dass ihn die Hotelangestellten mitgehen lassen«, wirft Decker ein.

»Trotzdem zeigt es, dass er Wert auf Sicherheit legt.«

»Und wenn es ein starkes Passwort ist?«, erkundigt sich Miller.

»Dann müssen wir vollkommen anders an die Sache herangehen. Hoffen wir, dass dem nicht so ist.«

»Woran erkennen Sie, ob es ein starkes Passwort ist?«, will Decker wissen.

»Gar nicht«, antwortet Dana. »Das wissen Sie erst, wenn sie es geknackt haben. Ein starkes Passwort besteht aus einer Kombination aus Zahlen und Buchstaben und Sonderzeichen, die kein Wort oder einen Teil eines Wortes ergibt.«

Ich drehe mich überrascht zu Dana herum. Ich hatte nicht erwartet, dass sie diese Frage beantworten kann. Für gewöhnlich bin ich stets bemüht, die schmutzigen Finger von Noobs, also Anfängern, so weit wie möglich von Technik fernzuhalten. Unwillkürlich sehe ich mir Danas Finger an. Sie hat perfekt manikürte Nägel, auf denen sich weder Farbe noch Klarlack befindet.

Sekunde. Finger. Glänzend. Fragmente schieben sich in meinem Kopf herum und klicken zu einem Bild zusammen.

Ich hebe den Laptop an und halte ihn in einem bestimmten Winkel unter das Licht. Dann drehe ich ihn und betrachte aufmerksam die Tasten.

»Kommen Sie!«, spottet Decker. »Selbst ich weiß, dass man nicht sehen kann, welche Tasten zuletzt auf einer Computertastatur gedrückt wurden.«

»Im Gegenteil«, widerspreche ich, »man kann es sogar sehr gut sehen. Vor allem wenn derjenige gerade eine Schachtel mit Donuts gefuttert hat. Hier, einige Tasten glänzen fettig, und das Fett auf den Tasten stammt von Caplans Donutfingern. Die meisten anderen Tasten glänzen nicht. Auf dem Mousepad glänzt auch Fett, in kleinen Kreisen. Es sieht aus, als hätte Caplan sich eingeloggt und dann ein bisschen gesurft.«

»Hol mich der Teufel!«, stößt Decker hervor und beugt sich über meine Schulter.

»Jetzt können wir das Passwort anhand dieser Buchstaben herausfinden.«

»Was für Buchstaben haben wir?«, erkundigt sich Dana.

»Sieht aus wie E, U, I, L, N, M«, antworte ich, während ich die Tasten im Licht der Schreibtischlampe betrachte.

Beim Scrabble wäre das keine allzu brauchbare Liste. Die meisten Konsonanten fehlen, aber in diesem Fall ist das für mich ganz gut, denn es begrenzt die Möglichkeiten. Vier Worte springen mir sofort in den Kopf.

Ich versuche sie alle und fange mit »ileum« an und ende mit »lumen«. Kein Glück. Das kleine Login-Fenster verweigert mir jedes Mal den Zugriff.

»Wenn wir kürzere Worte benutzen?«, schlägt Miller vor.

Ich spüre, dass ihre atemlose Ehrfurcht wegen meiner Entdeckung der fettigen Tasten allmählich nachlässt. Sie halten es mehr und mehr für einen Geistesblitz ohne Konsequenzen. Kurz, sie zweifeln daran, dass ich es schaffe.

Ich weiß bereits, dass kürzere Worte nicht funktionieren werden, also ignoriere ich Millers Vorschlag und konzentriere mich auf das Problem. Menschen vertrauen ihr ganzes Leben ihrem Computer an. Noch mehr ihrem Handy, aber darum kümmere ich mich später. Bradley wartet, und das Einhorn ist irgendwo dort draußen.

Ist es möglich, dass Caplan doch ein starkes Passwort verwendet hat? Eine willkürliche Kombination dieser Buchstaben? Normalerweise kombiniert man Buchstaben für ein starkes Passwort mit Zahlen und

Sonderzeichen, aber auf der obersten Reihe sind keinerlei Fettflecken. Vielleicht ist es ja ein starkes Passwort, aber keine willkürliche Tastenkombination. Und vielleicht denke ich in der falschen Sprache. Dieser Kerl hat hier eine Comic Con besucht. Vielleicht ist es ja Klingonisch oder so was.

Während ich über diese Möglichkeit nachdenke, spiele ich zugleich mit den Buchstaben in meinem Kopf. Wie fühlen sie sich an? Womit könnten sie in Verbindung stehen? Was könnte sie vervollständigen? Da ist etwas, und es liegt mir auf der Zunge. Ich murmle leise Kombinationen.

Die anderen warten. Decker geht im Zimmer auf und ab. Dana tippt mit ihren Fingern auf den Schreibtisch. Langsam und ruhig, nachdenklich, nicht ungeduldig. Es ist ein ritualisiertes Verhalten, ausgelöst von Anspannung. Sie merkt nicht einmal, dass sie das tut, ihre Finger bewegen sich unbewusst und wiederholen immer wieder denselben Rhythmus.

Das ist es! Das fehlt! Wiederholung! Jede fettige Taste könnte mehr als einmal gedrückt worden sein.

Ich brauche dringend Koffein, dann wäre mir das früher eingefallen!

Die getrennten Teile in meinem Kopf fügen sich zusammen und werden eins. Die Worte, ihr Klang, kombinieren sich in meinem Kopf und bilden größere Worte aus denselben Buchstaben, jetzt, da ich jeden einzelnen davon so oft benutzen kann, wie ich will.

Ich mache einen weiteren Versuch und hoffe, dass es der letzte ist. Denn sollte ich noch einmal scheitern, werden sie glauben, dass sie es genauso gut können wie ich, und dann will es jeder von ihnen auch versuchen. Und das würde die ganze Prozedur zu einem geisttötenden Kriechen verlangsamen. Doch wir können es uns nicht leisten, noch mehr Zeit zu verlieren. Ich muss einfach richtigliegen.

Ich drücke die ENTER-Taste.

Und der Bildschirm öffnet sich und zeigt Caplans Desktop.

»Wow!«, stößt Miller hervor.

»Wie haben Sie das gemacht?«, will Decker wissen.

»Gute Arbeit.« Dana klopft mir auf den Rücken. »Wie war das Passwort?«

»Millennium. Wir sind hier auf einer Comic Con, aber es geht hier nicht nur um Comics. Man findet alle Fangruppen von Anime bis Horror, von Videospielen bis natürlich auch Science-Fiction. Der Avatar war der entscheidende Hinweis.«

Ich stoße mich vom Schreibtisch zurück und wähle eine Nummer auf meinem Handy. Es hat fünfzehn Minuten gedauert.

»Ich verstehe es immer noch nicht«, gibt Decker zu.

»Millennium«, wiederholt Miller lauter, als würde es dadurch offenkundiger.

Decker schüttelt verständnislos den Kopf. Das sagt ihm überhaupt nichts.

»Caplan ist Star-Wars-Fan«, erläutert Miller. »Sein Avatar war Han Solo. Und der *Millennium Falke* ist Han Solos Raumschiff.«

Ich kann einen Sekundenbruchteil lang den säuerlichen Blick auf Deckers Gesicht genießen, bevor der Anruf durchgestellt und sofort angenommen wird.

»Ich bin hier, Boss.« Bradleys Stimme wird von lautem Rascheln begleitet.

»Was ist das? Pergamentpapier? Isst du etwa?« Bradleys Schreibtisch sieht für gewöhnlich aus, als hätte jemand den Mülleimer eines Schnellrestaurants darüber ausgekippt, denn er ist übersät von Fast-Food-Verpackungen.

»Deine Textnachricht hat mich total gestresst. Und ich bin noch ein bisschen kaputt von letzter Nacht.«

»Du musst ziemlich tief für mich graben, Bradley.«

»Ich weiß, ich weiß. Hab's kapiert. Ich hab mir zwei Egg McMuffins zu meinem Peruvian Gold geholt. Ich bin fit, versprochen.«

»Bist du sicher?«

»So sicher, wie ich heute Abend ein Date mit Ryan Reynolds habe.«

Ich schüttle den Kopf. Wie so viele in L. A. ist er besessen von Promis. Das ist so völlig anders als im

Silicon Valley, wo ich aufgewachsen bin. Doch Bradley hat es noch schlimmer erwischt als die meisten anderen. Wenn auch nur der Hauch einer Chance besteht, dass einer seiner Lieblingscelebrities in irgendeinem Club auftauchen könnte, ist er da. Das derzeitige Objekt seiner Hingabe ist Ryan Reynolds.

Zugegeben, an seinem Geschmack ist nichts auszusetzen.

»Ich hab 'nen Laptop, der einem gewissen Roger Caplan aus Boston gehörte und der wegen einer Comic Con in der Stadt war. Ein Händler. Jemand hat ihn letzte Nacht ermordet.«

»Interessant«, nuschelt Bradley, den Mund voll mit seinem McDonald's-Frühstück. »Soll ich das ganze Ding durchkramen, oder suchst du nach was Speziellem?«

»Nach allem. Wir arbeiten hier gegen die Zeit, in fünfundfünfzig Stunden ist die Sache vorbei. Lass alles andere liegen und schick mir die schnellen Treffer sofort, zum Beispiel sein Online-Profil. Dann geh in die Details. Ich will wissen, wo er eingekauft hat, in welchen Foren er sich herumgetrieben hat, welche sozialen Medien er nutzte und welche Art Pornos er mochte. Was er las, sich ansah oder sich angehört hat. Alles. Aber vor allem, Bradley, will ich, dass ausschließlich du an der Sache arbeitest!«

»Was? Du willst das ganze Zeug, und ich darf mir keine Hilfe suchen?«

»Wir müssen die ganze Angelegenheit strikt unter Verschluss halten.«

»Warum?«

»Es könnte sich um das Einhorn handeln.«

»Du meinst so was wie *Mein kleines Pony*?«

»Was? Wie kommst du denn darauf?« Ich nehme das Handy entsetzt vom Ohr und starre es an.

»Du bist auf einer Comic Con, hast du gesagt, richtig? Ich dachte, du bist vielleicht ein Fan von *Mein kleines Pony*, also ein Brony.« Ich habe das Handy auf Lautsprecher gestellt. »Entschuldige, das war wohl eine etwas voreilige Schlussfolgerung.«

»Das Fukushima-Einhorn, Bradley.«

»Heilige Scheiße! Ernsthaft? Okay, klar, ich kümmer mich drum, Boss.«

Ich beende das Gespräch, und Dana beugt sich zu mir herab, sodass wir uns in die Augen sehen, bevor sie spricht. »Ich glaube, es wird Zeit, dass Sie mir verraten, was dieses Fukushima-Einhorn ist.«

6

»Wir dürfen nicht über das Fukushima-Einhorn reden«, erklärt Decker.

Dana lässt mich nicht aus den Augen. Sie weiß, dass das Einhorn meine Sache ist, nicht die von Decker.

»Na ja, ein bisschen können wir schon darüber reden«, widerspricht Miller. »Wikipedia, schon vergessen?«

»Ja, aber zuerst muss ich den Datentransfer zu meinem Labor einrichten«, sage ich.

Dana schweigt eine Sekunde. Wieder huscht diese finstere Miène über ihr Gesicht. »Einverstanden«, lenkt sie dann ein. »Aber wir verlassen dieses Zimmer nicht, bevor Sie es mir erklärt haben.«

Mir ist klar, dass sie Antworten will, und die Ermittlungen werden auch besser laufen, wenn sie darüber informiert ist. Eine Kopie der Festplatte zu erstellen und zu senden gibt mir ein paar Minuten, um zu überlegen, was ich ihr über das Einhorn verraten will.

Ich öffne einen Browser auf Caplans Laptop und gebe manuell eine IP-Adresse ein. Als ich nach den Anmeldeinformationen gefragt werde, logge ich mich ein, und eine kleine Applikation lädt sich automatisch herunter. Sobald sie installiert ist, gibt sie Bradley vollkommene und gleichzeitig sicher verschlüsselte Remote-Kontrolle über den Laptop. Ein Chatfenster öffnet sich.

Bradley W: Ich hab's. Ich fange mit der Kopie an.

Ich: Wie ist die Verbindung? Wie lange dauert es?

Bradley W: Durchschnittlich. Sieht nach ein paar Stunden aus.

Ich: Fang in der Zwischenzeit schon mit dem Online-Profil an.

Bradley W: Mach ich. Wie sieht es mit dem Fukushima-Einhorn aus?

Ich: Nicht jetzt.

Bradley W: Okay. TTYL.

Genau, *Talk To You Later* – wir sprechen uns später.

Dana steht wartend da, mit verschränkten Armen. Sie ist clever. Sie kommt von hier. Sie könnte mir helfen, das Einhorn zu finden. Vorausgesetzt, dass es tatsächlich hier ist. Die Strahlung und der Koffer sind gute Hinweise, aber die Sache könnte trotzdem von jemandem gefakt worden sein.

»He, Miller.« Ich bin aufgestanden und gehe zu dem Techniker, der in seinem weißen Schutzanzug neben dem Bett steht. »Haben Sie ein paar Fotos von dem Koffer?«

Er drückt auf irgendwelche Tasten an der Kamera und ruft auf dem kleinen Display auf der Rückseite ein paar Aufnahmen auf. Es ist ein schwarzer Koffer. Pelican. Die Innenpolsterung besteht aus grauen Schaumstoffblöcken, die man einzeln herausnehmen kann, bis man eine Ausbuchtung in genau der Größe und Form bekommt, die man braucht. Und der Umriss der Schaumstoffblöcke zeigt eine immer schmaler werdende Serie von Rechtecken, ähnlich dem Empire State Building.

Wir gehen die Fotos durch, und ich sehe, dass Miller seinen Job gut gemacht hat, was mir viel Zeit erspart. Bravo, Miller.

Auf einigen Fotos hat er einen kleinen Stahlwinkel als Maßstab neben die Öffnung gelegt. Die ausgesparte Fläche scheint insgesamt etwa zwanzig Zentimeter lang zu sein.

Als ich das Einhorn das letzte Mal gesehen habe, hing es verdrahtet über einer Werkbank bei Fukushima Semiconductor. Umrahmt von den größeren Maschinen wirkte es winzig, aber aus der Nähe betrachtet konnte man erkennen, dass es in etwa die Größe von zwei Fäusten hatte. Ich erinnere mich noch daran, dass es an diesem Tag sehr heiß war, in der Fabrik jedoch frostig kalt. Und ich habe noch den schwachen Fischgeruch in der Nase, der überall im Ort zu herrschen schien.

Ich drehe mich zu Dana um, die mittlerweile mit ihren Fingern auf ihre verschränkten Arme tippt.

Was soll ich ihr über das Einhorn verraten? Wie viel ist genug?

»Was wollen Sie wissen?«

»Warum fangen Sie nicht einfach damit an, was es ist? Ich nehme an, dass es sich nicht um ein Pferd mit einem Horn auf der Stirn handelt.«

Ich bin dem Einhorn seit dem Tsunami nie mehr so nahe gekommen. Je mehr ich ihr verrate, desto größer ist die Chance, dass ich es finde. Decker ist damit nicht einverstanden, das ist mir klar, aber um den kümmere ich mich später.

»Das Fukushima-Einhorn ist ein voll funktionsfähiger, stark verkleinerter und tragbarer Quantencomputer.«

»Ein Computer?« Dana verdreht die Augen. »Ich soll Ihnen glauben, dass das FBI wegen eines verschwundenen Computers hier ist?«

»Es ist kein gewöhnlicher Computer.«

»Inwiefern? Erklären Sie mir das.«

Wenn ich mit Laien über Technik rede, nicken sie meistens, brummen irgendetwas Unverständliches oder sagen Dinge wie »genau« oder »absolut«. Dana macht das nicht. Sie scheint nicht zu befürchten, als dämlich dazustehen, wenn sie Fragen stellt. Das ist mir sympathisch.

Bevor ich antworten kann, mischt sich Miller ein. Er will seine Kollegin eindeutig beeindrucken. »Ein normaler Computer benutzt das Binärsystem und durchläuft immer wieder einen Zyklus zwischen den beiden Zuständen 0 und 1, das heißt, er schaltet sie sehr schnell an und aus. Mit dem Quant oder dem *Quantum* verhält es sich anders.« Er bemerkt Danas Blick und präzisiert: »Ich meine, Quantencomputer funktionieren anders. Laut der Teilchenphysik können Quants in mehr als nur zwei Zuständen existieren, und sie können in diesen Zuständen außerdem zeitgleich existieren. Das eröffnet die Möglichkeit, Berechnungen schneller durchzuführen. Sehr viel schneller.«

Miller sieht mich beifallheischend an. Ich nicke. Es ist zwar stark vereinfacht, aber es reicht.

Ich werfe einen Blick zur Tür, wo Zyklon Decker brütet. Seine Lippen sind eine schmale Linie. Es gefällt ihm gar nicht, dass Detective Dana Lopez erfährt, worum es hier eigentlich geht. Noch weniger gefällt ihm, dass Miller diese Erklärung liefert und nicht ich. Denn das bedeutet, dass ich recht hatte: Die Sache ist keineswegs so geheim, wie er gedacht und gehofft hat. Als Miller jedoch anfängt, die verschiedenen Zustände der Quantenteilchen aufzuzählen, verdreht Dana entnervt die Augen.

»Sparen Sie sich die technischen Einzelheiten«, sage ich zu ihm und dann zu Dana: »Das wollen Sie sicher nicht so genau wissen, oder?«

»Richtig.« Sie nickt. »Was ich wissen will, ist, warum jemand dafür einen Mord begehen sollte.«

»Zunächst mal«, sage ich, »er ist eine Menge Geld wert.«

»Wie viel Geld?«

»Meine Firma CastorNet wollte Fukushima Semiconductor kaufen, den Erfinder dieses Computers.« Ich setze mich wieder auf den Stuhl an den Tisch. »Wir haben weit über eine Milliarde Dollar geboten, und der Deal stand kurz vor dem Abschluss.«

»Sie wollten diese Firma für eine *Milliarde* Dollar kaufen?« Dana hebt wieder eine ihrer Brauen.

»Mein Unternehmen wollte das, ja.«

»Sie hatten eine Milliarde Dollar?«

»CastorNet hatte diese Geldmittel zur Verfügung, ja. Und ich war dort der größte Aktionär und auch derjenige, der entdeckte, woran sie da bei Fukushima Semiconductor arbeiteten.« Ich werfe einen Blick auf den Laptopbildschirm und beobachte die kleine blaue Linie, die Millimeter um Millimeter über das Display kriecht. »Ich sah das Muster, das kein anderer erkannt hat. Eine Handvoll der brillantesten Computeringenieure in Japan kündigten ihre sicheren Jobs und tauchten ab, verließen Universitäten und hochbezahlte Posten in großen Konzernen. Und das alles unter höchst mysteriösen Umständen. Einer verliebte sich angeblich in die Bedienung eines Cafés und brannte mit ihr durch. Ein anderer hatte Spielschulden bei der Yakuza, die ihn deswegen umbrachte. Solche Geschichten verhinderten, dass irgendjemand genauer nach ihnen suchte. Aber ich hab's durchschaut. Meine Eltern liebten Japan, und ich bin teilweise dort aufgewachsen, daher kenne ich die Sprache und die Kultur. Ich bin also hingeflogen und habe ein bisschen geforscht. Schließlich fand ich die Wahrheit in einem Industriegebäude neben dem Fukushima-Daiichi-Kernkraftwerk, wo eine kleine Computerchipfirma ihren Sitz hatte. Und siehe da, da waren sie alle, die verschwundenen Ingenieure, und saßen an etwas, das die Welt verändern würde. Ich hatte eine Softwarefirma, sie hatten eine Hardwarefirma. Eine himmlische Paarung. Wir wurden Freunde. Und schließlich brachte ich sie so weit, dass sie bereit waren, mir ihre Firma zu verkaufen.«

»Wie haben Sie das geschafft?«, will Dana wissen.

»Ich kann sehr überzeugend sein.«

Das entspricht der Wahrheit. Ich habe dieses ganze Werbegeschwafel sausen lassen und ihnen erklärt, dass wir gemeinsam die Welt verändern würden. Sie glaubten mir und waren einverstanden, an mich zu verkaufen.

»Was ist aus dem Deal geworden?«, erkundigt sich Dana.

Ich zögere. Die Erinnerungen an jene Nacht, an der mein Leben in Stücke gerissen wurde, steigt mit lautem Dröhnen in meiner Erinnerung hoch.

»Fukushima. Der Atomunfall, stimmt's?«, fragt Miller.

Ich nicke. »Fünfzig Minuten nachdem das Kernkraftwerk von Fukushima-Daiichi von einem Tsunami getroffen wurde, setzte in vier Reaktoren die

Kernschmelze ein, und als die Strahlung austrat, war sie für alles im näheren Umkreis absolut tödlich. Und Fukushima Semis Firmensitz befand sich in einer Ortschaft unmittelbar neben dem Kraftwerk.« Ich seufze und schüttele den Kopf. »Sie wurden gegrillt.«

Dana öffnet den Mund, um etwas zu sagen, überlegt es sich dann aber anders und klappt ihn wieder zu. Schließlich bringt sie hervor: »Das heißt, keiner Ihrer Freunde dort hat überlebt?«

Ich räuspere mich. »Ein Mitglied des Firmenvorstands in Tokio bekam eine Textnachricht, die besagte, dass sie alles eingepackt haben, um den Betrieb zu evakuieren. Das war das Letzte, was er von ihnen gehört hat. Sie verschwanden und mit ihnen ihr Prototyp. Und diesmal wirklich spurlos. Die Leute. Die Ausrüstung. Alles. CastorNet kaufte schließlich die Immaterialgüterrechte der Firma, also das geistige Eigentum, und das zu einem Bruchteil des zuvor vereinbarten Preises. Aber die Pläne des Quantencomputers waren viel zu kostbar, um sie in einer Cloud zu sichern, also waren die Daten vor Ort gespeichert. Der Firmenvorstand wollte wenigstens etwas von dem Deal retten, nachdem die Daten-Back-ups zusammen mit den Leuten verschwunden waren.«

Ich verstumme, denn ich erinnere mich an die Verheerungen, die ich nach dem Tsunami dort gesehen habe.

»Meine Vermutung?«, fahre ich dann fort. »Es gab dort eine Brücke, die sie höchstwahrscheinlich überquert haben. Als sich die Rettungsmannschaften bis zu diesem Bereich vorgearbeitet haben, war die Brücke allerdings weg. An diesem Tag sind sehr viele Menschen mitsamt ihren Autos dort verschwunden.«

Dana streift Decker und dann Miller mit ihrem Blick. »Und dieses Quantending wurde nie wieder gesehen?«

»Der Wagen eines der Angestellten wurde Hunderte Meilen entfernt an einen Strand angespült. Er war leer. Ansonsten gab es nur Gerüchte im Internet, aber keins von ihnen erwies sich als glaubhaft. Das ist der andere Grund, warum man es Einhorn nennt.«

»Eine mythische Kreatur, die keiner jemals gesehen hat«, sagt Miller.

Dana ignoriert ihn. »Aber Sie haben es gesehen«, sagt sie zu mir.

»Ja.«

»Und jetzt ist es hier.«

»Es sieht jedenfalls so aus.« Ich deute auf Millers Kamera.

»Es tut mir leid«, sagt sie nach einer nachdenklichen Pause. »Es ist also ein schneller Computer, das verstehe ich. Aber das ist schon etliche Jahre her. Computer werden ständig schneller. Sind Sie sicher, dass es sich immer noch lohnt, für dieses Ding einen Mord zu begehen?«

»Todsicher. Sie müssen begreifen, dass auf dem Quantenlevel die Kreisläufe in mehreren Zuständen gleichzeitig existieren. Das bedeutet, man muss nicht erst die eine Kalkulation beenden, bevor man die nächste beginnt. Um zum Beispiel eine Verschlüsselung zu knacken, berechnet ein binärer Computer jede mögliche Kombination aus Chiffren eine nach der anderen, bis er die richtige findet. Aber es gibt manchmal Trillionen von Möglichkeiten, also kann es selbst bei tausend Berechnungen pro Sekunde Jahre dauern, bevor er die richtigen Chiffren findet. Ein Quantencomputer berechnet alle gleichzeitig und sucht dann die richtige heraus. Das bedeutet, die Dechiffrierung einer Verschlüsselung dauert statt Jahre nur noch Sekunden.«

»Verschlüsselungen wie in Nachrichten?«

»Nachrichten, gespeicherte Daten, alles. Privat, Industrie, Regierung, Militär ...«

»Vorsicht«, warnt Decker.

Ein Ausdruck des Verstehens spielt über Danas Gesicht.

»Und das ist noch nicht alles«, ergänzt Miller. »Mit der richtigen Software könnte er Ihre Gedanken lesen und die Zukunft vorhersagen.«

»Wie bitte?« Decker stößt sich von der Wand ab. Offenbar beginnt und endet sein Verständnis von Quantencomputern bei der Frage der Sicherheit.

»Das ist unmöglich«, ist Dana überzeugt.

»Ganz und gar nicht«, widerspreche ich. »Sammeln Sie genug Daten, laden Sie sie in eine KI-Software, lassen Sie die auf einem Quantenprozessor laufen, und er weiß, was Sie tun, noch bevor Sie es tun. Stellen Sie sich vor, das System beobachtet Sie beim Einkaufen in einem Lebensmittelladen. Sie gehen durch den Gang mit Eiscreme. Das System berechnet im Voraus, an welchen Eiscremegeschmack Sie denken, sodass er Ihnen im Moment der Entscheidung auf einem Werbedisplay eine Marke und einen Geschmack empfiehlt, um Sie umzustimmen und so Ihr Kaufverhalten zu beeinflussen.«

»Das ist unheimlich«, gibt sie zu.

»Und jetzt denken Sie größer.« Ich sehe Dana wieder in die Augen. »Stellen Sie sich dasselbe Computersystem in den Händen einer Regierung vor. Es sammelt sämtliche Daten über eine Person, die es erfassen kann, private und andere, weil nichts und niemand es daran hindern kann. Es überwacht Telefon, Tablets, Computer, sogar Ihren Wagen. Dann füttert es mit all dem das KI-Programm, die künstliche Intelligenz, und schon kann die errechnen, was Sie tun werden, noch bevor Sie es tun. Zum Beispiel, ob Sie ein Verbrechen begehen wollen. Und jetzt stellen Sie sich vor, dass diese Regierung eine etwas andere Definition von Verbrechen hat. So eine Regierung würde dann vorab wissen, wer sich in der Zukunft gegen sie stellt, wer an einer Protestveranstaltung teilnehmen oder einen Social-Media-Link posten wird, der dieser Regierung nicht gefällt, lange bevor derjenige selbst auf den entsprechenden Gedanken kommt. Und wenn das eine der Regierungen ist, die Menschenrechte regelmäßig ignorieren? Was passiert dann?«

»Mein Gott!« Sie ist sichtlich betroffen.

»Können Sie sich ein Land vorstellen, dem Sie so viel Macht überlassen möchten?«

»Das reicht jetzt!«, greift Decker ein.

Doch ich mache unbeirrt weiter. »Glauben Sie jetzt, dass jemand bereit ist, dafür einen Mord zu begehen?«

»Ich sagte, es reicht.« Decker hebt die Stimme und versengt mich mit seinem warnenden Blick, einen von der Sorte, mit denen er zweifellos damals seine Soldaten zur Räson gebracht hat, wenn einer von ihnen aus der Reihe getanzt ist.

Aber ich bin keiner seiner Soldaten, also erwidere ich ihn einfach mit einem grimmigen Blick meinerseits.

»Ich glaube, allmählich begreife ich, warum das FBI hier ist.« Dana sieht von mir zu Decker. »Was machen Sie damit, sollten Sie diesen Computer finden?«

Decker schweigt und warnt mich mit einem Kopfschütteln. Diesmal stimme ich mit ihm überein. Ich zucke mit den Schultern und sage nichts.

»Ja, schon klar.« Dana steht da, die Hände wieder auf die Hüften gestemmt. »Dann ist dieses Ding also gefährlich?«

»Definieren Sie gefährlich«, fordere ich sie auf.

»Nun, in erster Linie ist dieses Ding radioaktiv. Ist es gefährlich für die Öffentlichkeit?«

Decker und Miller sehen mich an.

»Nicht wenn es in einem abgeschirmten Koffer aufbewahrt wird.«

»Wie derjenige, der unter dem Bett gelegen hat und jetzt leer ist.«

Ich verstehe, worauf sie hinauswill. Wie viele mit Blei ausgeschlagene Koffer kann es hier in Indiana geben, um dieses Ding sicher zu verstauen?

»Wie können wir es finden?«, erkundigt sich Miller.

»Wir fangen auf der Comic Con mit der Suche danach an.«

»Sie glauben, wenn wir Caplans Mörder finden, finden wir auch das Einhorn«, folgert Dana.

»Bingo.«

»Einfach so?« Decker wirft einen Blick auf seine Uhr.

»Es ist immerhin ein Anfang.«

Dana hebt einen Finger und schwingt ihn zwischen Decker und mir hin und her. »Bevor Sie beide hier rausgehen, möchte ich etwas klarstellen: Meine Prioritäten sind die Sicherheit dieser Gemeinde und den Mörder von Roger Caplan zu finden. Und zwar genau in dieser Reihenfolge. Wenn ich auch nur eine Minute glaube, dass Sie gegen diese Ziele arbeiten, haben wir ein Problem.«

Ihre entschlossene Miene lässt keinerlei Zweifel daran, wie übel dieses Problem werden wird.

»Also, haben wir ein Problem?«, fragt sie.

»Ganz und gar nicht«, antworte ich. »Stimmt's, Decker?«

Seine Nasenflügel beben. »Nein«, antwortet er, aber sein Tonfall sagt mir etwas ganz anderes.

Ich werfe einen Blick auf den Laptop und sehe, dass die Übertragung der Daten gut läuft. In etwa anderthalb Stunden kann Bradley anfangen, über den Geheimnissen, die dieser Laptop birgt, zu brüten. Doch die Gedanken an Fukushima lassen mich einfach nicht los. Ich muss mich auf etwas anderes konzentrieren. Zum Beispiel auf einen Mord.

Plötzlich kommt mir das Hotelzimmer viel zu klein vor.

Ich stehe auf und gehe hinaus.

7

Das Security-Office im Hotel entspricht dem üblichen Standard: klein, weit ab vom Schuss und vollgestopft mit Kisten und Kartons, offenbar voller Küchenutensilien und Bettwäsche, alles um zwei Tische gestapelt. Auf einem stehen ein Computer, ein Telefon und ein kleines messingfarbenes Schild mit der Aufschrift »Head of Hotel-Security«. Außerdem liegen haufenweise Papiere darauf.

Aber mich interessiert vor allem der andere Arbeitstisch. Er wird von einer Wand aus Monitoren dominiert, die auf ausziehbare Aluminiumarme montiert sind, je drei Bildschirme nebeneinander in drei Reihen. Zusammengeschnürte Bündel von blauen Kabeln verbinden das Sicherheitssystem des Hotels mit dem Netzwerk, und zumindest das wirkt ordentlich und professionell. Wahrscheinlich wurde es seit seiner Installation nicht mehr benutzt, aber zumindest haben sie es am Anfang gleich richtig gemacht.

Im Büro sitzt ein smart gekleideter Mann mit kahl rasiertem Kopf. Er will damit wohl vermeiden, dass man seine peinliche Halbglatze erkennt, doch die

Stoppellinie ist deutlich zu sehen, weil der Typ recht klein ist. Wäre ich er, würde ich mir auch den Kopf rasieren.

»Hier läuft alles zusammen«, sagt er. »Von diesem Schreibtisch aus hat man Zugang zum gesamten Hotelnetzwerk.«

»Auch zum Wi-Fi?«

»Ja, Sir«, sagt Kahlkopf. Ich glaube, er hat sich als Dwayne vorgestellt. »Die Handbücher stehen auf dem Regal hier drüben.«

Um an das Regal zu gelangen, räumt er einen Stapel Kartons beiseite. Sie müssen schwer sein, denn er schnauft, obwohl er eigentlich ganz fit aussieht. Ich warte, bis er den letzten Karton weggeräumt hat, und schaue mir dann die Handbücher an. Ich kenne sie, die Hardware ist gute Qualität, und ist die Software-Installation genauso gut, wäre das von großem Vorteil.

Wenn sich das Fukushima-Einhorn im Pelican-Koffer in Caplans Zimmer befunden hat, müssen wir zunächst herausfinden, wann und mit wem es das Zimmer verlassen hat, um rauszukriegen, wo es sich jetzt befindet.

Hinter mir klopft es. Als Dwayne die Tür öffnet, stürmt Zyklon Decker in den Raum. Dana ist ihm dicht auf den Fersen.

»Da ist er ja«, sagt Decker.

»Sie sind einfach abgehauen!«, beschuldigt mich Dana.

»Das macht er häufiger«, knurrt Decker. »Was haben Sie gefunden?«

»Bis jetzt nur Handbücher.« Das, was ich in der Hand habe, schlage ich auf und überfliege die Titelseite.

Bingo. Die Firma, die das System eingerichtet hat, hat Login-ID und Passwort des Administrators hinterlassen.

Ich lege das Handbuch auf den Arbeitstisch neben die Tastatur, pflanze mich auf den Stuhl und logge mich mit meinen gestohlenen Zugangsdaten in das System ein.

»Sie haben nichts dagegen, was er da macht?«, wendet sich Decker an den Security-Chief.

»Keineswegs, Agent«, erwidert Dwayne. Er beugt sich zu Decker und senkt die Stimme. »Darf ich Sie mal was fragen? Wie war Quantico? Wissen Sie, ich war auch mal dort.«

Dwayne ist also ein Fed-Groupie. Ein Möchtegernagent, der hofft, dass sein Security-Job ihn eines Tages zum FBI bringen könnte. Das ist gut. Solche Typen wollen immer unbedingt gefallen. Allerdings neigen sie zu Geschwätzigkeit. Und da fängt Dwayne auch schon an, Decker mit Fragen zu löchern, was mir die beiden wenigstens für ein paar Minuten vom Leib hält, sodass ich mich voll und ganz dem Computer widmen kann. Auf dem Desktop befinden sich Symbole für die drei wichtigsten Sicherheitsanwendungen: Überwachungskameras,

Schlüsselkartensystem und Wi-Fi-Verwaltung. Perfekt.

»Überprüfen Sie das Videomaterial der Überwachungskameras?«, erkundigt sich Dana. »Caplan wurde vor etlichen Stunden ermordet. Und wir wissen nicht, wann er im Hotel angekommen ist. Könnte sehr lange dauern, sich das ganze Material anzuschauen.«

»Könnte es«, gebe ich zu und öffne das Schlüsselkartensystem.

Das Hotel hat die richtigen Optionen gekauft. Das System protokolliert immer, wenn eine Zimmertür geöffnet wird, egal, ob die Schlüsselkarte durchgezogen wurde oder nicht. Das ist nützlich.

Danach öffne ich das Überwachungsprogramm.

»Ich habe schon mit dem Hotelmanager gesprochen«, sagt Dana. »Es gibt nur Kameras in den wichtigsten öffentlichen Bereichen. Lobby, Aufzüge, Rezeption und draußen.«

»Überrascht Sie das?«, frage ich. »Das hier ist kein Casino in Vegas.«

»Mag sein, aber mehr ist immer besser.«

Da will ich ihr nicht widersprechen.

Da ich die Software gut kenne, gehe ich die Konfiguration schnell durch. Sie hat recht. Keine Kameras in den Gästefluren. Auch nicht in den Treppenhäusern. Nicht einmal in der Kaffeebar und im Restaurant.

Ich sehe mir das Wi-Fi-System an und klicke

mich direkt in die Berichte. Das System erfasst automatisch eine Menge Daten, die normalerweise gebraucht werden, wenn irgendwelche technischen Probleme auftreten. Ich habe dafür jedoch eine andere Verwendung.

»So schwer kann es für Sie nicht gewesen sein«, sagt Dwayne und sieht zu Decker auf. »Wenn Sie vor dem FBI bei den Spec Ops waren, dürften Sie die Akademie mit Auszeichnung bestanden haben.«

»Einiges davon war tatsächlich vertrautes Terrain«, gibt Decker zu. Ich hätte es nicht für möglich gehalten, aber er schafft es, sich noch mehr zu straffen, nimmt die Schultern zurück, streckt die Brust raus und plustert sich auf, als wär er auf 'ner Parade.

»Was soll Ihnen das Wi-Fi verraten?«, fragt mich Dana. »Auf welchen Websites Caplan gesurft hat?«

»Wenn wir Glück haben noch was Besseres.« Ich konzentriere mich wieder auf den Computer und checke die Berichte, bis ich auf einen namens »Handoff« stoße. Perfekt.

Da ich jetzt den Inhalt jedes Systems kenne, mache ich mich an die wirkliche Arbeit. Ich blättere durch die Bildschirmseiten und markiere Videoschnipsel. Dabei mache ich wohl ziemlichen Lärm mit der Tastatur, denn Dwayne verstummt, und Decker beugt sich etwas sehr aufdringlich über meine Schulter. Ich aber lasse mich nicht bremsen. Ich bin auf der Jagd und pirsche mich an meine Beute an.

Schließlich stoße ich mich vom Schreibtisch ab,

rolle ein wenig mit dem Stuhl zurück und strecke mich. »Da haben wir's.«

»Was?« Das kommt von Decker.

»Caplan hat das Hotel gestern Abend um 22 Uhr 54 betreten. Er ist auf dem Video hier zu sehen.« Ich rolle wieder zum Arbeitstisch und hole die Aufnahme auf den Bildschirm.

Caplan ist klar und deutlich auf dem Video zu sehen. Er betritt das Gebäude durch den Eingang zur Hauptlobby und steuert sofort auf die Aufzüge zu. Er ist durchschnittlich groß und hat eine normale Figur, trägt ein T-Shirt mit dem Emblem des Superhelden Captain America und weite Cargoshorts. Braunes Haar lugt am Hinterkopf unter der weißen Schirmmütze hervor. Eine Vokuhilafrisur? Autsch.

»Moment mal.« Dana beugt sich vor. »Woher wussten Sie, wie Caplan aussieht?«

»Wusste ich nicht. Ich hab sein Handy identifiziert, und auf der Aufnahme hielt er es in der Hand.«

»Wie haben Sie das denn gemacht?«

»Ich hab mir den letzten Eintrag seines Zimmers auf dem Schlüsselkartensystem angesehen.« Ich wechsle die Bildschirmansicht und zeige darauf. »Von da aus bin ich rückwärts vorgegangen und hab es mit dem Wi-Fi abgeglichen.«

»Was hat das Wi-Fi damit zu tun?«, fragt sie. Und als ich die Augen verdrehe, fügt sie hinzu: »Helfen Sie mir, ich will das verstehen.«

Die Verzögerung nervt mich, aber die Frage ist

berechtigt. Sie will ihren Job gewissenhaft erledigen und tut nicht so, als verstünde sie etwas, was sie in Wirklichkeit nicht kapiert.

»Jedes Gerät hat einen Gerätenamen. Das Betriebssystem weist sie ihnen beim Einrichten zu. Wenn sie sich mit einem Wi-Fi verbinden, identifiziert das Netzwerk sie anhand dieses Namens. Verlässt ein Gerät dieses Hotel und kehrt innerhalb von vierundzwanzig Stunden zurück, verbindet sich das lokale WLAN automatisch wieder unter demselben Namen mit dem Gerät.«

»Warum innerhalb von vierundzwanzig Stunden?«, will Decker wissen.

»Gäste werden tageweise abgerechnet«, antwortet Dwayne. »Selbst die mit Treuebonus, die umsonst Zugang zum Wi-Fi bekommen, müssen jeden Tag die Bedingungen neu akzeptieren.«

»Ich verstehe immer noch nicht, wie Sie speziell Caplan gefunden haben.« Dana klingt argwöhnisch, herausfordernd. Verhört sie mich etwa?

»Als ich mir die Logs angesehen hab, fand ich einen Eintrag für ›Rogers iPhone‹. Es hat sich, vier Minuten bevor Caplans Zimmer mit der Schlüsselkarte geöffnet wurde, mit dem Hauptzugangspunkt der Lobby verbunden. Also habe ich die Lobbykamera von dem Zeitpunkt an aufgerufen, an dem sich das Telefon mit dem Netzwerk verband, und da ist er.« Ich lege meine Hand auf die Maus. »Kann ich jetzt weitermachen?«

»Klar.« Dana richtet sich wieder ein wenig auf.

»Also, Caplan betritt um 22 Uhr 54 das Hotel. Sein Telefon verbindet sich in der Lobby mit dem Wi-Fi. Er macht sich auf den Weg zum Aufzug, aber er ist nicht der Einzige. Sehen Sie selbst.«

Die Lobbykamera zeigt eine Familie mit drei Kindern an der Rezeption, kurz bevor Caplan auftaucht. Das größte Kind scheucht eines der anderen umher. Das Video hat keinen Ton, aber sie müssen herumgeschrien haben, denn alle auf dem Video sehen sie an. Alle bis auf einen.

Ein großer Kerl im Anzug lässt sich von den brüllenden Kindern nicht ablenken. Er sitzt auf einem Sofa, eine aufgeschlagene Zeitung in den Händen, doch er hält sie so, dass er über den oberen Rand hinwegblicken kann. Eine Zeitung? Ehrlich, wo finden die Leute heute noch eine Zeitung aus Papier?

Ich lenke Deckers und Danas Aufmerksamkeit auf ihn. »Während die beiden Rabauken rumrennen wie bei einem Gefängnisaufstand, sitzt dieser Kerl einfach da und beobachtet gelassen die Eingangstür.«

Die Tür der Hauptlobby gleitet auf, und Caplan kommt herein, wirft einen Blick auf die kleinen Radaumacher, dann geht er zum Aufzug. Der Mann mit der Zeitung steht auf und folgt ihm.

»Wollen Sie raten, wo Mr. Zeitung hinfährt?«

»In Caplans Etage«, sagt Dana. »Er hat auf ihn gewartet.«

»Wer ist der Kerl?«, fragt Decker.

»Keine Ahnung.« Ich greife nach der Maus und spiele einige Clips ab. Die beiden Männer, die in dem Eingangsbereich des Aufzugs warten. Die Fahrt nach oben. Im Fahrstuhl scheint Caplan nicht zu bemerken, dass er beobachtet wird. Als sich die Türen öffnen und er aussteigt, folgt ihm Mr. Zeitung. Die Aufzeichnung der Kamera, die auf die Aufzüge auf Caplans Etage gerichtet ist, zeigt, wie sie in dieselbe Richtung davongehen.

»Das war's mit den Überwachungsvideos.«

»Das war's?«, fragt Decker. »Wir haben sie verloren?«

»Nein.« Ich reibe mir die Stirn. »Wir haben nur kein Video. Aber sein Telefon ist immer noch mit dem Wi-Fi verbunden, also können wir über die Zugangspunkte verfolgen, wohin er geht. Hier in den Protokollen sieht man, dass sich ›Rogers iPhone‹ nacheinander zunächst mit zwei Zugangspunkten im Flur des sechsten Stocks und dann mit dem in seinem Zimmer verbindet. Die Schlüsselkartenprotokolle zeigen, dass seine Zimmertür mit dem Schlüssel um 22 Uhr 59 geöffnet wird. Er bleibt dort, bis die Tür um 23 Uhr 17 erneut geöffnet wird, diesmal ohne Schlüsselkarte.«

»Hat er den Raum verlassen?«, fragt Dana. »Woher wissen wir, dass er nicht einfach nur die Tür geöffnet hat, um jemanden einzulassen?«

»Weil sich laut Wi-Fi das Telefon wieder in Bewegung setzt.«

»Wenn er wieder mit dem Aufzug gefahren ist, war er da allein?«

»Diesmal hat er nicht den Aufzug genommen. Er nimmt die Treppe.«

»Ich dachte, in den Treppenhäusern gibt es keine Kameras.«

»Gibt es auch nicht. Doch der dritte Wi-Fi-Zugangspunkt auf jeder Etage befindet sich direkt an der Treppe. ›Rogers iPhone‹ verbindet sich mit jedem dieser Punkte der Reihe nach vom sechsten Stock bis hinunter zum Erdgeschoss. Dort nimmt er eine Seitentür und umgeht die Lobby. Und genau da haben wir unsere letzte Aufnahme.«

Ich starte den letzten Videoclip. Der Bildschirm zeigt einen kleinen Parkplatz neben dem Gebäude. Eine Tür öffnet sich und blockiert die Sicht. Welcher Dummkopf auch immer die Kamera installiert hat, hat sie auf der falschen Seite angebracht.

Als die Tür zufällt, sieht man den Rücken von jemandem, der aussieht wie Caplan. Er verschwindet in der Dunkelheit.

»Das ist interessant«, stellt Dana fest.

Ich nicke. »Seh ich auch so.«

»Was ist daran interessant?«, will Decker wissen. »Er hat einfach nur das Hotel verlassen.«

»Erstens war er allein«, erklärt sie. »Von dem Typen mit der Zeitung ist nichts zu sehen. Und zweitens hatte er eine Jacke an.«

»Und?«, sagt Decker.

»Gestern Abend waren es fünfunddreißig Grad Celsius. Viel zu warm für eine Jacke.«

»Es sei denn …?« Ich schiebe meine Hand unter mein Shirt.

»Es sei denn, man will etwas darunter verstecken«, spielt sie mit. »Zum Beispiel ein Fukushima-Einhorn.«

8

Dwayne führt uns zu der Tür, durch die Caplan das Hotel verlassen hat. Wenn er das Einhorn bei sich hatte, als er ging, müssen wir, um einen Hinweis auf seinen Verbleib zu erhalten, Caplans letzte Schritte nachverfolgen.

Während ich schon auf der Straße bin, steht Dwayne etwas verlegen in der Tür und versperrt damit Decker den Weg, um nach seinen Kontaktdaten zu fragen. Dana instruiert noch Miller, der die Untersuchung des Hotelzimmers abschließen soll, und will dann nachkommen. Ich tippe Befehle in meine Uhr, während ich mich schon in Bewegung setze. Die Karten-App nennt das hier zwar eine Straße, aber es ist eher eine breite Gasse, die von hohen Gebäuden begrenzt wird.

»Wo wollen Sie hin?«, ruft mir Decker nach.

Ich schaue zurück. Dwayne steht mit einem glückseligen Grinsen da und wedelt mit einer Visitenkarte.

»Zur Comic Con!«, antworte ich.

»Woher kennen Sie den Weg?«

»Technologie!« Ich schüttle den ausgestreckten Arm. Meine Uhr vibriert bereits in einem bestimmten Muster, um mir zu sagen, dass ich am Ende der Gasse abbiegen muss.

Das Convention Center ist nur einen kurzen Fußweg entfernt, und das Navi führt mich auf direktem Weg dorthin. So wäre Caplan auch gegangen. Er hätte wohl kaum getrödelt, denn immerhin hatte er etwas Radioaktives unter seiner Jacke versteckt.

Am Ende der Gasse werfe ich erneut einen Blick auf meine Uhr, um mich zu vergewissern, in welche Richtung ich gehen soll.

Das Aufheulen eines hochdrehenden Motorrades zerreißt den ruhigen Morgen. Ich blicke hastig hoch, gerade noch rechtzeitig.

Ein rotes Motorrad schießt auf mich zu. Ich springe mit einem Satz zurück auf den Bordstein, und es rast so dicht an mir vorbei, dass ich die Hitze des Auspuffs spüre. Der Fahrer, der eine rote Lederkombi mit weißen Akzenten trägt, dreht den Kopf, um mich anzusehen. Sein Helmvisier reflektiert die aufgehende Sonne, sodass ich nichts von seinem Gesicht erkennen kann.

Während das Motorrad davonbraust, höre ich Schritte hinter mir, von zwei Leuten. Deckers Getrampel ist leicht zu identifizieren. Die andere Person muss Detective Lopez sein. Ihre Schritte sind kürzer, aber schneller und in einem perfekten Rhythmus. Sehr athletisch.

»Alles okay bei Ihnen?«, fragt Decker.

»Mir geht's gut.«

»Bei schönem Wetter haben wir hier ständig Probleme mit diesen Rennmaschinen. Hier entlang!« Dana biegt links ab.

Die belebte Straße wird von Restaurants mit Terrassen gesäumt. Also müssen hier gestern Abend auch noch zur späten Stunde eine Menge Leute unterwegs gewesen sein. Ein Blick auf meine Uhr sagt mir, dass es von hier ein gerader Weg zum Convention Center ist. Wenn Caplan wusste oder vermutete, dass er verfolgt wurde, hätte er sich unter den vielen Menschen sicherer gefühlt.

Einen Block weiter zeigt Decker auf ein älteres Ehepaar, das die Straße entlanggeht. Sie tragen braune Reifröcke mit aufgeklebten Goldkugeln und braune Army-Helme, an denen Taschenlampen befestigt sind. In der rechten Hand halten sie Saugglocken, in der linken Malerrollen. »In Ihrer Stadt laufen wirklich seltsame Leute rum, Detective Lopez. Was ist denn mit denen los?«

»Das sind Cosplayer, Decker«, antworte ich.

»Cos-was?« Genau diese Frage hat er vor einer Weile schon mal gestellt, wie ich mich erinnere. Jetzt endlich bekommt er eine Antwort.

»Leute, die sich für die Comic Con verkleiden. Das ist alles selbst gebastelt.«

»Das sind … Kostüme? Was sollen die denn darstellen?«

»Daleks«, sage ich. »Eine Roboterrasse aus *Doctor Who.*«

»Schräg.«

»Wie man's sieht.«

Was soll ich von Decker auch sonst erwarten? Ein Leben innerhalb starrer Regeln und kein bisschen Fantasie.

»Hier drüben!« Dana hat eine Gruppe von uniformierten Cops bei einem Eingang des Convention Centers entdeckt.

»Sie lassen uns hier nicht rein, Detective«, sagt einer von ihnen, als sie sich nähert.

»Was meinen Sie mit ›Sie lassen euch nicht rein?‹ Das hier ist ein verdammter Tatort!« Dana verwandelt sich plötzlich in eine Furie, wird lauter und fuchtelt mit den Armen. »Was für ein Schwachsinn ist das? Seit wann brauchen wir eine Erlaubnis, um ein gottverdammtes Verbrechen zu untersuchen?«

Der Cop reagiert mit einem Lächeln auf ihre Frustration. Offenbar beruhigt ihn ihre Anwesenheit. »Ich weiß, Detective Lopez. Schon klar, das ist verrückt. Aber er besteht darauf, dass wir, wenn wir in Uniform sind, draußen warten müssen, jetzt, da sie geöffnet haben. Er hätte bereits mit dem Bürgermeister gesprochen, und wenn ich ein Problem damit hätte, soll ich es mit ihm besprechen.«

»Wer ist *er*?«

»Der Typ, der hier das Sagen hat – Charles Farber.«

»Verdammt! Warten Sie hier, ich regele das.« Damit wendet sie sich an Decker und mich: »Sie kommen mit!«

Sie dreht sich um und macht sich auf den Weg zur nächsten Tür, aber Decker ist dichter dran und erreicht sie zuerst.

Ein Sicherheitsbeauftragter kontrolliert die Armbänder der Messebesucher. Auf der Brust seines gelben Hemdes ist der Name »Leroy« gestickt. Etwa zwanzig Menschen, mit und ohne Kostüm, warten höflich, bis sie an der Reihe sind.

Decker marschiert an den Anfang der Schlange, Kinn hoch, Rücken durchgedrückt. »FBI!« Er zückt seinen Ausweis und geht um den Sicherheitsmann herum.

»Klar doch«, sagt der und vertritt ihm den Weg. Der Typ ist noch größer als Decker. »Nettes Kostüm, Bruder, aber du wartest, bis du an der Reihe bist, wie alle anderen auch.«

»Was?« Decker ist völlig perplex, öffnet und schließt den Mund, aber es kommt kein weiteres Wort heraus. Er hat die Augen weit aufgerissen und versucht zu verarbeiten, was da gerade passiert. Offensichtlich ist das eine Premiere für ihn.

»*Akte X*, was?«, sagt der Sicherheitsmann. »Sieht gut aus. Aber ich muss dich bitten, dich ans Ende der Schlange zu stellen.«

Bevor Decker sich erholen kann, schiebt sich Dana um ihn herum. »Das hier ist kein Cosplay, Leroy.« Sie lächelt scharf und hält ihm ihren Dienstausweis unter die Nase. »Polizei. Und die beiden sind wirklich vom FBI. Wir haben hier was zu erledigen, und

Ihr Boss will ganz sicher keine Szene. Also, treten Sie zur Seite.«

»Nein, Ma'am, das will er sicher nicht«, stimmt Leroy ihr zu. »Ich hab nur nicht mit dem FBI gerechnet. Meine Anweisungen lauten, uniformierte Beamte zum Hintereingang zu schicken, aber Sie können natürlich auch hier reingehen.« Er tritt zur Seite, winkt uns durch und spricht etwas in ein Funkgerät.

Decker wirft ihm einen giftigen Blick zu und knurrt: »Dieser Kerl, der für die Veranstaltung verantwortlich ist, dieser Farber … was denkt er sich dabei, die Justiz zu behindern!«

Ich gestehe, so etwas habe ich auch noch nicht erlebt. Andererseits hat mich auch noch nie ein Stellvertretender Direktor des FBI mitten in der Nacht angerufen. Der Tag wird immer seltsamer.

»Farber ist ein hiesiger Bauunternehmer«, klärt Dana uns auf. »Ihm gehört die Hälfte der Gebäude in der Innenstadt. Großes Geld, noch größeres Ego.«

Decker schnaubt verächtlich.

Im Inneren der verglasten Haupthalle glänzen weiße Marmorböden unter einer hohen Glasdecke, in der Mitte führen mehrere Rolltreppen hinauf zu einem Zwischengeschoss. Ziemlich anständig für eine kleine Stadt.

Eine aufgeregte junge Frau mit einem Klemmbrett läuft auf uns zu und winkt, um unsere Aufmerksamkeit zu erregen. »Bitte, Mr. Farber hat mich geschickt, um Sie abzuholen«, sagt sie, als sie uns erreicht hat. »Sie sind von der Polizei, ja?« Ich erkenne ihren Akzent auf Anhieb. Koreanisch.

Decker und Dana greifen in ihre Blazer, um ihre Ausweise hervorzuholen.

»Nein, nein. Bitte. Sie müssen sich nicht ausweisen«, sagt sie schnell und winkt ab. Offenbar sollen die Ausweise nicht auffallen. »Ich bin Sally Cho, die Assistentin von Mr. Farber.«

Dana stellt uns vor, ohne unsere Ausweise zu zeigen. Sally Cho nickt uns freundlich zu.

»Bitte, folgen Sie mir«, sagt sie und führt uns in die Menge.

»Warum konnten Sie nicht einfach später öffnen?«, murrt Decker.

»Mr. Farber wird ganz sicher all Ihre Fragen beantworten«, erwidert Sally.

Das beeindruckt Decker nicht sonderlich, und ich habe das Gefühl, dass er gleich aggressiv auf sie losgehen wird. Ich bin schon zu lange wach und hab nicht annähernd genug Koffein intus, um mir eine ausgewachsene Zyklon-Decker-Explosion zu geben…

Moment, Koffein? Gute Idee!

Ich schaue mich nach einer Imbissbude um, während ich Deckers Frage beantworte, bevor er Sally anfahren kann. »Das ging nicht, weil die Leute schon stundenlang angestanden haben, bevor die Türen überhaupt geöffnet wurden, richtig, Miss Cho?«

»Ja, so ist es.«

»Viele von ihnen haben sich den Tag freigenommen«, fahre ich fort. »Sie haben diesen Besuch hier seit Wochen geplant.«

»Na und, dann warten sie eben noch länger«, entgegnet Decker. »Mord hat Vorrang.«

Sally Cho macht ein gequältes Gesicht, als Decker das Wort »Mord« laut ausspricht.

Wieder antworte ich für sie. »Die großen Filmstudios investieren Millionen, um Produktionen zu bewerben, die im kommenden Jahr ins Kino kommen sollen. Ein Superheldenfilm mit einem Budget von zweihundert Millionen kann weltweit eine Milliarde einspielen, wenn er ein Erfolg wird. Und diese Menschen hier«, ich breite die Arme aus, als wollte ich die Menge um mich herum umfassen, »sie entscheiden, ob es einer wird oder nicht. Miss Cho, mit wie vielen Besuchern rechnen Sie an diesem Wochenende?«

»Etwa vierzigtausend. Wir sind vollkommen ausverkauft, sonst könnten wir noch mehr Tickets verkaufen, und dies ist der größte Veranstaltungsort in der Stadt.«

»Wie viel kostet ein Ticket?«, erkundige ich mich.

»Das hängt von der Art des Tickets ab. Tageskarte. Wochenendpass. VIP-Pass. Außerdem gibt es spezielle Tickets für besondere Veranstaltungen.«

»Im Durchschnitt«, sagt Dana sichtlich mürrisch. »Der durchschnittliche Eintrittspreis pro Gast liegt bei fünfundsiebzig Dollar für das Wochenende.«

»Also bitte.« Ich wende mich Decker zu. »Drei Millionen in drei Tagen, bar auf die Hand.«

»Dazu kommen der Verkauf von Fotos und Autogrammen«, fügt Sally Cho hinzu. »Und Standgebühren.«

»Wahrscheinlich bringt das noch eine Million?« Ich sehe wieder Cho an, und sie nickt.

Decker stößt einen leisen Pfiff aus. Kommerz ist allgegenwärtig. Überall in den Gängen ziehen Menschen ihre Einkäufe aus Plastiktüten, um anderen Nerds ihre neu erworbenen Schätze zu präsentieren. Eine Gruppe von Mädchen betrachtet ein Bild in einem großen Glasrahmen und kichert. Ein paar Typen, die alle als die Hauptfigur einer meiner Lieblingsserien *The Double Limit* verkleidet sind, halten Hochglanzfotos von Jerry Oldham hoch, der in der Serie den zeitreisenden Cop spielt, und vergleichen seine Widmungen.

»Alles hier kostet Geld, Decker. Jedes Foto, jedes Autogramm und natürlich auch jedes Sammlerstück hat ein Preisschild«, erkläre ich. »Miss Cho, auf wie viel beläuft sich der gesamte wirtschaftliche Ertrag für die Stadt, Tourismus mit eingerechnet?«

»Zehn Millionen Dollar.« Das kommt wie aus der Pistole geschossen. Ich wette, Farber hat ihr diese Zahl eingetrichtert, als es heute früh politisch wurde. »Diese Veranstaltung ist sehr wichtig für unsere

Stadt. Ein Riesengeschäft. Und Mr. Farber betrachtet jede Störung mit großer Sorge. Er will vermeiden, dass die Besucher nächstes Jahr wegbleiben. Wir sagen den Leuten nur, dass ein Unfall passiert ist. Ein Besucher ist ausgerutscht und gestürzt. So, wir sind da.«

Wir sind ihr durch den Haupteingang gefolgt, dann durch einen Seitengang zu einer Doppeltür an der Rückseite des Gebäudes. Sie öffnet einen der Türflügel und führt uns in die Haupthalle mit den Verkäufern.

Die weitläufige Halle erstreckt sich über die Fläche von mehreren Fußballfeldern und ist mit Tausenden von Menschen gefüllt. Ihre Gespräche erzeugen ein Rauschen wie das eines Wasserfalls. Weiß gestrichene Wände aus Schlackesteinen stützen die Stahlträger der etwa drei Meter hohen Decke.

Auf der riesigen Fläche reihen sich die Verkaufsstände in schnurgeraden Gängen aneinander. Menschenmassen schlurfen in alle möglichen Richtungen, und gelegentlich kommt es zu Staus. In der Mitte der Halle erhebt sich ein zweistöckiger Turm aus Drahtgitter. Jeder Quadratzentimeter davon ist mit T-Shirts bedeckt, die Aufdrucke von allem haben, was das Geek-Herz erfreut.

Mich überkommt ein vertrauter Nervenkitzel. Die Vorfreude auf das, was es an neuen Dingen zu finden und an Berühmtheiten zu erspähen gibt. Ich frage mich, ob ich wohl Jerry Oldham zu sehen bekomme. Ich bin zwar nicht zum Vergnügen hier, aber der Anblick und der Lärm wecken Erinnerungen an bessere Zeiten in mir.

»Heilige Scheiße!« Decker überschreit die Kakophonie.

»Und heute ist ein ruhiger Tag!«, erwidere ich laut. »Am Samstag ist doppelt so viel los!«

»Glauben Sie, die Person, die Caplan aus dem Weg geräumt hat, ist hier irgendwo?«, schreit Dana.

»Sie und die mächtigste neue Technologie seit der Atombombe«, füge ich hinzu.

»Das ist übel.« Decker scannt grimmig die Menge.

Ich weiß, was er denkt. Hier sind viele Leute, die sich einen verdammt großen und doch begrenzten Raum mit etwas gefährlich Radioaktivem teilen. Und dazu mit jemandem, der schon einmal getötet hat, um es zu bekommen.

Ich beuge mich zu Decker und spreche ihm ins Ohr, damit nur er mich hören kann. »Und uns bleiben gerade mal zweiundfünfzig Stunden.«

Die Menge lichtet sich, als uns Sally Cho in den hinteren Teil der Halle führt, zu einer Reihe von Tischen auf einer langen Plattform, hinter der sich ein stoffbespanntes Gerüst befindet. Hinter jedem Tisch hängt am Vorhang ein Schild mit dem Namen und dem Foto eines Prominenten. Die Autogramm-Gasse.

Cho zeigt auf ein Schild für die Waschräume, und mir fällt auf, dass sich hier niemand aufhält außer ein paar Betreuern. Jeder von ihnen verkauft Hochglanzfotos an die Fans und notiert deren Namen, damit die Stars ihn richtig schreiben, wenn sie ihre Widmung aufs Foto setzen. Zwischen den Signierstunden informieren sie die Fans, wann das jeweilige Objekt ihrer Begierde zurückkehren wird.

»Will Parker, sind Sie das etwa?«

Ich habe nicht erwartet, so weit vom Valley entfernt auf Bewunderer zu treffen, aber es wäre nicht das erste Mal. Unsere Produkte hatten loyale Anhänger.

Doch als ich mich umdrehe, stelle ich fest, dass es kein Verehrer ist. Ganz und gar nicht.

Ein Mann mittleren Alters mit welligem grauem Haar und einem ordentlich gestutzten, fast weißen Bart reicht mir die Hand. Martin Hicks. Er trägt die Standarduniform von IT-Mitarbeitern in Unternehmen: hellbraune Khakis und ein Golfhemd. Seines ist königsblau, mit einem Firmenlogo auf der Brust. Hoch über seinem Kopf hängt ein Banner mit demselben Logo – Pyntel, ein Chiphersteller –, und hinter ihm liegt ein offener, mit flauschigem Teppich ausgelegter Raum. Eine Wand glatter schwarzer Türme präsentiert dort eine Reihe von Desktop- und Mobilgeräten, in denen Pyntels Prozessoren arbeiten.

Ich kenne ihn aus meiner Zeit im Valley, und soweit ich weiß, sitzt er jetzt in der Geschäftsleitung von irgendwas. Ein schmieriger, korrupter Ja-Sager, der sich die Karriereleiter hinaufgebuckelt hat.

»Martin.« Ich setze ein strahlendes Lächeln auf. »Was machen Sie denn hier? Schön, Sie zu sehen, Mann.« Ich schüttle ihm herzlich die Hand.

»Nein, nein, schön, *Sie* zu sehen, Will. Ich hätte nicht erwartet, Sie hier zu treffen, nicht in einer Million Jahren. Wie ist es Ihnen ergangen? Ich meine, ich hätte gehört, dass Sie dem Valley-Leben den Rücken gekehrt haben.«

»Das hab ich auch. Ganz und gar. Das hier ist eine völlig andere Nummer.«

Ekelhaft. Nach zwei Sekunden mit jemandem aus dem Valley kommt's mir vor, als wäre ich nie weg gewesen. Das Ganze ist natürlich Schauspielerei, aber so läuft das Spiel. Hollywoodprominente haben, wenn's um Heucheleien geht, Techmitarbeitern nichts voraus. Im Silicon Valley ist jeder ein Verbündeter, ein Aktivposten oder ein Feind.

»Sie sind jetzt Polizist oder so was, richtig?« Hicks legt den Kopf schief.

Ich nicke und setze passend zu meiner ernsten Rolle eine ernste Miene auf. »FBI, um genau zu sein. Special Agent.«

»Ich glaub's nicht! Das ist ja toll! Ich meine, dass Sie Ihrer Leidenschaft frönen können. Ich bewundere Sie für diesen mutigen Schritt, Mann. Ihren Träumen nachzujagen. Vermissen Sie es manchmal? Denken Sie daran zurückzukommen?«

»Man kann nie wissen, Martin.«

Die einzigen Träume, die mich motiviert haben,

dem FBI beizutreten, waren Albträume, aber das weiß Hicks nicht. Nicht mal Leute, mit denen ich jahrelang zusammengearbeitet habe, wie Ace Prior, wissen das. Nur Jack kannte die ganze Geschichte, und der ist Geschichte.

Die Erinnerung an Jack versetzt mir einen schmerzhaften Stich. Er war ein guter Mann. Er hat nicht verdient, was passiert ist. Ich würde einen Jack Walton einem ganzen Raum voller Martin Hickses vorziehen.

»Im Moment lebe ich diesen Traum.« Die Worte schmecken mir sauer im Mund. Zeit, das Thema zu wechseln. »Was ist mit Ihnen? Immer noch bei Pyntel, wie ich sehe.«

»Sie wissen ja, ich hab lebenslänglich.«

»Was machen Sie auf einer Con?«

»Ich hab jetzt auch noch das Marketing unter mir.« Er deutet mit einem Seufzer an, dass die Last der größeren Verantwortung ein edles Opfer ist, das er auf sich genommen hat. »Operativer Geschäftsführer zusammen mit Jordan Grant. Sie erinnern sich an Jordan? Sicher doch. Ich bin jedenfalls gerne von Zeit zu Zeit an der Front, treffe unsere Kunden, hole mir Feedback zu einem neuen Produkt, das auf den Markt kommt, und höre mir ihre Gedanken dazu an.«

Das ist kompletter Blödsinn. Diesen Job erledigt ein Produktmanager. »Natürlich, natürlich«, sage ich jedoch. »Das hier ist der Ort der echten Innovation, stimmt's? Hören Sie, ich muss los, aber es war toll, mit Ihnen zu plaudern. Rufen Sie mich irgendwann mal an. Viel Glück mit der Show.«

»Danke, Will, das mach ich. War schön, Sie zu sehen, Mann. Das Valley ist nicht mehr dasselbe ohne Sie. Aber … he, immer vorwärts, richtig?«

Ich gehe bereits rückwärts und drehe mich herum, um ihm zu entkommen.

»Was sollte *das* denn?«, will Decker wissen, als ich bei ihm und den anderen beim Eingang zu den Waschräumen ankomme.

»War jemand, den ich von früher kenne.«

»Von früher? Sie meinen, als Sie als ›einer der heißesten jungen Tech-CEOs‹ gehandelt wurden?« Dana hält mir ihr Handy vor die Nase. Das Display zeigt mein Gesicht. Es ist meine Wikipedia-Seite. »Nettes Foto.«

Ich hasse das Foto. Es wurde aufgenommen, als ich jünger war und gerade CastorNet aus der Taufe gehoben hatte. Im Hintergrund kann man noch die Ecke unseres alten kitschigen Banners erkennen. Mit der transparenten Brille sah ich eher älter als klüger aus. Schrecklich. Eine Zeit lang hab ich versucht, das Foto durch ein anderes zu ersetzen, aber irgendein Redakteur oder was weiß ich tauschte es immer wieder durch dieses Scheißbild aus, und schließlich hab ich kapituliert.

Seinen Status im Valley erringt man, weil man das am schnellsten wachsende, heißeste Produkt hat. Dazu gibt es Bonuspunkte für Jugend. Und Geld ist die offizielle Wertungsliste.

Dass ich einfach weggegangen bin, verwirrt Leute wie Hicks. Einerseits sind sie davon überzeugt, dass ich den Verstand verloren habe, weil das für sie die einzig mögliche Erklärung für mein Ausscheiden aus dem Rennen ist. Auf der anderen sind sie froh, dass es jetzt eine Stimme weniger gibt, die sie bei ihrem Kampf um Aufmerksamkeit überschreien müssen.

»Ist der auch ein Fast-Milliardär wie Sie?«, erkundigt sich Dana.

Ich schnaube verächtlich. »Nein, er ist nicht wie ich. Ich habe etwas erfunden, eine Firma gegründet und sie aufgebaut. Er ist ein typischer Schmarotzer, eine Konzerndrohne; er hat nie etwas erfunden. Ich weiß nicht, ob er jemals auch nur eine Zeile eines Computercodes geschrieben hat. Aber reich ist er, klar. Sitzt in der Geschäftsleitung bei Pyntel.«

»Tatsächlich?«, fragt Dana. »Und was macht er dann hier?«

»Er will in Kontakt mit seinen Kunden bleiben«, antworte ich und sehe ihr über die Schulter. Hicks ist in einem Rudel von Zwanzigjährigen in Pyntel-T-Shirts verschwunden, die Werbegeschenke verteilen.

»Kaufen Sie ihm das ab?«

»Nicht eine Sekunde. Das ist nur ein Vorwand für seine Anwesenheit hier.«

»Denken Sie, er hat etwas mit dem Mord an Caplan zu tun?«

»Caplan?« Ich schaue zurück zu den Firmenlakaien in ihren Khakis und Team-Shirts. »Nun … bekäme Pyntel das Fukushima-Einhorn in die Hände, könnten sie Produkte herstellen, mit denen würden sie Hunderte von Milliarden Dollar machen.«

»Sie glauben also, er weiß, dass es hier war«, folgert Dana.

»Zeigen Sie mir, was mit Caplan passiert ist, und ich sage es Ihnen.«

Sie betrachtet mich wieder mit diesem abschätzenden Blick, dann sieht sie mir in die Augen. »Dann machen Sie sich auf was gefasst.«

9

Blut.

Ein ganzes Meer davon. Caplans Leiche wurde vom Gerichtsmediziner abtransportiert, aber der Waschraum, in dem er sein Ende fand, wurde gelassen, wie er war. Wahrscheinlich glauben sie, das FBI will sich selbst ein Bild von dem machen, was hier geschehen ist.

Ich halte mir die Hand vors Gesicht, um den metallischen Gestank des Blutes zurückzuhalten, das auf fast jede Oberfläche, einschließlich der Decke, gespritzt oder geschmiert wurde. Auf den Anblick hätte ich gut verzichten können.

Sosehr ich mich auch bemühe, den Gestank abzuwehren, er dringt tief in meinen Rachen. Ich muss husten und kann ein Würgen gerade noch unterdrücken. Zum Glück habe ich nur Tropical Blend im Magen, falls ich mir seinen Inhalt noch mal ansehen muss.

»Alles okay?« Dana sieht mich stirnrunzelnd an. Vermutlich hat sie Angst, dass ich ihren Tatort verunreinigen könnte.

Da ich nicht sicher bin, ob ich sprechen kann,

ohne mich zu übergeben, nicke ich und hoffe, dass es selbstbewusster rüberkommt, als ich mich fühle.

»Sie haben noch nicht viel Blut in Ihrem Leben gesehen, was?«

Ich schüttle den Kopf. Nein, das hab ich wirklich nicht. In Quantico haben sie uns zwar Fotos von Gewaltverbrechen gezeigt, aber seitdem war ich bei der Abteilung Cyberkriminalität, wo die meisten Verbrechen online stattfinden, in weiter Ferne. Klar, ich hab genug Stoff für Albträume zu sehen bekommen: Kinderpornografie, Folterungsopfer von Menschenhändlern. Aber keine Morde mit so viel Blut.

Auf der einen Seite des Raums befinden sich die Kabinen. Die andere wird von einer Trennwand zwischen den Urinalen und einer Handvoll Waschbecken in zwei Hälften geteilt. Die Becken sind in einer Granitplatte mit dunkler Maserung eingelassen. Eines der Waschbecken ist komplett mit Blut verschmiert, alles andere ist damit vollgespritzt.

»Ich sag Ihnen, was hier passiert ist.« Dana zieht mit einem Schnappen ihre Latexhandschuhe an. Sie sieht mich an. Flackert da Mitgefühl in ihren Augen?

»Die Blutspur beginnt hier.« Sie deutet auf das blutverschmierte Waschbecken. »Die Spritzer lassen darauf schließen, dass sein Kopf auf die Kante des Tresens aufgeschlagen ist. Caplan wurde höchstwahrscheinlich von hinten attackiert und sein Kopf nach unten gerammt. Er hat eine entsprechende

Wunde an der Stirn.« Sie zieht mit einem nitrilbehandschuhten Finger eine imaginäre Linie über ihre Stirn.

Der Tropical Blend brodelt. Ekelhaft.

»Danach gab es einen Kampf. Es dürfte Miller und sein Team einige Zeit kosten, die Abfolge der Ereignisse aus den Spritzmustern herauszuarbeiten. Sie überkreuzen sich überall. Jedenfalls ist Caplan nicht sofort zu Boden gegangen. Ob er gekämpft hat oder nur herumgetaumelt ist, können wir noch nicht sicher sagen.«

An einer der Kabinentüren ist ein Blutfleck, und ich schaue auf den Boden vor der Toilette. In dem Blut hat jemand mit seinen Füßen ein kreisförmiges Muster hinterlassen. »Da hat jemand versucht, seine Spuren zu verwischen.«

»Sie haben ein gutes Auge«, lobt mich Dana. »Bis jetzt haben wir mindestens zwei verschiedene Sätze von Schuhabdrücken. Einer stammt von Caplan, der andere gehört zu den Tätern.«

»Den Tätern?«, fragt Decker. »Es gab mehr als einen?« Er lehnt an der Tür, beobachtet alles und macht auf gelassen. Doch das kaufe ich ihm nicht ab. Er ist starr und angespannt. Ich frage mich, wie viele solcher Tatorte er schon gesehen hat. Nun ja, er war in der Armee, also hat er wahrscheinlich schon Schlimmeres gesehen. Wahrscheinlich ist es einfach nur seine übliche Verkrampftheit. Vielleicht aber gewöhnt man sich nie an so einen Anblick.

»Wir wissen es noch nicht genau«, antwortet Dana, »also gehen wir zu diesem Zeitpunkt von mehreren möglichen Verdächtigen aus. Wer auch immer die Spuren hinterlassen hat, kam zurück und hat die Sohlenprofile verwischt. Es könnte nur einer gewesen sein oder ein halbes Dutzend. Das wissen wir erst, wenn die Techniker jeden einzelnen Abdruck untersucht haben.«

»Wie lange wird das dauern?«, will Decker wissen.

»Zu lange«, sage ich. »Irgendeine Spur von dem Einhorn?«

»Da ist eine freie Fläche auf dem Waschtresen«, sagt Dana. »Miller hat sie entdeckt. Das dunkle Muster der Granitplatte verdeckt sie, aber da gibt es eindeutig eine Linie rechts neben dem Waschbecken. Irgendwas hat dort gestanden, aber es war kein Hartschalenkoffer.«

»Woher wissen Sie das?«, fragt Decker.

»Eine gewellte Linie?«, frage ich Dana. Sie nickt. »Also etwas Weiches. Eine Tasche?«

»Miller kann es nicht mit Sicherheit sagen, aber es ist wahrscheinlich.«

»Strahlung?«, erkundige ich mich.

»Nicht eindeutig. Miller hat nichts gefunden, was die normalen Hintergrundwerte überstieg, aber wenn es nur ein paar Minuten hier drin war, würde es auch keine stärkeren Strahlungsrückstände hinterlassen.«

»Hat er den Rest des Gebäudes überprüft?«

»Ja. Da war nichts.«

Ich seufze. Habe ich wirklich geglaubt, es wäre so einfach zu finden?

»Ist sonst noch was zurückgeblieben?«, setze ich nach. »Hatte Caplan irgendetwas bei sich?«

»Brieftasche, Hotelschlüsselkarte, das Übliche«, antwortet Dana.

»Handy?«

Sie hält inne, unsicher. Sie holt ihr Telefon heraus und sieht nach. »Nein. In Millers Liste ist kein Handy aufgeführt. Weder am Tatort noch bei der Leiche.«

»Was ist mit seinen Händen?«

»Seine Hände?«, fragt Dana verständnislos.

»Waren sie blutig?«

»Moment mal«, sagt sie und blättert durch den Bericht. »Ja, sie waren blutig. Bis auf den rechten Zeigefinger. Der war sauber abgewischt. Sonderbar.«

»Das ist offensichtlich.«

»Woher wussten Sie das?« Decker spreizt die Arme und legt den Kopf schief.

»Sein Handy. Wir wissen, dass er es bei sich hatte, als er das Hotel verlassen hat. Aber es ist nicht mehr da. Also hat der Mörder oder jemand anderes es genommen. Gesperrt ist es für ihn aber nutzlos.«

»Der Fingerabdruckscanner«, sagt Dana. »Es war einfach, den Finger zu säubern, solange das Blut noch feucht war und bevor es klebrig wurde. Es ist also eindeutig passiert, *nachdem* ihm jemand den Schädel eingeschlagen hat.«

Ekelhaft. Jetzt reicht's. Ich verschwinde.

Ich gehe zurück in die Halle, froh, diesem Geruch endlich zu entkommen. Als ich auf meine Füße sehe, fällt mir wieder ein, dass ich meine Lieblings-Converse trage. Na toll! Ich hätte es besser wissen müssen! Ich hebe meine Füße nacheinander und betrachte die Sohlen. Auf den ersten Blick sehen sie sauber aus, aber die Sohle ist dunkel und …

»Was machen Sie da?«

Ich stehe auf einem Fuß, den anderen hochgezogen, um die Sohle zu begutachten, als ein kleiner korpulenter Mann in meine Richtung watschelt. Sein Haaransatz weicht zurück, aber dafür hat er buschige Augenbrauen über dunkelbraunen Augen, mit denen er mich finster anstarrt. Seine olivfarbene Haut ist gerötet, und er schnauft.

»Ziehen Sie die Handschuhe aus.« Er zeigt mit seinem dicken Finger auf mich. Die dicken Goldringe an seiner Hand funkeln im Licht der Verkaufshalle.

»Was?«

»Sie sehen damit aus wie ein Polizist; ziehen Sie die Handschuhe aus.«

»Ich *bin* Polizist«, sage ich und greife in meine Tasche. »FBI.«

»Keine Ausweise«, zischt der korpulente Mann.

Sally Cho drängt sich durch die Menge und eilt auf uns zu. Der korpulente Mann muss Farber sein.

»In Ordnung, beruhigen Sie sich«, versuche ich Farber zu beschwichtigen.

»Sagen Sie mir nicht, ich soll mich beruhigen.« Er ballt die Hände zu Fäusten. »Sie sollten das hier unauffällig erledigen.«

Cho hat das Klemmbrett an die Brust gepresst, und auf ihrer Stirn bilden sich kleine Schweißperlen. »Das ist das FBI, Mr. Farber. Sie tragen keine Uniformen, und Sie haben gesagt, wir sollen sie reinlassen, wenn sie keine Uniformen tragen.«

»Ich hab gesagt, dass ihr sie nicht reinlassen sollt, wenn sie wie Polizisten aussehen, *zum Beispiel,* wenn sie Uniformen tragen. Polizisten an den Eingängen sehen nach Security aus. Polizisten, die Gummihandschuhe tragen und hier drinnen Rudel bilden, sehen aus, als gäbe es ein Problem. Denken Sie nach!« Er droht ihr mit dem Finger. »Details, Sally!«

Sie senkt rasch den Kopf und murmelt eine Entschuldigung. Ich glaube nicht, dass es das erste Mal ist, dass er sie so zurechtstutzt.

»Schon gut, Miss Cho.« Ich ziehe die Handschuhe aus und knülle sie in meiner Faust zusammen. »Ich bin sowieso fertig.«

»Sie sind fertig?« Farber dreht sich zu mir um. »Gut, dann kann ich ja den Raum reinigen und wieder öffnen lassen. Das ist der Waschraum für die

Prominenten. Die sind verdammt sauer, wenn sie nicht ihre eigene Toilette haben, weit weg von den Spinnern.«

»Ich hab nicht gesagt, dass *wir* mit dem Raum fertig sind. *Ich* bin fertig damit.«

»Wollen Sie sich etwa mit mir anlegen?«

»Das würden Sie merken.«

»Also, wann sind Sie fertig? Ich brauch den Waschraum.«

Der Kerl steht unter Strom. Mir ist klar, was er will: Seine Con soll wieder zur Tagesordnung übergehen. Aber diesem Caplan wurden erst vor ein paar Stunden die Lichter ausgeknipst. Das Blut ist nicht mal getrocknet, klebt überall im Waschraum. Mir dreht sich schon wieder fast der Magen um.

»Was ist hier los?« Decker taucht hinter mir auf. Gut. Soll der sich um Farber kümmern. Mein Magen beruhigt sich wieder etwas, verkrampft sich aber dann, und mir fällt ein, dass ich immer noch nichts gegessen habe. Vielleicht hilft es ja, wenn ich einen Happen zu mir nehme, so unappetitlich das, was ich gerade gesehen habe, auch war.

Ich mache Anstalten zu verschwinden.

»Ah, so ist's richtig, verschwinden Sie endlich, Sie Staatsdiener!«, mault Farber. »Hier wird nämlich gearbeitet.«

»Schön ruhig bleiben!« In Deckers Tonfall liegt eine deutliche Warnung, der Zyklon braut sich zusammen. »Wir haben hier einen Toten.«

»Ja, tja, es ist nur einer. Aber das Geschäft geht weiter. Mein Geschäft.«

Ich höre nicht zum ersten Mal, wie jemand so gefühllos über das Leben von anderen Menschen spricht, immerhin habe ich schon an Fällen von Menschenhandel gearbeitet. Aber heute ist es anders. Ich wünschte, es läge an der brutalen Art, wie Caplan getötet wurde, oder an meiner Sorge wegen des Einhorns oder einfach nur am Schlafmangel. Aber wenn ich ehrlich zu mir bin, weiß ich genau, was es ist. Das letzte Mal habe ich so viel Blut in der Nacht gesehen, als Kate Mason ermordet wurde. Als Sterling ihr die Kehle aufgeschlitzt hat und ihr das Blut über die Brust lief. Ich habe mich weggedreht, konnte nicht zusehen, *wollte* nicht sehen, was ich da angerichtet hatte.

Bei der Erinnerung an meinen Fehler ballen sich meine Hände zu Fäusten, meine Fingernägel bohren sich in die Handflächen, mein Atem geht stoßweise.

Ich fahre herum und baue mich vor Farber auf. Ganz dicht. Ich dringe in seinen persönlichen Raum ein, berühre ihn aber nicht. Da ich größer bin, zwinge ich ihn, zu mir aufzuschauen. »Sie wissen wohl nicht, mit wem Sie hier reden, Farber.«

»Und ob ich das weiß!« Er will mir den Finger gegen die Brust stupsen, hält aber kurz vor dem Kontakt inne. »Sie sind einfach nur ein Cop. Davon gibt es hier schon zu viele. Ein Anruf genügt, und sie alle fliegen hier raus.«

»Zuerst habe ich noch eine Frage.« Ich bin ihm so nah, dass er den Tropical Blend riechen muss. »Wo waren Sie letzte Nacht, Mr. Farber?«

Er wirkt, als wäre er gerade gegen eine Wand gelaufen. Sein Mund klappt auf und zu. »Ich … war zu Hause, auch wenn Sie das nicht das Geringste angeht.« Seine Stimme bebt, und sein großkotziges Gehabe gerät ins Schwanken.

»Ich entscheide, was mich etwas angeht. Sie halten mich für irgendeinen Cop? Ich werd Ihnen sagen, wer ich bin. Ich bin der Typ, der einen Tweet an eine Million Follower absetzen und Ihren Laden innerhalb einer Stunde leer fegen kann.«

»Blödsinn!« Aber er klingt nicht überzeugt. Die Sache läuft ganz und gar nicht so, wie er es erwartet hat. Er denkt nach, versucht herauszufinden, ob ich bluffe.

»Ich würde auf ihn hören«, wirft Decker ein. »Er hat eine eigene Wikipedia-Seite.«

»Ganz wie Sie wollen.« Ich zücke mein Handy.

Farber steht einfach nur da und starrt mich an, während ich tippe. Doch dann wird er zunehmend nervös, beißt sich auf die Unterlippe und tritt von einem Fuß auf den anderen, bevor er einbricht.

»Gut, schon gut«, lenkt er schließlich ein. »Aber ich habe angeordnet, dass ich keinen Auflauf von Cops will.« Er beugt sich an mir vorbei, um Decker und Dana anzusehen. »Sie tragen keine Handschuhe, aber Sie sehen aus wie Cops!«

»Und was ist mit ihm?« Decker deutet auf mich.

Er starrt mich an, sein Blick bleibt an meinem X-Wing-Fighter-T-Shirt hängen. »Der ist okay so, er sieht aus wie einer von denen.« Er zeigt mit dem Daumen auf die Menge in der Halle.

»Die beiden sind auch okay so«, sage ich. »Sie machen auch Cosplay. *Akte X.* Mulder und Scully.«

Farbers Blick zuckt zwischen Decker und Dana hin und her, während er den Mund öffnet und ihn dann wieder zuklappt. Er hat keine Ahnung, wovon ich rede.

»Von mir aus«, sagt er schließlich. »Aber stehen Sie nicht die ganze Zeit nur rum.«

Damit dreht er sich um und stürmt davon, Sally Cho im Schlepptau.

»War Mulder nicht ein Weißer?«, erkundigt sich Decker.

»Er hat wirklich nicht den kleinsten Schimmer«, antworte ich.

»Er wird Chief Wilmont anrufen«, ist Dana überzeugt. »Und dann ruft Wilmont mich an.«

»Und wir bekommen einen Anruf von Burke«, sagt Decker.

Ich hab mein Handy noch in der Hand, als es brummend eine Nachricht anzeigt.

»Dann bewegen wir wohl besser unsere Ärsche.«

10

Bradley W: Ich hab da was, kannst du reden?

Ich: Nicht jetzt. Spuck aus.

Bradley W: Caplan ist im Darknet.

Ich: Ernsthaft? Was hat er da gemacht?

Bradley W: Arbeite noch an den Details. Sieht aus wie ein Marktplatz.

Ich: Kauft oder verkauft er?

Bradley W: Verkauft.

Ich: Fukushima-Einhorn?

Bradley W: Bingo. Eine Auktion.

Ich: Wer hat den Zuschlag erhalten?

Bradley W: Du solltest mich wirklich besser anrufen.

Ich: OK, FaceTime in 5 Minuten.

Ich muss einen ruhigen Ort finden, an dem ich ungestört mit Bradley sprechen kann, und das ist ganz sicher nicht die Verkaufshalle.

Ich bahne mir einen Weg durch die Menge, und es sieht aus, als würde der Fluss immer in die andere Richtung strömen. Also schwimme ich gegen den Strom und weiche den Leuten ständig aus oder dränge sie zur Seite.

»Wohin wollen Sie?« Ich habe nicht bemerkt, dass Dana mir gefolgt ist.

»Ich muss jemanden anrufen.«

»Sie sind da vorhin ein bisschen hart zur Sache gegangen, finden Sie nicht?« Sie schiebt sich seitlich zwischen einem Wookie und einem Zombie durch.

»Farber ist ein Arschloch.« Ich habe das Ende des Ganges erreicht und kann der Menge entkommen.

»Da widerspreche ich nicht«, gibt Dana zurück, holt mich ein und geht neben mir her. »Sind Sie immer so unverblümt?«

»Ich verschwende nicht gern meine Zeit.«

Sie zuckt die Achseln. »Wohin gehen wir?«

»Wir?«

»Hören Sie«, sagt sie, ohne die Menschenmenge vor sich aus den Augen zu lassen, »ich hab keine zwei FBI-Agenten am Hals, weil ein Händler für Comicartikel in einer Toilette umgebracht wurde. Weswegen auch immer Sie hier sind, es geht bestimmt nicht darum, einfach nur einen Mörder zu schnappen. Das ist *mein* Job, auch wenn Sie wieder weg sind. Aber welchen Fall auch immer *Sie* verfolgen, er hat etwas mit meinem Mordfall *zu tun*. Also arbeiten wir entweder zusammen oder kommen uns gegenseitig in die Quere. Ich hab bei meinem Job gelernt, dass Zusammenarbeit dazu führt, dass Fälle abgeschlossen werden. Wenn man sich aber gegenseitig in die Quere kommt, sitzt man am Ende auf einem ungelösten Fall. Ich schließe meine Fälle lieber erfolgreich ab. Und Sie?«

Da hat sie nicht ganz unrecht.

»Ein Podiumsraum«, antworte ich. »Dahin sind wir unterwegs.«

»Ein was?«

»Da finden Präsentationen statt, oder sie reden über ihre Lieblingsserie oder Bücher oder holen sich Cosplay-Tipps oder was auch immer.«

»Und was machen wir da?«

»Dort ist es ruhig, und ich kann meinen Techniker in L. A. anrufen. Er ist da auf etwas gestoßen.«

Die Podiumsräume liegen auf der anderen Seite des Haupteingangs. In jedem befindet sich an einer Wand ein Podest vor etlichen Reihen Stühlen. Für eine Messe sind die Räume eher klein, aber mit vier Wänden und einer Tür zum Zumachen perfekt für mich.

Im ersten Raum sortiert gerade eine junge Frau in einem Kawaii-Maid-Café-Kostüm mit leuchtend rosa Haaren Perücken und Kostümteile auf einem Tisch neben dem Podium.

»FBI«, sage ich und halte meinen Ausweis hoch. »Wir brauchen den Raum. Sofort. Raus.«

Die junge Frau wirkt verärgert, aber sie verschwindet ohne Widerspruch. Ich schließe die Tür hinter ihr.

»Geben Sie mir einen Tipp«, fordert mich Dana auf.

»Unser Opfer war ein kleiner Online-Ganove«, sage ich, ziehe mein Smartphone heraus und lege es auf das Podium. »Er war im Darknet.«

»Im Darknet? Wo man Auftragskiller ordern kann? Wie hat er das geschafft?« Sie schiebt wieder ihre Jacke zurück und stützt die Hand auf die Hüfte. Ich nenne das inzwischen ihre »Ermittlerpose«.

»Auftragskiller, Drogenlieferungen oder Kinderprostitution. Das Darknet ist für Suchmaschinen wie Google unsichtbar, aber wenn man die richtige Software hat, steht es einem weit offen.«

»Was wollte jemand wie Caplan dort?«

»Das Fukushima-Einhorn verkaufen, wie's aussieht.«

Ihre Miene verfinstert sich vor Sorge, aber sie wirkt nicht überrascht oder ängstlich.

»Sie kommen nicht von hier, oder?«, frage ich.

Sie schüttelt den Kopf. »Miami.«

Mein Anruf wird angenommen, und Bradleys glatt rasiertes Gesicht erscheint auf einem Handydisplay. Er ist ein jugendlicher Mittdreißiger mit einer schicken Hipsterfrisur. Normalerweise stylt er sie hoch, aber heute fallen die Haare schlaff zur Seite. Opfer der langen Nacht zuvor.

»Will, kannst du sprechen?« Er sieht Dana hinter meiner Schulter.

»Mach nur. Das ist Detective Lopez von der hiesigen Polizei. Der Mord an Caplan ist ihr Fall.«

»Alles klar, Boss.« Er dreht sich nach links und

tippt auf eine Tastatur, um auf seinem zweiten Monitor Notizen aufzurufen. »Caplan ist ziemlich tief ins Darknet eingetaucht«, fährt er fort. »Ich versuch immer noch, alles nachzuverfolgen. Wie's scheint, fing er damit an, nachdem er einige Threads auf Reddit über höchst zweifelhafte Prominenten-Memorabilien gefunden hat. Am Anfang beschränkte er sich auf Dinge wie gehackte Nacktbilder von Promis und – ohne Scheiß jetzt – eine Haarlocke von George R. R. Martin. Im Grunde auf alles, von dem er dachte, er könnte damit Geld verdienen und …«

»Das meiste von diesem Müll ist gefälscht«, unterbreche ich ihn. »Wie ist er von diesem Schrott auf das Fukushima-Einhorn gekommen?«

»Vor etwa einem Jahr hat er angefangen, sich Zeug aus Japan anzuschauen«, antwortet Bradley. »Ich hab noch nicht alles gecheckt, aber er hat sich in letzter Zeit für Sachen aus Fukushima interessiert, so wie andere Leute mit Tschernobyl-Sachen handeln. Verbotenes Zeug und möglicherweise auch gefährlich. Ich hab einen teilweise gelöschten Cache mit Textschnipseln gefunden. Sieht aus wie Nachrichtenprotokolle. Er hat mit jemandem gechattet, der ›radioaktives Zeug‹ zu verkaufen hatte. Irgendein Einheimischer aus der Nähe von Fukushima. Die sind allerdings verdammt vorsichtig.«

»Das liegt daran, dass die Regierung den Diebstahl oder den Besitz von radioaktiven Artefakten ziemlich hart bestraft«, erwidere ich.

»Also gehen die Leute ins Darknet, um damit zu handeln?«, fragt Dana.

»Genau«, sagt Bradley und wendet sich wieder der Kamera zu. »Anscheinend gab es auch Bilder. Ich hab sie noch nicht finden können, aber was auch immer darauf zu sehen war, bei Caplan hat es klick gemacht. Der Verkäufer wusste offenbar nicht, worum es sich handelt, aber Caplan hatte wohl so eine Ahnung. Er hat im Netz nach ›Fukushima Semiconductor‹ gesucht, was ihn zu dem berühmten Reddit-Thread im regulären Web führte, und dann endet die Spur. Er wurde so vorsichtig wie ein untreuer Ehemann, hat nur noch privat gesurft und alle Verläufe gelöscht.«

»Woher wusste er, wie dieser Computer aussieht?«, will Dana wissen.

»Dieser berühmte Reddit-Thread, von dem Bradley spricht«, antworte ich ihr, »der wurde von jemandem gestartet, der behauptete, er wäre ein ehemaliger Mitarbeiter von Fukushima Semi. Dort hat er auch eine detaillierte Beschreibung des Einhorns veröffentlicht. Allerdings hat er die nur einmal gepostet und ist dann nie wieder aktiv geworden. Aber die Beschreibung war exakt, und die Leute haben sie jahrelang benutzt, um Fälschungen zu verkaufen.«

»Wenn es so viele Fälschungen gibt«, wirft Bradley ein, »wie kam Caplan dann auf die Idee, dass es das echte Einhorn ist?«

»Diese Nachrichtenschnipsel …« Ich rede lauter, damit Bradley mich verstehen kann. »Wie viel hat diese Person angeboten? Nur diesen einen Artikel?«

»Nein, der Typ hat alles Mögliche verkauft.« Bradley tippt wieder auf der Tastatur. »Aber Caplan hat sich nur auf die eine Sache konzentriert.«

»Dann gibt es zwei Gründe«, erkläre ich. »Erstens: Es war ja angeblich radioaktiv. Das lässt sich leicht überprüfen und ist schwer zu fälschen. Zweitens: Jemand, der ein gefälschtes Fukushima-Einhorn verkaufen will, behauptet mit Sicherheit offiziell, dass es ein Fukushima-Einhorn wäre.«

»Mein Gott!«, stößt Bradley hervor, dann stopft er sich auf dem Handydisplay eine Handvoll bunter Bonbons in den Mund. »Wenn dieser Typ also irgendwelches radioaktive Zeug anbietet«, nuschelt er mit vollem Mund, »und nicht sagt, dass es das Einhorn ist, erhöht es die Wahrscheinlichkeit, dass es genau das ist.«

»Aber wie ist er an das Ding gekommen?«, fragt Dana.

»Frag beim Grenzschutz und beim Heimatschutz nach«, instruiere ich Bradley. »Check seine E-Mails und seine Kreditkarten. Und finde raus, ob er in Japan gewesen ist.«

»Wird gemacht, Boss«, sagt er und tippt Notizen auf dem zweiten Bildschirm.

»Und sobald Caplan es in die Hände bekommen hat …«, setzt Dana an.

»… wollte er es verkaufen«, beende ich ihren Satz und wende mich wieder an Bradley. »Hat er eine Auktionsseite benutzt?«

»Nein, er hat alles mittels Foren organisiert. Sieht so aus, als hätte er ziemlich lange rumgesucht, bis er ein Forum fand, in dem man seine Behauptung, er habe ein Fukushima-Einhorn, ernst nahm. Und da ist er auf eine Goldader gestoßen. Am Anfang gab es recht viele Bieter, aber es hat sich schnell auf vier reduziert, denen es wirklich ernst war.«

»Hat er seine Spuren nicht mehr verwischt?«, frage ich.

»Nein, seit zwei Wochen nicht mehr. Er musste aus der Deckung kommen, um die Bieter anzulocken, und dann ging alles sehr schnell.«

»Wer sind diese Bieter?«

»Wir haben nur Handles.« Bradley tippt wieder schnell in die Tastatur.

Mein Telefon zeigt eine Nachricht an. Ein Bildschirmausschnitt von Bradley. Es gibt vier Nachrichtenköpfe und vier Handles: reap495; jforce80; DarkRiderX und Kaiju2k.

»Keiner davon ist in der Datenbank der Cyber Unit markiert«, stellt Bradley fest.

»Was nichts zu bedeuten hat«, denke ich laut. »Wahrscheinlich wurden sie extra für das hier generiert.«

»Wie lange wird es dauern, um herauszufinden, wer dahintersteckt?«, erkundigt sich Dana.

»Ich tu mein Bestes«, verspricht Bradley. »Aber erwarten Sie nicht zu viel.«

»Wenn sie Nachrichten hinterlassen, können wir dann nicht auch ihre IDs aufspüren?«, fragt Dana.

»Die Leute im Darknet schätzen ihre Anonymität über alles«, erwidert Bradley, »und genau dafür wurde es auch eingerichtet.«

»Wie hat er die Bieter überzeugt, dass er das echte Einhorn hatte?«, frage ich.

»Er hatte die richtige Beschreibung«, sagt Bradley und schnippt sich ein einzelnes M&M in den Mund. »Und ich hab ein Bild gefunden, von einem Strahlungsdetektor-Bildschirm. Wie du schon sagtest, so was ist schwer zu fälschen, und die Werte stimmen mit denen vom Fukushima-Unfall überein. Das ist alles, was ich weiß.«

»Gibt es einen Gewinner?«, frage ich. »Welches Handle hat das Rennen gemacht?«

»Das ist es ja – die Auktion ist noch nicht vorbei.«

»Caplan ist tot, das Einhorn ist weg, also würde ich sagen, die Auktion ist vorbei«, erklärt Dana.

»Offenbar hat das den Bietern niemand mitgeteilt«, meint Bradley. »Alle vier Finalisten haben in den letzten paar Stunden gepostet. Die Musik hat vielleicht aufgehört, aber sie tanzen noch. Allerdings weiß ich nicht, wie lange noch.«

»Wann war Caplans letzter Post?«, frage ich.

»Ich seh mal nach. Ah, ja, hier haben wir's.« Er ruft die Informationen auf. »Letzte Nacht. Über Handy.«

»Handy? Wir haben kein Handy gefunden, weder am Tatort noch bei der Leiche.«

»Okay, ich versuche, es aufzuspüren.« Bradley setzt es auf seine Checkliste.

»Warten Sie«, sagt Dana. »Wenn die Bieter auch heute noch posten, bedeutet das …«

»… es ist immer noch im Spiel.« Ich fahre mir mit den Händen durchs Haar. »Denn wenn einer von ihnen es hätte, gäbe es keinen Grund, weiter im Forum zu posten.«

»Und wo ist es?«

»Das ist die Frage aller Fragen, nicht wahr?« Ich blicke wieder Bradley auf dem Display an. »Wann soll die Auktion zu Ende sein?«

»Morgen, laut Caplans letztem Beitrag.« Bradley schiebt sich eine Handvoll dieser Dragees in den Mund.

Ich wende mich an Dana. »Können wir die Sache so lange durchziehen?«

»Wenn das alles wirklich so anonym läuft, wie Sie sagen, besteht eine gute Chance, dass sie nicht wissen, dass Caplan hinter der Auktion steckt«, meint sie. »Und selbst wenn, hat Farber ja dafür gesorgt, dass wir den Mord geheim halten. Niemand außerhalb der Strafverfolgungsbehörden weiß, dass Caplan tot ist. Und meine Abteilung hält dicht.«

»Wie hoch ist das letzte Gebot?«, frage ich Bradley.

»Zehn Millionen.«

Danas Mund klappt auf, und ihre ausdrucksstarken Brauen schießen nach oben. »Wer würde für so was zehn Millionen ausgeben?«

»Leute, die keine Sekunde zögern, Caplan oder jeden anderen zu töten, der sie daran hindern will, es in die Hände zu bekommen. Unschuldig oder nicht.«

»Terroristen?« Dana schluckt schwer.

»Das ist unwahrscheinlich«, antwortet Bradley. »Religiöse Fanatiker, die Bomben auf öffentlichen Plätzen zünden, brauchen dafür keinen allwissenden Supercomputer.«

Ich lasse mich auf einen Stuhl fallen. »Konzerne. Drogenkartelle. Nationalstaaten. Die haben nicht nur die Ressourcen, es zu kaufen, sondern auch die, es einzusetzen. Wenn die hier wirklich mitbieten, schicken sie absolut skrupellose Typen.«

Dragoniis ist mit seiner Einreise in die USA ein großes Risiko eingegangen. Eine falsche Bewegung, und er verbringt den Rest seines Lebens in einem US-amerikanischen Gefängnis. Oder es kommt noch schlimmer für ihn, nämlich dann, wenn Decker ihn in die Krallen bekommt. Aber für die Chinesen lohnt sich das Risiko. Sie könnten ihr Spiel aus Wirtschafts- und politischer Spionage auf ein höheres Niveau bringen und die Cyberkriegabteilung des Pentagons, das CIA-Hauptquartier in Langley oder sogar die NSA ins Visier nehmen.

Aber da ist auch noch Martin Hicks. Er ist, soweit ich weiß, weder ein Dieb noch ein Spion, aber ich bin mir mittlerweile sicher, dass er wegen des Einhorns hier ist. Brächte er es zu Pyntel, wäre er mit einem Knall der ganz große Macker.

Momentan haben Quantencomputer die Größe eines Kleiderschranks, sind bei Weitem nicht so ausgereift wie das Fukushima-Einhorn und benötigen riesige Kühlsysteme, was ihren Einsatz auf die Forschung beschränkt.

Doch würde man diese bahnbrechende neue Technik realisieren und auf den Markt bringen, wäre ein herkömmlicher Computer, selbst einer mit Pyntels Flaggschiff-Prozessor, im Vergleich dazu nur noch ein Abakus. Mein Deal mit Fukushima Semi wäre für Firmen wie Pyntel eine Katastrophe gewesen, und würde das Fukushima-Einhorn wieder auftauchen, wäre auch die Bedrohung für ihr Geschäft wieder da. Es sei denn, Pyntel würde es gelingen, es selbst in die Hand zu bekommen und zu kommerzialisieren.

»Keine Frage, Caplan hat sich auf ein gefährliches Spiel eingelassen«, erklärt Bradley. »Aber warum sollten sie ihn töten, bevor das Geschäft abgeschlossen ist? Zehn Millionen Dollar wären ein Vermögen für Caplan gewesen, aber für einen multinationalen Konzern oder gar eine Regierung sind das Peanuts. Warum also riskieren, das Einhorn zu verlieren, indem man versucht, es zu stehlen?«

»Weil sie die Auktion nicht gewinnen können«, sage ich. »Oder vielleicht haben sie geglaubt, sie werden sie gewinnen, aber zugleich befürchtet, dass die Konkurrenz das nicht hinnimmt. Das Einhorn ist so wertvoll, dass gewisse Organisationen alles zu zahlen oder zu tun bereit wären, um es in die Hände zu bekommen.«

»Aber woher sollen sie wissen, ob sie verlieren oder nicht?«, wendet Dana ein. »Und wenn das Darknet wirklich so anonym ist, wie sind sie dann auf Caplan gekommen?«

»Caplan hat einen riesigen Fehler gemacht«, sagt Bradley.

»Er hat doch nicht etwa seinen Namen oder seine tatsächliche E-Mail-Adresse benutzt oder irgendetwas ähnlich Dämliches gemacht, oder?«, fragt Dana.

»O Gott, nein, so naiv war er nicht«, erwidert Bradley. »Aber Caplan hat den Abholort festgelegt.«

»Und als er das gemacht hat, wurde die Liste der Möglichkeiten um einiges kleiner.« Ich fahre mir wieder mit den Händen durchs Haar.

»Wo ist der Abholort?«, will Dana wissen.

»Einmal dürfen Sie raten«, meint Bradley.

»Hier.« Ich breite die Arme aus. »Auf der Comic Con.«

Ich beende das Gespräch mit Bradley und verlasse den Podiumsraum.

11

Decker: Wohin sind Sie verschwunden?

Ich: Mit Bradley telefoniert. Caplan versteigerte Einhorn im Darknet.

Decker: Dragoniis?

Ich: Wahrscheinlich einer der Bieter.

Decker: Mehr als einer?

Ich: Ja.

Decker: Das ist ein Problem. Was machen Sie jetzt?

Ich: Ich gehe shoppen.

Decker: ???

Ich blicke von meinem Smartphone hoch und finde mich in der Haupteingangshalle wieder. Hier ist es hell, und ich blinzle.

»Wissen Sie eigentlich, dass Sie gerade mit gesenktem Kopf durch einen Korridor voller Leute gelaufen sind, ohne auch nur ein einziges Mal mit irgendjemandem zusammenzustoßen?«, fragt Dana, die neben mir geht.

Natürlich weiß ich das. Ich hätte es gemerkt, hätte ich jemanden angerempelt.

»Wie haben Sie das gemacht?«

»Übung. Wo ist Caplans Stand?«

»Ich zeig es Ihnen.« Sie nimmt Kurs durch die Menge in Richtung Veranstaltungssaal.

»Eins noch.« Ich laufe ihr nach und versuche, lässig zu klingen, als würde ich mich erkundigen, wo man hier guten Kaffee bekommt. »Ich muss diesen Pelican-Koffer sehen, in dem das Fukushima-Einhorn war.«

»Wenn wir hier fertig sind, bringe ich Sie zurück zum Bahnhof.«

»Ich brauch ihn im Hotel.«

Sie bleibt so abrupt stehen, dass ich fast mit ihr zusammenstoße, und fährt zu mir herum. Wir stehen unmittelbar voreinander. Eine Aura aus Energie umhüllt sie. Ich kann sie so nah an ihr wirklich spüren. Sie ist ein Mensch der Tat, jederzeit in der Lage loszurennen, anzugreifen oder zu kämpfen. Ihre Muskeln sind immer angespannt, bereit zum Sprung.

»Ich muss ihn untersuchen und herausfinden, wie seriös die Sache ist«, erkläre ich. »Ich muss die Größe und Form des Ausschnitts sehen.«

»Sie kennen doch die Zahlen. Miller hat den Ausschnitt gemessen.«

»Ich bin der einzige noch lebende Mensch, der den Computer vor dem Atomunfall gesehen hat. Ich weiß es erst sicher, wenn ich den Koffer mit eigenen Augen sehe, nicht nur auf Fotos.«

»Sie wollen einen radioaktiven Koffer auf Ihr

Hotelzimmer holen? Die meisten Leute würden vor so etwas schleunigst die Flucht ergreifen.«

Jetzt, da sie das laut ausgesprochen hat, klingt meine Forderung tatsächlich wie eine schlechte Idee. Aber schlecht oder nicht, sie muss ein Verbrechen aufklären, und der Koffer ist ein Beweismittel, Decker und ich hingegen haben andere Ziele, und für uns ist der Koffer ein Werkzeug. Wenn die Bieter noch aktiv sind, sind sie hier. Und wenn sie wissen, was das Fukushima-Einhorn ist, wissen sie auch, wer ich bin, und haben mittlerweile sicher schon meine Anwesenheit hier bemerkt. Hat einer von ihnen tatsächlich Caplan getötet, aber das Einhorn nicht gefunden, und man sieht mich mit diesem speziellen Koffer, könnte das die Interessenten aus der Deckung locken.

Aber das will ich Dana nicht sagen, denn damit würde ich riskieren, dass sie ablehnt. Also begnüge ich mich mit einem unverbindlichen: »Ja, klar.«

»Ich lasse nicht zu, dass Sie ein radioaktives Objekt irgendwohin bringen, wo es Menschen gefährden kann. Und das schließt auch Sie mit ein.«

Sie will nicht, dass mir irgendwas Schlimmes passiert? Wusste ich doch, dass ich Eindruck bei ihr gemacht hab.

»So heiß ist er gar nicht«, versichere ich ihr. »Die Strahlung ist nur eine Übertragung von der Originalquelle. Wenn wir ihn geschlossen lassen, ist das okay.«

»Er ist ein Beweisstück und zudem potenziell gefährlich.«

»Vertrauen Sie mir.«

»Ihnen vertrauen? Ich kenne Sie nicht mal.«

»Aber Sie wissen, dass ich Experte bin. Sie haben meine Wikipedia-Seite gelesen!«

Sie holt tief Luft. »Ich weiß nicht, wie das beim FBI normalerweise läuft, aber ich gehe auf keinen Fall ein Risiko für die öffentliche Sicherheit ein.«

»Gut. Miller soll ihn schließen und scannen. Wenn er bestätigt, dass er sicher ist, soll er ihn in mein Hotelzimmer bringen. Ich lasse ihn geschlossen und werde ihn nicht öffnen.«

Sie legt den Kopf schief und mahlt mit dem Kiefer. Sie denkt nach, wägt kühl Risiko und Nutzen ab. Das respektiere ich.

Die Entscheidungsfindung dauert nicht lange. »Ich setze Miller darauf an.«

Mein Handy vibriert in einem vertrauten Rhythmus in meiner Hosentasche. Das FBI-Hauptquartier.

Als ich auf meine Smartwatch blicke, sehe ich Burkes Gesicht in der Anrufanzeige. Das Foto hab ich gemacht, als er gerade eine Rede hielt. Sein Gesicht war zerknittert wie bei einem Mops. So stelle ich ihn mir gern vor.

Ich weiß, dass ich das Unvermeidliche nur hinauszögere, wenn ich auf die »Anruf ablehnen«-Taste tippe. Er wird es wieder versuchen. Aber bevor ich mit ihm spreche, muss ich noch einen Gefallen einfordern.

Ich schaue auf die Uhr und berechne im Kopf, wie spät es in Tokio ist. Wie das Einhorn hierher gelangen und Caplan in die Hände fallen konnte, beunruhigt mich. An der Sammlerbranche ist nichts auszusetzen, aber ich habe dort noch nie jemanden kennengelernt, der mir fähig schien, mit so etwas wie dem Einhorn zu hehlen. Wie es nach Amerika gelangt ist, ist die eine Frage, aber wie es überhaupt aus Japan herauskam, ist genauso wichtig. Vielleicht sogar noch wichtiger.

(Auf Japanisch)

Ich: Akito, alter Kumpel.

Akito: Parker-san. Wie geht es Ihnen?

Ich: Sehr gut. Ich stecke da gerade mitten in einem Problem und brauche Ihre Hilfe.

Akito: Raus damit!

Ich: Ich benötige Informationen über einen Passagier.

Akito: Ich stecke fest, Puzzle 42. Big Fish Pyramid.

Ich: Mal sehen, was ich tun kann.

Akito: Schicken Sie mir die Details.

Ich: Wird gemacht.

Akito: Big Fish!

Akito ist ein guter Kontakt in Japan. Aus irgendeinem Grund denkt er, dass ich weiß, wie man jedes jemals produzierte Videospiel gewinnt, nur weil ich im Silicon Valley gearbeitet habe. Obwohl ich alles versucht habe, habe ich es nie geschafft, ihn von diesem Glauben abzubringen. Bitte ich ihn jetzt um einen Gefallen, lässt er sich in seiner bevorzugten Währung bezahlen, in Tipps für das Videospiel, in dem er gerade feststeckt. Da er das hat, was ich brauche, bekommt Akito, was er will.

»Was war das denn für eine Sprache?«, will Dana wissen, als wir uns auf den Weg zurück in die Verkäuferhalle machen.

»Sie haben mir über die Schulter geschaut?« Ich spiele mit dem Gedanken, empört zu reagieren, aber ein Blick in ihr Gesicht sagt mir, dass es Zeitverschwendung wäre. »Japanisch.«

»Mit wem haben Sie da getextet?«

»Mit einem alten Freund.«

»Über den Fall?«

»Wie kommen Sie darauf?«

»Fukushima liegt in Japan, und Sie schreiben jemandem auf Japanisch. Man muss nicht beim FBI sein, um da einen Zusammenhang zu sehen.«

Okay, das leuchtet ein.

»Okay, es ist so …«, beginne ich. »Dass irgendein beliebiger Sammler das Fukushima-Einhorn hat, kann ich irgendwie ja akzeptieren. Und dass er versucht, es zu verkaufen, ist nur logisch. Die meisten dieser Verkäufer sind gewiefte Händler, die billig einkaufen und die Sachen teuer losschlagen. Und offensichtlich weiß er, was er da hat.«

Nun ja, was mich dabei am meisten wurmt, ist, dass Roger Caplan, ein Vertreter der Geek-Kultur, gefunden hat, was ich trotz jahrelanger Suche nicht finden konnte. Aber das muss Dana nicht erfahren.

»Ich will wissen, wie er es ins Land gebracht hat«, fahre ich daher fort, »etwas, das radioaktiv genug ist, um Miller so zu erschrecken, dass er den Tatort hat evakuieren lassen. Und dabei kann mir Akito helfen.«

Wir erreichen Caplans Stand. Schwarze Drahtgitterwände, an denen Regale mit Sammlerstücken hängen, bilden einen Miniaturladen. Der Eingang ist mit einer grauen Plane abgedeckt. Die wird zurückgeschlagen, als wir näher kommen, und Decker steht da.

Er sieht noch missgelaunter aus als sonst schon und hält mir ein Diensthandy hin. »Für Sie!«

Decker hält die Plane noch höher und winkt mich rein. Dann lässt er sie vor Danas Nase zurückfallen.

Zögernd nehme ich das Handy ans Ohr. »Parker.«

»Wo zum Teufel haben Sie gesteckt? Warum gehen Sie nicht an Ihr verfluchtes Handy?« Direktor Burke ist so richtig in Fahrt. Farber war offensichtlich recht umtriebig.

»Ich war auf der Jagd nach Spuren, Sal.« Er hasst es, wenn ich ihn Sal nenne, darum tue ich's.

»Gehört eine dieser Spuren zufällig zu jemandem namens Charles Farber?«

»Das ist noch nicht klar. Möglicherweise.«

»Sie sollten da besser für Klarheit sorgen, Agent

Parker, denn er setzt alle Hebel in Bewegung, damit man Sie feuert.«

»Und? Bin ich gefeuert?«

»Das ist noch nicht klar. Möglicherweise.« Die Retourkutsche ist wohl Burkes Art von Humor.

»Farber will, dass seine Messe nicht länger gestört wird, aber so einfach ist das nicht. Wir haben hier eine Leiche.«

»Sie haben da einen Job zu erledigen, Parker, und der besteht nicht darin, einen prominenten lokalen Geschäftsmann zu verärgern!«, korrigiert mich Burke. »Lösen Sie diesen Mordfall, ohne dabei ein Großfeuer zu legen, weil ich das löschen muss, wenn mich der Generalstaatsanwalt anruft.«

»Wegen eines Mordes haben Sie mich nicht hergeschickt, sondern wegen des Fukushima-Einhorns.«

»Was ist bloß in euch gefahren, Leute? Decker redet auch ständig von einem ›Einhorn‹. Das Ding ist ein Quantencomputer. Warum sagen Sie nicht einfach Quantencomputer? Und richtig, genau deshalb sind Sie dort. Und Decker soll einen ausländischen Agenten aufspüren. Und zwar schleunigst. Letzteres gilt für Sie beide.«

Burke ist schon im besten Fall ein übellauniger Typ, aber wenn er mit mir spricht, ist er immer besonders gereizt. Sicher, meine Methoden sind recht unkonventionell, aber meine Erfolgsquote ist höher, als es seine als aktiver Agent jemals war. Das weiß ich. Hab ich recherchiert.

»Farber wirft uns Knüppel zwischen die Beine«, sage ich. »Er lässt uns nicht ungehindert hier rumlaufen.«

»Er *lässt* Sie nicht? Ist das hier ein Kindergarten? Auch wenn ich es unablässig bedaure, Parker, Sie sind FBI Special Agent. Also verhalten Sie sich wie einer! Haben Sie verstanden?«

»Hab ich.« Das ist ja ein echter seelischer Orgasmus, den ich da verspüre.

»Gut, also Schluss mit dem Blödsinn. Keine Spielchen mehr. Und keine weiteren Konfrontationen.«

»Selbst wenn er ein Verdächtiger ist?«

»Wer? Farber?«

»Ja, Farber.«

Burke seufzt. »*Ist* er ein Verdächtiger?«

Ich möchte gern Ja sagen. Es wäre so einfach, Ja zu sagen, aber ich kann das einfach nicht. Noch nicht.

»Nein.«

»Dann hören Sie auf, ihn zu provozieren!«, schreit Burke.

Einen Moment herrscht Ruhe, während Burke sich sammelt, und ich gebe ihm diese Minute. Sobald er alles rausgelassen hat, kann ich mich wieder auf die Suche nach dem Einhorn machen.

Als er weiterredet, klingt er gefasster.

»Aber sobald sich das ändert, informieren Sie mich augenblicklich!«, befiehlt er ruhig. »Ich will, dass dieser Fall gelöst wird. Ich will wissen, wer Caplan getötet hat, wo dieser Quantencomputer ist, und ich will, dass dieser chinesische Hacker aus dem Verkehr gezogen wird.«

Ich mag Burke, und genau das ist der Grund: Obwohl er ein Choleriker ist, immer nur einen Pulsschlag vom Herzinfarkt entfernt, glaubt er an das, was er tut. Er kämpft leidenschaftlich für die Wahrheit und ist bereit, die sich daraus ergebenden Konsequenzen zu tragen. Wahrscheinlich ist das der Grund, warum er so verbissen ist. Das Zwillingskonzept von Wahrheit und Gerechtigkeit wird in Washington zu oft durch Opportunismus und Kompromisse ersetzt.

»Gut, Assistant Director Burke.«

»Erledigen Sie einfach Ihren Job.«

Das Gespräch mit Burke ist zu Ende, und ich ziehe den Vorhang zurück, um Dana reinzulassen. Hier ist Platz für uns alle, auch wenn's ein bisschen eng wird. Umgeben von der Plane fühlt es sich an, als wären wir allein in einem winzigen Raum, und das undeutliche Rauschen von Tausenden von Stimmen um uns herum ist beklemmend.

Ich betrachte eine Weile das Zeug von Caplan.

»Was ist das?« Decker zeigt auf eine Reihe alter Achtzigerjahre-Actionfiguren. »Das sieht aus wie Müll!«

»Des einen Müll ist des anderen Schatz, Decker.« Dieser Barbar. Ich blicke gerade auf einen R2-D2 von Kenner aus dem Jahr 1977.

»Es sieht alt aus«, sagt er.

»Nicht alles«, widerspricht Dana. »Die hier wirken ziemlich neu.« Sie beugt sich zu einer Reihe Bronzeskulpturen von Star-Wars-Figuren. Sie sind so groß wie ein Laib Brot oder noch größer, und es sind alles Figuren aus der Originaltrilogie, nicht aus den Prequels oder den ganz neuen Filmen. An jeder von ihnen ist mit einem weißen Band ein blaues Schild mit japanischer Schrift befestigt.

»Wissen Sie …« Sie geht zu einem Regal mit signierten Fotos. »Mir ist aufgefallen, dass die meisten anderen Verkaufsstände ein bestimmtes Thema haben. Zum Beispiel gibt es an einem Stand nur T-Shirts, an einem anderen nur Spielzeug, und einer sah aus, als wäre alles, was angeboten wird, Merchandising einer bestimmten TV-Serie.«

»Viele Händler suchen sich eine Nische und spezialisieren sich darauf«, sage ich.

»Und was ist Caplans Nische? Ich sehe keine Verbindung zwischen all den Sachen.«

Stirnrunzelnd sehe ich mich um. Ich verstehe, was sie meint. Hier gibt es Actionfiguren, Fankunst, Autogramme und sogar ein paar ausgestopfte Plüschfiguren. Für das unerfahrene Auge wirkt es wie bunt zusammengewürfelt. Aber mein geschulter Blick findet den roten Faden.

Ich zeige auf die Reihe der Actionfiguren. »Das gemeinsame Thema hier ist die Qualität. Das sind Original-Kenner-Figuren aus dem Jahr 1977, und es sind nur die ausgesuchtesten Charaktere.«

»Wenn Sie das sagen.« Decker nimmt ein Pikachu in einem blauen Hemd vom Regal. »Ich sehe hier nur überall diese ausgestopften Tierfiguren.«

»Diese Pokémon sind alle offiziell lizenziert. Das, was Sie gerade in der Hand halten, ist eine Sonderedition zur Fußballweltmeisterschaft 2014. Pikachu war das offizielle Maskottchen der japanischen Mannschaft. Darum trägt er auch das Mannschaftstrikot.«

Decker zuckt mit den Schultern und legt das Pikachu achtlos zurück ins Regal. »Für mich sehen sie alle gleich aus.«

»Dann sehen Sie genauer hin.« Ich gehe zu den Skulpturen neben Dana. »Diese Stücke sind handgefertigt, Originalkunstwerke. Sie sind perfekt. Museumsqualität.« Ich ziehe einen meiner Nitrilhandschuhe hervor und hebe damit eine der Skulpturen an. Ein prächtiger und schwerer Jabba the Hutt. Er hat die Zunge herausgestreckt, und seine großen Augen scheinen mich direkt anzustarren. Ich drehe die Skulptur um. »Wie ich dachte, japanisch.«

Decker beugt sich vor. »Und was steht da?«

»Der Name des Künstlers, ›Tokyo 2015‹ und dann ›Sail Barge Jabba‹.« Ich hebe das Etikett, das an der Figur befestigt ist, mit der freien Hand. »Fünfhundert Dollar.« Ich lasse das Etikett los und betrachte erneut Jabbas Kopf. »O ja, und sehen Sie hier, da ist sogar die Kette um seinen Hals.«

»Sie können japanische Schriftzeichen lesen?«, fragt Decker verblüfft.

»Ich hab früher viel Zeit in Japan verbracht.«

Er brummt und wendet sich dann an Dana. Er wird unruhig. Es ist eng hier drin, und er ist mit Abstand die größte Person hier. »Haben Ihre Kollegen die anderen Verkäufer in der Nähe abgeklappert und mit ihnen über das Opfer geredet?«

Sie schüttelt den Kopf. »Farber will keine Uniformierten reinlassen, wie Sie ja wissen. Mit einigen Leuten habe ich bereits gesprochen, aber keiner hat etwas Ungewöhnliches gesehen oder gehört.«

»Gibt es hier Videoüberwachung?«

»Auf den Toiletten natürlich nicht. Was den Rest des Gebäudes angeht, warten wir auf den Supervisor mit dem Playback-Passwort.«

»Und die Wache von letzter Nacht?«

»Hat einem unserer Officers gesagt, er hätte nichts gesehen.«

»Sie glauben ihm?«, erkundige ich mich.

»Nein. Und deshalb ist er noch hier. Wir haben ihm befohlen zu warten.«

»Das hört sich schon besser an«, meint Decker. »Ich seh mir mal das hiesige Security-Office an. Und Sie beide reden mit diesen Memorabilien-Dealern hier.«

Er wartet nicht auf eine Antwort, sondern verlässt hastig den Verschlag, und dann höre ich, wie er draußen vor der Plane tief durchatmet.

»Er mag wirklich keine kleinen Räume, oder?«, fragt Dana.

»Das haben Sie also auch schon bemerkt.«

»War kaum zu übersehen.«

Ich schätze zwar die Gelegenheit, über Decker zu lästern, aber etwas anderes hat meine Aufmerksamkeit erregt. Über das oberste Regal von Caplans Kabine lugt von der anderen Seite der Wand ein weißer Plastikzylinder mit einem schwarzen Glaskreis auf der Vorderseite.

Ich zeige darauf. »Wissen Sie, was das ist?«

»Ja, eine Kamera …« Das »Klugscheißer« am Ende war zwar stumm, aber ich hab es trotzdem mitgekriegt. In so was bin ich gut.

Eine erfolgreiche Internet-Sicherheitskamera-Kampagne auf Kickstarter hat eine ganze Industrie von Nachahmern hervorgebracht. Die Geräte sehen alle ähnlich aus, ein Klecks aus weißem oder schwarzem Plastik, mit ein paar Linsen drin.

Die hier ist direkt auf den Verschlag des Mordopfers gerichtet. Und Caplan war wahrscheinlich letzte Nacht hier.

»Wir sollten spazieren gehen.«

12

Der Verkäufer mit der Überwachungskamera entpuppt sich als ein gewisser Gordon Webb, Besitzer von »Spider Webb's«.

Während Caplans Stand sehr aufgeräumt ist, herrscht bei Webb heilloses Durcheinander. Ich stöbere in den chaotisch gestapelten Sachen und vermute, dass Webbs Motto lautet: »Worauf immer ich gerade Bock hab!« Es gibt alte Star-Trek-Phaser aus den Achtzigerjahren und aktuelle, von der BBC lizenzierte Schallschraubenzieher aus der TV-Serie *Doctor Who* neben einer Handvoll witziger T-Shirts, mehrflächigen Würfeln und *Christmas-Vacation*-Eierbechern in Form von Cartoon-Elchköpfen, und unter den Tischen stehen Kartons mit noch mehr Sammelsurium.

Webb selbst ist kugelrund und zottelig wie ein Bär, mit lockiger graubrauner Mähne und langem Vollbart. Dazu trägt er ein riesiges Brillengestell. Allerdings wirkt er sauber und gepflegt, was bei den Typen auf solchen Veranstaltungen nicht selbstverständlich ist.

Als wir uns dem Stand nähern, raunt mir Dana

zu: »Hören Sie, Farber hat Chief Wilmonts Nummer in der Kurzwahl gespeichert. Wenn wir Fragen zu einem Mord stellen, spricht sich das schnell rum, also ermitteln wir offiziell wegen Diebstahl.«

Ich zucke die Achseln. »Ich will mich sowieso erst einmal umsehen.«

Webb grinst breit, als Dana sich nähert, und stellt sich ihr dann als »Gordo« vor. Sie lächelt ihn strahlend an, und sein Blick gleitet über ihre Figur, bevor er sie einlädt, sich an seinem Stand umzusehen.

Als sie ihre Marke zückt und ihn fragt, wo er letzte Nacht war, verdörrt sein eifriges Verhalten wie eine Schnecke in der Sonne, und die Augen hinter den massiven Gläsern verengen sich zu misstrauisch blickenden Schlitzen.

»Ich war natürlich bei dem klingonischen Karaoke.«

»Bitte was?«, fragt Dana. »Was ist das?«

Er seufzt, als hätte er eine Debile vor sich. »Karaoke, vorgetragen von Mitgliedern des klingonischen Imperiums.«

Sie schüttelt den Kopf, und ihr Blick sagt: Lass dir was Besseres einfallen, Junge.

»Karaoke, bei dem sich die Leute verkleiden«, erläutert er genervt.

»Aha«, sagt Dana, noch immer leicht verwirrt. »Waren Sie da auch kostümiert?«

»Natürlich. Eine klassische bildschirmtaugliche Sternenflottenuniform aus *Der Zorn des Khan.*«

»Klingt beeindruckend.«

»Ist sie auch. Die Damen stehen auf Männer in Uniform.«

»Tatsächlich?« Danas Tonfall macht deutlich, dass sie nicht zu diesen »Damen« gehört. »Kann jemand bestätigen, dass Sie dort waren?«

»Hören Sie sich um. Man kennt mich als ›Commander‹.«

»Um wie viel Uhr genau sind Sie gegangen?«

»Daran kann ich mich nicht erinnern. Reden Sie mit den Organisatoren, wenn Sie wissen wollen, was bei dem Karaoke passiert ist.«

»Ich bin mehr daran interessiert, was letzte Nacht hier passiert ist.«

»Heißt das, Sie haben ihn erwischt?« Webb verschränkt die Arme und stützt sie auf seinen üppigen Bauch.

»Wen erwischt?«, erkundigt sich Dana.

»Den Dieb. Das wurde auch Zeit.«

Dana wirft mir über Webbs Schulter einen fragenden Blick zu und runzelt die Stirn. Das war eigentlich unser Text, und außerdem hören wir zum ersten Mal von einem Diebstahl. Wie viele Leute waren letzte Nacht denn hier?

»Was für ein Dieb?« Dana zieht ein schwarzes Notizbuch hervor, so ein echtes Bullen-Notizbuch aus Papier. Cool. Ob sie auch Stenografie kann?

»Derjenige, der nachts die Verkaufsstände ausräubert, natürlich«, erklärt Gordon »Gordo« Webb.

»Deswegen sind Sie doch hier, oder? Schwund gibt's auf jeder Messe, aber diese Con ist die schlimmste. Jedes Jahr trifft es einen ganzen Haufen von uns, und jedes Jahr beschweren wir uns. Ich hab Farber schon gesagt, wenn das nicht aufhört, komm ich nicht mehr wieder. Diesmal wirklich. Ich glaub, jetzt endlich hört er auf mich. Wird auch Zeit.« Er fuchtelt mit dem Finger vor Danas Gesicht herum, als wäre sie Farber.

Dana ignoriert Webbs Finger. »Was können Sie mir über Roger Caplan erzählen?«

»Roger? Er ist der Dieb, richtig?«

Dana hebt beide Augenbrauen. »Wie kommen Sie darauf?«

»Jeder weiß doch, wie er ist.«

»Ich bin neu hier, warum erklären Sie es mir nicht?«

Webb denkt einen Moment darüber nach und verlagert sein Gewicht von einem Fuß auf den anderen. Sein Blick zuckt hoch und nach links. »Wie soll ich es ausdrücken? Er ist … gierig? Vielleicht ist das ein bisschen zu drastisch ausgedrückt. Jedenfalls kooperiert er nicht mit uns anderen.«

»Was meinen Sie mit ›kooperieren‹?«

»Er weiß, was wir im Angebot haben«, erklärt Gordo Webb. »Wir gehen alle auf dieselben Cons. Aber wenn er den Artikel nicht hat, den ein Fan sucht, schickt er ihn nicht zu uns anderen. Stattdessen kauft er uns den Artikel zu einem günstigen

Preis ab und dreht ihn dann dem Fan mit einem satten Aufschlag an.«

»Und das ist nicht gierig?«

Rita Kapinsky, eine Ausbilderin in Quantico, sagte mir mal, ein Verhör sei nur eine Unterhaltung mit einem festgelegten Ziel. Dana dirigiert diese Unterhaltung sehr gut dorthin.

»Nun …« Webb schiebt seine Brille etwas nach vorn und blickt über den Rand. Er macht einen auf Professor, wirkt aber nur unbeholfen und kurzsichtig. »Gier unterstellt Absicht, nicht wahr? Ich glaube nicht, dass Roger die Absicht hat, jemandem zu schaden. Er ist einfach schlecht drauf. Seine Ex-Frau.« Er schiebt seine Brille wieder zurück und nickt abgeklärt.

Dana wird hellhörig. Statistiken besagen, dass die meisten Gewaltverbrechen von jemandem verübt werden, der dem Opfer bekannt ist. Die Wahrscheinlichkeit, dass dieser Jemand der Täter ist, steigt, je enger die Beziehung ist. Ehepartner sind immer die Nummer eins auf der Liste der Verdächtigen. »Sie kennen ihn also ziemlich gut?«

»Eigentlich nicht, aber wenn man mit diesem Zirkus unterwegs ist, trifft man in jeder Stadt auf dieselben Gesichter.«

»Wie lange ist er schon geschieden?«

»Seit ein paar Jahren, glaub ich.«

»Kommt sie zu diesen Messen? Ist sie auch bei dem ›Zirkus‹ dabei?«

»Seine Ex? Nein. Niemals. Sie will ihn nur ausnehmen und …«

Plötzlich stürmt Webb mit wutverzerrtem Gesicht nach links. Dana streckt abwehrend die Hand mit dem Stift aus, und ich taste unter meinem Blazer nach der Glock im Gürtelholster auf meinem Kreuz. Aber das ist gar nicht nötig. Webb sieht Dana nicht mal an. Sein Blick ist auf ein Kind an einem seiner Tische gerichtet, das eine Pop-Figur, also ein niedliches Figürchen mit Riesenkopf, von Rick Grimes aus *The Walking Dead* hochhält.

»He!«, schreit er den Jungen an, und das, was trotz Bart und Mähne von seinem Gesicht zu sehen ist, läuft rot an. »Willst du das kaufen? Nein? Dann mach es ja nicht auf. Wenn du die Verpackung öffnest, *musst* du es kaufen.«

Der Junge lässt die Pop-Figur einfach fallen und geht weiter.

Ich hab das Gefühl, dass Webb kein besonders erfolgreicher Unternehmer ist, so wie er mit der potenziellen Kundschaft umspringt. Aber vielleicht irre ich mich. Vielleicht ist es ja der Weg zum Erfolg, wenn man seine Kunden anschreit.

»Diese verfluchten Diebe.« Webb beobachtet den Jungen, der gelassen davonschlendert. »Er ist jedes Jahr hier. Ehrlich gesagt, ich glaube, er war gern unterwegs angesichts dessen, was da zu Hause auf ihn gewartet hat.«

»Wer?«, fragt Dana. »Der Dieb oder Caplan?«

»Ich meine Roger.«

»Sind Sie auch jedes Jahr hier?«

»Ich? Was? Nennen Sie mich etwa einen Dieb?« Webb bläht sich auf wie ein behaarter Kugelfisch. Er zieht die Schultern hoch und stemmt die Hände auf die Stelle, wo seine Hüften wären, würde ihn sein Körperumfang nicht daran hindern, sie zu ertasten.

»Sind Sie denn einer?« Dana sieht ihm in die Augen, und ihr Stift schwebt über dem Notizbuch.

»Nein!« Webb wird wieder knallrot.

Er zählt prompt all die Sachen auf, die ihm in den letzten Jahren gestohlen wurden. Es klingt ziemlich belanglos. Kleinkram, glänzender Tand. Ein Zeitumkehrer aus *Harry Potter*. Ein Amulett aus *Supernatural*. Auffällig, aber wertlos.

Während er weiter die Liste herunterrasselt, gehe ich an ihm vorbei auf die Rückseite des Verschlags, direkt unterhalb der Sicherheitskamera. Daneben, außerhalb der Reichweite der zufällig hereinschneienden Laufkundschaft, steht eine Bronzeskulptur von dem in Karbonit eingeschlossenen Han Solo aus *Das Imperium schlägt zurück*. Es ist eine hohe rechteckige Platte mit der bekannten Pose des Weltraumschmugglers: Das Gesicht, das aus dem Material hervorragt, zeigt einen leidvollen Ausdruck, der Mund ist leicht geöffnet, die Hände sind abwehrend erhoben – obwohl er mit gefesselten Händen in die Gefrierkammer hinabgelassen wurde.

Die Skulptur hat die Größe einer Regalbox, und da sie aus Bronze besteht, wiegt sie bestimmt eine Tonne.

Ich entdecke die gleiche japanische Schrift wie an den Metallskulpturen in Caplans Stand.

»Das ist nicht zu verkaufen!«, brüllt Webb hinter mir.

Ich drehe mich um. Er deutet mit seinem pummeligen Finger auf die Han-Solo-Skulptur. Was von seinem Gesicht zu sehen ist, hat mittlerweile eine alarmierende Schattierung von Karmesinrot angenommen. Er atmet keuchend, während er zu mir herüberwatschelt.

»Das ist mein Kollege«, sagt Dana. »Will Parker, FBI.«

»Oh, okay, ich dachte, Sie wollten es kaufen.«

»Nein, aber es ist ein tolles Stück«, sage ich.

»Ja, allerdings. Handgefertigt von einem japanischen Künstler. Er produziert jedes Jahr eine kleine Auflage von einem einzigen Design. In Nordamerika bekommt man das nur sehr selten zu sehen.«

»Roger Caplan hatte noch ein paar andere Stücke von diesem Künstler, glaube ich.«

»Ist das so?«, fragt er.

»Wenn es nicht zu verkaufen ist, warum stellen Sie es dann aus?«, will Dana wissen.

»Weil ich es mir gern ansehe.« Webb verschränkt die Arme, schiebt die Hände in die Achselhöhlen und zuckt mit den Schultern. »Ich hab noch mehr

Sachen von Han Solo. Es schadet nicht, ein Sahnestück wie das hier auszustellen. Das erregt Aufmerksamkeit. Wenn man mit seltenen Sammlerstücken Geld verdienen will, muss man auf das Timing achten. Ich warte, bis das Interesse an Han auf dem Höhepunkt ist, und kann es dann vielleicht für einen Höchstpreis verkaufen.«

Und er behauptet, Caplan sei gierig gewesen? O Mann. Als ich mich an Webbs Stand umgesehen habe, hab ich nichts gefunden, was so selten war, dass es in die Kategorie »für einen Höchstpreis verkaufen« gefallen wäre. Außer der Statue. Nicht wie an Caplans Stand, wo alle Gegenstände von bester Qualität waren.

»Erzählen Sie mir etwas über die Kamera«, fordere ich ihn auf, um das Thema zu wechseln.

»Die was?«, sagt Webb.

Ich zeige auf die weiße zylindrische Webkamera.

»Ach die«, sagt er. »Die funktioniert nicht. Ich meine, sie funktioniert schon, wenn ich sie anschließen würde, aber das mach ich hier nicht.«

»Warum nicht?«

»Zu viel Aufwand. Das Wi-Fi ist hier im Convention Center nicht zuverlässig, also müsste man sie mit einem Laptop verbinden. Und für einen Laptop braucht man eine Stromquelle, die man uns hier aber nicht zur Verfügung stellt.«

»Warum haben Sie sie dann da oben angebracht?«, fragt Dana.

»Na ja, das ist wie mit diesen Plastikkrähen für den Balkon.«

»Die kenn ich nicht«, erwidert Dana, »ich wohne in einem Reihenhaus.«

»Sie wissen schon, um andere Vögel zu verscheuchen.« Webb sieht mich hilfesuchend an.

»Ich hab auch keinen Balkon. Ich wohne in einer Villa am Strand.«

Webb sieht mich nur an und versucht herauszufinden, ob ich einen Scherz mache und, wenn ja, warum. Ich sehe zu Dana, die die Augen verdreht, und zucke mit einer Achsel. Na und? Es ist die Wahrheit.

»Sie meinen, um Tauben zu verscheuchen«, fahre ich fort. »Denken Sie, das würde auch bei Möwen funktionieren? Möwen hab ich.«

»Wahrscheinlich.« Webb streicht sich über den Bart. »Mit der Kamera ist es genauso. Sie schreckt Diebe ab. Die Vögel sehen ein Raubtier und machen einen großen Bogen darum. Die Diebe sehen eine Überwachungskamera und lassen die Finger von meinen Sachen.«

»Sie haben mir gerade all das aufgelistet, was man Ihnen schon gestohlen hat«, erinnert ihn Dana.

Webb zuckt mit den Schultern und wird wieder rot. »Ich glaube auch nicht, dass die Krähen gut funktionieren, aber einen Versuch ist es wert.«

Er schreit unvermittelt einen weiteren potenziellen Kunden an, der irgendetwas von seinem Tisch aufgenommen hat. Als er zu ihm rüberschlurft, um zu versuchen, es zu verkaufen, steht Dana plötzlich ganz dicht neben mir.

»Was denken Sie?«, fragt sie.

»Ich glaube, da ist was faul.«

»Das glaub ich auch.«

»Hier gibt es bestimmt etliche Fälschungen. Diese ausgestopften Pokémons sehen besonders grenzwertig aus.«

»Ich spreche nicht von diesem Mist hier. Ich rede von ihm.« Sie verzieht finster das Gesicht.

»Sie meinen abgesehen von seinen fragwürdigen Geschäftspraktiken? Nun, was das Wi-Fi angeht, hat er recht. An Orten wie diesem ist es oft mies. Ich hab mir die Kamera angeschaut. Da baumelt ein Kabel runter, das mit nichts verbunden ist. Aber einige Kameras haben auch Batterie-Back-ups und einen Steckplatz für eine Speicherkarte, sodass man gar keinen Laptop braucht. Also haben wir hier ein großes Vielleicht.«

Sie kaut nachdenklich auf ihrer Unterlippe und geht dann weg vom Stand. Ich folge ihr und sehe mich bei den anderen Verkäufern um. Keiner von ihnen hat eine Sicherheitskamera, angeschlossen oder nicht.

»Irgendwas an dem Kerl mag ich nicht«, erklärt Dana.

»Die Art, wie er Sie angeglotzt hat?«

»Abgesehen davon.« Sie verzieht angewidert die Lippen. »Er ist ziemlich jähzornig.«

»Was kein Verbrechen ist. Farber ist auch jähzornig. Und Sie haben ja auch Decker kennengelernt.«

»Wir sollten uns trennen. Ich rede mit noch ein paar weiteren Verkäufern. Mal sehen, ob die Geschichte mit Caplan stimmig ist. Sie machen das Gleiche, wir treffen uns am anderen Ende.«

Eine Schar von Jugendlichen, die sich kichernd über ein Poster amüsieren, schwärmt um uns herum. Als sie sich verzogen haben, ist Dana schon in der Menge verschwunden.

Sie hat recht, man könnte mehr über Caplan erfahren, wenn man mit anderen Verkäufern redet. Aber Klinkenputzen und immer wieder über dieselbe Sache oder Person zu reden ist nicht gerade meine Vorstellung von Vergnügen.

Jubel brandet irgendwo links von mir in der Menge auf. Irgendwas hat sie begeistert. Als ich in die Richtung blicke, erkenne ich das bekannte Logo eines großen Videospielhändlers.

Akito. Die Vorstellung, stundenlang Komplettlösungen von Big Fish Pyramid online zu durchforsten, reizt mich nicht gerade, und ich wette, dort drüben weiß bestimmt jemand die Antwort. Das erscheint mir ein besserer Weg, meine Zeit zu nutzen, also beschließe ich, die Befragungen Dana zu überlassen.

Bevor ich losgehe, versende ich eine Nachricht. Denn Dana hat in noch einem Punkt recht: Irgendwas an »Gordo« ist faul. Also setze ich ihn auf Bradleys Checkliste, direkt nach Caplan.

Mein Handy summt. Decker braucht mich. Seine Nachricht besagt, dass er eine Spur hat und mein technisches Wissen im Security-Office braucht.

Aber vorher brauch ich diesen Tipp für das Spiel.

13

Die Verkaufsfläche von Game Planet ist ein weitläufiges lilafarbenes Teppichimperium,mindestens ein Dutzend Mal größer als Caplans und Webbs Stände. In der Mitte befindet sich ein voll funktionsfähiger Einzelhandelsladen, in dem Videospiele, auf der Geek-Kultur basierendes Spielzeug und T-Shirts verkauft werden. Umgeben ist er von einem Perimeter der neuesten Spielkonsolen, die auf Ständern unter Großbildfernsehern montiert sind. Ein Schwarm von Angestellten, die alle zum lila Teppich passende Shirts tragen, arbeitet sich durch die Menschenmasse und meldet auf ihren von violetten Hüllen geschützten iPads Kunden für das Treueprogramm des Ladens an.

Der Stand von Pyntel grenzt an den von Game Planet, wird aber durch ein riesiges Wohnmobil davon abgetrennt. Es ist in Vinyl gehüllt und wirbt für ein neues Spiel namens Wasteout 3. Dreckige, rau aussehende Männer und Frauen mit riesigen Waffen treten gegen Zombiehorden an, und im Hintergrund springen Soldaten in Exoskelett-Rüstungen aus futuristischen Landungsschiffen.

Das Logo des Herausgebers erkenne ich wieder. Das Unternehmen hat im Valley als Start-up angefangen, hatte eine ziemlich seichte Virtual-Reality-Engine mit großartigem Spielpotenzial, benötigte aber erhebliche Hardwareentwicklung, um das Ganze zum Laufen zu bringen. Dafür brauchte man dringend Geld, und ich hatte mir überlegt, ins Unternehmen einzusteigen, aber Gaming passte nicht wirklich zu unserer strategischen Ausrichtung, also hab ich's gelassen. Das Start-up wurde schließlich von Pyntel aufgekauft, eine weitere Einnahmequelle für den riesigen Konzern.

Um die Karosse des Wohnmobils mache ich die Umrisse von riesigen Paneelen aus. Vermutlich verbergen sie TV-Bildschirme, die hochgeklappt werden können und auf denen man das Spiel vorführen kann. Noch ist alles geschlossen, bis auf die normale Seitentür des Wohnmobils. Zwei Personen stehen in der Türöffnung. Ich kann ihre Gesichter zwar nicht erkennen, weiß aber sofort, dass da etwas nicht stimmt. Der Typ fuchtelt mit den Armen, die Frau stemmt die Hände in die Hüften und steht breitbeinig da.

Als ich mich langsam nähere, erkenne ich den Armschwenker. Martin Hicks. Die andere Person ist eine kleine, stämmige Frau mit Prinzessin-Leia-Dutt. Sie trägt ebenfalls ein lilafarbenes Game-Planet-Shirt, aber anders als bei den Mitarbeitern im Verkaufsbereich ist ihres ein langärmeliges Oxford-

Shirt, auf dessen Brust das Firmenlogo eingestickt ist. Gemäß der Stammeshierarchie der großen Unternehmen siedelt sie das weiter oben in der Nahrungskette an.

»Es war sicher keiner von meinen Leuten, und Ihre Leute sind die Einzigen, die ebenfalls einen Schlüssel haben. Ihnen ist klar, worauf ich hinauswill!« Hicks' Gesicht ist gerötet, und Schweiß perlt ihm auf der Stirn.

»Das ist mir *völlig* klar«, erwidert Leia-Dutt, »aber so ist es einfach nicht. Keiner von meinen Leuten war letzte Nacht hier!«

»Ach. Und wo ist dann der Schlüssel, den wir Ihnen gestern gegeben haben?«

»Hier an meinem Schlüsselbund, wo er die ganze Zeit über war.« Sie zieht einen kleinen Schlüsselbund hervor und klimpert damit vor Hicks' Visage herum.

Hicks atmet tief ein und hält die Luft an. Er sieht aus wie ein kleines Kind, das gleich einen Wutanfall bekommt.

Während er noch Druck aufbaut, steige ich die wackelige Metalltreppe zur Tür hoch. »He, Leute, stört es euch, wenn ich störe?«, frage ich, während ich am Türrahmen klopfe. »Oh, hallo, Martin.«

Ich stelle mich Leia-Dutt vor, die sich als Mary Morley ausgibt, Marketing Vice President bei Game Planet.

»Wir sind hier gerade sehr beschäftigt, Will«, sagt Hicks. »Wir können später plaudern.«

»Na klar, Martin, ich warte, kein Problem.« Ich bleibe stehen und sehe sie beide an.

Mary ist verwirrt, und Hicks wirkt genervt.

»Sie haben mich nicht verstanden, Will.« Er spannt den Kiefer an und presst die Worte hervor. »Ich muss das hier wirklich klären, also kommen Sie bitte später wieder.«

»Oh, ich hab Sie sehr gut verstanden, Martin. Aber ich gehe nirgendwohin. Ich hab eine Frage an Miss Morley, ganz offiziell.«

Hicks ist nur so lange selbstgefällig, bis er an einen größeren Hund gerät. Und bevor ich mich mit dem Abzeichen eines Bundesagenten geschmückt habe, hab ich im Valley mehr erreicht, als Hicks sich jemals erträumen könnte. Es sei denn, er bekäme das Fukushima-Einhorn in die Hände. Allein bei dem Gedanken beiße ich die Zähne zusammen.

Morley wirft Hicks einen finsteren Blick zu, bevor sie sich mir zuwendet. »Wie kann ich Ihnen helfen, Mister … oder heißt es Officer?«

»Es heißt Agent. Special Agent, genau genommen.«

»Okay. Special Agent Parker, was kann ich für Sie tun?« Die Gereiztheit während ihres Konflikts mit Hicks ist verflogen und Neugier, gemischt mit Nervosität, gewichen. Das erwarte ich auch von Leuten, wenn das FBI Fragen an sie hat.

»Kennen Sie jemanden, der wirklich gut in Big Fish Pyramid ist? Ich brauch da etwas Hilfe.«

»Big Fish Pyramid? Das ist ein Handyspiel. Wir

produzieren hauptsächlich Konsolenspiele und PC-Games.« Ihre Verwirrung steigert sich, und Hicks wirkt noch gereizter, was mich amüsiert. »Ich hab da ein paar Jungs und Mädels im Team, von denen ich weiß, dass sie auch auf ihren Handys spielen. Ich kann mich für Sie umhören.«

Ich lächle sie an. »Das wäre toll, danke.«

»Sonst noch was?«, grummelt Hicks.

»Oh, gut, dass Sie fragen.« Ich tippe mir mit dem Finger gegen die Lippen. »Ich hab zufällig gehört, dass Sie über etwas gesprochen haben, was sich vergangene Nacht ereignet hat. Das ist interessant, denn ich untersuche gerade einen Vorfall von letzter Nacht. Um was für einen Schlüssel geht es? Der für das Wohnmobil?«

Hicks und Morley blicken sich verlegen an.

»Jemand ist letzte Nacht in unser Ausstellungsfahrzeug eingestiegen«, sagt Hicks.

»Und Mr. Hicks glaubt offensichtlich, dass meine Mitarbeiter etwas damit zu tun hätten. Wie ich ihm gerade erklärt habe, hatten sie alle schon Feierabend gemacht. Ich war die Letzte, die gegangen ist, und ich hatte den Schlüssel die ganze Zeit bei mir.«

»Wenn Ihre Mitarbeiter nicht im Ausstellungsfahrzeug waren, wo waren dann Sie letzte Nacht?«, fragt Hicks.

»Das ist wohl mein Text.« Ich beuge mich vor, um mich im Innenraum umzusehen. »Was befindet sich überhaupt in diesem mobilen Ausstellungsfahrzeug?

Wurde etwas gestohlen? Ich werde mir das wohl besser mal ansehen.«

Ich nehme die letzte Stufe der Treppe und schiebe mich an Hicks und Morley vorbei.

Im Inneren erwartet mich nicht die Holzverkleidung und die verschraubten La-Z-Boy-Möbel eines normalen Wohnmobils, sondern ein Business-Fahrzeug. Die Wände bestehen aus blankem Metall, an dem dicke Kabelbündel entlanglaufen und an den Rückseiten der TV-Bildschirme enden. Ich lag also richtig mit den Paneelen. Aber es gibt weit mehr Verdrahtung, als für die Bildschirme und einige Spielkonsolen nötig wäre. An einer Seite des Wohnmobils ist ein Server-Rack montiert, gefüllt mit handelsüblicher Netzwerkhardware. Lüfter surren laut, und Dutzende von grünen Lichtern flackern an der Vorderseite von Netzwerk-Switches. Neben dem Server-Rack steht ein langer Schrank mit Metallschubladen, der aussieht, als gehöre er einem Formel-Eins-Mechaniker.

»Es wurde nichts gestohlen, sie haben hier nur rumgewühlt«, stellt Hicks richtig. »Aber es geht darum, was sie gesehen haben könnten.«

»Und das wäre?«

»Wasteout 3 natürlich.«

»Ich bin nicht mehr auf dem neuesten Stand, was Spiele angeht. Nie davon gehört.«

»Es ist die größte Game-Einführung des Jahres«, erklärt Mary, während Hicks die Augen verdreht.

»Es soll uns ein Rekordquartal bescheren. Viele Merchandising-Kooperationen.«

»Es verwendet die Peregrine-Engine, und von der haben Sie ja sicher gehört.«

Hicks sagt es so, als wäre ich der große Verlierer, weil ich mir hab Peregrine durch die Lappen gehen lassen. Von wegen. Wenn ich gewollt hätte, würde die Firma jetzt mir gehören. Aber als Pyntel um Peregrine herumscharwenzelt ist, hab ich schon mit den Jungs in Fukushima wegen ihres Quantenprototyps verhandelt.

Aber vielleicht gibt es eine Verbindung zwischen der Person, die in ihrem Netzwerk auf Rädern herumgestöbert hat, und dem Mord an Caplan. Wenn es Hicks zum Reden bringt, weil ich ihn glauben lasse, dass er mich beim Peregrine-Deal überflügelt hat – das Spielchen beherrsche ich.

»VR-Toolkit, richtig? Pyntel hat die Hardware entwickelt?«

»Das ist richtig«, sagt Hicks. »Wir haben die Headsets und Kameras entwickelt und produziert, mit denen das System läuft. Plug and Play. Keine komplizierten Einstellungen wie bei dem alten Zeug.«

»Hat jemand die Hardware schon mal gesehen?«

»Prototypen der Headsets? Klar. Wir haben sie einigen großen Entwicklungsfirmen gezeigt, damit sie ihre eigenen Spiele mit der Peregrine-Engine planen können. Natürlich alles unter strikten Geheimhaltungsvereinbarungen.«

Hicks' Groll auf mich schwindet. Er kann nicht anders, er muss die neue Technik anpreisen. Er ist maßgeblich an dem Projekt beteiligt, und eitel, wie er ist, will er sicherstellen, dass ich das mitkriege.

»Haben Sie sie hier?«, frage ich ihn.

Er öffnet eine Schublade im Mechanikerschrank und zeigt mir eine Reihe von Brillen, die wie Wraparound-Sonnenbrillen aussehen. Sie haben ungewöhnlich dicke Bügel, aber sie sind nicht schlimmer als diese klobigen Sonnenbrillen, die immer wieder mal in Mode kommen. Was mir sofort auffällt, ist, dass es keine Kabel gibt.

»Drahtlos?«

»Allerdings.«

»Also wird onboard verarbeitet.«

»Yepp.« Stolz reckt er das Kinn vor.

»Hier drin? Dafür sind sie echt schlank.« Ich weiß das alles längst, aber ich will ihn ködern, damit er weiterredet. »Was ist mit der Software?«

»Die ist nicht hier. Ich wollte sie nicht in meinem Ausstellungsmobil lassen und bin verdammt froh drüber.«

»Es ist nicht *Ihr* Ausstellungsfahrzeug«, mischt sich Mary ein, »sondern *unseres.* Ich habe es zu dreiunddreißig Prozent bezahlt.«

»Richtig, und da ich siebenundsechzig Prozent bezahlt habe, gehört es mir.«

»Das Spiel kommt dieses Wochenende auf den Markt?«, frage ich.

»In einer Woche«, sagt Hicks. »Das ist das Preview-Wochenende. Es ist das erste Mal, dass jemand die VR-Integration des Spiels zu sehen bekommt. Wir haben schon einige 2D-Gameplay-Videos und Screenshots veröffentlicht, aber das hier ist das Debüt mit dem vollen Set-up.«

»Sie haben es nicht betagetestet?«

»Nein, wir wollten einen Knaller landen. Wir haben es unter Verschluss gehalten, was eigentlich ziemlich einfach ist, wenn man die Hardware hat. Wir halten es einfach hinter Schloss und Riegel. Das funktioniert allerdings nur so lange«, und bei diesen Worten wirft er einen abfälligen Seitenblick auf Morley, »bis man jemandem den Schlüssel gibt, der einem dann in den Rücken fällt.«

»Das war's, *fuck you*, Hicks! Ich muss mir Ihren Schwachsinn nicht anhören, und ich muss nicht erklären, wo ich gestern Abend war oder was ich gemacht hab. Schon gar nicht Ihnen!«

»Hey, hey!« Ich strecke beschwichtigend die Hände aus. »Beruhigen Sie sich.« Morleys Gesicht ist zu einer wütenden runden Grimasse verzerrt, und ihre Hände sind zu Fäusten geballt. »Letzte Nacht gab's hier mehrere Diebstähle«, fahre ich fort. »Meine Kollegen sind gerade unterwegs und befragen die Leute.«

»Sehen Sie, Hicks?«, fährt Morley ihn an. »Ich hab gleich gesagt, dass es nicht mein Team war!«

»Diebstähle? Seit wann beschäftigt sich das FBI mit Diebstählen?«, höhnt Hicks.

»Seit uns danach ist«, kontere ich.

»Sie haben nicht gesagt, was gestohlen wurde«, stellt er fest.

»Stimmt, hab ich nicht.«

»Hicks, Sie schulden mir eine Entschuldigung!«, schreit Morley ihn an.

»Okay«, knurrt er ungehalten, »möglicherweise waren es nicht Ihre Leute, die eingebrochen sind …«

»Möglicherweise? Sie sind so ein Arsch, Hicky-Dickie!«

»Ach, wir machen uns jetzt über Namen lustig? Wie wär's denn mit Mary Morley? Wenn das kein Stripperinnenname ist, dann weiß ich auch nicht.«

Das Niveau der beiden ist unterirdisch, und Alliteration und Reim machen keine Stripperin. Aber für einen Kerl mit Hicks' begrenzter Kreativität ist es die einfachste Möglichkeit, um Morley lächerlich zu machen. Ich weiß nur nicht, ob seine Pseudomachopose ihr gilt oder mir.

»Kommt mal runter, ihr beiden!« Ich hebe warnend meine Stimme.

»Stripperin? Davon träumst du wohl, Hicks.« Morley sieht ihn finster an.

»Glaub es oder nicht, dich nackt zu sehen wünsch ich mir wirklich nicht. Genau genommen …«

»Haltet die Klappe!«, schreie ich die beiden an. Morley scheint zwar ohne Weiteres mit Hicks fertigwerden zu können, aber mir fehlt noch die Antwort auf eine Frage. »Ich bin seit heute früh auf den Beinen, und mein Koffeinspiegel ist am Boden. Wenn Sie nicht wollen, dass meine Partnerin von der hiesigen Polizei Sie beide in eine Zelle steckt, machen Sie ’ne Pause und beantworten Sie meine Fragen!«

Zum Glück hören beide mit ihrem Gezeter auf. Im Wohnmobil herrscht Waffenstillstand.

Mein Kopf pocht. Ob von ihrem Gezänk oder aus Koffeinmangel, weiß ich nicht. Aber ich weiß, dass ich aus dieser Echokammer hier rausmuss.

»Hicks. Die Software. Wo ist sie?«, frage ich.

»Hier.« Er zieht eine kleine externe SSD aus seiner Tasche. »Deswegen bin ich überhaupt nur hergekommen. Aber die Tür war nur angelehnt, und die Schubladen waren geöffnet. Ich werde heute die Software für den morgigen Start laden. Das ist die neueste gepatchte Version.«

»Also, wer auch immer letzte Nacht hier war, hat nur die Schutzbrillen gesehen?«

»Das ist richtig«, bestätigt Hicks. »Warum?«

»Wo waren Sie letzte Nacht?«

»In meinem Hotel, hab dort noch gearbeitet. Und ich hab auch jetzt noch einen ganzen Haufen Arbeit zu erledigen. Das hier ist reine Zeitverschwendung.«

Hicks stürmt zur Tür und zwingt dabei Morley, ihm hastig auszuweichen. Dann trampelt er die wacklige Metalltreppe hinunter und verschwindet in der Menge.

»Was für ’ne Primadonna!«, sagt Morley und blickt ihm finster durch die Tür nach.

»Primadonna?«

»Gestern hat er gestrahlt wie 'n Honigkuchenpferd. Er hat mir zehn Minuten lang erklärt, was für traumhafte Umsätze das Spiel Game Planet einbringen wird. Bis ich sagte: ›Ja, das weiß ich alles; deshalb habe ich ein Drittel davon gekauft!‹ Aber es war, als hätte er mich gar nicht gehört. Er faselte immer nur von imaginären ›neuen Grenzen‹. Und heute ist er rumgetobt, als hätten wir seinen Hund geprügelt, und als er dann den Einbruch im Ausstellungsmobil entdeckt hat, ist er förmlich ausgerastet.«

»Und das ist nicht normal für ihn …«, murmele ich. Jedenfalls habe ich Hicks so nicht in Erinnerung, und es passt auch nicht zu seiner schleimigen Begrüßung heute Morgen.

»Überhaupt nicht. Klar, er ist nervig und schwafelt immer nur davon, wie toll Pyntel ist, Sie wissen schon, stramm auf Parteilinie. Aber ich hab noch nie erlebt, dass er wirklich laut wird, ganz zu schweigen davon, dass er derartig durchdreht. Irgendjemand hat da auf einen Knopf bei ihm gedrückt.«

»Haben Sie oft mit ihm zusammengearbeitet?«

»Ab und zu, seit ein paar Jahren. GP und Pyntel haben eine Menge Co-Promoting gemacht. Seit er aber bei Pyntel auch noch das Marketing unter sich hat, hab ich ihn kaum noch gesehen. Und dann, vor ein paar Wochen, stürzt er sich in den Start von Wasteland 3. Er hat drauf bestanden, bei der Preview dabei zu sein.« Morley macht ein Gesicht, als hätte jemand gerade einen fahren lassen. »Sie glauben doch nicht, dass er der Dieb ist, oder?«

Ich weiß zwar nicht mit Sicherheit, was mit Hicks los ist, aber ich bezweifle, dass er der Kleinganove ist, der Webb so in Fahrt gebracht hat.

»Wahrscheinlich nicht.« Ich wende mich zum Gehen, drehe mich dann aber noch einmal zu Morley um. »Benachrichtigen Sie mich wegen der Big Fish Pyramid.«

Irgendetwas hat Hicks ziemlich in Fahrt gebracht, sodass er komplett die Fassung verloren hat. Aber war es der Mord? Ich denke noch darüber nach, als ich eine weitere SMS von Decker bekomme. Ich soll mich beeilen.

14

Nachdem ich Decker bei der Security geholfen habe, trinke ich eine Stunde später im Hotel die zweite Runde Tropical Blend und esse dazu ein überraschend gutes Schinkencroissant. Ja, ich weiß, man macht denselben Fehler nur einmal, gerade bei Kaffee. Aber manchmal nimmt man lieber den Teufel, den man kennt, als dass man sein Glück mit einem unbekannten Beelzebub riskiert.

Dana hatte das Gefühl, dass der Wachmann von gestern Abend nicht ganz ehrlich zu ihren Kollegen gewesen ist, und darum hat Zyklon Decker den armen Kerl, einen erwachsenen Mann mit Frau und zwei Kindern, im Security-Office in ein weinerliches Häufchen Elend verwandelt.

Ein so großes Gebäude wie ein Convention Center zu überwachen ist ohne ein gutes Sicherheitssystem unmöglich, und die Besitzer dieses architektonischen Monstrums haben klug investiert. In dem großen, aufgeräumten Büro gibt es wirklich anständige Sicherheitstechnik. Das sah schon mal gut aus. Außer dass er den Wachmann zusammengefaltet hat, überprüfte Decker noch das Überwachungsmaterial von gestern Nacht und entdeckte dabei etwas Ungewöhnliches.

Decker verfügt durchaus über Talente, und eins davon ist seine atemberaubende Auffassungsgabe in Bezug auf Details. Das ist nervig, wenn er eure Papiere überprüft, aber höchst nützlich, wenn es um Dinge wie das Betrachten von langweiligen Überwachungsvideos in vierfacher Geschwindigkeit geht. Diese Fähigkeit ist ihm bei der Spionageabwehr mit Sicherheit zugutegekommen, weil dort Ziele tage-, wochen- oder gar monatelang überwacht werden.

Eine der externen Kameras ist auf die Kreuzung an der Ecke gerichtet. Das Video zeigte zu dieser nächtlichen Stunde sehr viel mehr Leute, als man erwarten würde, aber ich sah da nichts weiter Ungewöhnliches. Anders Decker. Ihm fiel etwas im Verkehr auf. Ein Stadtbus. Dem Zeitstempel des Videos nach war es vier Uhr morgens. In so einer kleinen Stadt ist der öffentliche Personenverkehr um diese Zeit jedoch längst eingestellt. Falls nicht jemand den Bus gestohlen hat, wurde das Video also manipuliert.

Und wer auch immer es verändert hat, war gut. So gut wie ich. Der kurze Ausfall des WLAN kurz nach Mitternacht in dem Gebäude hat die festverdrahteten Kameras nicht weiter gestört, aber dadurch wurde die Verbindung zu den Workstations im Büro vorübergehend unterbrochen, und danach lief das Video in einer Schleife.

Als ich Decker verlassen habe, hat er sich gerade den Wachmann so richtig zur Brust genommen, um aus ihm herauszukriegen, wer sich am System zu schaffen gemacht hat. Der Kerl hat ganz bestimmt nicht die geringste Ahnung, aber da sich Decker vollkommen auf ihn konzentrierte, konnte ich verschwinden.

Während der Kaffee meine Kopfschmerzen bereits lindert, checke ich im Hotel für die Nacht ein. Auch das mache ich lieber, ohne dass Decker mir über die Schulter blickt.

Es gibt schon eine Reservierung auf meinen Namen. Offenbar war das Decker, als er heute Morgen hier angekommen ist.

Ich stecke einen gefalteten Hundert-Dollar-Schein zwischen Führerschein und Kreditkarte, bevor ich sie der Angestellten an der Rezeption reiche. Wie die Nummer abläuft, hängt von der Geografie ab. In einer Großstadt wie New York wirft der Rezeptionist ungeniert einen Blick auf den Schein, bedankt sich und bietet dann kostenloses WLAN, Frühstück oder einen Stapel Kaffeecoupons an. Hier schiebt die lebhafte junge Angestellte, die laut Namensschild auf den hübschen Namen Loretta hört, die Banknote schnell unter die Tastatur und strahlt mich lächelnd an.

Typisch Decker. Bescheiden, wie das FBI nun mal ist, hat er irgendwas Einfaches reserviert. Ich erkundige mich, ob eine Suite frei ist. Ich hab das Valley vielleicht für eine größere Berufung verlassen, aber das bedeutet nicht, dass ich auch auf jede Annehmlichkeit verzichte.

Sie schielt auf die Ecke des Hundert-Dollar-Scheins, die unter dem Keyboard hervorlugt, und hämmert dann eine Weile in die Tastatur. »Es ist nur noch die Präsidentensuite frei. Da das Hotel ausgebucht ist, ist ein Upgrade ziemlich teuer, Agent Parker.«

Special Agent. Ist das wirklich so schwer?

Ich will wissen, wie viel es kostet, und sie nennt einen ziemlich hohen Betrag für ein Hotel, das so weit ab vom Schuss liegt. Ich wedele nonchalant mit der Hand und erkläre mit einem herzlichen Lächeln, dass der Preis okay ist und sie die Suite für mich buchen soll.

Ihr Gesicht leuchtet wie ein Sonnenstrahl nach einem Regentag, dann zieht sie einen Karton mit nagelneuen Yogamatten unter dem Tresen heraus. »Die gehören zu dem Wellness-Wochenendpaket, aber Sie können eine haben, wenn Sie wollen!«

Yoga ist genau das, was der Guru bestellt hat. Ich wähle eine grüne.

Loretta erledigt gerade den Papierkram, als Zyklon Decker in die Lobby stürmt. Er sieht mich an der Rezeption, fegt in meine Richtung und kriegt gerade noch mit, wie Loretta mir den Weg zur Präsidentensuite erklärt. Dass er sich auf den Tresen stützt, verrät, wie erschöpft er ist. Um sich anlehnen zu können, muss er den Rücken beugen. Ich war mir nicht sicher, ob er dazu überhaupt fähig ist.

»Die Präsidentensuite?«, fragt er. »Das bezahlt das Bureau nicht!«

»Muss es auch nicht. Ich reise gern auf eigene Kosten.«

»Muss schön sein.«

»Ist es. Hat der Wachmann noch was ausgespuckt?«

»Nichts.« Decker ist sichtlich enttäuscht.

»Schade.« Ich hebe meine nagelneue Rolle aus grünem Schaumstoff hoch. »Ich muss mein Chakra wieder aufladen. Loretta hat mir gerade diese entzückende neue Matte spendiert, also mache ich jetzt Yoga.«

Es geht nicht um mein Chakra, aber ich kann einfach dem Drang nicht widerstehen, Decker zu ärgern.

Der sieht mich so entsetzt an, als hätte ich ihm mitgeteilt, dass ich vorhätte, eine Bank auszurauben. »Yoga? Die Uhr tickt, Parker. Sie haben selbst gesagt, dass die Nummer hier am Sonntag vorbei ist.«

»Die körperliche Ruhe des Yoga fördert die Klarheit des Geistes«, erwidere ich. »Es dauert nur ein paar Minuten.«

Mein Vater war Ingenieur bei Hewlett-Packard. Als ich noch sehr jung war, hat er mir erklärt, dass Menschen deshalb oft an einer Aufgabe scheitern, weil sie dem Denken nicht genug Bedeutung beimessen. Und er sagte auch, einer der besten Wege zum Erfolg sei, Zeit zum Nachdenken einzuplanen. Und dies hier ist genau einer dieser Momente.

»Und wo wollen Sie das machen?«, will Decker wissen.

Gute Frage.

»Wir haben ein kleines Gymstudio«, erklärt Loretta, »aber es gibt da noch was Besseres. Es ist eine echt schöne Nacht, und direkt auf der anderen Straßenseite gegenüber dem Fluss liegt ein Park. Auf dem Rasen ist genug Platz, und die Aussicht ist toll. Ich gehe da manchmal nach der Arbeit hin.« Sie zwirbelt eine Haarlocke um ihren Finger.

»Na also.« Ich sehe Decker an. »Problem gelöst.«

»Okay«, sagt er, »während Sie sich ins Gras hocken, gehe ich hoch und schreib unseren täglichen Bericht.«

»Grüßen Sie Burke von mir.«

»Darauf würde ich lieber verzichten.«

Vom Park aus, den mir Loretta empfohlen hat, blickt man über einen breiten flachen Fluss. Das Wasser glitzert in der Abendsonne und schimmert grünlich unter der Oberfläche. Die Strömung ist so stark, dass man trotz des Verkehrslärms hört, wie der Fluss um große Felsbrocken rauscht.

Ein weißes Geländer säumt das Flussufer und grenzt an einen schwarz asphaltierten Weg. Auf der breiten gepflasterten Fläche an den Betonbänken rechts von mir üben gerade Kinder mit ihren Skateboards. Am Rand stehen ein paar Imbisswagen, die Hotdogs und Eiscreme verkaufen. Mehr als ein Dutzend Spaziergänger verzehren ihre Snacks, während sie die Aussicht genießen. Ein paar von ihnen kommen von der Con und tragen noch ihre Kostüme. Aber dazwischen laufen auch Leute in normalen Klamotten herum.

Links von mir verschwindet der Weg hinter gepflegtem Grün und Bäumen. Es ist ein warmer Spätsommerabend, und obwohl die Sonne ihren Zenit lange überschritten hat, scheint sie immer noch hell.

Ich sitze mit gekreuzten Beinen mitten auf einem üppig grünen Rasenstück auf der Yogamatte, trage eine weite Lululemon-Shorts und mein Lieblings-T-Shirt von Under Armor. Nach einer Yogaübung, die ich schon oft praktiziert habe, nehme ich Meditationshaltung ein, entspanne meinen Geist und konzentriere mich auf meinen Atem.

Ich glaube, mein Verstand arbeitet unterbewusst genauso viel, als wenn ich ganz bewusst und konzentriert denke. Wenn ich einen Zustand der Ruhe erreiche, fließen neue Ideen und Erkenntnisse um mich herum. Zuerst kommen die Fragen. Wer hat Caplan getötet? Wo ist das Fukushima-Einhorn? Ist es überhaupt tatsächlich hier? Was, wenn Dragoniis es längst in die Finger bekommen hat? Ist Hicks nur ein Bieter oder steckt mehr dahinter? Ist Farber in den Mord und den Diebstahl verwickelt? Wer hat sich in das Sicherheitssystem gehackt?

Ich verdränge all das eine Weile aus meinem Bewusstsein und atme tief ein. Ein. Aus. Ein. Aus. Der Verkehr beruhigt sich hinter mir, kommt an einer roten Ampel zum Stehen. Ich höre das Rauschen des Flusses. Aus der Richtung des Eiswagens dringt Kinderlachen an mein Ohr.

Mein Telefon vibriert im Stakkato an meinem Oberschenkel. Irgendetwas stimmt nicht. Das Signal ist ungewohnt; es sind nur schnelle, kurze Vibrationen, die nicht aufhören. Das sollte eigentlich nicht passieren. Ich stelle mein Telefon immer auf »Nicht Stören«, während ich meditiere. Und ich kenne alle Nummern, die durchgelassen werden, sowie deren Vibrationsmuster. Das ist keins davon.

Ich öffne die Augen und werde kurz vom Licht der tief stehenden Sonne geblendet. Als ich wieder sehen kann, blicke ich aufs Handydisplay und auf eine Benachrichtigung. Der Absender ist »Caplan, R«, es folgen eine Telefonnummer und die Nachricht:

LASS NICHT ZU, DASS SIE ES BEKOMMEN

Caplan? Ich will gerade nach dem Handy greifen und es entsperren, als ich eine Frau schreien höre. Einen Moment denke ich an Kate Mason und daran, wie Sterling sie zum Schweigen gebracht hat.

Als ich in die Richtung blicke, aus der der Schrei

kam, erkenne ich Loretta vom Hotel. Sie ist jetzt leger gekleidet, hat eine Hand vor Schreck vor den Mund geschlagen und die andere ausgestreckt. Ein paar Meter vor ihr auf dem Weg durch den Park gehen Miller und Dana in meine Richtung. Miller hat den schwarzen Pelican-Koffer in der Hand. Dana zeigt auf mich.

Ein großer breitschultriger Mann in einem glänzenden grauen Anzug und einem schwarzen Hemd darunter nähert sich ihnen von hinten. Lorettas Schrei galt mit Sicherheit der schwarzen Halbautomatik in seiner rechten Hand.

Miller und Dana sehen ihn nicht.

Sie drehen sich zwar zu Loretta um, weil sie natürlich ebenfalls den Schrei gehört haben, aber sie sind zu langsam. Auch ich kann nicht verhindern, was passieren wird, sondern mich nur auf das vorbereiten, was als Nächstes kommt.

Ich greife hastig nach der Glock, die ich in dem Wäschebeutel aus dem Hotel verstaut habe, und gehe gleichzeitig aufs Knie.

Der Bewaffnete packt den Griff des Pelican-Koffers mit der freien Hand und stößt seine Schulter gegen Millers Brust. Man muss Miller zugutehalten, dass er den Koffer nicht loslässt. Stattdessen reißt er ihn zurück und zieht den Bewaffneten mit sich.

Dana dreht sich um, tritt einen Schritt zurück und greift nach ihrer Waffe.

Der Angreifer zögert nicht, reißt die Pistole hoch –

und feuert Miller aus nächster Nähe zwei Schüsse in die Brust!

Miller lässt den Koffer los, bricht zusammen.

Der Angreifer zielt auf Dana. Sie hat zwar ihre Hand schon auf ihrer Smith & Wesson, aber es ist zu spät. Er feuert ihr eine Kugel in die Brust.

Dana geht zu Boden.

Ich springe auf und richte meine Glock auf den Angreifer, aber ich bin zu weit weg. Außerdem sind da Autos und Fußgänger hinter ihm. Zu viele Menschen. Ich kann nicht schießen. Ich werde ihn verfehlen. Und jemanden umbringen.

»FBI, keine Bewegung!«, rufe ich, so laut ich kann, ohne zu schreien, wie ich es in der Ausbildung gelernt habe. Ich renne auf den Kerl zu, die Pistole im Anschlag.

Der Kerl fährt herum, blickt in meine Richtung und hebt den Arm. Da ich das Feuer nicht erwidern kann, werfe ich mich zu Boden und rolle mich hinter einen metallenen Mülleimer.

In den zwei Geschosse einschlagen. Der scharfe Knall der Einschläge wird von einem hallenden Gong begleitet.

Als keine weiteren Schüsse folgen, beuge ich mich vor und sehe mich um. Der verdammte Killer rennt, so schnell er kann, zu dem Pfad, der flussabwärts zwischen den Bäumen verschwindet. Und ich hab immer noch kein freies Schussfeld. Es sind einfach zu viele Leute in der Nähe.

Ich will ihn verfolgen, bleibe aber nach zwei Schritten stehen. Miller und Dana.

Helfe ich ihnen, oder verfolge ich den Angreifer? Genau deshalb wollte ich doch den Fall! Das hier ist die Spur, nach der ich gesucht habe. So nah war ich dem Einhorn seit dem Tsunami nicht mehr.

Aber ich kann die beiden nicht einfach im Stich lassen.

Ich stoße einen obszönen Fluch aus, lasse die Waffe sinken und laufe zu Dana und Miller, die beide am Boden liegen. Unter Miller bildet sich bereits eine Blutlache. Ein schlechtes Zeichen.

Aber Dana bewegt sich, rollt sich auf den Bauch und stützt sich auf die Ellbogen. Sie sieht mich kommen und winkt ab. Ich kann sie nicht hören, aber ich sehe, wie ihre Lippen das Wort »Hinterher!« formen.

Ich mache kehrt und renne, so schnell ich kann, zu der Stelle, wo der Schütze zwischen den Bäumen verschwunden ist. Ich bin schnell, und es dauert nur Sekunden, bis ich den asphaltierten Weg erreiche. Ich lasse die Glock sicherheitshalber an der Seite herunterhängen.

Der Hüne ist nicht so schnell, vor allem nicht mit dem sperrigen Koffer in der Hand. Er wirft einen Blick über die Schulter und sieht mich hinter sich.

Auf dem Weg wimmelt es von Menschen, die das klare Wetter und die schöne Aussicht genießen. Er rammt in vollem Lauf eine Gruppe dicklicher Männer im mittleren Alter und bringt einen von ihnen zu Fall. Die anderen drängen sich helfend um ihren Freund und versperren mir den Weg.

Ich schreie, sie sollen mir aus dem Weg gehen, aber sie rühren sich nicht, bis ich »FBI!« rufe. Das und die Pistole an meiner Seite veranlassen sie, hastig eine Gasse für mich zu bilden. Ich springe mit einem Satz über ihren am Boden liegenden Kumpel hinweg.

Der Killer schlägt sich links in den Wald und verschwindet im dichten Gebüsch. Ich hole das Letzte aus mir heraus, meine nackten Füße klatschen auf den Asphalt, und als ich die Stelle erreiche, an der er in den Wald eingedrungen ist, stürme ich direkt hinter ihm her.

Das ist ein Fehler. Der Boden ist von altem Laub und stacheligen Zweigen übersät, unter denen scharfe Steine liegen. Meine nackten Füße verweigern mir den Gehorsam, und ich verliere das Gleichgewicht.

Der Schütze wartet hinter einem Baum auf mich. Zum Glück stürze ich bereits, als er feuert, und die Kugel pfeift über meinen Kopf hinweg. Doch ich schlage hart auf dem Boden auf, und die Glock rutscht mir aus der Hand.

Aber ich hab noch einige Überraschungen im Ärmel. Als ich das Fukushima-Einhorn aufgegeben hatte, führte mich die Vorsehung in das Dojo eines alten Großmeisters des Okinawa-te-Karate. In den nächsten acht Monaten habe ich dort jeden Tag hart trainiert. Ich habe vielleicht nicht gesühnt, aber ich habe gelernt, wie man kämpft. Nahkampf ist meine Stärke.

Ich stoße mich vom Boden ab, greife den Killer an und lasse eine schnelle Reihe von Schlägen auf seinen Kopf und seine Schultern niederprasseln. Instinktiv hebt er die Hände. Genau das wollte ich.

Ich packe seine Hand mit der Waffe und justiere meinen Griff, während ich sie zur Seite reiße. Als ich die richtige Stelle gefunden habe, drücke ich so fest zu, wie ich kann, und er öffnet unwillkürlich die Finger, sodass die Halbautomatik zu Boden fällt.

Daraufhin ramme ich ihm die offene Hand seitlich gegen den Brustkorb und lege das ganze Gewicht meines Oberkörpers in den Schlag. Aber er ist ein harter Brocken und steckt den Hieb mit einem stoischen Stöhnen weg. Dann reißt er das Knie hoch.

Ich drehe meine Hüften und hebe mein Bein, um den Kniestoß abzublocken. Aber das war nur ein Trick. Mit voller Wucht tritt er mir auf den nackten Fuß.

Der Schock über den intensiven Schmerz lenkt mich einen Sekundenbruchteil ab, und mehr braucht der Kerl nicht, beugt sich vor und rammt mir den Kopf gegen die Brust. Mein Fuß ist noch unter seinem Schuh eingeklemmt, ich kann meine Haltung nicht korrigieren und falle.

Ich ziehe die Schulter hoch und kann mich abrollen, ohne auf einem spitzen Stein zu landen. Sogleich bereite ich mich auf den nächsten Angriff vor, aber der kommt nicht. Stattdessen macht sich der Kerl mit dem Koffer aus dem Staub. Ich rapple mich hoch und laufe ihm nach.

Er bahnt sich mit seiner Größe und brutalen Kraft krachend den Weg durch das Gebüsch. Äste, einige davon so dick wie mein Handgelenk, schnappen hinter ihm zurück und schlagen nach meinem Gesicht. Ich weiche aus, so gut ich kann, aber er kommt als Erster aus dem Gehölz heraus.

Jemand hupt, als wir die Straße vor dem Hotel erreichen. Ein großer schwarzer Mercedes wartet mit laufendem Motor am Bordstein. Die hintere Tür ist geöffnet. Ein Mann beugt sich heraus, winkt dem Bewaffneten zu und ruft etwas, das ich nicht verstehe.

Aber ich kenne sein Gesicht von dem Überwachungsvideo des Hotels. Es ist derselbe Mann, der Caplan auf sein Zimmer gefolgt ist.

Normalerweise hätte ich keine Probleme, den Bewaffneten auf freiem Gelände zu verfolgen. Aber mein malträtierter nackter Fuß protestiert bei jedem Schritt vor Schmerz. Es tut zu weh, um es zu ignorieren, und mein Humpeln bremst mich aus. Der Kerl wird es vor mir zum Auto schaffen.

Da taucht von links eine Gestalt auf und überrascht den Schützen, wirft sich auf ihn, und als beide zu Boden gehen, erkenne ich Dana. Sie muss unsere Verfolgungsjagd von der Straße aus beobachtet und seinen Fluchtweg vorausberechnet haben.

»Raus aus dem Auto, sofort!«, schreie ich den Kerl im Mercedes an. »FBI! Raus aus dem Auto!«

Der Typ vom Video schlägt gegen den Sitz des Fahrers vor sich und schreit etwas, das ich nicht verstehe. Der V8-Motor heult auf, der Wagen macht einen Satz nach vorn, noch während die Tür offen ist, und die Reifen quietschen kurz auf dem Asphalt, bis die Traktionskontrolle einsetzt.

Ich kann noch einen Blick auf die getönte Plastikabdeckung werfen, die das Nummernschild verdeckt, als der Wagen auch schon die Straße hinunterschießt, um einen Stadtbus kurvt und aus meinem Blickfeld verschwindet.

Dana ringt derweil mit dem Bewaffneten, der versucht, wieder auf die Beine zu kommen. Ich ramme ihm das Knie in den Rücken, und wir halten ihn mit unser beider Gewicht am Boden. Dana packt seine Arme, holt ihre Handschellen hervor und lässt sie mit der geschmeidigen Geschicklichkeit von jemandem um seine Handgelenke schnappen, der das schon hundertmal gemacht hat. Dann packt sie ihn an den Haaren am Hinterkopf und reißt ihn heftig zurück. Ihr Gefangener schreit erstickt.

»Sie sind verhaftet!«, bellt sie ihn an.

Der Kerl keucht, als wolle er etwas sagen. Dana lockert den Griff ein wenig.

»Anwalt«, hustet er.

»Friss Scheiße!« Dana lässt ihn abrupt los, und sein Kopf knallt auf den Boden.

15

Die Mienen auf dem Polizeirevier sind grimmig, einschließlich meiner, als die Folgen der Schießerei am Fluss deutlich werden. Ich wollte den Pelican-Koffer als Köder benutzen, hatte aber nicht mit einer so unmittelbaren und gewalttätigen Reaktion gerechnet. Dana hätte ihn besser weiterhin sicher verwahrt. Und hätte ich ihr vorher meinen Plan verraten, hätte sie ihn mir wahrscheinlich auch gar nicht gebracht. Miller und Dana hätten fast den Preis für meinen Hochmut bezahlt.

Miller ist jedenfalls ein echter Glückspilz. Auch in dieser Stadt tragen Kriminaltechniker keine Schutzwesten. Warum auch? Sie treten für gewöhnlich erst in Erscheinung, wenn die Schießerei vorbei ist.

Zwei Faktoren haben ihn auf die Intensivstation verfrachtet statt in die Leichenhalle: Der Angreifer hat sein Herz verfehlt, und die erste Person, die ihm zu Hilfe kam, war ein Arzt aus der Notaufnahme, der sich im Park nach der Arbeit entspannt und gerade bei einem der Imbisswagen gestanden hat.

Dana trug im Gegensatz zu Miller eine Schutzweste. Dennoch, eine Neun-Millimeter hat genug Aufprallenergie, um einem trotz Schutzweste die Rippen zu brechen. Dana aber hat im Krankenhaus nur ein paar Schmerztabletten geschluckt, bevor sie energisch darauf bestand, wieder zur Arbeit zu gehen.

Hätte ich sie auch nur ein paar Sekunden früher warnen können, wäre es vielleicht anders gekommen. Doch die Zeit hatte ich nicht, auch nicht nach der mysteriösen Nachricht auf meinem Handy.

Die SMS hatte Caplans Namen als Absender. Ich habe seine Nummer nicht in meinen Kontakten, was bedeutet, dass die Adresse mit SMS-Spoofing vorgetäuscht wurde. Wer auch immer sie geschickt hat, verfügt über beträchtliche technische Fähigkeiten. Jemand muss mich vor Ort im Park beobachtet haben, als ich meine Yogaübungen machte. Als sie den Bewaffneten kommen sahen, haben sie mir die Warnung geschickt.

Jeder der Bieter kennt die Geschichte des Einhorns und weiß auch von dem Deal mit CastorNet, und ich bin nicht gerade ein Unbekannter, doch dass mir jemand gefolgt ist, bereitet mir Unbehagen. Aber was mich mehr beunruhigt, ist, dass die Nachricht auf meinem Smartphone einging. Wie haben die meine Nummer rausbekommen? Meine Büronummer steht auf meinen Visitenkarten, meine private teile ich hingegen nur mit bekannten Kontakten.

Bis ich weiß, wie das abgelaufen ist, werde ich

nichts von der Nachricht sagen. Das fehlt mir noch, dass Decker mich nicht mehr aus den Augen lässt, selbst wenn es zu meiner eigenen Sicherheit ist. Allerdings sollte ich selbst wohl die Augen offen halten.

Als Dana im Revier erscheint, ist sie stinksauer. Die Cops weichen ihr aus wie ein Schwarm Thunfische einem Hai. Sie trägt dieselbe Bluse wie heute Nachmittag, komplett mit Einschussloch und Schmauchspuren.

Ich möchte von ihr hören, dass sie okay ist. Ich weiß nicht, ob es mir dabei um ihre körperliche Verfassung geht oder darum, dass sie mir dann vielleicht verzeihen kann. Aber das muss warten.

Decker und ich werden in einen Konferenzraum gerufen. Die FBI-Zentrale in Washington ist am Telefon, und Peter Griffon von der Taskforce »Organisiertes Verbrechen« und Rena Nassar von der Spionageabwehr machen uns klar, wie tief wir in der Scheiße stecken.

Ich habe Griffon ein Foto vom Angreifer geschickt, bevor der in die Zelle gesteckt wurde, weil ich so einen Verdacht hatte. Russen sind nicht gerade für ihre Subtilität bekannt, und ein Angriff auf zwei Polizeibeamte am helllichten Tag trägt genau ihre Handschrift. Außerdem sah der Typ mit seinem glänzenden Anzug einfach aus wie ein Russe.

Wie immer lag ich richtig.

»Der Name des Angreifers ist Vasily Petrow«, erklärt Griffon über die Lautsprecherfunktion. »Er ist ein hochrangiger Mitarbeiter von Wladimir Golowtschenko, dem Chef eines Verbrechersyndikats. Golowtschenkos Organisation ist für russische Verhältnisse klein und gehört nicht zum ›Moskauer Kreis‹, wie wir ihn nennen, aber dafür ist er ein besonders fieser Kunde. Er war als ›Der Sensenmann von Wladiwostok‹ bekannt, denn während seines Aufstiegs innerhalb des organisierten Verbrechens in seiner Heimatstadt war seine bevorzugte Hinrichtungsmethode die Enthauptung mit einer Sense. Seither ist er mehr und mehr unberechenbar geworden. Dass sich seine Leute eine Schießerei mit der Polizei in aller Öffentlichkeit liefern, ist nichts, was einem bei so einem Kerl verwundert.«

»Wir haben Petrow in Gewahrsam«, sagt Decker. »Sollen wir auf jemanden von der Taskforce warten, oder können wir ihn gleich in die Mangel nehmen?«

»Versuchen Sie's ruhig«, sagt Griffon. »Wir schicken niemanden von der Abteilung ›Organisiertes‹.«

»Er hat sich sofort einen Anwalt genommen«, erkläre ich. »Nach der Schießerei hat er kein einziges Wort von sich gegeben, aber schon eine Stunde nach seiner Festnahme hatte er einen erstklassigen Verteidiger an seiner Seite.«

»Den Anwalt können Sie vergessen, das ist nur Augenwischerei. Wenn Sie sich Petrow vornehmen, wird er sich schuldig bekennen.«

»Schuldig?« Das erstaunt Decker ebenso wie mich. »Der Staatsanwalt macht doch niemals einen Deal mit so einem Kerl.«

»Er ist nicht an einem Deal interessiert«, erklärt Griffon. »Wenn er sich schuldig bekennt, verhindert er damit weitere Ermittlungen und dass die Behörden Golowtschenko genauer unter die Lupe nehmen. Sollte Petrow auspacken, lässt Golowtschenko seine Familie und seine Freunde ermorden und so ziemlich jeden, der ihn nicht für einen totalen Arsch hält. Zum Teufel, er würde wahrscheinlich sogar als Zugabe ein paar von denen abschlachten. Petrow wird auf keinen Fall auch nur ein Wort über Golowtschenko verlieren.«

»Also bekommen wir nichts aus ihm raus.« Decker lehnt sich auf seinem Stuhl zurück und verschränkt die Hände hinter dem Kopf.

»Außer seinem Namen und dem Schuldeingeständnis nicht das Geringste.«

»Das wird den hiesigen Cops nicht besonders gefallen«, sage ich.

»Wir haben Wichtigeres zu tun«, ermahnt mich Decker. »Lassen Sie sich nicht ablenken.«

»Ablenken?«

»Hiesige Cops«, zitiert mich Decker. »Sie waren ziemlich nett zu Lopez.«

»Sie ist ein guter Detective. Sie wissen, dass sie Petrow verfolgt hat, obwohl sie angeschossen wurde?«

»Und es ist verdammt gut, dass sie das gemacht hat«, sagt Decker. »Hätte sie es nicht getan, wäre Petrow entkommen. Mit dem Koffer.«

Er will damit wohl andeuten, dass ich hätte schießen und Petrow niederstrecken sollen. Er könnte sogar recht haben, was besonders ärgerlich ist. Ich hatte eine Chance für einen Schuss und hab sie nicht genutzt.

Decker hätte nicht gezögert, und das erklärt auch die Spannung zwischen uns. Decker ist ehemaliger Soldat, und er hat jede Menge Erfahrung mit Schusswaffen aller Art. Ich dagegen nicht. In Wahrheit bin ich ein lausiger Schütze. Die jährliche Prüfung auf dem Schießstand bestehe ich immer nur mit Ach und Krach. Und das, obwohl ich da nur auf Papierscheiben schieße. In der realen Welt, wo es auf Sekundenbruchteile ankommt, ist die Wahrscheinlichkeit, dass ich aus Versehen einen Zivilisten erwische, verdammt hoch.

Nassars laute, klare Stimme hallt aus dem Lautsprecher. »Ich würde gern erfahren, warum Golowtschenko so sehr hinter diesem Computerdings her ist.«

»Denken Sie an das, was russische Online-Kriminelle schon alles verbrochen haben«, antworte ich. »Ransomware-Angriffe. Wahlfälschungen. Mit einem Quantencomputer wären sie unaufhaltsam. Und da das Ding portabel ist, packen sie in dem Moment, in dem wir ihren Standort ausfindig machen, einfach zusammen und sind weg. Genau wie im Kalten Krieg.«

»Kalter Krieg?«, hakt Griffon nach. »Ich bin in der Abteilung Organisiertes Verbrechen, nicht beim Geheimdienst. Helfen Sie mir auf die Sprünge.«

»Man nennt es Maskirovka, die Kunst, seine Feinde zu täuschen und in die Irre zu führen«, leistet Nassar mir Hilfestellung. »Die Sowjets wussten, dass wir sie mit Satelliten beobachteten, also montierten sie ihre Atomraketen auf Züge und ließen sie im Land umherfahren, damit wir sie nicht anvisieren konnten. Und um uns völlig zu verwirren, haben sie Attrappen auf identischen Zügen platziert, sodass wir nicht wussten, welche die echten Raketen waren. Heute benutzen sie aufblasbare Panzer und Jets, die unsere Drohnen erfolgreich täuschen.«

»Moment mal, Sie reden da über Sachen, die weit über Golowtschenkos Horizont gehen«, sagt Griffon. »So gerissen ist er nicht. Denken Sie an ein stumpfes Instrument, nicht an ein Skalpell. Dieser Security-Hack im Convention Center zum Beispiel übersteigt einfach seine Fähigkeiten.«

»Wäre es nicht denkbar, dass er sich diese Fähigkeiten im Darknet gekauft hat?« Decker ist frustriert. Er braucht ein Ziel, das er verfolgen kann, und Griffon gibt es ihm nicht.

»Das Convention Center zu hacken ist eine Sache«, mische ich mich ein. »Aber das Einhorn ist etwas völlig anderes. Das ist kein iMac, man stöpselt es nicht einfach ein, und dann funktioniert es. Dafür braucht man eine Software mit künstlicher Intelligenz, ultramodernes Zeug. Und das wiederum erfordert umfangreiche Ressourcen.«

»Ich könnte da vielleicht eine Verbindung herstellen«, seufzt Nassar. »Das würde einiges von dem Gequatsche erklären, das wir in letzter Zeit aus Osteuropa hören.«

»Welches Gequatsche?«, will Decker wissen. »Davon haben Sie bisher nichts verlauten lassen.«

»Es war nicht relevant«, erwidert sie.

»Jetzt ist es relevant«, knurrt Decker gereizt. »Wie lautet die Info?«

Ich habe Mühe, mir ein Grinsen zu verkneifen. Wie gefällt's Ihnen, immer nur mit Häppchen abgespeist zu werden, Decker? Normalerweise würde ich mich nicht zurückhalten, aber vermutlich ist Decker kurz davor hochzugehen. Und ich möchte wirklich nicht im selben Raum sein, in dem Zyklon Decker Orkanstärke erreicht.

Mein Handy vibriert. Es ist Bradley, und ich tippe auf »Ablehnen«. Ich werde ihn in einer Minute zurückrufen.

»Man sagt, dass Golowtschenko die Drecksarbeit für die russische Regierung im Ausland erledigt«, sagt Nassar, »im Austausch für Vergünstigungen zu Hause.«

Decker hämmert mit den Fäusten auf den Tisch.

»Das könnte tatsächlich stimmen.« Griffon ignoriert Deckers Wut. »Wir wissen, dass Golowtschenko in den Achtzigerjahren einige Zeit in Ostberlin verbracht hat, zur gleichen Zeit, als der jetzige russische Präsident dort für den KGB gearbeitet hat. Wir vermuten schon lange, dass es eine Beziehung zwischen ihnen gibt. Golowtschenko hat vielleicht nicht die Ressourcen, um das Einhorn zu nutzen, aber Sie können darauf wetten, dass der Kreml sie hat.«

»Da stimme ich Ihnen zu, Agent Griffon«, sagt Nassar. »Aufgrund meiner Erfahrung bei der Spionageabwehr kann ich Ihnen versichern, dass Russland den FSB nicht darauf ansetzen könnte. Nicht auf amerikanischem Boden. Die Falken im Weißen Haus würden sofort eine entsprechende Gegenreaktion fordern. Das ist zu gefährlich. Aber wenn sie einen Kriminellen wie Golowtschenko einsetzen, können sie im Fall des Falles alles leugnen.«

»Sie haben es also mit einem Auftragshacker der Chinesen und russischen Kriminellen mit Verbindungen zum Kreml zu tun«, sagt Griffon. »Und dieses Einhorn trabt immer noch frei rum?«

»Ja«, antworte ich und ruiniere mir erneut mit der Hand die Frisur. Mein Handy vibriert schon wieder.

»Na dann, viel Glück, Leute«, wünscht uns Griffon. »Das werden Sie brauchen.«

Mein Handy vibriert immer noch, die Nachrichten überschlagen sich fast.

Bradley W: Will, ich habe von der Schießerei gehört. Weiß, dass du beschäftigt bist, aber es ist wirklich dringend.
Bradley W: Im Ernst. Ruf mich an, pronto. Notfall.
Bradley W: Will!!!!
Ich: Entschuldigung. Stimmt, bin beschäftigt. Hab mit der Zentrale telefoniert. Was gibt's?
Bradley W: Caplan verweist online auf einen »Mitarbeiter«.
Ich: Niemand hat erwähnt, dass jemand bei ihm war. Bluff als Tarnung?
Bradley W: Er hat eine Tochter. Amanda. Ist heute Morgen angekommen.
Ich: WTF? Wo?
Bradley W: Hat in ein anderes Hotel eingecheckt. Habe es beim ersten Mal übersehen.
Ich: OK. Ich schnapp sie mir.
Bradley W: Zu spät. Neue Nachricht in Caplans Darknetkonto.
Ich: Nachricht?
Bradley W: Betreff lautet: Neues Angebot.
Bradley W: Der Inhalt ist ein Image.
Bradley W: IMG beigefügt.

Der Raum um mich herum verschwimmt. Mit einem Herzschlag ist jeder Albtraum real geworden, den ich seit der Tsunaminacht hatte. Ich kann nicht atmen; meine Lunge ist wie eingefroren. Ich will weglaufen, aber ich kann mich nicht bewegen. Ich lasse das Handy auf den Tisch fallen. Decker fragt mich, was los ist, aber ich höre ihn kaum.

Auf dem Display starrt mich das Bild einer jungen Frau an, höchstens achtzehn, mit langen braunen Haaren, die sie hinter die Ohren gestrichen hat, und einer Hornbrille, die stark mit ihrer glatten, jugendlichen Haut kontrastiert. Sie ist dünn, fast dürr, wie eine Obdachlose. Und hübsch. Ein unschuldiges amerikanisches Mittelschichtmädchen.

Und außerdem ist sie geknebelt und an einen Stuhl gefesselt wie Kate Mason.

16

Bevor mich Decker noch einmal fragen kann, ob es mir gut geht, kommt Dana herein, obwohl die Telefonkonferenz noch nicht beendet ist. Der Raum hat an zwei Seiten große Glaswände, so hat sie uns beobachten können, und womöglich ist sie nicht bereit zu akzeptieren, dass man sie länger ausschließt.

Ihr Auftauchen verschafft mir eine kurze Verschnaufpause, und ich versuche die neue Entwicklung zu verarbeiten. Es ist zwar nicht Kate Mason auf dem Foto, aber die Ähnlichkeit der Situationen droht den empfindlichen Friedensvertrag zu zerstören, den ich mit meiner Vergangenheit abgeschlossen habe.

Seit ich für das FBI arbeite, habe ich Entführungsfälle sorgfältig gemieden, um nicht mit meiner Rolle bei den Ereignissen in der Nacht des Tsunamis konfrontiert zu werden. Es gab immer genug andere Verbrechen zu lösen. Aber jetzt hat sich das schlagartig geändert.

Bis heute habe ich mit niemandem über meinen damaligen Fehler gesprochen, nicht einmal mit meinen sündhaft teuren Therapeuten. Ich hätte mit

Jack gesprochen – ich hätte mit Jack sprechen sollen! –, denn er war mein Partner und mein bester Freund. Aber die Chance bekam ich nicht.

Trotz der Glaswände habe ich das Gefühl, als würde der Raum um mich herum schrumpfen, mich erdrücken. Am liebsten würde ich aufstehen und hinausgehen, und das könnte ich ja auch. Ich könnte einfach diesen Raum verlassen, das Polizeirevier und verschwinden. Was nützt es einem, ein Fastmilliardär zu sein, wenn man diese Freiheit nicht hat? Nur, wohin sollte ich gehen? Ich habe es schon am anderen Ende der Welt versucht, aber ich konnte meiner Vergangenheit auch dort nicht entkommen. Ich hab mein Leben im Silicon Valley aufgegeben, und trotzdem hat sie mich eingeholt.

»Was ist denn mit Parker los?«, erkundigt sich Dana bei Decker. »Er sieht so blass aus, man könnte meinen, man hätte auch auf ihn geschossen.«

Sie stemmt die Hände in die Hüften. Das Einschussloch und die Schmauchspuren auf ihrer Bluse scheinen mich anzustarren, und darunter schimmert dunkler Nylon. Eine neue Schutzweste. Das ist meine Schuld. Und dass Miller auf der Intensivstation liegt ebenso. Caplans Tochter wurde als Geisel genommen, und wenn wir sie nicht retten, geht auch das auf mein Konto.

»Reißen Sie sich zusammen, Will«, fordert Decker. »Wir müssen mit Burke reden. Er wird bestimmt eine ganze Armee von Agenten schicken wollen, und das würde Ihnen bestimmt genauso wenig gefallen wie mir.«

Meine Stimme klingt träge und belegt, als wäre ich nicht ganz wach. »Sicher nicht.«

Die hiesige Polizei ist schon aufgedreht genug, und wenn Burke jetzt auch noch einen Schwarm FBI-Agenten schickt, wird das die Bieter ganz bestimmt verscheuchen. Dann verlieren wir das Einhorn, Dragoniis entkommt, und wer weiß, was dann mit Caplans Tochter passiert.

Decker erklärt den Konferenzteilnehmern, dass Dana hinzugekommen ist. Burke schaltet sich in die Konferenzschaltung ein. Im Hintergrund ertönt leise Opernmusik. Es ist Freitagabend, und er ist zu Hause. Ich war schon mal dort. Es ist ein gemütliches, bescheidenes Haus, an dem er stets herumwerkelt. Italienische Opern und Heimwerkern sind seine Art der Stressbewältigung.

Burke hält sich nicht lange mit Formalitäten auf, sondern beginnt sofort mit der Einschätzung der Situation. »Ich habe gerade mit Ihrem Polizeichef telefoniert, Detective Lopez. Er setzt jeden verfügbaren Officer der Stadt auf den Fall an. Verständlich, denn er will die Leute aufspüren, die mit diesem Petrow in Verbindung stehen. Eine beeindruckende Festnahme, Detective! Agent Parker, was höre ich da – Sie waren unbekleidet im Park?«

»Ich war nicht unbekleidet«, antworte ich, »ich habe Yogaklamotten angehabt.«

»Und was haben Sie in Yogaklamotten gemacht?«

»Yoga.«

Diesmal versuche ich nicht, ihn zu verärgern; ich muss über wichtigere Dinge nachdenken. Ich gehe alle Möglichkeiten durch, was als Nächstes geschehen könnte. Meine oberste Priorität ist es jetzt, dass Caplans Tochter unversehrt bleibt. Doch es sieht nicht gut aus.

Burke fragt nicht nach, was der Koffer überhaupt im Park zu suchen hatte. Falls er vermutet, dass ich damit die gefährlichen Bieter aus dem Darknet ans Licht locken wollte, spricht er es nicht laut aus.

Ich brauche mehr Daten und sehe mir das Foto noch einmal an. Amanda Caplans Handgelenke sind an die hinteren Beine des Stuhls gefesselt, auf dem sie sitzt. Ein um ihren Kopf geschnallter Ballknebel sitzt ihr im Mund, ihre Augen sind gerötet und geschwollen, ihre Wangen tränenverschmiert. Auf ihren Knien steht ein Laptop. Er ist eingeschaltet, und das Display ist zur Kamera gerichtet und zeigt die Google-Suchseite. Aber nicht das Google-Logo, sondern ein Google-Doodle, das Google nur einen Tag lang zeigt, um etwas Einzigartiges an diesem Tag zu feiern.

Ich rufe die Suchseite von Google auf meinem Telefon auf. Es ist das gleiche Doodle. Das Foto von Amanda Caplan wurde also heute aufgenommen.

»Es hat eine neue Entwicklung gegeben.« Ich schließe die Augen und schlucke. Mein Körper vibriert wie ein gespannter Draht im Wind. Ich bemühe mich, ruhig zu atmen.

»Roger Caplan hatte eine Tochter«, sage ich und drehe das Handy so, dass Decker und Dana das Display sehen können. »Einer der Bieter hat sie entführt.«

Das raubt selbst Decker die Sprache. Er greift nach meinem Smartphone, als könnte er damit meine Worte ad absurdum führen. Die Muskeln in seinen Wangen treten hervor, als er die Zähne zusammenbeißt. Danas Miene verfinstert sich, und ihre Augen werden zu schmalen Schlitzen, als sie ihm über die Schulter blickt.

Nachdem ich erklärt habe, wie Bradley das Foto in Caplans privaten Nachrichten im Darknet gefunden hat, skizziert Burke einen Plan. Er will uns Verstärkung schicken und eine gemeinsame Taskforce mit den lokalen Behörden einrichten. Amanda Caplan zu befreien, den chinesischen Agenten gefangen zu nehmen und das Fukushima-Einhorn zu finden ist zu viel für zwei Agenten.

Da hat er nicht unrecht, aber ein Haufen zusätzlicher Agenten und Cops bringt uns auch nicht unbedingt weiter.

»Sir, könnten wir dieses Vorgehen diskutieren?« Decker beugt sich vor und umklammert die Tischkante so fest, dass die Knöchel seiner Hände weiß hervortreten. »Wenn hier wirklich ein ausländischer Agent mitspielt, ist es sehr wahrscheinlich, dass eine so große Zahl von Agenten ihn zur Flucht veranlasst.«

Natürlich würde er flüchten. Für die Chance, das Fukushima-Einhorn zu ergattern, ist Dragoniis das Risiko eingegangen hierherzukommen. Aber er hat nicht damit gerechnet, es mit einer ganzen Armee G-men zu tun zu bekommen. Die würde ihn sicherlich vertreiben.

»Dragoniis ist kein Narr, Direktor.« Ich reiße mich zusammen und spreche lauter, weil ich am Ende des Tisches am weitesten von dem Lautsprecher entfernt sitze. »Die Cyberabteilung verfolgt ihn seit Jahren. Er konnte seine Identität bislang geheim halten und hat immer wieder das Land gewechselt, wobei keines der Länder, in denen er sich verkrochen hat, ein Auslieferungsabkommen mit den USA hatte. Decker hat recht – wenn er sich auf US-Boden aufhält, ist das eine einmalige Gelegenheit, ihn zu erwischen.«

»Mir ist klar, wie wichtig Diskretion ist«, erwidert Burke. »Deshalb habe ich Decker geschickt.«

Mich erwähnt er nicht. Okay, Diskretion ist nicht so mein Ding. Aber dieses Mal war ich gar nicht schlecht. Bis jetzt habe ich nur Farber verärgert, und der zählt nicht, denn ich wette darauf, dass er sowieso jeden Tag schon wütend aus dem Bett steigt.

»Aber die Sache ist jetzt größer«, fährt Burke fort. »Eine junge Frau wurde gekidnappt. Und wir müssen die öffentliche Sicherheit berücksichtigen.

Petrow hat am helllichten Tag auf Polizisten geschossen. Wer sagt, dass seine Kumpane es nicht wieder tun? Wir müssen deutlich reagieren, um die Ordnung aufrechtzuerhalten.«

»Das verstehe ich, Direktor. Die Stadt dreht schon durch. Chief Wilmont wird von den Medien regelrecht bombardiert«, sagt Dana. »Aber der Entführer hat die Staatsgrenze bisher nicht überschritten. Es ist also immer noch unser Fall, es sei denn, wir bitten das FBI von uns aus um Hilfe.«

»Soll das heißen, Sie wollen unsere Hilfe nicht? Müssen wir diese Diskussion mit Chief Wilmont führen?«

Decker und ich sehen uns an. Wir kennen Burkes warnenden Tonfall. Dana hängt sich ziemlich weit aus dem Fenster, aber Burke hat sie noch nicht abgezogen, weil das ihre Stadt und sie der Topdetective hier ist. Das habe ich gecheckt. Als Petrow eingebuchtet wurde, habe ich mit ein paar Cops gesprochen. Dana hat mit Abstand die höchste Aufklärungsrate.

»Keineswegs, Sir. Die Agenten Decker und Parker waren und sind von unschätzbarem Wert für die Ermittlungen. Ich möchte Sie aber daran erinnern, dass das alles hier mit einem ermordeten Zivilisten angefangen hat. Er stammte vielleicht von außerhalb, aber er wurde hier umgebracht, und erst sein Tod hat diese Kette von Ereignissen in Gang gesetzt, die schließlich in einem Schusswechsel auf offener Straße gipfelten. Hier. In meiner Stadt. Ich selbst habe mir eine Kugel eingefangen. Ich weiß die Unterstützung des FBI zu schätzen, aber zusätzliche Agenten würden nicht nur die Ermittlungen, sondern auch meine Stadt in Gefahr bringen, und dieses Risiko will ich nicht eingehen.«

Ich lehne mich staunend auf meinem Stuhl zurück. Sie hat gerade einem FBI-Direktor eine Abfuhr erteilt.

»Merken Sie sich das für die Zukunft, Parker, *so* erhebt man Einspruch!«, sagt Burke nach einer längeren Pause. Seine Stimme klingt wie eine Gerölllawine. »Also, Detective, welches weitere Vorgehen empfehlen Sie?«

»Wir müssen einiges bedenken, Sir. Wir müssen die Öffentlichkeit schützen, aber wir dürfen gleichzeitig den Entführer von Amanda Caplan nicht verschrecken. Er denkt vielleicht, er verhandelt immer noch mit Caplan. Der Tatort liegt im Convention Center, und auch die Auktion mit dem Einhorn sollte dort enden. Deshalb konzentriert sich unser Fall dort und auf die umliegenden Hotels. Um die Menschen dort zu schützen, postieren wir an den Eingängen des Convention Centers uniformierte Officers, die jeden Besucher beim Eintritt scannen. Damit sorgen wir für eine sichere, waffenfreie Zone in diesem Gebäude. In die Hotels schicken wir ein paar Polizisten in Zivil. Sie sollen sich unauffällig verhalten, können aber schnell reagieren, wenn es dort zu einem Vorfall kommt. Wir haben hier genug

Officers, vor allem wenn der Chief Überstunden genehmigt. Das kriegt zwar jeder mit, aber diese Reaktion ist nach den Vorfällen zu erwarten, und wir verschrecken damit weder den Killer noch diesen chinesischen Hacker noch die oder den Entführer.«

Das ist ein guter Plan. Wir zeigen der Öffentlichkeit, dass etwas getan wird, aber der Einsatz ist nicht so massiv, dass die Auktion abgebrochen werden müsste.

»Wird dieser chinesische Agent nicht von all diesen Uniformierten aufgescheucht?«, will Burke wissen.

»Nein, Sir«, mischt sich Decker ein. »Es wäre verdächtiger, wenn wir nichts täten. Er hat keine Angst vor Cops. Die sind auf der Jagd nach Kleinkriminellen und fahnden nicht nach Spionen. Nichts für ungut, Lopez.«

»Kein Problem.«

»Okay, angenommen, ich genehmige das«, lenkt Burke ein, »dann muss Wilmont es noch absegnen.«

Nach dem anfänglichen Schock über den Anblick des Fotos von Amanda Caplan habe ich mich beruhigt und kann die Sache mit einem Paukenschlag abschließen. »Es dreht sich alles um das Fuku… den Quantencomputer«, ergreife ich das Wort. »Deshalb haben die Chinesen Dragoniis geschickt. Und deswegen sind Golowtschenkos Killer hier. Und es ist auch der Grund für die Entführung von Caplans Tochter. Im Moment gehen die Bieter davon aus, dass Caplan die Auktion noch leitet, denn niemand außerhalb der Behörden und natürlich außer seinem Mörder weiß, dass Caplan tot ist.«

»Wir haben unseren Einsatz mit Ermittlungen wegen eines Raubüberfalls begründet«, steht mir Dana bei.

»Clever, Detective«, stellt Burke fest.

»Das war Agent Parkers Idee«, erwidert sie bescheiden.

»Mein Analyst in L. A. überwacht Caplans Konten im Darknet«, fahre ich fort. »Die Bieter sind alle noch aktiv. Hätte einer von ihnen das Einhorn, wäre er längst ausgestiegen. Solange wir die Auktion am Laufen halten, haben wir die Chance, sie aufzuspüren und einzukassieren.«

Was ich an Burke vor allem respektiere, ist, dass er keine halbherzigen Entscheidungen trifft. Ich hoffe nur, diesmal ist es die richtige. Decker, Dana und ich warten mit angehaltenem Atem.

»Detective Lopez, Sie wollen Caplans Mörder und Golowtschenko. Decker, Sie wollen Dragoniis. Parker, Sie wollen diesen Quantencomputer. Aber oberste Priorität ist es jetzt, Caplans Tochter zu retten, und zwar möglichst unversehrt.«

»Dem stimme ich zu, aber zusätzliche Agenten …«, beginnt Decker, aber Burke unterbricht ihn.

»Moment«, sagt er. »Ich habe genug Fälle mit Entführungen gegen Lösegeld bearbeitet. Wenn tatsächlich einer der Bieter Caplans Tochter hat und so die

Auktion manipulieren will, ist die Chance, dass er sie anschließend umbringt, um seine Spuren zu verwischen, größer als fünfzig-fünfzig. Und zu viele FBI-Agenten würden ihm sagen, dass die Auktion kompromittiert wurde.«

Wir seufzen alle erleichtert auf. Decker lässt sich auf seinem Stuhl zurückfallen, Dana schließt die Augen, und ich öffne meine Fäuste, die ich unwillkürlich geballt hatte.

»Trotzdem kann das FBI nicht untätig bleiben«, fährt Burke fort. »Ich schicke Ihnen Griffon und Nassar. Sie sind Experten hinsichtlich der russischen Mafia und haben auch Erfahrung im Einsatz. Zwei Agenten sind nicht zu auffällig. Außerdem müssen wir noch Wilmont an Bord holen.«

»Ich kümmere mich um Wilmont, Sir«, bietet Dana an. »Ich bitte ihn, sich mit Ihnen in Verbindung zu setzen.«

»Ich will das für Sie alle klarstellen …« Burke hält inne, um sicherzustellen, dass er unsere ungeteilte Aufmerksamkeit hat. Im Hintergrund schwellen die leisen Klänge einer Arie zu einem Crescendo an. »Amanda Caplans Leben steht an erster Stelle.«

Decker wirkt gequält. Noch mehr Agenten. Es war schon schlimm genug, dass ich seine Mission, Dragoniis zu schnappen, gestört habe. Aber Griffon ist verdammt ehrgeizig und macht gerade Karriere. Er ist auf dem Weg zum Supervisory Agent. Decker hat Angst, dass er selbst in der zweiten Reihe landet.

Dass Decker mir im Nacken sitzt, war zwar ärgerlich, aber damit kam ich klar. Wenn jetzt aber zwei weitere Agenten alles infrage stellen, was ich tue, könnte mich das wirklich ausbremsen.

»Noch eins, Direktor«, sage ich. Decker wirft mir einen finsteren Blick zu, und Dana sieht mich scharf an. Wir haben bekommen, was wir wollten, und es ist nie gut nachzuverhandeln. »Wir arbeiten hier gegen eine Deadline. Caplans Tochter wird zurzeit gefangen gehalten. Caplan war wegen der Comic Con hier. Das geplante Ende der Auktion muss irgendwann in den nächsten ...«, ich werfe einen Blick auf meine Smartwatch, »... in ungefähr vierzig Stunden liegen. Decker und ich haben uns bereits einen guten Überblick verschafft. Wenn wir jetzt von vorne anfangen müssen, ist es vielleicht zu spät.«

Schweigen. Burke weiß, was ich sagen will. Wir müssen die Sache leiten. Decker kaut auf seiner Unterlippe und starrt mich an, doch ich zucke mit den Schultern. Es bringt nichts, um den heißen Brei herumzureden.

»Sir ...« Ich spreche langsam und ohne jeden Anflug von Provokation. »Sie wissen genau, warum ich für das FBI arbeite. Ich mache keine Mätzchen. Es ist der beste Weg, das versichere ich Ihnen.«

»Gut«, lenkt Burke abermals ein. »Sie und Decker leiten den Einsatz. Aber Amandas Leben hat oberste Priorität.«

17

Wenn wir uns sputen, schaffen wir es gerade noch zurück zur Comic Con, bevor sie schließt. Dana hat recht, das Convention Center ist der Brennpunkt des ganzen Falls. Hier wurde Caplan ermordet. Hier hat jemand das Video der Überwachungskamera manipuliert. Wir müssen mehr darüber erfahren, was hier letzte Nacht passiert ist, und wenn überhaupt, dann finden wir hier jemanden, der es uns verraten kann.

Unsere zweitbeste Spur ist das Foto von Amanda Caplan. Ich habe Bradley angeordnet, das Foto an das FBI-Labor weiterzuleiten. Entführungen sind in den USA Sache der Bundespolizei, und wenn ein Menschenleben auf dem Spiel steht, landet der Fall beim FBI ganz oben.

Manchmal ist es nahezu unmöglich, ein Monster wie Bruce Sterling zu finden, deshalb bat mich das FBI damals um Hilfe, als Kate Mason entführt wurde. Bei solchen Serienmördern ist ihr Kontakt zur Außenwelt absolut willkürlich, nachdem sie ihre Opfer entführt haben. Bei Entführungen mit Lösegeldforderungen ist das anders, und auch Amandas

Entführer müssen kommunizieren, um zu bekommen, was sie für Amandas Leben verlangen. Und jede Kommunikation bietet eine Chance herauszufinden, wer und wo die Entführer sind. Sie haben mir mit diesem Foto schon eine Menge verraten, aber sobald die Bildtechniker ihre Magie gewirkt haben, bekomme ich noch eine Menge mehr.

Außerdem beobachtet mich jemand, und solange ich nicht weiß, wer diese Person ist, ist es besser, nicht allein weiterzumachen. Decker will ich nicht am Hals haben, also bitte ich Dana, mit mir zu kommen. Ich erkläre meine Bitte mit der Politik des FBI, niemals allein zu arbeiten. Ich behaupte, dass sie etwas Produktiveres tun könnte, während die Bildanalyse läuft und ein Team von hiesigen Detectives die Stadt nach Spuren von Golowtschenko absucht.

»Was zum Beispiel?«, will sie wissen.

»Wie wäre es mit einem Videospiel?«

Sie sieht mich scharf an, dann aber stimmt sie mit einem Achselzucken zu.

Sie zieht mich irgendwie an, fast magnetisch. Sie ist selbstbewusst und engagiert. Sie weiß, wer sie ist und was sie tut. Ich selbst habe mein Leben fokussiert und zielorientiert verbracht, also erkenne ich diese Eigenschaften, wenn ich sie sehe. Und ich bewundere sie.

»Was ist da drinnen passiert?«, fragt sie, während sie den Wagen, in dem wir sitzen, aus der Parkgarage des Reviers fährt. »Irgendwas hat Sie umgehauen.«

»Es war ein ziemlich verstörendes Foto.«

»Nur war der Tatort im Comic Con auch verstörend. Ich habe Sie beobachtet, Sie hätten fast gekotzt. Aber bei dem Entführungsfoto war das anders. Es hat Sie erschreckt. Warum?«

»Ich bin einfach nicht an so etwas gewöhnt.«

»Klar.« Ihr Ton sagt mir, dass sie mir meine Antwort nicht abkauft. Dann ändert sie die Taktik. »Wie kommt ein Fast-Milliardär zum FBI?«

»So wie jeder andere auch. Durch Quantico.«

»Zu Burke haben Sie etwas anderes gesagt. Sie haben gesagt: ›Sie wissen genau, warum ich für das FBI arbeite.‹ Das haben Sie absichtlich so formuliert und damit auf einen Grund angespielt, der ihm bekannt ist. Was also weiß er?«

Er weiß, dass ich damals dem FBI geholfen habe, Bruce Sterling zu finden, und dass ich Kate Mason sterben sah. Aber davon will ich Dana nichts erzählen, also lenke ich mit meinen eigenen Fragen von ihren ab. »Hat sich eigentlich Webbs Alibi bestätigt?«

»Ich habe mit mehreren anderen Verkäufern gesprochen«, sagt sie, während sie den Wagen über eine Kreuzung lenkt. »Sie können sich erinnern, ihn in der Bar gesehen zu haben.«

»Wo war das?«

»Die Bar heißt *Chico's*. Liegt drei Blocks vom Convention Center entfernt. Irgendwie ist das merkwürdig. Ich konnte niemanden finden, mit dem er wirklich dort zusammen war. Aber etliche Leute haben ihn definitiv erkannt.«

Ich lache. »Sie haben es hier nicht gerade mit der sozialsten Bevölkerungsgruppe zu tun. Es ist nicht ungewöhnlich, dass jemand auftaucht, sein Kostüm zur Schau stellt und posiert, damit man ihn bewundert, ohne ein Wort mit jemandem zu sprechen. Viele dieser Leute kommen allein, trinken allein und gehen allein.«

»Klingt ja amüsant«, erwidert Dana ironisch.

»Könnte schlimmer sein. Damals im Valley waren gesellschaftliche Events ein Full-Contact-Sport. Nahm man eine Einladung zu einer Party an, bekam man vorher per E-Mail eine Anwesenheitsliste mit Gästeprofilen.«

»Sie machen Witze.«

»Keineswegs. So wissen Sie, wenn Sie hingehen, mit wem Sie worüber reden müssen und wie Sie ein Gespräch beginnen können.«

»›He, wie läuft's denn so?‹ funktioniert nicht?« Sie kichert.

»Das hätte mir gesagt, dass Sie Ihre Hausaufgaben nicht gemacht haben, und ganz definitiv haben Sie das WIFMD nicht ausgearbeitet.«

»Das was?« Sie wirft mir einen Blick zu und zeigt wieder ihre kritische Officer-Miene.

»Das ›Was ist für mich drin‹.«

»Wie in ›Was haben Sie von einem Gespräch mit mir‹?«

»Genau.«

»Sie verarschen mich doch.« Sie lacht, ihre Stirn glättet sich, und ihre Zähne blitzen in der Dämmerung.

»Schön wär's.«

»Entschuldigen Sie, wenn ich das sage, aber das klingt nicht so, als würde man sich auf diesen Partys amüsieren.«

Wir haben das Convention Center fast erreicht, und ich glaube schon, dass sie das Verhör beendet hat. Von wegen. »Ein langer Weg vom Valley zum FBI. Wie kam das?«

Ich weiche wieder aus und erkundige mich nach Millers Zustand. Nach diesem Thema kommt sie bestimmt nicht mehr auf mich zu sprechen.

Ich behalte recht, und ihre Antwort auf diese Frage beschäftigt uns den Rest des Weges zur Con.

Millers Leben hängt immer noch am seidenen Faden. Die Ärzte haben getan, was sie konnten, jetzt heißt es nur noch warten. Polizisten bewachen sein Krankenzimmer, obwohl es unwahrscheinlich ist, dass Golowtschenko jemanden schickt, um ihm den Rest zu geben. Sie hatten es auf den Pelican-Koffer und das Fukushima-Einhorn abgesehen, von dem sie dachten, es sei darin, nicht auf Miller. Er hatte den Koffer nur zufällig in der Hand. Und wollte ihn nicht loslassen. Hätte er es getan, hätte Petrow ihn vielleicht einfach an sich genommen und wäre verschwunden.

Dana hält am Bordstein, und wir steigen aus. Als wir uns dem Gebäude nähern, sehe ich, dass die zusätzlichen Uniformierten bereits vor Ort sind und neben den privaten Security-Leuten stehen, die jetzt jeden beim Eintritt durchsuchen. Die Uniformierten kennen Dana und nicken uns durch.

Sobald wir in der Halle sind, möchte ich so schnell wie möglich in der Menge verschwinden. Wie Farber schon sagte, ich sehe aus wie ein Fan, aber Dana fällt einfach auf. Besonders mit ihrem echten Einschussloch und den schwarzen Brandflecken mitten auf ihrer Brust.

Ich bleibe bei dem Turm mit den T-Shirts stehen.

»L, richtig?«, sage ich und greife in einen der Kästen.

»Bitte was?«

»Ihre T-Shirt-Größe. L. Wir müssen Ihren Look ent-uniformieren. Ich schätze, normalerweise tragen Sie M, Sie wissen schon, ohne Weste. Aber mit dem Kevlar darunter brauchen Sie eine Nummer größer, also L.«

Ich halte ein Wonder-Woman-T-Shirt vor ihr hoch.

»Soll das ein Witz sein?« Sie stemmt wieder mal die Hand auf die Hüfte und starrt mich an.

»Okay. Superheldinnen sind vielleicht ein wenig klischeehaft für eine Polizistin.« Ich überfliege die anderen Fächer. »Springt Ihnen irgendwas hier ins Auge? Herr der Ringe, vielleicht?«

»Sind wir wirklich deswegen hier?«

»Hören Sie zu, Ihre Leute kontrollieren ab jetzt jeden, der hier reinkommt. Aber die Messe hat schon seit heute Morgen geöffnet. Es könnte längst ein Bieter hier sein, und vielleicht ist er bewaffnet. Da wir nicht wissen, wer es ist, sollten wir uns besser unauffällig verhalten.«

Natürlich gibt es da noch meinen Verfolger. Mir sträuben sich die Nackenhaare, aber ich drehe mich nicht um. Wenn man mich beobachtet, soll keiner merken, dass ich nach ihm Ausschau halte.

Dana nickt widerwillig.

»Star Trek?«, frage ich sie.

»Also bitte!«

»Doctor Who?«

»Doktor Wer?«

»Genau der.«

»Nein.«

Ich trete einen Schritt zurück und suche weiter. Natürlich spielt es keine Rolle, was für ein T-Shirt sie trägt, solange es ein Fanartikel ist, aber womöglich ist es besser, wenn es etwas wäre, auf das sie steht. Ich rede mir ein, dass sie sich dann wohler fühlt und ich das nicht mache, weil ich wissen möchte, ob wir etwas gemein haben.

»Mögen Sie Harry Potter?«

»Wer mag den nicht?«

»Ah, also *Die Heiligtümer des Todes.*«

Ich gehe hinüber zu dem Behälter mit dem vertrauten Symbol, einer Kombination aus Dreieck und

Kreis, halbiert durch eine gerade Linie. Die Symbole sind weiß auf ein schlichtes schwarzes T-Shirt gedruckt.

Ich kaufe ihr das Shirt und reiche es ihr in einer schlichten weißen Plastiktüte. Sie gibt mir ihren Blazer und knöpft ihre Bluse auf.

»Sie ziehen es sofort an?«

»Sie haben gesagt, ich soll nicht länger wie eine Polizistin aussehen, richtig? Ich nehme an, Sie meinten jetzt und nicht später.«

Es ist nicht gerade privat hier. Als sie die Bluse auszieht, drehe ich mich um.

»Danke, aber das ist nicht nötig«, sagt sie.

Aus dem Augenwinkel sehe ich einen schwarzen Körperpanzer, der ihre Brust und ihren Rücken bedeckt. Klar. Darunter trägt sie einen Verband um ihren Oberkörper. Als sie die Hände über den Kopf hebt, um das »*Heiligtümer des Todes*«-T-Shirt anzuziehen, zuckt sie zusammen und beißt sich auf die Lippe.

»Besser so?«, fragt sie dann.

»Sie sehen perfekt aus«, antworte ich und drehe mich um. Ich bekomme gerade noch mit, wie sie ihre Waffe verdeckt, indem sie den Saum des T-Shirts locker über die Hose fallen lässt.

»Danke für das T-Shirt, Will«, sagt sie lächelnd. Ihre Bluse wirft sie in den Mülleimer neben der Kasse und bemerkt meine Überraschung. »Wie Ihnen vielleicht aufgefallen ist, hat sie ein Einschussloch.«

Da wir noch etwas Zeit bis zur Schließung haben, manövriere ich uns zu dem Gastronomiebereich, den ich vorhin gesehen habe. Wir haben Glück und entdecken einen Sandwichstand, der noch geöffnet hat. Sie packen gerade zusammen, aber sie haben noch Bagels übrig und Kaffee in einer Thermokaraffe, die sie uns großzügig überlassen. Wir wissen zwar nicht, wie alt beides ist, aber es ist auf jeden Fall besser als nichts.

»Ich schätze, wir sind nicht wegen schalem Kaffee hergekommen«, sagt Dana.

»Nein, sind wir nicht. Wir suchen hier nach Zeugen.«

»Zeugen? Der Wachmann sagte, er hätte niemanden gesehen.«

»Zählen wir mal durch, wer gestern Abend alles hier war. Caplan. Sein Mörder, wer auch immer das war. Und ein Dieb. Das sind schon mal mindestens drei. Also würde ich nicht allzu viel Vertrauen in den Wachmann setzen.«

»Ein gutes Argument«, räumt sie ein.

Dann verstummt sie, und wir schweigen. Der Kaffee schmeckt bitter. Aber er ist heiß, er hat Koffein, und es ist ohnehin nichts anderes da, also trinke ich ihn.

Als Dana das Schweigen bricht, ist ihre Stimme sanft, aber der Tonfall bestimmt. »Sie müssen mir sagen, warum Sie zum FBI gegangen sind.«

Ich seufze. »Warum ist das wichtig?«

Sie lässt sich einen Moment Zeit und überlegt sich ihre Antwort. Sie blinzelt weder, noch runzelt sie die Stirn. Das ist eine andere Dana. Nicht die Polizistin, die ständig alles hinterfragt und nachhakt. Das ist der Mensch dahinter.

»Das hier ist keine gewöhnliche Mordermittlung. Als ich heute Morgen aufgewacht bin, ging es um einen Mann, dem in meiner Stadt der Schädel eingeschlagen worden ist. Das ist tragisch, mehr nicht. Jetzt habe ich ein unbezahlbares und radioaktives Stück Technologie plus Spione, Hacker, russische Mafiosi und Entführer, die hinter dem Ding her sind. Ah, und zwei FBI-Agenten, die nicht ganz ehrlich zu mir sind.«

Wenn sie es so ausdrückt, klingt es tatsächlich übel.

»Hören Sie«, fährt sie fort, nachdem sie einen Schluck Kaffee getrunken hat, »ich bin im nicht so schönen Teil von Miami aufgewachsen. In einem Gangviertel. Nachdem ich Cop geworden bin, bin ich dorthin zurückgekehrt und habe auf den Straßen gearbeitet. Ich habe es mit einigen wirklich gefährlichen Leuten zu tun bekommen. Aber dieser Fall hier macht mich nervös.«

»Sie müssten verrückt sein, wenn Sie es nicht wären.« Ich nicke.

»Und was mich nervös macht, ist das, was ich nicht weiß. Es ist einfach zu viel mysteriös. Wie Sie zum Beispiel. Warum tauscht jemand das Leben eines Königs gegen das eines Staatsdieners? Sie haben Ihr Leben aus einem bestimmten Grund geändert, und der ist mit Sicherheit ein Teil von dem, wer Sie sind. Wenn ich nicht weiß, was das ist, kenne ich Sie nicht. Wenn ich Sie nicht kenne, wie soll ich dann darauf vertrauen, dass Sie mir im Notfall den Rücken decken?«

Ich senke den Blick. Tatsächlich habe ich ihr nicht den Rücken gedeckt. Ich habe zugelassen, dass sie den Pelican-Koffer in aller Öffentlichkeit spazieren trug, was dazu geführt hat, dass auf sie geschossen wurde und Miller fast gestorben wäre. Dafür schulde ich ihr etwas. Aber wie viel? Das, wonach sie fragt, habe ich noch nie jemandem erzählt, außer als ich vom FBI befragt wurde, doch selbst da habe ich ausgelassen, dass mein Fehler Bruce Sterling veranlasst hat, Kate Mason zu töten.

»Ich bin heute mit Ihnen hierhergegangen, weil Sie klug sind«, sagt sie und beugt sich vor, sodass sich ihr Gesicht dicht vor meinem befindet. »Sie sind ein bemerkenswerter Ermittler, und mir ist klar, dass Sie an einer großen Sache dran sind. Aber überall lauern Gefahren auf uns.«

Damit liegt sie verdammt richtig. Mehr als sie ahnt. Ich denke an die Nachricht von Caplans Handy. Ist mein Schatten noch im Gebäude, oder ist er mit den anderen hinausgegangen?

»Ob es Ihnen gefällt oder nicht, wir stecken da zusammen drin«, fährt Dana fort. »Ich kann es mir nicht leisten, Ihnen zu misstrauen, wenn ich zugleich ständig auf der Hut vor unseren gemeinsamen Gegnern sein muss. Damit bringe ich mich in Lebensgefahr.« Sie legt wie unbewusst die Hand auf ihre Brust, dort, wo die Kugel sie getroffen hat.

In diesem Moment, als die Erinnerungen an den Tsunami um mich herumwirbeln, taucht ein Gesicht darin auf: Jack. Wir steckten auch zusammen drin, bis ich ihn ausgeschlossen habe, und wie das geendet ist, weiß ich.

Obwohl ich Dana erst so kurz kenne, hab ich's schon geschafft, dass auf sie geschossen wurde. Hätte sie diese Weste nicht getragen, wäre sie jetzt tot, genau wie Jack.

Jack hatte etwas Besseres verdient. Dana verdient auch etwas Besseres. Will ich diesen Fehler wirklich wiederholen?

»Ich werde es Ihnen erzählen, versprochen«, versichere ich ihr und sehe in ihre dunkelbraunen Augen. »Aber zuerst müssen wir in Deckung gehen, bevor unser Mann kommt, wer es auch ist.«

Sie sucht in meinen Augen nach der Bestätigung, dass ich es ernst meine und die Wahrheit sage. Anscheinend ist sie mit dem, was sie darin findet, zufrieden, denn sie nickt.

»Gehen Sie vor«, sagt sie nur.

18

Wir entscheiden uns für einen dunklen, leeren Raum gegenüber dem Eingang zum Hauptsaal. Ich weiß nicht, wer heute Abend hier auftauchen wird, aber ich weiß, was sie suchen, und das ist hier im Saal.

Jeder, der an dem Raum vorbeigeht, sieht nur einen schattigen Eingang, aber drinnen erzeugt das Licht aus der Halle einen schummrigen Fleck zwischen uns. Dana wartet geduldig am Rand des Schattens in einem der gepolsterten Konferenzstühle, während wir die trockenen, zähen Bagels herunterwürgen. Ich habe ihr versprochen, ihre Fragen zu beantworten. Jetzt muss ich liefern.

»Sie wollen wissen, wie ich beim FBI gelandet bin«, sage ich und spüle rasch den letzten Bissen mit Kaffee herunter. »Die kurze Antwort lautet: Ich habe mehrere Monate lang Unterricht bei einem alten Karatemeister auf einem Berg in Okinawa genommen. Ein älteres Ehepaar im Dorf am Fuß des Berges wurde ermordet, und ich habe ihre Mörder durch gestohlene Gegenstände aufgespürt, die sie im Internet verkaufen wollten. Danach wollte ich weiter in diesem Bereich arbeiten.«

Dana blinzelt und sieht mich an. Wahrscheinlich hat sie das nicht erwartet.

»Aber Sie wollen die ausführliche Antwort«, fahre ich fort. »Sie wollen wissen, wie ich vom Silicon Valley zu den Feds gekommen bin.«

»Ich will vor allem wissen, warum.« Sie beugt sich vor.

»In der Nacht, als der Tsunami Fukushima traf, hätte ich eigentlich in einem Flugzeug nach Tokio sitzen sollen. Stattdessen saß ich in meinem Büro im Valley, weil Salazar Burke an meine Tür geklopft hat und mich um Hilfe bat.«

»Der Burke, den ich kenne?« Dana neigt fragend den Kopf.

»Eben der«, seufze ich. »So haben wir uns kennengelernt, und deshalb weiß er, warum ich zum FBI gegangen bin. Er war damals SAC, Special Agent in Charge, und leitete die Abteilung Gewaltverbrechen. An dem Tag, als ich ihn kennengelernt habe, jagte er einen Serienmörder namens Bruce Sterling, der gerade eine Collegestudentin, Kate Mason, aus ihrem Wohnheim entführt hatte.«

»Haben Sie ihn gefunden?«, fragt Dana aus dem Schatten.

»Ja«, sage ich langsam und nicke. »Aber die Sache ging schief. Das FBI hatte Sterling zwar online aufgespürt, weil er unsere Software benutzte, aber nicht in der Realität. Deshalb hatten sie keine Ahnung, wo genau Kate festgehalten wurde. Unsere App war verschlüsselt, und sie wollten, dass wir die Verschlüsselung aufheben, um ihn zu finden. Wir hatten gerade zu der Zeit eine große Marketingkampagne lanciert, die den Datenschutz und die Sicherheit unseres Produkts hervorhob. Burke wusste, dass es keinen Sinn haben würde, wenn er einfach mit einem Gerichtsbeschluss bei uns auftauchte. Also hat er sich einen besseren Plan ausgedacht.«

Ich stütze meine Ellbogen auf die Knie, und sie tut dasselbe. Unsere Gesichter sind knapp außerhalb des Lichtscheins, aber wir können uns gut erkennen. Ich fühle mich ihr verbunden und gleichzeitig fern.

»Er hat sich mit meinem Partner Jack und mir zusammengesetzt und uns die Geschichte von Kate Mason erzählt. Er hat uns Fotos und Videos aus ihrer Kindheit gezeigt und uns die Stationen ihres jungen Lebens geschildert: erstes Date, Abschlussball, erstes Jahr am College. Facebook-Posts mit ihrem Freund, glücklich und verliebt. Burke hat sie real für uns gemacht. Und dann hat er uns Bilder von Sterlings letztem Opfer gezeigt. Verstümmelt. Ausgeblutet. Geschächtet wie ein Tier und ihr bleicher, blutleerer Körper für die Fotos wie eine Porzellanpuppe in Pose gesetzt. Es war das Schrecklichste, was ich je gesehen hatte. Dann erzählte er uns, dass der Kerl, der diese Dinge getan hatte, Kate entführt hatte und ihr das ebenfalls antun würde. Das war nachdrücklicher als jeder Silicon-Valley-Pitch, den ich je gehört habe.«

Bis jetzt ist alles, was ich Dana erzählt habe, öffentlich bekannt und in einem FBI-Bericht in L. A. festgehalten. Um den Rest zu erzählen, muss ich tiefer gehen als der Bericht. Und zwar sehr, sehr viel tiefer. Das ist meine letzte Chance auszusteigen. Aufzustehen, wegzugehen und so weiterzumachen wie immer. Wenn Dana mir nicht vertraut, wäre das denn wirklich so wichtig?

Jacks Gesicht taucht wieder vor mir auf.

Was wird sie tun, wenn ich es ihr sage? Im schlimmsten Fall? Sie berichtet Burke, was ich gemacht habe, und der wirft mich aus dem FBI. Und im besten Fall?

Es gibt keinen besten Fall.

So nah war ich dem Einhorn seit dem Tsunami nicht mehr. Damals habe ich mir eingeredet, dass der enorme Nutzen, den es hätte, einen Quantencomputer auf den Markt zu bringen, Kates Tod in irgendeiner Weise wiedergutmachen würde. Dass ich, wenn ich etwas Großes leisten könnte, etwas wirklich Bedeutendes, meinen Fehler irgendwie ungeschehen mache. Dann verschwand das Einhorn.

Tief in meinem Herzen weiß ich, dass ich auf einem sehr dunklen Pfad wandle, den ich niemals werde verlassen können, wenn ich nicht alles in meiner Macht Stehende tue, das Einhorn zu bekommen, egal, wie schwierig es ist. Die Chancen, es zu finden, sind besser, wenn ich Dana an meiner Seite habe, und dafür muss sie mir vertrauen. Und damit sie mir vertraut, muss ich ihr zuerst vertrauen.

Also erzähle ich ihr alles.

Angefangen von der App, mit der ich meine Angestellten im Auge behalten habe, bis dahin, wie Jack und ich sie benutzt haben, um Sterling ausfindig zu machen. Ich halte nichts zurück. Als ich zu meinem Fehler komme, der Sterling gewarnt und ihm die Zeit verschafft hat, Kate zu töten, bevor Hilfe kam, brennt mein Gesicht vor Scham. Ich bin froh über das dämmrige Licht.

Als ich fertig bin, bildet das Schweigen einen Abgrund zwischen uns.

»Und deshalb sind Sie nach Japan gegangen?«, fragt sie schließlich.

Es fehlt noch ein Teil des Puzzles. Der Schlussstein auf der Brücke meiner Verzweiflung. »In dem Moment, als Sterling Kate getötet hat, kam die Nachricht, dass ein Tsunami Fukushima getroffen und eine Kernschmelze des Reaktors verursacht hatte. Wir hatten unsere eigene Verschlüsselung gehackt, waren schuld am Tod einer jungen Frau, und der Fukushima-Deal ging in Flammen auf. Das war einfach zu viel, um es zu verkraften. Alles, was Jack und ich mit so viel Mühe aufgebaut hatten, fiel in sich zusammen wie ein Kartenhaus. Also traf ich eine Entscheidung. Ich habe Jack überredet, unseren Fehler dem FBI gegenüber nicht zu erwähnen. Er hat sich darauf eingelassen. Er hat nie ein Wort gesagt, weil er mir vertraut hat. Weil ich sein Freund war.«

Ich blicke hinunter auf meine Füße. Der schwarz-weiße Farbkontrast meiner Converse scheint im Dunkeln zu leuchten. Ich fahre mit gesenktem Blick fort.

»Jack war ein einfacher, ehrlicher Kerl. Diese Bürde war einfach zu viel für ihn. Während ich in Japan war und dem Einhorn nachjagte, explodierte er eines Tages und brüllte willkürlich alle möglichen Leute zusammen. Keiner wusste, was seinen Anfall ausgelöst hat, aber es endete damit, dass er nach Hause fuhr und sich in seinem Garten eine Kugel in den Kopf jagte. Kein Abschiedsbrief. Keine Erklärung.«

Ich schließe die Augen und drücke meine Hände auf die Schläfen, um die Kopfschmerzen zu lindern, die diesmal nichts mit Koffeinmangel zu tun haben.

»Als ich diese Nachricht erhielt, tauchte ich ab. Ich habe mein Handy abgestellt und ließ mich über die japanischen Inseln treiben, bis ich eines Tages auf einer Mole in Okinawa einen Fischer traf, der Hilfe bei seinen Netzen brauchte. Dieser weise alte Fischer hatte einen weisen alten Bruder mit einem Dojo auf dem Berg. Womit sich der Kreis schließt, wie ich beim FBI gelandet bin. Burke schrieb mir sogar ein Empfehlungsschreiben für meine Bewerbung. Genießen Sie einen Moment lang diese Ironie.«

Als ich die Augen öffne, sehe ich nicht den enttäuschten Ausdruck auf Danas Gesicht, der mir von meinem eigenen Spiegelbild so vertraut ist. Stattdessen sehe ich Mitgefühl, und das fühlt sich irgendwie noch schlimmer an.

»Sie können sich nicht unaufhörlich für das bestrafen, was passiert ist«, bricht sie schließlich das Schweigen.

»Jetzt kommt die Stelle, wo Sie sagen, dass wir alle Fehler machen, ja?«

»Genau das tun wir.«

»Ich nicht.«

»O doch, Sie auch. Ob Sie es zugeben oder nicht, Sie haben Ihr Bestes gegeben, aber Sie sind gescheitert. Jetzt versuchen Sie, das alles rückgängig zu machen, aber das können Sie nicht. Auch noch so viel gute Arbeit beim FBI kann jemals ungeschehen machen, was passiert ist.«

Und das soll jetzt hilfreich sein? Wenn ich in Danas Augen schaue, sehe ich immer noch Mitgefühl, aber kein Mitleid. Und kein Urteil. Was mich verwirrt. Ich runzle die Stirn.

»Es ist schwer, einer Legende gerecht zu werden, Will. Selbst wenn es Ihre eigene ist.«

Ich öffne den Mund, aber es kommt keine Silbe heraus, weil ich nicht weiß, was ich sagen soll.

»Ich möchte Sie etwas fragen«, sagt sie. »Was war vor dem Tsunami Ihr größter Misserfolg im Valley?«

Ich schaue nach oben und denke an meine früheren Firmen, aus denen nichts Großes geworden ist. Ich denke an Schularbeiten, bei denen ich geschummelt habe.

Nach ein paar Sekunden unterbricht sie meine Gedanken. »Sie müssen so angestrengt überlegen, weil Sie keinen erlebt haben. Nicht so wie bei dem, bei dem jemand gestorben ist. Aber es ist passiert, und Sie wissen nicht, wie Sie damit umgehen sollen. Sie haben versucht wegzulaufen, aber das funktioniert nicht. Denn die Stimme, die nicht aufhört, Sie zu verurteilen, ist Ihre eigene.«

Woher weiß sie das alles? Es ist, als hätte sie sich in mein Gehirn eingeklinkt und den Quellcode gelesen.

»Laut Ihrer Wikipedia-Seite hatten Sie schon in sehr jungen Jahren viel Erfolg. Ich wette, Sie haben am Ende immer einen Sieg errungen, haben es mit Ihrer Brillanz und mit unerbittlich harter Arbeit durchgezogen. Das Problem ist nur, dass das manchmal nicht genügt. Egal, wie gut vorbereitet und gut ausgebildet man ist, manchmal geht einfach etwas schief.«

Die Art und Weise, wie sie das sagt, hat etwas Persönliches an sich. »Erfahrungen aus erster Hand?«

»Das könnte man sagen.« Sie steht auf. »Ich brauche einen Schluck Wasser. Und in der Zwischenzeit … Ihr Name ist nicht der einzige, der bei Google ganz oben auftaucht.«

Sie steht auf und geht hinaus.

Ich reiße mein Handy förmlich aus meiner Tasche. Nicht zu fassen, dass ich sie nicht längst im Internet gecheckt habe. Sie ist ein bekannter Detective. Sie hat bestimmt an Fällen gearbeitet, die durch die Medien gingen.

Aber als ich ihren Namen in das Suchfeld eingebe und die Ergebnisse sehe, hat keiner der Treffer auf der ersten Seite etwas mit Indiana zu tun. Stattdessen geht es bei allen um Miami, und es ist nichts Gutes.

Als ich weiterlese, bricht mir fast das Herz ihretwegen. Ich kenne den Schmerz, den sie fühlen muss. Auch sie hat einen Fehler gemacht, aber ihre Entscheidung hätte auch die richtige sein können, während mein Fehler auf Schlampigkeit zurückzuführen ist. Bei mir hat ein mörderisches Monster getötet, nicht ich, bei ihr war es der Finger am Abzug.

Als sie wieder hereinkommt, stehe ich auf. »Es tut mir leid.«

Sie steht direkt vor mir und sieht mir in die Augen. Ihre sind gerötet und geschwollen. Vielleicht ist sie müde. Aber das glaube ich nicht.

»Ja«, sagt sie, »mir auch.«

Die Stille zwischen uns ist plötzlich keine Kluft mehr. Die Distanz zwischen uns ist verschwunden, als ich gelesen habe, was sie getan hat.

»Also, Sie …«, beginne ich stockend.

Sie unterbricht mich. »Ich habe ein Kind umgebracht. Ja, das habe ich. Genau wie es in den Artikeln steht. Es war dunkel im Treppenhaus. Die Glühbirne war durchgebrannt. Ich konnte den Jungen nicht deutlich sehen. Er hatte eine Spielzeugwaffe und dachte, ich gehörte zum Spiel. Er hat die Waffe auf mich gerichtet. Man hatte uns gerufen, weil angeblich Schüsse gefallen waren. Ich traf meine Entscheidung. Und ich lag falsch.«

»Aber Sie konnten ja nicht …«

»Tun Sie das nicht!«, unterbricht sie mich erneut. »Ich habe schon jeden Grund, jede Erklärung für das, was ich getan habe, durchgekaut, und sie alle widerlegt. Es war dunkel? Ich hätte meine Taschenlampe benutzen können. Er hat eine Waffe auf mich gerichtet? Ich hätte erkennen können, dass es eine Spielzeugwaffe war. Egal, wie brillant Sie auch sind, Will Parker, es gibt kein ›Was wäre wenn‹, das Sie sich ausdenken könnten und auf das ich nicht schon gekommen wäre. Genauso wie Sie sich alle Ausreden vorgebetet haben, warum Sie den Code nicht geändert haben, und auch die Gründe kennen, warum das alles reiner Schwachsinn ist.«

Sie hat recht. Wie viele schlaflose Nächte habe ich mir diese Fragen gestellt? Wie oft bin ich diesen Tag im Kopf durchgegangen? Wie oft haben mir meine Albträume Jack auf den Knien zwischen Grill und dem Kinderplanschbecken im Garten gezeigt?

»Ich hatte keine Ahnung«, sage ich lahm. »Ich habe Sie nicht gegoogelt, und Sie schienen einfach so …« Ich suche nach dem richtigen Wort. Normal, fällt mir sofort ein, aber das ist es nicht. Nüchtern? Sachlich?

»Nicht so zu sein wie jemand, der einen Fehler gemacht hat, mit dem er für den Rest seines Lebens leben muss?«, kommt sie mir zu Hilfe und atmet scharf aus.

»Ja, genau das.«

»Genau da liegt der Hase im Pfeffer, Will. Ich habe eine Entscheidung getroffen. Und zwar eine, die Sie auch treffen müssen. Im Moment sind Sie hin- und hergerissen, was bedeutet, Sie stecken fest.«

Ich runzle die Stirn, aber sie lässt sich nicht beirren.

»Sie können sich dafür entscheiden, Ihren Blick weiter auf die Vergangenheit zu richten, und dann werden Sie jeden Tag das Gleiche sehen, es wird sich nie ändern. Machen Sie so weiter, und irgendwann sehen Sie nur noch diese eine Sache. Oder Sie entscheiden sich, Ihre Augen auf die Zukunft zu richten. Jeder Tag ist anders. Und Sie können etwas bewirken.«

»Aber was ist mit Kate? Und mit Jack?«

»Sie sind tot.«

Bei ihrem scharfen Ton fällt mir die Kinnlade runter.

»Will, das sind sie, tot. Selbst wenn Sie sich noch so sehr dafür geißeln, Sie werden es nicht ändern. Vertrauen Sie mir, ich weiß es.« Sie holt tief Luft.

»Ich möchte Ihnen eine andere Frage stellen. Sie sind FBI-Agent ...«

»*Special* Agent.«

»Was war der größte Fall, an dem Sie je gearbeitet haben?«

Die Antwort kommt prompt. »Ein Menschenhändlerring, der zwischen San Francisco, China und Vancouver operierte.«

»Wie viele Opfer?«

»Dreiundvierzig Frauen«, sage ich, ohne zu zögern.

»Ich glaube, ich weiß, welche Entscheidung *die* von Ihnen erwarten. Diese Leben sind wichtig, Will. Sie alle sind wichtig. Nicht nur das von Kate. Oder von Jack. Aber es ist Ihre Entscheidung.«

Bevor ich antworten kann, dringt ein Geräusch aus der Haupthalle zu uns. Wir halten die Luft an und warten, ob jemand zu sehen ist. Ist es ein Zeuge?

Nein. Es ist nur der Wachmann. Wir beobachten, wie er langsam vorbeischlendert, den Kopf gesenkt und den Blick auf sein Handy gerichtet. Er tippt unablässig aufs Display. Er spielt ein Spiel und achtet überhaupt nicht auf seine Umgebung. Wenn Decker das sähe, er würde ausrasten.

Der Mann geht an uns vorbei, ohne uns im Raum neben dem Gang zu bemerken.

Als ich mich von der Tür wegdrehe, steht Dana unmittelbar neben mir. Ich fühle die Wärme ihres Körpers. Der Geruch des neuen T-Shirts vermischt sich mit dem Aroma schalen Kaffees, aber es ist nicht unangenehm. Ich habe nie über den Fehler gesprochen, den ich in der Nacht des Tsunamis gemacht habe, weil ich mich vor dem Urteil gefürchtet habe, das zwangsläufig folgen würde, von jemandem, der die Verantwortung unmöglich verstehen kann, die damals auf mir lastete. Aber ich lag falsch. Dana kann es. Was, wenn sie recht hat? Ist es wirklich so einfach, der Vergangenheit zu entfliehen, indem man sich für die Zukunft entscheidet?

Vergessen wir T-Shirts und Fangemeinden. Wir haben etwas viel Tieferes gemeinsam. Ich muss etwas sagen, um ihre Offenheit zu würdigen. Irgendwie. Ich muss jetzt sofort etwas sagen.

Bevor ich sprechen kann, vibriert mein Handy.

Es ist Bradley.

19

Bradley W: Ich habe einen Ping von Caplans Handy. Im Hotel. Etwa um die Zeit der Schießerei.
Ich: Wo ist es jetzt?
Bradley W: Verschwunden.
Ich: Abgeschaltet?
Bradley W: Nein, einfach weg.
Bradley W: Wahrscheinlich eine Faradaysche Tasche. Oder ein Deus ex Machina.
Bradley W: Hab Profil von Caplan.
Bradley W: 41. Community-College-Diplom. Ist seit 6 Jahren auf solchen Messen.
Bradley W: Kürzlich geschieden. Tochter Amanda, 18, Einzelkind.
Bradley W: Nutzt Social Media fürs Geschäft, nicht für Persönliches. Ein paar Streitigkeiten. Nichts Ungewöhnliches.
Bradley W: Finanziell läuft es schlecht. Viele Reisen, alles Billigflüge. Zahlt pünktlich Steuern. Keine Buchprüfungen.
Bradley W: Kreditkartenschulden. Scheidungsschulden. Unterhaltszahlungen für die Tochter.

Bradley W: $10.000 Ersparnisse. Vor drei Wochen abgehoben.
Ich: Japanreisen?
Bradley W: Tokio. Vor zwei Wochen. Laut DHS die gleiche Reise und die gleiche Woche wie vor fünf Jahren.
Ich: Laptop?
Bradley W: Malware in Hülle und Fülle. Trojaner. Meistens inaktiv unter macOS.
Ich: Browserverlauf? Porno?
Bradley W: Geschieden. Männlich. Was denkst du? Alles legal.
Ich: Nachrichten?
Bradley W: Hauptsächlich Geschäftliches und Reisen. Einige von Amanda über Reisen.
Bradley W: Ein Mailwechsel mit einem Gordon Webb über Star-Wars-Sammlerstück. Bezieht sich auf eine Convention vor einem Monat. Ein Code?
Ich: Nein, hab es gesehen. Han Solo in Karbonit. Würde dir gefallen.
Ich: Darknet? Glück, was IDs angeht?
Bradley W: Nope.
Ich: Ich muss los. Bis später.

In dem Gang vor dem abgedunkelten Raum, in dem Dana und ich warten, ertönen Geräusche. Während des Gesprächs über Sterling und die Ereignisse in Miami ist Mitternacht verstrichen.

Da kommt jemand, und es ist höchstwahrscheinlich nicht der Wachmann, denn der ist vor nicht allzu langer Zeit hier vorbeigelaufen, mit dem Handy vor der Nase.

»Wen erwarten wir?«, flüstert Dana, die automatisch zu ihrer Smith & Wesson greift. Sie weicht zurück, bis ihr Gesicht in der Dunkelheit verschwindet, aber ich sehe noch das Weiße ihrer Augen. Sie hat den Blick auf die Halle gerichtet und steht reglos da wie eine Statue.

»Erstens, diesen Dieb. Zweitens, denjenigen, der in das Wohnmobil eingebrochen ist.« Drittens, meinen Schatten.

»Wohnmobil?«

»Es ist eigentlich eher ein mobiles Ausstellungsfahrzeug.«

»Könnte es sich bei beiden nicht um ein und dieselbe Person handeln?«

Ich schüttele den Kopf. »Es sind zwei unterschiedliche Vorgehensweisen. Dieser Dieb reißt sich Sammlerstücke unter den Nagel, die irgendwie wertvoll aussehen. Der Einbruch in das Wohnmobil war anspruchsvoller. Immerhin wurde das Schloss geknackt, aber die wertvolle Ausrüstung im Inneren wurde ignoriert. Man hat nach etwas gesucht, das nicht da war. Aber heute Nacht ist es da.«

»Woher wissen Sie das?«

»Ich hab mich heute Nachmittag umgehört.«

»Also ein gewiefterer Dieb, ein Profi?«

»Möglicherweise.«

»Der zudem auch hinter dem Fukushima-Einhorn her ist?«

»Da kommen sie«, flüstere ich, als sich die Schritte mehrerer Personen nähern.

Dana gleitet lautlos zur Tür, um einen besseren Blickwinkel zu haben. Ich stelle mich dicht hinter sie.

Die riesige Halle wird durch Nischen mit Sitzmöbeln aufgelockert. Es sind einfache Sofas und Stühle. Ich erinnere mich, dass vorhin Menschen darauf gesessen haben.

Dana versperrt mir die Sicht, ich kann die Quelle der Schritte nicht sehen. »Sehen sie gefährlich aus?«, flüstere ich.

»Nicht wirklich«, erwidert sie flüsternd.

Ich beuge mich vor, um einen besseren Blick zu haben. Es ist eine Gruppe junger Leute, alle unter zwanzig. Wie Pantomimen schieben sie sich an der Wand entlang und steuern zielstrebig auf die lange Reihe kastanienbrauner Brandschutztüren zur Verkaufshalle zu. Der ganz vorne, ein schlaksiger Bursche, öffnet langsam und mit kaum hörbarem Quietschen eine der Türen einen Spalt weit und quetscht sich hindurch. Zwei weitere Jungen und ein Mädchen folgen ihm. Die Tür fällt klickend zu.

»Hatte Caplan noch mehr Kinder?«, will Dana wissen.

»Nein, nur eins.« Ich informiere sie über das Profil, das Bradley erstellt hat.

»Sonst noch jemand?«, frage ich.

»Nichts«, sagt sie und sieht sich um. »Sieht aus, als wären die Kids allein.«

»In Ordnung. Reden wir mit ein paar Zeugen.«

»Welche Zeugen?«

»Die gerade hier vorbeigegangen sind.«

»Diese Kids?« Dana runzelt die Stirn. »Ich dachte, wir suchen nach Profis.«

»Das waren diese Kids«, sage ich und gehe hinaus in die Haupthalle. »Seien Sie nicht altersdiskriminierend.«

»Was soll das sein?«

»Eine Diskriminierung eines bestimmten Alters.«

»Ich bin überhaupt nicht altersdiskriminierend! Sie haben selbst gesagt, der Einbruch war anspruchsvoll gewesen. Immerhin haben sie ein Schloss geknackt.«

»Es ist ein Standardschloss für Wohnmobile. Es gibt für fast alles eine Anleitung auf YouTube. Los geht's.« Ich sehe mich kurz um und husche dann zu der Tür, durch die die Jugendlichen verschwunden sind.

»Warten Sie!« Sie streckt die Hand aus und blockiert die Tür. »Sie sind zu viert, und wir sind nur zu zweit.«

»Das sind ja fast noch Kinder. Mit denen werden wir ganz bestimmt fertig.« Ich will die Tür öffnen.

»Sie werden abhauen.« Sie baut sich vor mir auf. »Allein können wir sie nicht alle erwischen.«

»Warum sollten sie abhauen?«, frage ich. »Wir sind nur zum Reden hier. Vielleicht laufen die Leute weg, wenn *Sie* versuchen, mit ihnen zu reden, aber Sie gehen auch ziemlich aggressiv ran.«

»Sie mögen meine Herangehensweise nicht?«

»Im Gegenteil, ich liebe es, wie Sie rangehen.«

»Ach wirklich? Gut zu wissen.« Ihre perfekten Zähne blitzen auf. »Aber trotzdem sind sie zu viert, und wir sind nur zwei.«

Wohin werden die Jugendlichen flüchten, wenn sie Angst kriegen? Denselben Weg zurück, den sie gekommen sind? Ich schaue mich in der Halle um, und mein Blick bleibt auf den Sitzbereichen hängen.

»Nutzen wir die Umgebung zu unserem Vorteil. Helfen Sie mir bei dem Sofa da drüben.«

Die Möbel sind gerade groß genug, damit es funktioniert. Wir wollen die Kids nicht verletzen, sie nur daran hindern zu entkommen.

In den nächsten Minuten schleppen wir Sofas und Sessel herum, bis alle Türen zur Verkäuferhalle durch Möbel blockiert sind. Alle bis auf eine. Uns fehlt ein Möbelstück.

»Was jetzt?«, fragt Dana.

»Wir holen uns Verstärkung.«

»Den Wachmann? Sind Sie sicher? Er sah ziemlich nutzlos aus.«

»Ich hab was Besseres.« Ich öffne die letzte Tür und werfe einen Blick in den Raum.

Ich weiß nicht, ob alle diese Jugendlichen letzte

Nacht hier waren und ob sie was gesehen oder gehört haben. Aber da sie unsere einzigen potenziellen Zeugen sind, müssen wir sie alle erwischen. Wir dürfen sie nicht entkommen lassen, sollten sie wirklich versuchen, stiften zu gehen.

Was ich suche, steht noch genau an derselben Stelle in dem Raum, wo ich es heute Nachmittag gesehen habe. Ich schleiche mich lautlos dorthin. Dana zischt, als sie sieht, was ich vorhabe. Ich drehe mich um. Sie hebt die Hände und verdreht die Augen. Das heißt unmissverständlich: *What the fuck?*

Ich zeige auf die Tür und bedeute ihr, sie aufzuhalten. Sie schüttelt zwar ungläubig den Kopf, tut mir aber den Gefallen.

Wachsam nähere ich mich meiner Verstärkung, bis ich sehe, dass er mit einem Stück Klebeband deaktiviert wurde. Langsam ziehe ich ihn hinter mir her zurück auf den Flur.

»Ist das Ihr Ernst?«, will Dana wissen.

»Das funktioniert auf jeden Fall.« Ich zeige auf ihn. »Sobald ich das Klebeband von dem Bewegungssensor abziehe, aktiviert er sich. Sie sollten lieber in die Halle gehen.«

Sie murmelt etwas auf Spanisch, öffnet die Tür und verschwindet in der Halle.

Das Klebeband lässt sich leicht lösen. Sobald die Linse frei ist, schiebe ich mich hinter Dana durch die Tür.

Es ist unheimlich in dieser riesigen Halle, die

normalerweise so voller Menschen ist. Das dumpfe Dröhnen Tausender Stimmen wird durch das leise Rauschen der Klimaanlage ersetzt, die plötzlich einen dumpfen Knall von sich gibt. Oder war es das Geräusch von Bewegungen, von der hohen Decke zurückgeworfen? Bin ich wirklich sicher, dass die einzigen anderen Leute hier drin diese Kids sind? Oder ist mein Schatten auch hier?

Aus der Richtung des Wasteout-3-Mobils dringt Gelächter. Wir gehen den Gang hinunter, halten uns dicht an den Wänden und bewegen uns leise und wachsam. Falls es noch einen Nachzügler gibt, wollen wir uns nicht überraschen lassen und ihm etwa die Chance geben, Alarm zu schlagen.

»Wir sollten sie in die Zange nehmen«, schlägt Dana vor, als wir das Ende des Ganges erreichen.

»Keine schlechte Idee«, flüstere ich. »Sie bleiben in Deckung, und ich eröffne das Gespräch. Wenn wir plaudern, kommen Sie hinzu.«

»Ein Gespräch eröffnen? Wie wollen Sie das denn machen?«

»Ich rede einfach mit ihnen. Sie wissen schon, ganz lässig. Ich bin cool.«

»Glauben Sie nicht, Sie sollten sie lieber gleich überwältigen und festnageln?«

»Sie klingen wie Decker.«

Manche Situationen brauchen Finesse. Hier bewege ich mich in meinen Kreisen, unter jungen und technikaffinen Leuten. Ich bin in ihrer Welt eine

Berühmtheit, vielleicht erkennen sie mich also. Die Möglichkeit, mit einem Promi wie mir quatschen zu können, ist auf jeden Fall eine bessere Ausgangslage für ein Gespräch als Schock und Furcht.

Wir trennen uns. Als ich Dana zurücklasse, kehrt mein Unbehagen zurück, das ich in dieser großen, menschenleer erscheinenden Halle empfinde. Ich gehe so schnell wie möglich, ohne ein Geräusch zu verursachen, und nähere mich dem Ausstellungsfahrzeug von der Rückseite der Game-Planet-Fläche.

Ich spähe um ein Regal mit recycelten Videospielen herum und sehe die Teenager. Einer der Jungs steht auf einem quadratischen Feld unter der Markise des Wohnmobils, trägt die neue VR-Brille und fuchtelt mit den schwarzen Videohandschuhen vor sich durch die Luft. Die anderen drei lümmeln sich in bequemen Ledersesseln und haben die Füße über die Armlehnen gelegt. Auf einem Couchtisch stehen Energydrinks und Schokoladensnacks.

Ein Monitor an der Seite des Fahrzeugs zeigt, was ihr Freund mit der Brille sieht – im Moment die gruselige Ruine einer Hütte.

Ich trete hinter der Säule hervor und schlendere zu ihnen, ganz ruhig mit den Händen in den Taschen, wie es sich für einen Promi gehört. Dana beobachtet alles aus dem Gang hinter ihnen, hält sich aber zurück. Die drei Jugendlichen in den Sesseln sehen mich gleichzeitig.

»He, Leute«, sage ich, »bleibt ruhig.«

Sie flüchten.

Einer der Jungs, der mit der Behändigkeit eines Klammeraffen über die Möbel springt, schreit: »Nick!« Die anderen beiden krabbeln ihm hastig hinterher.

Ich schaffe es gerade, meine Hände aus den Taschen zu nehmen, als sich der letzte Junge auch schon die VR-Brille vom Gesicht reißt, mit einem Satz über den Beistelltisch springt und im Gang verschwindet.

Dana tritt mit weit ausgebreiteten Armen zwischen den Liegestühlen hervor, ihre Marke in der Hand.

»Stehen bleiben, Polizei!«, schreit sie.

Gut. Jetzt, da wir sie ohnehin verfolgen, ist das eine gute Idee.

Ich jage dem Jungen mit der Brille hinterher. »FBI, keine Bewegung!«

Natürlich reagiert er nicht, aber es war einen Versuch wert.

Er wirft einen Blick über die Schulter und sieht, dass ich ihn einhole. Wenn er weiter geradeaus läuft, habe ich ihn gleich eingeholt.

»Komm schon, Kleiner, gib auf!«, rufe ich.

Er ignoriert mich und wird langsamer, um in einen Seitengang abzubiegen. Ich beschleunige, weil ich ihn packen will, bevor er die Richtung ändert.

Als er mich im Nacken spürt, schneidet er mit einem Stöhnen die Ecke. Ich schwinge mich um einen Stand mit Fankunst aus geschmolzenen Perlen herum. Als ich ihn endlich einhole, läuft er im Zickzack durch die Ausstellung lebensgroßer Legofiguren.

»Junge! Ich will nur kurz mit dir reden!«

Doch er rennt noch schneller und rast geradewegs auf die Ausgangstüren zu. Das wird er nie schaffen. Ich hab ihn gleich und …

Da lässt er zwei Handvoll Legosteine auf den Boden fallen, und ich kann nicht mehr ausweichen, laufe mit voller Geschwindigkeit hinein. Die Steine sind aus glattem, hartem Plastik, und der Boden des Convention Centers ist glatter, harter Beton. Unter meinem Gewicht wirken die Legosteine wie Murmeln und reißen mich von den Füßen. Als ich zu Boden gehe, ziehe ich die Schultern ein, dann schlage ich auf dem Beton auf, und die Welt dreht sich zweimal um mich, bevor ich wieder aufspringen kann.

Zu spät. Ich werde ihn nicht mehr einholen, bevor er den Ausgang erreicht, aber ich renne, so schnell ich kann.

Ich bin bestimmt noch zwanzig Fuß hinter ihm, als er auf die einzige Tür zusteuert, die nicht mit einem Möbelstück verrammelt ist. Er schlägt mit beiden Händen auf den Notfallbügel und stößt die Tür so heftig auf, dass sie zurückfedert und hinter ihm zuschlägt.

Von der anderen Seite ertönt das charakteristische

Brüllen von Godzilla, des Tokio zerschmetternden Gummistars der japanischen Monsterfilme, dem ein Schrei und ein dumpfer Schlag folgen.

Ich öffne die Tür mit dem Notfallbügel. Sie schwingt auf und gewährt mir einen Blick auf den Jungen, der gerade versucht, sich aufzurappeln. Über ihm steht die zwei Meter hohe Godzilla-Statue, die ich herangeschleppt und dort aufgestellt habe. Das markante Brüllen des Monsters dröhnt aus dem Lautsprecher in seiner Brust, in den Augen in seinem Echsenkopf leuchten weiße LEDs.

Ich lasse mich auf den Jungen fallen, drücke ihn auf den Boden und stemme ihm das Knie in den Rücken.

»Vergiss es, Mann, dem König der Monster kannst du nicht entkommen!«

20

»Was habe ich gesagt, Will?«, erkundigt sich Dana, als ich wieder am Wohnmobil ankomme, den Burschen mit der VR-Brille im Schlepptau.

Neben ihr sitzen ein kleiner blonder Junge und das Mädchen in den Ledersesseln vor dem Fahrzeug. Der Bildschirm ist noch eingeschaltet und zeigt eine Welt aus Ruinen, in denen ein trockener Wind Staubwolken aufwirbelt. Ich bin mir nicht sicher, was trostloser aussieht: die dystopische Welt von Wasteout 3 oder die Gesichter der Teenager.

»Einer fehlt«, stelle ich fest. »Sie haben nur zwei erwischt.«

»Und Sie nur einen.«

»Er war verdammt schnell«, murmele ich, »und außerdem war da die Sache mit den Legos.«

Dana schüttelt den Kopf und deutet auf einen leeren Stuhl. Ich gebe dem Jungen, Nick, einen nicht gerade sanften Stoß in den Rücken.

Es nervt mich, dass wir nur drei haben. Ich denke an den Moment, als sie abgehauen sind, und konzentriere mich auf das, was jeder von ihnen getan hat. Nick hatte die VR-Brille auf, Blondschopf schrie seinen Namen, das Mädchen ist bei ihrer Flucht artistisch über zwei Sessel geklettert, und der letzte Junge ist gestürzt.

Ich kann mich daran erinnern, dass er ein orangefarbenes Hemd trug und unordentliches schwarzes Haar hatte. Er sah ziemlich wohlgenährt aus. So ein Typ würde gar nicht erst versuchen, ein Wettrennen zu gewinnen. Also hat er sich versteckt.

Ich sehe mich um. Sitzmöbel. Riesige Bildschirme. Der Teppich unter der Markise, um den herum Kameras montiert sind, um die Bewegung für das VR-Rig einzufangen. Die Tür zum Wohnmobil. Geschlossen. War sie vorher auch schon zu?

Ich lausche an der Tür, höre aber nichts von drinnen, da ist nur das Rauschen der Klimaanlage in der Halle. Ich klopfe gegen das dünne Metall. Immer noch nichts.

»Vergiss es, Mann«, knurrt Nick angepisst. »Sie haben's vermasselt. Sie haben einen entkommen lassen. Ich wette, Sie bekommen deswegen mächtig Ärger, was?«

»Du solltest dir lieber über deine eigenen Probleme Gedanken machen«, rät Dana ihm trocken.

Ich nehme gerade den Kopf hoch, als ich irgendwas höre. Daraufhin ziehe ich den Riegel der Tür zurück. Sie ist nicht verschlossen, sondern öffnet sich problemlos. Vorsichtig trete ich ein, nur für den Fall, dass der Junge glaubt, er könne sich den Weg freikämpfen. Das schabende Geräusch ertönt wieder, aber es kommt nicht aus dem Inneren des Fahrzeugs.

Ich steige hinunter und gehe in die Knie, eine Hand an meiner Glock. Der Teppich fühlt sich schön plüschig unter meinen Fingern an, als ich mich abstütze, um unter das riesige Fahrzeug zu schauen.

Der dicke Bursche mit dem orangefarbenen Hemd erwidert meinen Blick. Er hat sich fast bis auf die andere Seite zurückgezogen.

»Aber hallo«, sage ich. »Willkommen auf der Party! Komm raus!«

Der Junge zappelt und windet sich unter dem Mobil hervor. Sich zu verstecken war wahrscheinlich seine beste Option, aber er hätte sich einen besseren Platz aussuchen sollen.

»Also gut, bringen wir's hinter uns«, sage ich, als die Jugendlichen alle vor mir sitzen. »Mir ist es völlig egal, dass ihr euch hier reinschleicht, um Videospiele zu spielen.«

Während drei mich schockiert und verwirrt ansehen, bleibt Nick misstrauisch. Er mustert mich aus zusammengekniffenen Augen, als würde er zu verstehen versuchen, was hier gerade abgeht. Er war der Erste, der gespielt hat. Dieses Privileg genießt normalerweise derjenige, der das Sagen hat. Also ist er der Anführer der Clique.

Nick ist der Schlüssel. Nicht unbedingt wegen dem, was er weiß, sondern weil es der schnellste Weg ist, die anderen drei zum Reden zu bringen, wenn er einknickt. Falls sie letzte Nacht auch hier waren, wissen sie was. Und das müssen Dana und ich in Erfahrung bringen.

»Wo warst du letzte Nacht?« Ich halte es für den Anfang einfach. Horche ihn aus. Finde raus, wie schwierig es wird.

»Zu Hause im Bett«, antwortet er spöttisch. Er sieht sich um und verdreht die Augen, als wäre ihm das alles nur lästig. Okay, dann eben auf die harte Tour.

Mein Blick zuckt zu Dana. Sie gibt mir mit einer Handbewegung zu verstehen, dass das hier meine Show ist.

»Wie heißt du, Großmaul?« Diesmal klinge ich weniger geduldig.

»Und Sie?«, kontert er. Der Junge ist es offensichtlich gewohnt, seinen Willen zu bekommen.

Wird Zeit, das zu ändern.

»Legen Sie ihm Handschellen an«, sage ich zu Dana. »Für so was haben wir keine Zeit. Um ihn kümmern wir uns morgen.«

»Mach ich.« Sie kommt zu uns, und ihre Handschellen klirren schon.

Sie befiehlt Nick, aufzustehen und die Hände hinter den Rücken zu legen. Als er sich weigert, packen Dana und ich ihn an den Armen und drücken ihn mit dem Gesicht nach unten auf den Teppich.

»Hör auf, dich zu wehren«, wiederholt Dana immer wieder.

Wir gehen behutsam vor, als wir ihm die Arme auf den Rücken biegen. Er ist noch ein halbes Kind, und wir wollen ihm nicht wehtun. Trotz ihrer lauten Stimme ist Danas Miene ruhig. Vermutlich hat sie so etwas schon öfter mit größeren und widerspenstigeren Verdächtigen gemacht.

Nick knurrt und wehrt sich wütend. Ich ramme ihm mein Knie auf den Oberschenkel.

»Hören Sie auf, Sie tun ihm weh!«, ruft das Mädchen und springt auf.

»Sitzen bleiben!«, blaffe ich sie barsch an, nehme eine Hand von Nick und zeige auf sie. Sie lässt sich in den Sessel zurückfallen, bleibt aber sprungbereit auf der Kante hocken.

Wir ringen eine Weile mit Nick, drücken schließlich seine Handgelenke zusammen und legen ihm Danas Handschellen an. Als sie zuschnappen, hört er auf, Widerstand zu leisten. Er entspannt die Schultern und lässt die Arme erschlaffen.

Ich ziehe ihn auf die Füße und taste ihn ab, bevor ich ihn in einen der Sessel bugsiere. Er hat nur eine Brieftasche und sein Handy dabei. Obwohl er sich nicht mehr wehrt, wirkt er immer noch kämpferisch und starrt uns wütend an.

»Das können Sie nicht machen«, sagt er trotzig. »Ich will sofort telefonieren.«

»Junge, du hast keine Ahnung, wovon du redest«, sagt Dana.

»O doch, hab ich. Sie können mich nicht verhören, ohne dass ein Anwalt anwesend ist. Ich will meinen Vater anrufen. Er hat die besten Anwälte, das kann ich Ihnen versichern. Das alles hier werden Sie bereuen.«

Dana lacht, leise und gelassen, und klappt seine Brieftasche auf. Sie lässt sich Zeit, schaut alle Karten durch, bis sie seinen Führerschein findet.

»Nick Reynolds, neunzehn Jahre.« Sie liest seine Adresse ab.

»Nette Gegend?«, frage ich Dana. Dann wende ich mich an Nick. »Ich bin nicht von hier. FBI.« Ich halte ihm meinen Ausweis unter die Nase und schwenke ihn dann, damit die anderen ihn auch sehen.

»Ganz okay, wenn man auf so was steht«, sagt Dana und signalisiert mir mit einem Zwinkern, dass sie mitspielt. Dad ist ein hohes Tier, also ist es Junior auch. Er ist es gewohnt, dass Leute beeindruckt sind, wenn er verlauten lässt, wer er ist. Nimm ihm das weg, und er hat nichts mehr. »Große Häuser auf winzigen Grundstücken in der Vorstadt. Nicht so mein Ding.«

»Also er will seinen Anruf und Daddys Anwalt, was sein gutes Recht ist«, sage ich deutlich und schaue die anderen drei an. »Aber hier bekommt ihr keinen. Den bekommt ihr erst, wenn ihr eingebuchtet seid. Wie lange müssen sie schmoren, bis sie an die Reihe kommen, Detective?«

»Freitagabend … es ist viel los.« Sie schaut hoch zur Hallendecke, als würde sie etwas ausrechnen.

»Wir haben die üblichen Betrunkenen in den Bars, die Verkehrsdelikte, und bei schönem Wetter wie diesem stehen die Bordsteinschwalben Schlange. Das warme Wetter erhitzt auch die Gemüter, also kommen ein paar Schlägereien hinzu. Ich würde sagen, wahrscheinlich hockt er bis morgen Vormittag in der Sammelzelle mit all den Schlägertypen und Zuhältern und ist erst dann mit Telefonieren dran.«

»Sammelzelle?« Nicks Stimme ist etwas brüchig.

Dana schnippt laut mit den Fingern, und Nick zuckt heftig zusammen. »Ach, verdammt! Ich hab vergessen, ihm zu sagen, dass ich fürs Morddezernat arbeite.«

Nicks Augen weiten sich leicht, aber er hat den Unterkiefer immer noch trotzig vorgeschoben. »Ich hab niemanden umgebracht.«

»Hab ich auch nicht behauptet«, sagt Dana achselzuckend und checkt die Uhrzeit. »Aber das bedeutet für dich, dass ich im Moment ziemlich beschäftigt bin. Also wird der Papierkram wegen deines kleinen Einbruchs warten. Ich hab vierundzwanzig lange Stunden Zeit, um Anzeige zu erstatten, bevor sich die ohnehin schon langsamen Räder der Justiz überhaupt zu drehen beginnen. Wenn das dein erstes Vergehen sein sollte, bist du frühestens Montagmittag wieder zu Hause.«

»Im Moment bist du nur in Gewahrsam und noch nicht verhaftet«, erkläre ich. »Aber sobald sie dir deine Rechte vorliest, ist der Zug abgefahren. Ein Wochenende hinter Gittern statt hier auf der Con. Willst du das? Hängt ganz von dir ab.«

Nick antwortet nicht, also bedeute ich Dana mit einem Nicken, wieder zu übernehmen. Wir arbeiten perfekt zusammen, spielen uns den Ball zu, schwingen gleich, als hätten wir das schon Dutzende Male zusammen gemacht.

»Mal sehen, ob wir uns Zeit und Mühe sparen können«, sagt sie schließlich. »Darf ich um ein Handzeichen bitten? Wer möchte Nick übers Wochenende im Knast Gesellschaft leisten? Ich frage nur, damit ich weiß, ob ich 'nen Bus anfordern muss.«

Ich mustere die drei anderen. Der blonde Junge war schon von Anfang an blass, aber jetzt wirkt er geradezu totenbleich. Das Mädchen kaut nachdenklich auf ihrer Unterlippe. Und der Junge in dem knallorangefarbenen Hemd ist ein seelisches Wrack. Er schwitzt heftig, und unter seinen Achseln bilden sich dunkle Flecken. Dabei reibt er seine Handflächen immer wieder aneinander, als würde er sie waschen.

Keiner von ihnen hebt die Hand, um Solidarität zu zeigen.

»Hier ist der Deal.« Dana wendet sich an die ganze Gruppe. »Ihr steckt in Schwierigkeiten, aber ihr könnt euch noch aus der Affäre ziehen und glimpflich davonkommen. Wir brauchen Informationen, mehr nicht. Weigert ihr euch zu kooperieren, wandert ihr hinter Gitter. Redet ihr mit mir, seid ihr im Handumdrehen wieder zu Hause. Letzte Chance.«

Nick starrt mürrisch vor sich zu Boden. Blondschopf schaut ängstlich zu dem Mädchen hinüber, das immer noch seine Unterlippe malträtiert. Als der Junge im orangefarbenen Hemd auf seine Hände starrt, tropft eine Träne von seiner Wange auf den Teppichboden.

Das Mädchen sieht Dana an. Bingo, wir haben eine Gewinnerin.

»Versprochen, Detective …?«

»Lopez. Dana Lopez. Und du heißt?«

»Ashley Brewster.«

»Schön, dich kennenzulernen, Ashley, und ja, ich verspreche es.« Dana deutet auf mich. »Agent Parker auch.«

»Okay, klar, wir reden«, sagt Ashley Brewster. »Wurde wirklich jemand ermordet?«

Sie erweist sich nicht nur als die Klügste im Bunde, denn sie kooperiert mit uns, sie scheint auch Mitgefühl zu haben. Ich hab keine Ahnung, was sie bei diesen Dumpfbacken zu suchen hat.

Sie wirft einen Blick zu Nick, der sich weigert, sie auch nur anzusehen.

»Leider ja«, antwortet Dana. »Mehr darf ich dir nicht sagen, okay? Aber ich hätte da ein paar Fragen.«

»Sicher.« Ashley faltet die Hände im Schoß. Sie

sitzt aufrecht da, den Rücken so durchgedrückt wie Decker. Ihre Eltern scheinen Drillsergeants zu sein.

»Wart ihr letzte Nacht auch hier?« Dana fängt sanft an.

»Ja, waren wir. Wir wollten das neue VR-Game spielen, aber wir haben es nicht gefunden. Nur die Brille und die Handschuhe waren da. Wir haben uns gesagt, dass es wohl noch nicht geladen worden ist.«

»Seid ihr dann gleich wieder gegangen?«

»Nein, wir haben noch eine Weile andere Spiele gespielt.« Ashley blickt auf ihre Hände, die sie in ihrem Schoß knetet.

»Das ist schon okay«, beruhigt sie Dana. »Das hätte ich an eurer Stelle auch gemacht.«

»Sie spielen Videospiele?«

»Agent Parker macht das.«

»Was spielen Sie denn?« Ashley sieht mich an. »Ego-Shooter?«

»Nein, darin bin ich lausig«, antworte ich augenzwinkernd. »Ich bevorzuge Online-Rollenspiele, MMORPGs. Und außerdem habe ich eine ziemlich ansehnliche Pokémon-Go-Sammlung.«

Sie lächelt zaghaft. »Cool. In welchem Team sind Sie?«

Soll ich ihr die Wahrheit sagen, oder soll ich versuchen, ihr Team zu erraten? Sie wirkt ruhig und nachdenklich, klug. Sie hat eindeutig Teamgeist.

Und sie wird merken, dass ich das nicht habe. Wenn ich nur so tue, setze ich meine Glaubwürdigkeit aufs Spiel.

»Valor«, antworte ich.

»Das klingt logisch.« Sie nickt. »Ich bin Instinct.«

Sag ich doch.

»Wann wart ihr gestern Abend hier?«, setzt Dana die Befragung fort.

»Gegen Mitternacht. Gavin meinte, das wär der beste Zeitpunkt, um reinzukommen.«

Mister Orange-Boy quiekt, und ein Ausdruck blanken Entsetzens fliegt über sein Gesicht.

»Du bist Gavin, nehme ich an?« Ich gehe zu ihm und baue mich vor ihm auf.

Er nickt. Seine Lippen sind eine dünne Linie.

»Warum um Mitternacht?«

Ich mache mir Sorgen, dass er kotzt, sobald er den Mund aufmacht. Da ich kein zweites Paar Schuhe mitgebracht habe, trete ich einen Schritt zurück.

»Gavin weiß, wie man hier reinkommt«, antwortet Ashley an seiner Stelle. »Sein Bruder hat früher hier gearbeitet. Er wusste das mit der Tür und den Kameras.«

»Was ist mit der Tür und den Kameras?« Ich versuche, bedrohlich zu wirken und gleichzeitig außerhalb der Reichweite eines Schwalls von Erbrochenem zu bleiben.

»Es gibt da eine bestimmte.« Gavin starrt Löcher in den Teppich. »In der Gasse, unterhalb der Laderampe. Die Angestellten und die Wachleute benutzen sie nachts, um draußen zu rauchen. Die Security schließt sie nicht ab, weil das einfacher ist. Da sind wir rein.«

»Und die Kameras? Erzähl mir von den Kameras«, fordere ich ihn auf.

»Man muss an dreien vorbei, um von den Servicegängen in die Verkaufshalle zu gelangen, aber als sie neue Wegweiser installiert haben, haben sie die Kameras damit teilweise blockiert.«

»Es gibt also tote Winkel?«, frage ich.

Gavin zuckt nur mit den Schultern und scheint mir völlig fertig zu sein. Ashley springt für ihn ein. »Wenn man nah an der Wand bleibt und in einem bestimmten Winkel bei der Säule vor der Damentoilette um die Ecke geht, kommt man in die Verkaufshalle, ohne dass die Kamera einen sieht.«

»Habt ihr das letzte Nacht so gemacht?«

»Ja.«

»Und heute Abend wieder?«

»Ja.«

»Was ist mit denen hier?« Ich zeige auf die kleinen schwarzen Videokugeln an der Decke über uns.

»Gavins Bruder meinte, sie hätten nicht genug Fernsehbildschirme, um alle Kameraübertragungen gleichzeitig im Blick zu haben. Nachts schalten sie deshalb von den Kameras im Hauptraum auf die Außenkameras um, weil die interessanter sind.« Sie errötet.

»Inwiefern interessanter?«, frage ich.

Nach einem Moment des Schweigens platzt Gavin heraus: »Sie beobachten die Mädchen.«

»Wie bitte, was?«, setzt Dana nach.

Aber es ist zu spät, Gavin ist wieder verstummt.

Ashley blickt auf ihre Hände. Ihre Wangen sind immer noch gerötet.

»Sie spannen nach Mädchen«, ergreift Blondschopf das Wort, zum ersten Mal. Er wirft einen bekümmerten Blick in Ashleys Richtung.

»Und du bist?«

»Trey«, sagt er schnell. »Um die Ecke gibt es einen Nachtclub. Angesagter Laden. Die Leute stehen Schlange, um reinzukommen. Wenn die Schlange zu lang wird und um die Ecke reicht, ist sie im Blickfeld einer der Kameras. Die Wachen beglotzen gerne die Mädchen in der Schlange.«

»Charmant.« Dana verdreht die Augen. »Davon hat Decker kein Wort gesagt.«

»Decker wäre nie auf die Idee gekommen, danach zu fragen«, erwidere ich. »Dafür ist er viel zu verklemmt.«

»Können wir jetzt gehen?«, erkundigt sich Trey.

»Noch nicht.« Ich sehe ihn stirnrunzelnd an. »Habt ihr, als ihr hier wart, jemanden gesehen oder etwas gehört?«

Trey schweigt, aber sein Blick zuckt zu Ashley, die ihn ebenfalls ansieht. Da ist etwas zwischen den beiden. Trey mag sie, und er versucht, es ihr leichter zu machen, aber er überlässt ihr auch die Entscheidung. Sie nickt unmerklich.

»Ja, wir haben etwas gehört.« Seine Stimme bricht, und er räuspert sich. »Und wir sind wirklich nicht in Schwierigkeiten?«

»Weil ihr etwas gehört habt?«, sagt Dana beruhigend. »Wie sollte einen das in Schwierigkeiten bringen?«

»Wir dachten, wir hätten es vielleicht jemandem erzählen sollen«, gibt Ashley zu. »Aber dann hätten wir bestimmt Ärger bekommen, weil wir hier diese Spiele gespielt haben. Also haben wir es lieber gelassen.«

Sie legt die gefalteten Hände auf ihre Oberschenkel.

»Als wir dann heute wieder auf der Messe waren«, fährt sie fort, »schien alles normal zu sein. Wir dachten, was auch immer es war, es kann keine große Sache gewesen sein. War das falsch?«

Dana tritt um den Sessel herum und kniet sich neben sie, sodass sie sich in die Augen sehen können. Sie legt ihre Hand beruhigend auf Ashleys Knie. »Warum erzählst du uns nicht einfach, was genau ihr gehört habt und was passiert ist?«

»Sie hat gar nichts gesehen«, sagt Trey schnell und lenkt unsere Aufmerksamkeit wieder auf ihn. »Aber ich schon. Dieser kleine haarige Kerl ist hier von Stand zu Stand geschlichen. Wir haben ihn kommen hören, deshalb haben wir uns versteckt.

Die anderen sind unter den Messewagen gekrochen, aber ich bin reingegangen. Nick meinte, das wäre dumm, weil ich dann in der Falle säße. Aber ich … mag keine engen Räume.«

Er lässt sichtlich beschämt den Kopf hängen. Vorher konnte er seine Augen nicht von Ashley lassen, und jetzt wagt er nicht mal, in ihre Richtung zu sehen, wahrscheinlich aus Angst, dass er in ihrer Achtung gesunken sein könnte.

»Jeder hat etwas, was er nicht mag«, sagt Dana, »das ist völlig okay. Und in dem Fall sogar gut, weil es helfen kann. Hast du aus dem Fenster gesehen?«

»Ja. Es war ein bisschen verschwommen, wegen der Folie, wissen Sie. Aber ich hab ihn gesehen. Er ging von Stand zu Stand und sah sich alle Sachen an. Er hat alles Mögliche angefasst. Und ist weitergegangen. Nach einer Weile hat eine Tür geknallt, und wir dachten, er wär weg.«

»Aber dann waren wir nicht mehr so sicher«, übernimmt Ashley. »Denn nach einer Weile haben wir andere Geräusche gehört.«

»Was habt ihr gehört?« Dana beugt sich vor wie ein Windhund, der ungeduldig an der Leine zerrt. Diese Kids wissen etwas.

»Geschrei. Als würden sich Leute streiten.«

»Sicher, dass sie sich gestritten haben?«

»Sie haben sich angehört wie meine Eltern«, meldet sich Nick plötzlich zu Wort. »Glauben Sie mir, ich weiß, wie sich Leute anhören, die sich streiten.«

»Du hast es also auch gehört?« Ich schaue ihn an.

»Wir alle«, erklärt Trey.

Gavin nickt langsam.

»Waren es gedämpfte Schreie? Oder klar und deutlich? Konntet ihr verstehen, was sie sagten?«

»Es waren keine Worte«, antwortet Trey, »aber es hörte sich an, als käme es vom Ende eines langen Flurs, der … Sie wissen schon, irgendwie hallt.«

Die gefliesten Wände des Waschraums würden diesen »Flurhall« erzeugen. Diese Kids haben den Mord gehört.

»Was ist dann passiert?«, fragt Dana und sieht Ashley an. Sie ist die Zuverlässigste.

»Wir sind verschwunden«, sagt sie.

»Wir haben uns, so schnell wir konnten, aus dem Staub gemacht!«, setzt Nick hinzu.

»Aber bevor wir die Halle verlassen konnten, haben wir den Kerl noch mal gesehen«, sagt Trey.

»Welchen Kerl?«, frage ich.

»Diesen haarigen Typ, der auf den Tischen herumgewühlt hat«, antwortet Trey. »Er kam angerannt. Wahrscheinlich ist er gar nicht weg gewesen. Oder er ist wieder reingekommen. Ich weiß es nicht. Wir dachten, jemand hätte ihn beim Herumstöbern an den Ständen erwischt.«

»Der Wichser ist gerannt, als wär der Teufel hinter ihm her«, erklärt Nick.

»Wohin ist er gelaufen?«, will Dana wissen.

»Raus«, sagt Trey, »durch den Notausgang.«

»Und wie seid ihr rausgekommen?«, frage ich.

»Auf demselben Weg, wie wir reingekommen sind«, antwortet Ashley, »durch den toten Winkel der Kameras.«

Dana lässt die Kids in den nächsten Minuten ihre Geschichte mehrmals wiederholen. Nick entspannt sich und beteiligt sich dieses Mal mehr. Die Geschichte ist beim zweiten Durchgang unverändert. Sieht so aus, als würden sie die Wahrheit sagen.

Während Dana mit ihnen redet, suche ich auf meinem Smartphone im Web, bis ich zufrieden bin. Ich habe eine Fotocollage zusammengestellt, von ähnlich aussehenden Gesichtern. Von denen wir eins kennen. Ich zeige die Fotos nacheinander den Kids. Jedes Mal zeigen sie auf dasselbe Gesicht. Selbst Gavin, der so verängstigt ist, dass er seine eigene Mutter nicht erkennen würde.

Es ist dasselbe Gesicht. Jedes Mal.

Ich halte Dana das Smartphone hin. Das Display zeigt ein Raster von neun Bildern. Ihr Blick richtet sich unmittelbar auf das in der mittleren Reihe links.

Farber.

»Eins noch, bevor ihr gehen dürft.« Ich stehe auf. »Spielt jemand von euch Big Fish Pyramid?«

21

Trotz der späten Uhrzeit brummt es im Polizeirevier wie in einem Bienenstock. Alle Lichter sind an, was den Eindruck erzeugt, als wäre das Revier von der Zeit abgekoppelt. Laute, angespannte Stimmen dringen aus dem Konferenzraum, in dem Chief Wilmont über den Stand der Ermittlungen und Farbers Rolle informiert wird. Der Mann ist bestenfalls Zeuge, schlimmstenfalls ein Verdächtiger. Dana und Decker argumentieren gerade dafür, Farber zu verhaften, jetzt, mitten in der Nacht. Angesichts des knappen Zeitfensters bis zum Ende der Messe stimme ich ihnen zu. Wir haben keine Zeit zu verlieren.

Und wieder einmal laufe ich auf zu wenig Koffein. Außerdem bin ich schon seit vierundzwanzig Stunden auf den Beinen, also wäre selbst Kaffee nur eine Notlösung. Ich brauche Schlaf.

Aber vorher will ich wissen, wie es mit Farber weitergeht. Ich will dabei sein, wenn sie ihn herbringen. Ich bin zwar nicht überzeugt, dass er ein echter Kandidat für das Einhorn ist, aber er war dem Tatort zum Tatzeitpunkt erheblich näher als die Kids. Und so überstürzt, wie er das Convention Center verlassen hat, könnte er durchaus Zeuge des Mordes gewesen sein.

Ich hab einen kleinen Pausenbereich gefunden, mit einem bunten Sammelsurium von Plastikstühlen und billigen Resopaltischen, die allesamt wackeln. Es riecht säuerlich nach Essensresten. Ich hasse diesen Geruch. Er wird aber allmählich durch das Aroma frisch zubereiteten Kaffees ersetzt, der aus der abgerockten kleinen Maschine hinter mir tropft.

Es ist sonst niemand hier, also mach ich's mir bequem. Ich stelle zwei Stühle einander gegenüber und lege die Füße hoch. Ich sehe zwar den Konferenzraum auf der anderen Seite der Einsatzzentrale, bekomme aber nicht genau mit, worüber da geredet wird. Ich lege den Kopf an die Rückenlehne, die Stimmen verschwimmen und verschmelzen zu einem Gemurmel.

Decker glaubt, Farber könnte Amanda Caplan entführt haben, aber davon bin ich nicht überzeugt. Wer auch immer Amanda in seiner Gewalt hat, bietet auf das Einhorn, verfügt über Millionen von Dollar und verhandelt schon seit Wochen mit Caplan.

Als wohlhabender Geschäftsmann hätte Farber zwar die Mittel, aber er ist kein Technikfreak und hat absolut nichts mit dieser Sparte zu tun. Unwahrscheinlich, dass er eine Verwendung für den Quantencomputer hat, und selbst wenn, glaube ich nicht, dass er die Ressourcen besitzt, um ihn zum Laufen zu bringen. Noch unwahrscheinlicher ist, dass Farber zufällig auf Caplans Auktion im Darknet gestoßen sein soll, nur weil sie beide etwas mit dieser Comic Con zu tun haben.

Nein, wer auch immer hinter dem Einhorn her ist, kommt nicht von hier.

Griffon und Nassar sind mittlerweile eingetroffen. Sie sitzen im Konferenzraum, hören zu und bringen sich auf den neuesten Stand. Nassar hab ich schon mal getroffen. Ihr Auftreten ist immer tadellos, egal, zu welcher Tageszeit. Heute Abend funkeln ihre wachsamen, intelligenten Augen hinter einer stylischen breiten Brille mit schwarzer Fassung. Ich weiß, dass sich hinter ihrem gepflegten Äußeren ein ausgesprochen derber Sinn für Humor verbirgt – ziemlich überraschend bei einer Tochter muslimischer Einwanderer aus dem Libanon.

Peter Griffon entspricht dagegen überhaupt nicht dem, was ich aufgrund seines Rufs im Bureau als gewiefter Außenagent und ebenso sattelfestes Schlitzohr in der Personalpolitik erwartet hätte. Am Telefon wirkt er wie jemand, der daran gewöhnt ist, dass alles nach seiner Pfeife tanzt. Drum hatte ich ihn mir wahrscheinlich größer vorgestellt, aber Griffon ist klein. Ich meine wirklich klein. Aber er sieht gut aus, hat einen gepflegten Ziegenbart und lächelt gern und entwaffnend.

Irgendetwas versucht sich in meinem von Müdigkeit benebelten Kopf zusammenzufügen. Ich kann einfach nicht länger auf Koffein warten und ziehe die Kaffeekanne heraus, um mir einen Becher einzuschenken. Die Tropfen fallen weiter und zischen auf der heißen Platte.

Kaum rinnt die heiße Flüssigkeit über meine Lippen, wirkt sie ihren Zauber auf meine Intelligenz, und die Puzzleteile, die in meinem Kopf herumschwirren, fügen sich plötzlich zusammen. Das Ausstellungsmobil. Ich war so auf die Einbrecher fixiert und darauf, was sie gesehen haben könnten, dass mir etwas anderes entgangen ist.

Wasteout 3 mag eine große Sache für Pyntel sein, bedeutet aber nichts im Vergleich zum Einhorn. Wenn man Hicks wegen des Quantencomputers hergeschickt hat, wäre das Verteilen von T-Shirts und das Schwenken der Vorstandsflagge eine völlig ausreichende Tarnung. Sich dann auch noch tatsächlich in den Start des Spiels einzumischen wäre nur eine unnötige Ablenkung.

Aber wenn Pyntel nun gar nichts von dem Einhorn weiß und Hicks sich nur so sehr um die Veröffentlichung bemüht, um seine Anwesenheit hier zu rechtfertigen?

Ich schaue auf die Uhr an der Wand, ein altmodisches analoges Gerät mit rotem Sekundenzeiger und einem Metallgehäuse, und ziehe drei Stunden ab. In Kalifornien ist es schon spät, aber noch nicht zu spät. Nach einem kurzen Blick in den Konferenzraum ziehe ich mein Handy hervor.

Ich: Brauche Infos.

Keira S: Schießen Sie los.

Ich: Martin Hicks. Gerüchte?

Keira S: Man sollte meinen, nicht viel, aber …

Ich: Aber …

Keira S: Was haben Sie für mich?

Keira Solomon ist Journalistin. Die meisten Feds mögen keine Leute von der Presse. Die neigen nämlich dazu, die Hand zu beißen, die sie füttert. Doch ich hab damals im Valley gelernt, wie man mit ihnen umgeht. Das gehört dort zum Job.

Die Presse berichtet immer wieder über Silicon Valley, interviewt Geschäftsführer und informiert über bevorstehende Fusionen und Übernahmen.

Keira ist da anders. Sie konzentriert sich auf die Menschen im Valley, erzählt ihre Geschichten. Manche nennen sie eine Klatschreporterin. Auch das stört mich nicht. Klatsch und Tratsch fördern nicht nur den Verkauf von Werbeflächen in ihrem Blog, sondern lösen auch Fälle. Folglich unterhalte ich zu Keira eine Beziehung wie zu einem Wolf, den man von klein an aufgezogen hat. Man amüsiert sich und erlebt viele Abenteuer zusammen, aber man darf nie vergessen, dass einem beim kleinsten Hungerimpuls der Arm abgerissen werden kann.

Ich: Einen Gefallen.

Keira S: Wirklich? Ein Will-Parker-Schuldschein?

Ich: Es ist persönlich.

Keira S: Ein persönlicher Gefallen? Zum Beispiel, Sie gehen mit meinen Hunden Gassi, wenn ich weg bin?

Ich: Der Grund, warum ich frage, ist persönlich.

Keira S: Steckt eine Story dahinter?

Ich: Noch nicht.

Keira S: Aber vielleicht?

Ich: Vielleicht.

Keira S: Ich sichere meine Textnachrichten, das wissen Sie. Also ein Will-Parker-Gefallen?

Ich: Abgemacht.

Keira S: Hicks steckt in Schwierigkeiten. Eine Affäre mit einer Angestellten.

Keira S: Er hat sie protegiert. Ist durchgesickert. Die Haie kreisen.

Ich: Verstanden. Danke.

Keira S: Ich melde mich wegen des Gefallens :-)

Ich lege das Handy klappernd auf den Tisch. Meine Augen sind trocken, und die Welt ist an den Rändern verschwommen. Ich blinzle ein paarmal und nehme einen langen Schluck von der Brühe, die diese Maschine produziert.

Hicks hat eine Mitarbeiterin gevögelt? Er ist wohl kaum der erste Boss eines amerikanischen Unternehmens, der das tut, vor allem nicht im Silicon Valley. Aber er hat sie protegiert? Dumm gelaufen. Sobald so eine Affäre publik wird, und das wird sie immer, beschweren sich alle, die denken, dass sie ein größeres Anrecht auf den Job hätten und übergangen wurden. Vielleicht reichen sie sogar Klage ein.

Hicks hat nicht die visionäre Kraft eines Unternehmers. Er ist eine typische Konzerndrohne, die durch ihr Sitzfleisch an der Spitze im Bienenstock gelandet ist. Einer wie er wird aufgrund seiner langjährigen Betriebszugehörigkeit befördert, nicht wegen seiner Fähigkeiten. Die Strategie funktioniert, solange man sauber bleibt, wie eine brave kleine Arbeitsbiene.

Hicks aber hat seinen Fühler in den Honigtopf der Firma getunkt.

Der Ausdruck »die Haie kreisen« bedeutet, die Firma sucht nach Möglichkeiten, ihn abzuservieren. Er ist hoch genug aufgestiegen, dass man ihn mit einem goldenen Händedruck abservieren kann. Vielleicht nicht mit einer Abfindung, bei der den armen Aktionären an der Wall Street die Tränen kommen, aber genug, um den Rest seines Lebens durch Seide zu furzen.

Die Sache bei einem Kerl wie Hicks ist jedoch, dass sein Schmerz über den Rauswurf alles Geld aufwiegen würde. Leute mit langer Betriebszugehörigkeit haben das Blinde-Gehorsam-Gen entwickelt. Sie definieren sich über die engen Grenzen ihrer Jobbeschreibung und den Namen der Firma, für die sie arbeiten. Nimmt man ihnen das weg, verlieren sie nicht nur einen Job – man nimmt ihnen auch ihre Identität.

Und das ist ein ziemlich starkes Motiv.

Im Konferenzraum packen sie gerade ein. Durch die Glaswand sehe ich, wie die Leute aufstehen. Heute Abend oder morgen sitzt Farber in einem Verhörraum. Ich brauche Informationen.

Ich werfe noch einmal einen Blick auf die Uhr und nehme mein Smartphone vom Tisch.

Ich: Habe eine Spur. Brauche Recherche.

Ich: Bist du da?

Bradley W: Im Chronos.

Ich: Auf der klingonischen Heimatwelt?

Bradley W: Neuer Nachtclub. In den Hills.

Ich: Gästeliste?

Bradley W: Möglicherweise Kardashians. Hoffentlich Kim.

Ich: Zeit zum Arbeiten. Was auf dem Foto gefunden?

Bradley W: Nein. Ich warte. Die schreiben mir, ich schreibe dir. PRONTO.

Ich: Wir verhören einen Verdächtigen. Brauche Hintergrundinformationen über einen Einheimischen namens Farber.

Bradley W: Moment, da passiert grad was. Entourage an der Tür.

Ich: Bradley!

Bradley W: Schon gut. Ist nur Kanye. Am Schreibtisch in 15. Schick mir die Details.

Sie verlassen den Konferenzraum, und Decker sieht

sauer aus. Chief Wilmont und einige hohe Polizeibeamte verschwinden irgendwo im Revier. Griffon und Nassar folgen Decker und Dana, mit jeweils einem Rollkoffer im Schlepp, zu meinem wackeligen Tisch. Wir schütteln uns die Hände, während Decker die neuen Agents vorstellt.

»Hab schon viel von Ihnen gehört«, begrüßt mich Griffon.

»Nur Gutes, ich weiß.« Ich drücke seine Hand, so fest ich kann.

»Na klar.« Griffon grinst.

»Will, schön, Sie wiederzusehen.« Nassar umarmt mich herzlich. »Wie geht's Bradley?«

»Er arbeitet lange, wie der Rest von uns«, antworte ich, bevor ich mich an Decker wende. »Wie sieht's aus?«

Decker klopft mit den Fingerknöcheln auf die Resopaltischplatte und beugt sich vor, als wolle er eine Invasion starten. »Es läuft nicht«, presst er zwischen den Zähnen hervor. »Wir warten bis morgen früh.«

»Wilmont lässt Farbers Haus überwachen«, fügt Dana schnell hinzu, »um sicherzustellen, dass er in der Zwischenzeit nicht untertaucht.«

Decker kocht. »Das bringt uns auch echt weiter, wenn er das Mädchen hat!«

Dana lässt sich auf den Stuhl neben mir fallen und gähnt, dabei kneift sie die Augen zusammen und hält sich die Faust vor den Mund. Ihre Nasenspitze wackelt.

»Wir sollten Hicks unter die Lupe nehmen«, sage ich.

»Dieser Konzerntyp?«, fragt Dana. »Warum?«

»Ich glaube, er könnte abtrünnig geworden sein. Er sucht nach einem letzten großen Wurf.«

Ohne Keiras Namen zu nennen, erzähle ich ihnen, was ich von ihr über Hicks' Affäre erfahren habe. »Um seinen Job zu retten, muss er etwas vorweisen, das so wertvoll ist, dass sich das viele Geld lohnt, das er braucht, um die unvermeidliche Klage abzuschmettern«, sage ich zum Schluss. »Und was könnte wohl so wertvoll sein?«

»Das Fukushima-Einhorn.« Dana klatscht in die Hände und sieht mich an.

»Bingo. Als ich Hicks und Morley heute Morgen im Wohnmobil traf, war Hicks ein Wrack. Überhaupt kein Vergleich zu dem schmalzigen Kerl ein paar Stunden zuvor. Aber da hatte er Zeit gehabt, sich vorzubereiten und sein Pokerface aufzusetzen. Beim zweiten Mal hab ich ihn unvorbereitet erwischt. Und Morley hat mir verraten, dass seine Laune über Nacht auf die dunkle Seite umgeschlagen ist. Und das war die Nacht, in der Caplan ermordet wurde.«

»Na gut, er hat schlechte Laune«, sagt Decker. »Das macht ihn noch lange nicht zu einem Entführer.«

»Und wenn Hicks hinter dem Einhorn her war, Caplan deswegen angegangen ist, er es ihm aber nicht gab und Hicks ihn deshalb umgebracht hat?«, fragt Dana. »Caplan hat online behauptet, er hätte einen ›Mitarbeiter‹. Nur wir wissen, dass er damit wahrscheinlich Amanda gemeint hat. Also muss Hicks davon ausgehen, dass die Auktion noch läuft. Er entführt Amanda, weil er sie als Druckmittel gegen Caplans Mitarbeiter einsetzen will, wer auch immer das sein mag.«

»Sind Sie sicher, dass er nicht einfach einen alten Groll aus dem Valley gegen Sie schiebt?«, fragt mich Decker. »Wegen irgendeiner Meinungsverschiedenheit, die Sie vielleicht damals mit ihm hatten?«

»Unwahrscheinlich«, antworte ich spontan und denke dann genauer darüber nach. Aber nein, es wird nicht wahrscheinlicher.

»Na gut«, sagt Decker mürrisch, »wenn Sie Hicks auf den Zahn fühlen wollen, nur zu. Aber morgen früh holen wir trotzdem Farber her. Er ist unsere beste Spur.«

»Will«, wendet sich Nassar an mich, »wissen wir etwas darüber, wie Amandas Entführung vonstattengegangen ist?«

»Bradley hat bis jetzt nur bestätigen können, dass sie hier gelandet ist und in einem Hotel eingecheckt hat. Danach gibt es keine Spur mehr.«

Nassar wirft Griffon einen Blick zu, der sich gerade am Kaffeeautomaten einen Becher einschenkt. »Warum gehen Peter und ich die Sache nicht einfach vom anderen Ende an?«, schlägt sie vor. »Vielleicht können wir rausfinden, wie sie entführt wurde, dann entdecken wir womöglich auch eine Spur des Entführers.«

»Klingt gut«, meint Decker und funkelt mich finster an. »Machen Sie das.«

Ich ignoriere Decker. Ich kann nichts dafür, dass mich Nassar als eine Art Chef betrachtet. »Setzen Sie sich mit Bradley in Verbindung. Er kann Ihnen sagen, in welchem Hotel Amanda Caplan eingecheckt hat. Haben Sie seine Daten?«

»Alles hier gespeichert.« Sie wedelt mit ihrem Handy. »Machen wir uns an die Arbeit, Pete.«

Die beiden Agents brechen auf. Sie strahlen eine Energie aus, um die ich sie beneide.

»Ich mach Schluss für heute.« Ich recke die Arme über den Kopf. »Ich geh zurück ins Hotel und schlaf etwas.«

»Bevor Sie gehen ...«, wendet sich Dana an mich. »Decker sagte, Sie beide hätten eine Videoschleife im Überwachungsvideo im Convention Center gefunden.«

Ich lasse die Arme sinken. »Decker ist auf diese Videoschleife gestoßen«, stelle ich richtig. »Da war ein Bus, wo keiner hätte sein sollen.« Ich sehe ihn an und nicke ihm zu. »Bemerkenswert, dass Ihnen das aufgefallen ist.« Ich werfe ihm diesen Knochen zu, schließlich arbeiten wir auch morgen noch zusammen.

»Wir haben das mit dem Chief besprochen«,

informiert mich Dana. »Er wollte wissen, ob wir deshalb keine Aufnahmen von Farber von letzter Nacht haben.«

»Das Überwachungsvideo ist völlig nutzlos«, antworte ich. »Sie hätten die Schleife schon vor Tagen aufnehmen und damit das gesamte Material des Abends überschreiben können.«

»Haben sie aber nicht«, erklärt Dana. »Der Bus, dessen Nummer Decker genannt hat, fährt auf einer speziellen Route von Donnerstag bis Samstag für die Collegekids, die am Wochenende feiern wollen. Er verkehrt nur im Spätsommer und Herbst. Dieses Jahr hat die Saison erst diese Woche angefangen. Also muss das Video von letzter Nacht sein.«

Ich stemme die Hände in die Hüften, während ich über die Konsequenzen nachdenke.

»Na und?«, will Decker wissen. »Warum ist es wichtig, wann das Video aufgenommen wurde?«

»Wenn man so einen Hack plant«, sage ich langsam, während ich meine Gedanken sortiere, »speist man möglichst langweiliges Filmmaterial ein, in dem nichts Ungewöhnliches auftaucht, was Aufmerksamkeit erregt oder einem bestimmten Datum zuzuordnen ist, zum Beispiel ein Autounfall. Am besten erstellt man es im Voraus, um sicherzugehen, dass es auch geeignet ist. Wer auch immer das Überwachungsvideo letzte Nacht gehackt hat, hat das nicht gemacht. Er hat sich einfach das letzte Video geschnappt und es auf alle Dateien des Abends kopiert. Dieser Jemand hatte es also verdammt eilig und war nicht vorbereitet.«

Decker sieht mich an. »Glauben Sie, dieser Jemand hat möglicherweise Spuren hinterlassen?«

»Ich habe eine gute und eine schlechte Nachricht«, seufze ich. »Die schlechte Nachricht ist, der Hack war sauber. Supersauber. Wir haben keine Chance, ihn zurückzuverfolgen.«

»Und die gute Nachricht?«

»Dieselbe. Der Hack war perfekt. Viel zu sauber für Teenager. Und auch für einen Techniklaien wie Farber. Und wen kennen wir, der einen perfekten Hack so schnell hinkriegen könnte?«

Decker denkt eine Sekunde lang nach, dann öffnet er den Mund und keucht leise, wie ein Kind an Weihnachten, das das letzte Geschenk öffnet und inständig hofft, dass es die Sache ist, mit der es seine Mutter schon seit Wochen nervt.

»Dragoniis«, flüstert Decker.

Ich nicke.

»Ja!«, brüllt er und hämmert die Faust auf den Tisch.

Dana und ich zucken beide erschrocken zusammen.

»Wow, ruhig, Brauner!« Ich schnappe nach Luft. »Heben Sie sich das für morgen früh auf.«

22

Zurück im Hotel bleibe ich kurz vor den Flügeltüren zur Präsidentensuite stehen, in der das riesige Kingsize-Bett auf mich wartet. Die Augen drohen mir zuzufallen, ich atme schwer, meine Füße tun weh, und mein Gehirn arbeitet zäh.

Aber ich kann nicht aufhören zu denken. Noch nicht. Etwas nagt in einem Winkel meines Verstandes, doch es ist zu unklar, um einen Gedanken daraus zu formen. Es hat mit der Nacht des Mordes an Caplan zu tun, mit dem Hotel, in dem er abgestiegen war.

Ich habe die Schlüsselkarte des Zimmers immer noch in der Hand, als ich noch einmal durchgehe, was wir wissen. Caplan kam ins Hotel zurück, in Hemdsärmeln, wegen der Hitze. Als er zum Convention Center ging, trug er eine Jacke, wahrscheinlich um das Fukushima-Einhorn darunter zu verbergen. Den sicheren Pelican-Koffer ließ er zurück, das Einhorn trug er am Körper.

Warum hat er den Koffer nicht mitgenommen?

Klar, den hätte er nicht unter der Jacke verstecken können. Aber warum hätte er das auch tun sollen, einen Pelican-Koffer verstecken?

Nun ja, der Koffer hätte Miller schließlich fast das Leben gekostet. Caplan muss irgendwie herausgefunden haben, dass die Bieter ihm auf der Spur waren, und sie hätten den Koffer erkannt.

Aber wenn er das Einhorn ohne den Koffer bei sich hatte, bekam er die Strahlung voll ab. In kleinen Dosen ist sie harmlos, aber ist man ihr länger ausgesetzt, wird sie gefährlich.

Miller hat im Convention Center keine Strahlung entdecken können, also ist das Einhorn entweder nicht dort oder abgeschirmt.

Doch warum hat Caplan es überhaupt weggebracht?

Als er wieder im Hotel ankam, wartete schon einer von Golowtschenkos Männern auf ihn. Nachdem sie aus dem Aufzug stiegen, verließen sie den Bereich der Videoüberwachung. Hat Caplan irgendwann danach bemerkt, dass er verfolgt wurde? Uns ist der andere Mann nur aufgefallen, weil wir nach etwas Verdächtigem gesucht haben. Und wenn Caplan es nicht gemerkt hat?

Meine Hand schwebt über dem Schlüsselkartenleser. Ich brauche Schlaf. Ich kenne meinen Körper und weiß, dass ich nicht klar denken kann, wenn ich keine Ruhe bekomme. Dann habe ich sogar Mühe, geistig mit Decker mitzuhalten, und das ist nicht gut. Aber es ist auch klar, dass ich jetzt keine Ruhe finden werde. Nicht solange diese Sache an mir nagt. Ich brauche eine Antwort.

Ich ziehe meine Hand zurück. Endlich verdichtet sich dieses vage Etwas in meinem Kopf zu einem Gedanken. Eigentlich mehr zu einer Was-wäre-wenn-Frage, und ich weiß, wo ich darauf die Antwort finden kann.

Ich bin zu müde, um auf dem Weg ins Security-Office des Hotels eine SMS zu tippen, also rufe ich Bradley an.

»Wir müssen uns Hicks genauer ansehen«, falle ich mit der Tür ins Haus, als er rangeht. »Ich muss wissen, wo er sich aufhält, seine Reisepläne, alles.«

»Martin Hicks? Der Pyntel-Typ? Der ist aber ziemlich gerissen und könnte mitkriegen, dass wir ihn unter die Lupe nehmen.«

»Dann mach es unauffällig.«

»Das ist schwierig, Will.«

»Wenn er herausfindet, dass wir ihn ins Visier nehmen, lässt er hier eine ganze Armee von Anzugträgern anrücken, und wir haben keine Chance mehr, an ihn ranzukommen. Und falls er das Caplan-Mädchen hat …«

»… wird er sämtliche Beweise entsorgen. Gut, hab's kapiert, Boss. Ich kümmere mich darum. Bis morgen früh hab ich was.« Bradley legt auf.

Dwayne reagiert sofort, als ich an die Tür des Security-Office klopfe. »Agent Parker! Ich bin gerade erst gekommen. Ich hab diese Woche Nachtschicht. Ist Agent Decker auch da?« Er sieht mir über die Schulter.

»Nein. Kann ich mir das System noch mal ansehen?«

Er ist sichtlich enttäuscht, lässt mich aber rein.

Die Daten der Schlüsselkarte werden in einer relationalen Datenbank gespeichert. Dort sind sie in Tabellen strukturiert, von denen jede Rohdaten enthält, die über einen Schlüssel miteinander verbunden sind. Eine der Tabellen heißt »Gästezimmertüren« und protokolliert jedes Öffnen und Schließen einer Tür. Jedes Mal wenn eine Tür geöffnet wird, wird das mit einer entsprechenden Nummer in der Tabelle festgehalten.

Diese Nummern sind über die Keycardsoftware nicht zugänglich. Ich brauche eine Software, die direkt aus der Datenbank lesen kann. Ich könnte zwar die gesamte Datenbank nach L. A. übertragen, damit Bradley sie sich hochlädt, aber sie ist ziemlich umfangreich, das würde also einige Zeit dauern. Außerdem arbeitet er gerade an Hicks. Es geht schneller, wenn ich das selbst mache.

Während die Datenbanksoftware, die ich brauche, von den Servern des FBI heruntergeladen wird, erzählt mir Dwayne eine Geschichte über seinen Hund. Zumindest glaub ich, dass es um seinen Hund geht, könnte auch seine Mutter sein. Ich kriege kaum was von seinem Gerede mit, weil ich immer wieder in einen Sekundenschlaf falle.

Nachdem die Datenbanksoftware installiert ist, mache ich mich an die Arbeit. Ich rufe den Eintrag auf, in dem festgehalten ist, dass Caplan um 22 Uhr 59 seine Zimmertür geöffnet hat. Ich schaue mir die Rohdaten an und gehe dann, einen nach dem anderen, rückwärts durch die Datensätze. Ich habe Glück, die Schlüssel sind in der richtigen Reihenfolge.

Caplans Eintrag hat die Datensatznummer 1957 862. Der davor, ebenfalls um 22 Uhr 59, betrifft eine Tür im dritten Stock, der Eintrag um 22 Uhr 58 eine Tür im neunten. Es gibt mehrere Einträge für 22 Uhr 58 und 22 Uhr 57. Da es sich um ein großes Hotel handelt, werden in jeder Minute mehrere Türen geöffnet.

So arbeite ich mich eine Weile rückwärts weiter, über den Bildschirm gebeugt und vor mich hin murmelnd, bis sogar Dwayne das Interesse verliert und sich an seinen Schreibtisch hockt.

Mein Zeigefinger fährt über den Monitor nach oben, und endlich finde ich, was ich suche. 22 Uhr 50: zwei Datensätze, direkt nebeneinander. 1957791 und 1957789. Aber es gibt keinen Eintrag mit der Nummer 1957790, der fehlt.

Ich gehe noch einmal zehn Minuten zurück, um sicherzugehen, aber es gibt keine weiteren Lücken in der Datenbank. Was auch immer da passiert ist, der Eintrag wurde gelöscht.

Ich aktiviere meine letzten Energiereserven und schreibe Bradley eine SMS, damit er sich eine Kopie der Datenbank runterlädt, dann spiele ich kurz mit dem Gedanken, Dana oder Decker anzurufen. Aber mein Schlafbedürfnis siegt, und ich mache mich stattdessen auf den Weg zurück zu meinem Zimmer.

Im Aufzug lehne ich mich gegen die Wand und erinnere mich, wie ich Caplan genau hier im Video stehen sah. Jemand ist neun Minuten zuvor in sein Zimmer gegangen.

Was hat Caplan vorgefunden, als er dort ankam? War noch jemand in dem Raum? Oder ist ihm aufgefallen, dass irgendetwas nicht an seinem Platz war? Und wenn der Eindringling gegangen war, müsste dann nicht noch ein Eintrag fehlen?

Ich presse mir die Handfläche gegen die Stirn und versuche mich zu konzentrieren. Die Fahrstuhltür öffnet sich, und ich taumle durch den Flur zu meinem Zimmer.

Nein. Sobald sie drin waren, hätten sie das manuell zu bedienende Schnappschloss der Tür blockieren können, damit sie nicht zufällt, wie es das Reinigungspersonal macht. Dann konnten sie verschwinden, ohne einen weiteren Datensatz zu erstellen.

Was auch immer Caplan vorgefunden hat, hat ihn erschreckt. Das Einhorn war zwar noch da, aber er wusste, dass sein Zimmer nicht sicher war. Minuten später verließ er es mit dem Einhorn unter der Jacke und ging das Strahlenrisiko ein.

Später hackte jemand das Sicherheitssystem des Hotels und hat einen einzigen Datenbankeintrag gelöscht. Ich bin sicher, es war der Eintrag darüber, wann die Tür zu Caplans Zimmer geöffnet wurde. Diesen einen Eintrag mit solcher Präzision zu finden und zu löschen, ohne Spuren zu hinterlassen, erfordert eine Menge Geschick und Kenntnis. Es muss Dragoniis gewesen sein.

Ich ziehe meine Schlüsselkarte durch das Lesegerät und stolpere in meine Suite. Das Letzte, woran ich mich erinnere, ist, dass ich es geschafft habe, meine Converse abzustreifen, bevor ich aufs Bett gefallen bin.

23

Ich wache auf, als das Morgengrau durch die Vorhänge dringt. Vor lauter Müdigkeit bin ich letzte Nacht nicht mehr dazu gekommen, die Verdunkelungsrollos herunterzuziehen. Den Wecker hab ich auch nicht gestellt, und jetzt habe ich das seltsame Gefühl, von Zeit und Raum abgekoppelt zu sein. Einen Moment schwebe ich und genieße es, von allem und jedem isoliert zu sein, einschließlich meiner Gedanken.

Bis mich die Erinnerungen an meine Albträume wie ein Orkan überfallen. Es sind die gleichen Bilder, die mich schon seit Jahren verfolgen.

Jacks Büro. Der Computermonitor. Die Lautsprecher. Bruce Sterling. Nur dieses Mal mit einer neuen Wendung: Es ist nicht Kate Masons Kehle, an die er das glitzernde Messer hält. Es ist die von Amanda Caplan.

Ich rufe meinem Handy zu, mir die Uhrzeit zu nennen, und Siri antwortet mit ihrem penetranten »Guten Morgen«. Ich antworte mit einem Fluch. Es sind fast fünf Stunden vergangen. Bei jeweils neunzig Minuten pro Zyklus sind das drei komplette

Schlafzyklen. Aber damit kann ich leben. Ein bisschen Koffein, und ich bin wieder fit.

Ich nehme mein Handy und lese die Messages von Bradley. Ich hab die Benachrichtigungstöne verschlafen. Er hat Informationen zu Farber und zu Hicks' Aufenthaltsort, und seine letzte Nachricht ist erst eine Stunde alt. Die Bildanalyse ist abgeschlossen.

Um schneller wach zu werden, dusche ich kurz mit kaltem Wasser. Schlafmangel lässt sich ab dreißig nicht mehr so leicht wegstecken wie in den Zwanzigern. Geduscht und angezogen werfe ich einen Blick in die Minibar, um zu sehen, womit ich meine Energie auffüllen kann, ohne irgendwo hinzugehen. Der Zimmerservice kommt mir in den Sinn, aber dann müsste ich mit jemandem reden. Ineffizient.

Der große Kühlschrank ist mit kalten Getränken bestückt. Neben Bier und Spirituosen steht auch Limonade, aber die hat nicht die Wirkung, die ich brauche. Zum Glück finde ich in der unteren Reihe die großen Dosen mit Energydrinks. Ich wähle einen zuckerfreien. Frühstück der Champions.

Nach einem langen Schluck aus der frostig kalten Dose fühle ich mich endlich wieder voll auf der Höhe. Als ich meinen Posteingang überprüfe, finde ich eine E-Mail von Bradley mit dem erweiterten Bild. Das ist unser bester Hinweis darauf, wo Amanda festgehalten wird, und ich tippe auf das Symbol.

Das technische Team in der Außenstelle hat seine

Algorithmen auf die Originaldatei angewendet, um das klarstmögliche Bild zu erhalten. Die Datei ist zehnmal so groß, aber der Detailreichtum ist beeindruckend. Wenn ich auf das Bild tippe, um es zu vergrößern, füllt Amanda Caplans Gesicht das Display aus, die Augen weit aufgerissen und glitzernd hinter großen Tränen. Ich scrolle nach unten und sehe, dass ihre Nasenflügel gebläht sind. Der orangefarbene Ball des Knebels presst sich in ihren offenen Mund. Sie trägt keinen Lippenstift und auch sonst kaum Make-up.

Bradley sagte, ihre Eltern seien geschieden. Wie oft hat sie Roger gesehen? Warum ist sie hergekommen? Einfach, um Zeit mit ihrem Vater zu verbringen? Oder hat sie was mit dem Verkauf des Fukushima-Einhorns zu tun? Würde Roger seine Tochter einem so großen Risiko aussetzen? Allerdings wusste er vielleicht gar nicht, in welcher Gefahr er schwebte, bis es zu spät war.

Als ich weiter nach unten scrolle, erscheint der Bildschirm des Laptops. Vor den Verbesserungen konnte ich deutlich das Google-Doodle für den Tag sehen, aber nicht viel mehr. Jetzt kann ich die Menüleiste am oberen Bildschirmrand des Macs erkennen. Sie ist nicht gestochen scharf, weil auch die Techniker nicht allmächtig sind, aber es reicht, dass ich den Browsertyp und die Uhrzeit erkennen kann.

Ich habe Glück. Er verwendet weder Safari von Apple noch Chrome von Google, sondern Firefox, einen Browser, der früher sehr beliebt war, aber dessen Benutzerzahl bei Macs jetzt nur noch im einstelligen Prozentbereich liegt.

Als ich das Google-Doodle heranzoome, erhalte ich noch mehr Informationen. Das Doodle an diesem Tag war eine lange Animation, nach der eine Schaltfläche zum Aufrufen eines Minispiels aufgeploppt ist. Da sich das Doodle in der Mitte der Animation befindet und die Schaltfläche noch nicht zu sehen ist, weiß ich, dass der Bildschirm kurz vor der Aufnahme des Bildes aktualisiert worden sein muss. Ganz sicher innerhalb der Minute, die auf der Systemuhr in der oberen rechten Ecke des Bildschirms angezeigt wird.

Ich vergrößere den Bildausschnitt wieder und schau mir den Rest an. Amandas Arme sind an den Stuhl gefesselt. Trotz der elektronischen Bearbeitung kann ich zwar immer noch nicht viel vom Stuhl selbst sehen, aber ich erkenne ihre Fesseln. Ledermanschetten.

Das Blut schießt mir in die Finger wie tausend prickelnde Nadelstiche. Das hier sind echte, greifbare Anhaltspunkte, mit denen ich arbeiten kann. Ich habe einen genauen Zeitpunkt, und ich weiß, was er in diesem Moment gemacht hat. Außerdem sind Amandas Fesseln ungewöhnlich. Und ungewöhnlich ist gut. Es ist zwar zu früh, um ein Häkchen in der Gewinnspalte zu setzen, aber ich sehe schon den Stift darüber schweben.

Mein Herz pocht. Entweder vor Aufregung oder wegen des Energydrinks. Es wird sich zeigen.

Als Nächstes muss ich etwas tun, wovor ich mich gefürchtet habe, seit ich das Erpresserfoto gesehen habe: Kreide fressen.

Ich ziehe die Vorhänge zurück und betrachte die Stadt unter mir. Das geschwungene weiße Dach des Convention Centers reflektiert die frühe Morgensonne. In Kalifornien ist es sogar noch früher. So früh die Person zu wecken, die ich anrufen muss, bringt mir keine Pluspunkte, aber irgendwo dort draußen in der Stadt unter mir wird eine verängstigte junge Frau gegen ihren Willen festgehalten. Und sie haben, was ich brauche, um Amanda zu finden. Es führt einfach kein Weg daran vorbei.

Ich wähle die Nummer.

Als beim ersten Versuch nicht abgenommen wird, lege ich auf, schließe die Augen und versuche es erneut. Beim zweiten Mal wird der Anruf nach dem dritten Klingeln angenommen.

»Was?« Die Männerstimme klingt gereizt.

Kein guter Anfang. Das ist ein großer Berg, den es zu erklimmen gilt. »Rick, ich bin's, Will.«

»Du weißt, dass jedes Handy auf der Welt eine Anrufanzeige hat, richtig?«

»Es ist noch früh. Ich war mir nicht sicher, ob du draufgesehen hast.«

»Verdammt richtig, es ist noch früh, nett, dass du das anmerkst. Was willst du, Will?«

»Du musst mir einen Gefallen tun.« Es hat keinen Sinn, um den heißen Brei herumzureden.

»Soll das ’n Witz sein?«

Es ist nicht so, dass ich es nicht verstehe. Das tue ich. Rick Downie ist ein seriöser Typ. Und seine Firma war anständig. Aber meine war besser und vor allem schneller. Nachdem wir ihn aus dem Geschäft gedrängt haben, hat er das, was übrig war, an Google verkauft. Es war also kein Totalschaden; er und sein Team bekamen Jobs in dem Behemoth. Und deshalb telefoniere ich jetzt mit ihm.

»Es geht nicht um mich.« Mein Mund ist trocken. Ich nehme die Dose mit dem Energydrink, aber sie ist leer.

»Nein, natürlich nicht. Das tut es doch nie, oder? Zum Beispiel wenn du mit einer Schluss machst, ist es nur zu ihrem Vorteil, nicht zu deinem.«

Okay, ich war auch mit seiner Schwester zusammen. Es hat nicht funktioniert. »Es geht um die Arbeit«, sage ich.

Eine Pause. Er weiß, für wen ich arbeite.

»Jemand ist in Gefahr«, füge ich hinzu und wiederhole, was Burke einst in der Nacht des Tsunamis zu mir sagte. »Eine junge Frau. Sie wurde gekidnappt. Mehr darf ich nicht sagen.«

»Ist es offiziell?«

Jetzt wird’s knifflig. Er würde einer offiziellen Anfrage eher zustimmen als einer persönlichen, aber sie bringt ihn und seinen Arbeitgeber trotzdem in eine schwierige Lage, da er die Privatsphäre ihrer Benutzer kompromittiert.

»Ja«, antworte ich, »und wir arbeiten gegen die Zeit.«

Rick seufzt. Wir waren jung, als ich mit Trish ausging. Ich setze darauf, dass er sich an diese Zeit erinnert und in seinem Herzen eine Verbindung zwischen seiner Schwester und einem entführten Mädchen herstellt, das er nie kennengelernt hat.

»Was brauchst du?«, fragt er schließlich.

Ich schließe die Augen und ramme meine Faust in die Luft.

Ich erkläre es ihm kurz und bündig. Er hört zu, während ich ihn über das Bild, das Google-Doodle, den Browser, die Uhrzeit und meinen Aufenthaltsort informiere. Dann sage ich ihm, was er mit diesen Informationen tun soll.

Möglicherweise habe ich mehr Zeit als nötig damit verbracht, Amandas panischen Gesichtsausdruck und ihre Fesseln zu beschreiben, aber ich möchte sichergehen, dass er mitmacht.

»Okay«, sagt er schließlich. »Das sind alle Informationen, die ich für das, was du willst, brauche. Bis auf eine Sache.«

O nein, nicht noch eine Sache. Ich dachte, wir würden das so hinkriegen. Es darf nicht wegen etwas scheitern, was ich in der Vergangenheit getan habe. Amandas Leben hängt davon ab.

»Ich brauche zuerst etwas von dir …«

»Ich weiß«, platzt es aus mir heraus, bevor er ausreden kann. »Ich verlange viel von dir. Und es tut mir wirklich leid, was mit Trish war. Sie ist großartig, das schwöre ich. Ich hab das mit ihr nicht zu schätzen gewusst, aber sie kann sich damit trösten, dass sie nichts verpasst hat. Die letzten paar Jahre waren nicht so toll.«

Es herrscht eine peinliche Stille. Dann macht Rick etwas, womit ich nicht gerechnet habe. Er lacht.

»Oh, glaub mir, sie vermisst nichts.« Er holt tief Luft. »Sie hat einen Kollegen bei SpaceX geheiratet. Sie waren sogar auf Musks Geburtstagsparty eingeladen.«

Ich kneife die Augen zu und reibe mir das Gesicht. Das ist nicht wahr! Das ist die reinste Folter. Hab ich gerade umsonst die Hosen runtergelassen?

»Hör zu«, sagt Rick, als sein Lachen verklingt. »Ich brauch von dir eine richterliche Anordnung nach dem Electronic Communications Privacy Act. Du bittest hier um eine Liste von potenziell benutzeridentifizierenden Informationen. Beim Thema Datenschutz und Regierung sind mir im Moment die Hände gebunden. Davon abgesehen … ich weiß deine Entschuldigung zu schätzen. Und ich weiß, dass du eine harte Zeit hinter dir hast.«

Ich zögere. Diese Anordnung zu erwirken kostet Zeit, und die ist knapp. Wenn Rick nichts unternimmt, bis wir einen Richter aufgetrieben haben, der uns eine ausstellt, könnte die Antwort zu spät kommen, um Amanda zu retten.

Ich weiß nicht, was ich tun soll.

Als Rick wieder spricht, schwingt da eine Freundlichkeit in seiner Stimme mit, von der ich nicht sicher bin, ob ich sie verdiene. »Was du jetzt tust, Will, dass du Menschen hilfst, das ist eine gute Sache. Ich bin froh, dass du's tust. Also, ich sag dir was: Während du diese Anordnung besorgst, fange ich mit der Datenerfassung an. Du redest hier davon, einen Berg von Daten bei der Suche nach einem Kieselstein zu verrücken. Es wird ohnehin eine Weile dauern. Ich ping dich an, wenn ich fertig bin. Und Will? Danke.«

Er legt auf.

Ich atme tief ein und lasse die Luft langsam durch die zusammengepressten Lippen wieder ausströmen. Mein Gesicht ist heiß, und in meinen Ohren klingelt es. Ich blicke wieder aus dem Fenster auf das Convention Center. Auf die großen Hotels. Die Bürogebäude. Jenseits des Stadtzentrums erstrecken sich kilometerlange Vorstädte.

Amanda Caplan könnte überall sein, aber jetzt sind wir unterwegs zu ihr.

24

Decker ist schon da, als ich im Revier ankomme. Er hat in einem der Konferenzräume sein Lager aufgeschlagen. Vor ihm auf dem Tisch liegen ein Block und Papier mit gekritzelten Notizen neben dem Dienstlaptop.

Im Rest des Stockwerks ist es ungewöhnlich ruhig. Zwei Ermittler sitzen an ihren Schreibtischen und tippen auf ihren Computertastaturen. Keine Spur von Dana.

»Schön, dass Sie uns Gesellschaft leisten.« Decker blickt nicht hoch, als ich eintrete.

»Es war eine lange Nacht. Wo ist Dana?«

»Detective Lopez bringt Farber her.« Decker grinst. »Sie müsste jeden Moment hier auftauchen.«

Griffon und Nassar kommen als Nächstes an, sie sehen spektakulär ausgeruht aus, und jeder von ihnen hält einen Pappkaffeebecher in der Hand. Ein vertrautes grünes Logo leuchtet zwischen ihren Fingern.

»Wow!« Ich hebe die Hand, als sie den Raum betreten. »Es gibt hier Starbucks?«

Nassar lacht glucksend. »Amanda Caplans Hotel

liegt am Flughafen. Keine Sorge, Will, Sie haben nichts verpasst. Das hier«, sie hebt den Pappbecher, »stammt aus einem Automaten in der Lobby.«

»Vergessen wir den verdammten Kaffee«, knurrt Decker. »Was haben Sie herausgefunden?«

Er ist heute sehr nervös und reizbarer als sonst.

»Wir hatten Glück«, sagt Griffon. »Wir kamen gerade an, als Schichtwechsel war. Der Portier der Frühschicht hat sich an Amanda erinnert. Sie hat sehr früh eingecheckt, hat gesagt, sie käme direkt vom Flughafen.«

»Warum ist sie nicht im selben Hotel abgestiegen wie ihr Vater?«, überlegt Decker laut. »Es liegt in der Innenstadt und ist dichter am Convention Center.«

Nassar zuckt mit den Schultern. »Vielleicht war die Scheidung hässlich, und sie wollte nicht so nah bei ihrem Vater wohnen. Angespannte Beziehungen. Wär doch möglich.«

»Oder er wollte sie beschützen«, wirft Griffon ein. »Er wollte hier schließlich das Fukushima-Einhorn verkaufen. Ihm muss das Risiko bewusst gewesen sein.«

»Oder sie hat einfach zu spät gebucht«, überlege ich laut, »und es war schon ausverkauft.«

»Gut, sie war also im Hotel«, sagt Decker. »Was dann?«

»Wir wissen nur, was uns der Typ an der Rezeption erzählt hat.« Nassar stützt die Hände auf die Hüften. »Es gibt da überhaupt keine Überwachungskameras. Und wegen der Lage am Flughafen hängen dort auch keine Leute in der Lobby rum. Ergo, keine anderen Zeugen.«

»Er hat gesagt, dass sie nur ihre Tasche aufs Zimmer gebracht hat und sofort wieder verschwunden ist«, erklärt Griffon.

»Wie?«, fragt Decker. »Hatte sie einen Mietwagen?«

»Nein. Jemand hat sie mit einem Auto abgeholt. Der Angestellte glaubt, es war einer dieser Wagen von diesen Chauffeurdiensten. Es war kein Taxi, aber Amanda ist hinten eingestiegen. Unauffälliges Fahrzeug. Limousine. Hell, möglicherweise grau, silberfarben oder auch beige. Der Typ war nicht sehr präzise, und auf das Nummernschild hat er nicht geachtet.«

Ich zücke mein Handy. »Es kann nicht viele Chauffeur-Apps in dieser Stadt geben.«

»Das haben wir uns auch gedacht«, meint Griffon, »also haben wir das schon gecheckt.«

Nassar bemerkt meinen Blick und gibt mir mit einem Nicken zu verstehen, dass Griffon ein verlässlicher Agent ist.

»Es gibt nur eine«, fährt er fort. »Ich hab sie gestern Abend angerufen, und der technische Support hat sich heute Morgen bei mir gemeldet. Sie hatten gestern eine Fehltour zu Amandas Hotel, fünf Minuten nachdem sie abgeholt wurde. Als der Fahrer den Fahrgast kontaktieren wollte, war die Anfrage bereits gelöscht. Er hielt das für eine Störung im System und hat ein Trouble-Ticket gebucht. Wenn der Hotelangestellte sie in ein Auto hat einsteigen sehen und es kein Wagen von diesem Chauffeurdienst war, müssen es die Entführer gewesen sein.«

»Was ist mit den Geschäften in der Gegend? Vielleicht bekommen wir Videomaterial?«, schlägt Decker vor.

»Wir haben uns umgesehen. Da war eine Tankstelle mit einer Kamera, aber die ist nicht zur Straße ausgerichtet.« Nassar deutet mit dem Kopf auf die Tür. »Ihnen ist vielleicht schon aufgefallen, dass dies nicht gerade Midtown Manhattan ist.«

Decker löchert Griffon und Nassar weiter wegen der Aussage des Rezeptionisten, aber es ist sinnlos, das bringt uns nicht weiter. Wer auch immer Amanda gekidnappt hat, hat es am helllichten Tag durchgezogen und sich als Fahrer eines Chauffeurdienstes ausgegeben. Dreist. Und verdammt raffiniert. Ohne Gewalt. Und ohne Gegenwehr. Er hat sie einfach eingeladen.

Aber die Computer einer Chauffeurdienst-Agentur zu hacken scheint mir für Golowtschenko eine zu anspruchsvolle Aufgabe.

Mein Telefon summt. Bradley hat noch mehr Informationen über Hicks. Er ist vor zwei Tagen hier eingeflogen und hat in ein Hotel eingecheckt. Das war's. Mehr konnte er ohne richterliche Anordnung nicht herausfinden, ohne Hicks über unsere Recherche zu alarmieren.

Aber das reicht nicht. Ich brauche mehr.

»Griffon, ich brauche ein paar richterliche Beschlüsse.«

Decker wirft mir einen finsteren Blick zu. Offenbar war er mit seiner Befragung noch nicht fertig, obwohl er sich ständig wiederholt hat.

»Okay, legen Sie los, und ich seh, was möglich ist.« Griffon holt sein Handy hervor, um sich Notizen zu machen.

Ich beginne mit der Google-Anfrage. Es ist die wichtigste, und es kostet vielleicht etwas Zeit, um eine richterliche Anordnung zum Electronic Communication Privacy Act zu bekommen. Rick hatte recht, die Privatsphäre der Nutzer ist ein heißes Thema. Aus irgendeinem Grund ist es in Ordnung, dass Werbetreibende alles über einen wissen, von sexuellen Vorlieben bis hin zu der Frage, wo man sein Essen bestelle. Aber sobald die Justiz, die für die Sicherheit der Bürger sorgt, etwas wissen muss, wie zum Beispiel, wer einen Chauffeurdienst benutzt, scheißen sich die Leute ins Hemd.

»Und weiter?«, fragt Griffon, während er die Notizen auf seinem Telefon abschließt.

»Ich brauche einen ›Sneak-and-Peek‹-Durchsuchungsbeschluss für Martin Hicks' Hotelzimmer.« Ich will nicht, dass Hicks von unserem Interesse an ihm erfährt, und so ein Durchsuchungsbeschluss erlaubt uns, sein Zimmer zu durchsuchen, wenn er nicht da ist.

Decker brummt etwas, äußert sich aber nicht. Er hat selbst gesagt, ich könnte Hicks abklopfen, und das mach ich auch. Aber an der Art, wie er sich auf die Lippe beißt, erkenne ich, dass es ihm lieber wäre, wenn ich mit ihm weiterhin Jagd auf Dragoniis mache.

»Ich kümmer mich drum«, verspricht Griffon. »Es kann ein bisschen dauern, bis ich einen ›Sneak-and-Peek‹ bekomme, aber keine Sorge, das krieg ich hin.« Er notiert sich die Details und sucht sich dann einen ruhigen Ort, um zu telefonieren und das juristische Räderwerk in Gang zu setzen.

»In der Zwischenzeit müssen wir herausfinden, wo Hicks letzte Nacht war«, sage ich. »Wir sollten in seinem Hotel herumfragen.« Decker ist ohnehin schon verärgert, da können wir auch gleich alles aus dem Weg räumen.

In dem Moment gibt es einen Tumult vor den Türen zum Einsatzraum. Eine kleine Menschenmenge strömt aus den Aufzügen. An der Spitze geht Dana mit Farber, dessen Hände hinter seinem Rücken gefesselt sind. Zwei grimmige Uniformierte folgen ihnen.

»Ich überprüfe das, während ihr beiden diesen Farber befragt«, schlägt Nassar vor.

Ich hole Dana ein, als sie Farber in einen der Verhörräume führt und die Tür hinter ihm schließt.

»Guten Morgen, Agent Parker.«

Agent Parker? Was ist mit Will passiert?

Sie packt meinen Arm. Für einen Beobachter ist das eine einfache Geste der Kameradschaft, aber der Druck, den sie ausübt, spricht für mehr. Als ich ihr letzte Nacht von Bruce Sterling und Kate Mason erzählt habe, hat es sich angefühlt, als hätten wir eine Verbindung. Eine tiefere Verbindung als zwischen zwei Cops, die am selben Fall arbeiten. Vielleicht war das aber nur Wunschdenken.

Bevor ich etwas erwidern kann, drängt sich Decker zwischen uns. Er will in den Beobachtungsraum neben dem Verhörzimmer. »Keine Sorge, Parker, wir finden Amanda und können dann endlich mit dem weitermachen, warum wir hier sind.«

»Ich bin mir nicht mehr sicher, ob es Farber war«, erwidere ich.

»Was zum Teufel soll das?«, platzt es aus Decker hervor, und er starrt mich wütend an.

»Wie bitte?« Dana schüttelt den Kopf. »Sie haben doch bewiesen, dass er da war.«

»Das stimmt, und er war auch wirklich da«, entgegne ich. »Aber er hat definitiv nicht das Fukushima-Einhorn, und Amanda hat er mit ziemlicher Sicherheit auch nicht entführt.«

»Von wegen!«, knurrt Decker. »Ich beweis Ihnen das Gegenteil.«

Dana ist etwas geduldiger. »Warum nicht?«, fragt sie.

»Farber kennt Caplan. Es ist nicht ihre erste gemeinsame Con.«

Es tritt eine lange Pause ein, in der sie verdauen, was ich gerade gesagt habe.

»Scheiße!« Dana reibt sich die Stirn. »Er weiß, dass Caplan ein einsamer Wolf ist und keinen Assistenten hat.«

»Selbst wenn er ein Bieter wäre, wüsste er, dass ihm die Entführung von Amanda nichts bringt«, bringt Decker es auf den Punkt und schlägt mit der Faust in die andere Handfläche.

»Er könnte trotzdem ein Mörder sein, Agent Decker«, gibt Dana zu bedenken. »Mir ist schon klar, dass es Ihnen nur darum geht, den Hacker zu erwischen, und dass Parker hinter seinem Einhorn her ist. Aber ich muss noch einen Mordfall abschließen.«

Es dauert einige Zeit, bis Farbers Anwalt, ein Typ mit gebleichten Zähnen, falscher Sonnenbräune und einem Zehntausend-Dollar-Anzug, vom Golfplatz den Weg hierher findet. Dana verrät mir, dass er eine wichtige lokale Größe ist, genau der Kerl, den man bei einem Typen wie Farber als Rechtsverdreher erwartet.

Dana übernimmt die Befragung, Decker und ich sehen ihr durch den Einwegspiegel des altmodischen Beobachtungsraums zu. Chief Wilmont lässt sich heute nicht blicken, was mich nicht überrascht. Farber ist politisch ein heißes Eisen, an dem sich der Chief nicht die Finger verbrennen will.

»Mr. Farber, wo waren Sie am Donnerstagabend?«, fragt Dana und legt ihren Stift beiseite. Sie hat ihr

Notizbuch vor sich liegen, aber sie schaut nicht darauf. Sie sieht ihn direkt an. Und bringt ihn ins Schwitzen.

»In meinem Büro, ich habe lange gearbeitet. Und da sollte ich jetzt auch sein, um mich um meine Veranstaltung zu kümmern, und nicht hier, um die Fragen einer *Politesse* zu beantworten.«

Vom Start weg feindselig, gewürzt mit Sexismus. So würde ich ein Verhör nicht beginnen. Der Anwalt sieht das offensichtlich genauso, denn er berührt ruhig den Ellbogen seines Mandanten. Dana nimmt es mit Fassung, zuckt nicht mal mit der Wimper. Das ist nicht ihr erstes Rodeo.

»Um wie viel Uhr haben Sie Ihr Büro verlassen?«, fragt sie weiter.

»Um Mitternacht.«

»Wo sind Sie dann hingegangen?«

»Nach Hause.«

»Direkt nach Hause?«

»Ja.«

»Sind Sie sicher, dass Sie nirgendwo anders hingegangen sind? Oder irgendwo angehalten haben?«

»Mein Mandant hat die Frage bereits beantwortet«, greift der Anwalt ein. »Ihn seine Antwort wiederholen zu lassen ist Schikane.«

Dana lacht. »Genau genommen ist das einfach nur Gründlichkeit.«

»Es sei denn, er macht von seinem Recht Gebrauch, die Aussage zu verweigern.«

»Gut. Wir können die Befragung überspringen und direkt zu den Beschuldigungen übergehen.«

»Und das wären zum Beispiel?«, fragt der Anwalt.

»Nur Geduld«, erwidert Dana. »Also, Mr. Farber, beantworten Sie die Frage.«

Diesmal nickt der Anwalt.

»Ich bin direkt nach Hause gegangen.« Farber ist sichtlich genervt.

Dana legt ihm ein Bild von Caplan vor. »Erkennen Sie diesen Mann, Mr. Farber?«

»Sollte ich?«

»Sagen Sie es mir.«

»Ich glaube, er gehört zu den Verkäufern. Auf der Comic Con. Er handelt mit diesem Schrott, den diese Leute kaufen. Er ist ein Beduine.«

»Ein was?«, fragt Dana.

»Ein Beduine«, mischt sich der Anwalt herablassend ein. »Das ist ein Nomadenvolk im Nahen Osten.«

»Ein Zigeuner.« Farber spuckt das Wort angewidert aus.

»Sie meinen einen Angehörigen der Roma?«

»Sie wissen, was ich meine!«

»Klar.« Dana blickt auf das Foto. »Dann sagen Sie mir, Mr. Farber: Hatten Sie irgendwelche Probleme mit Mr. Caplan?«

»Ich weiß nicht, was diese Frage an meinen Mandanten soll«, behauptet der Anwalt.

Dana holt ein weiteres Bild von Caplan hervor. Ein Foto von der Obduktion. Sein Schädelkamm ist zerschmettert, eine lange rote Wunde, nachlässig zugenäht.

»So sieht er jetzt aus«, sagt Dana.

»Das ist der Typ? Aus der Toilette im Convention Center?«, platzt Farber heraus. »Sie fragen mich nach *ihm*? Warum mich? Ich gebe mich nicht mit diesen Leuten ab, ich kassiere nur ihre Schecks.«

Farber hält inne, als der Anwalt noch einmal seinen Arm berührt.

»Dieser Anwalt nimmt den Schwung heraus«, sage ich zu Decker. »Er nimmt den Druck von Farber und gibt ihm zu verstehen, dass er sich abkühlen soll.«

»Wir brauchen etwas, das ihn wirklich aus dem Konzept bringt«, meint Decker. »Wir müssen ihn dazu bringen, die Kontrolle zu verlieren. Was haben wir gegen ihn in der Hand?«

Abgelenkt durch die Bildanalyse auf dem Erpresserfoto habe ich nie die Informationen gelesen, die Bradley über Farber ausgegraben hat. Das mache ich jetzt.

»Charles Farber. Zweiundfünfzig Jahre alt. Geboren und aufgewachsen in St. Petersburg, Florida. Universitätsabschluss. Zog danach hierher. Besaß und betrieb im Laufe der Jahre verschiedene Geschäfte, zuletzt eine chemische Reinigung, bevor er 2009 in die Immobilienbranche wechselte. Gutes

Timing. Er kaufte Immobilien in der ganzen Stadt, meist gewerbliche, und wandelte sie in Mietobjekte um. Regelmäßige Einkünfte. Keine Steuerschulden. Vorbildlicher Bürger.«

»Das kauf ich ihm nicht ab«, brummt Decker. »Er ist niemals sauber.«

»Geben Sie mir ’ne Minute.«

Als ich mir die Details anschaue, fällt mir das Tempo der Immobilienkäufe auf. Es ist ziemlich hoch, selbst für 2009. Auf dem Höhepunkt der Finanzkrise haben die Banken drastische Schritte unternommen, um ihr Risiko zu reduzieren. Eine Zeit lang vergaben sie keine Kredite mehr, insbesondere nicht für Immobilien. Sie waren zu sehr damit beschäftigt, sich aufs Armageddon vorzubereiten.

Ich: Farber. Steuerliches Einkommen vor 2009?

Bradley W: Die Geschäfte schrieben alle schwarze Zahlen. Nettobetrag etwa 100 Riesen.

Ich: Wert der aktuellen Immobilien?

Bradley W: Im Besitz von Farber, 10 Mio. Dollar. Im Besitz seines REIT, 200 Mio. Dollar.

Ein REIT, ein Real-Estate Investment Trust, ist ein Fonds, der mit dem Geld von Investoren Immobilien kauft. Das erklärt, wieso er 2009 so viele aufkaufen konnte. Er hat sich nicht an Banken gewandt. Der Fond unterhält und verwaltet die Immobilien. Die Investoren besitzen jeweils einen Prozentsatz des

Gesamtwerts, basierend auf ihrer ursprünglichen Investition.

Woher hatten sie mitten in der Finanzkrise so viel Kapital? Und wer waren die ursprünglichen Investoren von Farber?

Ich: Investoren? Im Bericht steht davon nichts.

Bradley W: Kam gerade vom Finanzamt rein. Ausländer. Israelis.

Ich: Legal?

Bradley W: Yepp. Tekkies, die Schutz suchen.

Das klingt logisch. Der Techsektor in Israel boomt, besonders im Bereich Industrie- und Securitysoftware. Viele Leute in Tel Aviv führen große Firmen und scheffeln einen Haufen Geld. Aber Israel ist immer noch Israel, umgeben von Feinden, die sie ins Meer drängen wollen und so weiter. Also wollen wohlhabende Israelis, wie die Reichen in jedem politisch instabilen Land, ihr Geld irgendwo sicher anlegen. Im Ausland.

Ich setze Decker ins Bild.

»Farber hat so eine Operation hier hochgezogen? Für Israelis? Und ist von chemischer Reinigung in Senatorenkreise aufgestiegen?« Decker schüttelt den Kopf. »Millionen Dollar mit dem Geld anderer Leute.« Er geht zu dem Spiegelfenster und starrt hindurch, als hätte er einen Laserblick, der das Glas schmelzen würde. »Leute, die so weit weg vom

Schuss sind, kümmern sich nur um die Sicherheit ihrer Investitionen. Russen steckten ihre Milliarden in New Yorker Immobilien, und das, ohne Aufmerksamkeit zu erregen. Aber Farber genießt es, eine große Nummer zu sein. Irgendwas passt da nicht.«

Ich: Warum veranstaltet Farber eine Comic Con? Er ist eindeutig kein Fan.
Bradley W: Weil er Geld brauchte? Medienberichten zufolge hatte er einen Deal abgeschlossen. Hat das alte Gerichtsgebäude vom Bezirk gekauft, wollte es in Ordnung bringen und dann an sie zurückvermieten. Der Umbau dauerte zu lange. Das County hat einen Rückzieher gemacht. Es hat etwas Billigeres gebaut und Farber auf dem Trockenen sitzen lassen.
Ich: Mit REIT?
Bradley W: Nein. Das war sein eigenes Geschäft.

Im Verhörraum beugt sich Dana vor.

»Die Sache ist die«, sagt sie. »Wir wissen, dass Sie lügen, was die Nacht angeht, in der Roger Caplan auf Ihrer Veranstaltung der Schädel eingeschlagen wurde. Warum sagen Sie nicht die Wahrheit und verraten mir einfach, wo Sie waren?«

»Schon wieder dieses Thema? Ihr verschwendet meine Zeit, und im Gegensatz zu euch ist meine Zeit kostbar.« Farber steht mit gespielter Bravade auf. »Ich bin weg hier.«

»Setzen Sie sich!«, sagt Dana völlig ruhig. »Wir sind noch nicht fertig.«

»Wenn Sie nichts Neues zu sagen haben, Detective«, erwidert der Anwalt, »denke ich, dass wir genau das sind.«

Es klopft an der Tür hinter Decker, ein Uniformierter kommt mit einigen großen durchsichtigen Plastiktüten herein, die mit kleinen glänzenden Gegenständen gefüllt sind. Als er sie auf einem Tisch an der Wand abstellt, klirren sie metallisch.

»Was ist das?«, fragt Decker.

»Ich hab das Zeug im Kofferraum seines Autos gefunden«, sagt der Uniformierte. »Ich dachte, Sie wissen vielleicht, was es ist.«

Durch das transparente Plastik erkenne ich sofort, worum es sich da handelt. Ein »Heiligtümer des Todes«-Anstecker. Eine Time-Turner-Halskette. Schmuckstücke aus Kettengeflecht. Messingfarbenes Steampunkzeug. Alles Dinge, die man normalerweise auf Comic Conventions verkauft.

Ich zeige Decker die letzten SMS von Bradley und erkläre ihm, was in den Tüten ist.

»Endlich«, sagt Decker. »Ich hab allmählich genug von dem ganzen Scheiß.«

Er schnappt sich eine der Tüten vom Tisch und stürmt hinaus. Einen Moment später sehe ich durch den Spiegel, wie er den Verhörraum betritt und die Tüte vor Farber auf den Tisch wirft. Der fährt zurück.

»Was ist das für ein Mist?« Farber lässt sich auf den Stuhl zurücksinken.

»Sagen Sie's mir!«, knurrt Decker. »Wir haben es im Kofferraum Ihres Wagens gefunden.«

»Wer sind Sie?«, erkundigt sich der Anwalt.

Während Decker sich genüsslich als Special Agent des Federal Bureau of Investigation zu erkennen gibt, sitzt Dana stocksteif da und starrt Farber an, der auf seinem Stuhl herumrutscht. Dana starrt ihn unbeirrt weiter an, um ihm zu zeigen, dass sein Machogehabe nicht funktioniert. Er blickt immer noch finster drein, aber sein Zappeln verrät, dass er unter Druck steht.

»Also, Mr. Farber, woher haben Sie diesen ›Mist‹?«, will Decker wissen.

»Keine Ahnung, vielleicht gehört es meiner Frau«, sagt er achselzuckend und hebt die Hände. »Ich weiß nicht, was das ist.«

»Das glaube ich Ihnen«, erwidert Decker. »Denn ich verstehe auch nichts von dem Zeug. Aber ich weiß, wo es herkommt, und das wissen Sie auch.«

Farber schweigt.

»Ich will es Ihnen mal verdeutlichen.« Decker hebt die Hände wie ein Hollywoodregisseur, der einen Filmausschnitt einrahmt. »Es ist spät in der Nacht. Der erste Tag der Comic Con ist vorbei. Die Verkäufer haben alle ihre Stände aufgebaut. Auftritt Charles Farber. Nachdem alle nach Hause gegangen sind, schlendern Sie durch die Gänge, um ein wenig

›einzukaufen‹. Sonderangebote. Fünf-Finger-Sonderangebote, genauer gesagt. Sie nehmen alles mit, was Sie für teuer halten. Ist das deutlich genug?«

»Sie haben hoffentlich etwas, um Ihre haltlosen Anschuldigungen zu untermauern«, wirft der Anwalt bissig ein. Aber er bricht das Verhör nicht ab.

»Ich habe Zeugen.«

»Sie lügen«, behauptet Farber.

»Und ich habe das da.« Decker zeigt auf die Plastiktüte.

»Die gehört mir nicht.«

»Hallo, in welchem Jahrhundert leben Sie? Schon mal was von Fingerabdrücken gehört?«, höhnt Decker.

»Was soll ich denn mit diesem Müll?« Farber wechselt die Taktik.

»Sie sind pleite«, sagt Decker.

»Verdammte Lügen!«, behauptet Farber erneut. »Das wünschen Sie sich vielleicht, weil Sie neidisch sind. Mit dem bisschen Gehalt eines Polizisten kommt man nicht weit, oder?«

Decker beugt sich ruckartig vor, stützt sich auf den Tisch und schiebt sein Gesicht direkt vor das von Farber. »Wir haben Augenzeugen, die in jener Nacht dort waren. Sie haben Schreie gehört, einen Streit, aus den Waschräumen, wo Roger Caplan ermordet wurde. Und wissen Sie, was sie kaum eine Minute später gesehen haben?«

»Keine Ahnung.«

»Wie Sie weggelaufen sind, als wär der Teufel hinter Ihnen her! Sie haben Caplan getötet und sind dann abgehauen!«

»Das war ich nicht, Sie verlogener Prolet!« Farber versucht immer noch, sich mit einer großen Klappe herauszureden. Im Notfall sagt man etwas Schockierendes, um von der Antwort abzulenken. Das funktioniert vielleicht bei Politikern, aber nicht wenn man einen der härtesten Brocken des FBI vor sich hat. Und schon gar nicht, wenn man schuldig ist.

Ich muss mir ein Lachen verkneifen, weil ich weiß, was jetzt kommt.

Decker lächelt, so kalt wie ein Gletscher. Das Auge des Zyklons. Ich würde schwören, dass er es genießt.

»Das alte Gerichtsgebäude«, sagt er leise, »das haben Sie gekauft. Nicht Ihre Investoren. Sie wollten den Profit ganz für sich allein einstreichen. Aber Sie haben es vermasselt. Sie haben zu viel reingesteckt, und jetzt will das County es nicht mehr.« Er redet bedächtig und starrt Farber dabei unentwegt in die Augen. Farber muss zu ihm aufsehen. »Also haben Sie das gemacht, was jeder schmierige Geschäftsmann machen würde. Sie haben Ihre Investoren bestohlen. Sie haben Peter beraubt, um Paul zu bezahlen.« Decker beendet seine Rede, indem er mit dem Finger auf Farbers Brust zeigt.

Ich halte den Atem an. Das ist eine begründete Mutmaßung. Wenn er sich für die Renovierung eines Gebäudes verschuldet hat, das er nicht vermieten kann, muss er es irgendwie ausgleichen. Ein paar Sammlerstücke dürften da kaum reichen. Also »borgt« er sich etwas vom REIT und versucht, es mit den Erlösen aus seinen Diebstählen zurückzuzahlen, bevor ihm seine Investoren aus Übersee auf die Schliche kommen. Was erklärt, warum er so verzweifelt darauf bestanden hat, dass die Show weitergeht.

Das einzige Problem ist, dass wir keine direkten Beweise dafür haben, dass Farber die REIT-Investoren bestohlen hat.

»Sie zahlen es seitdem zurück.« Decker geht langsam um den Tisch herum. »Sie veranstalten diese Convention. Sie stehlen Sammlerstücke, die Sie für schnelles Geld verkaufen wollen, um Ihren protzigen Lebensstil aufrechtzuerhalten. Wie tief stecken Sie drin? Eine Million? Zwei? Dann taucht Caplan auf. Wenn sich herumspricht, dass Sie der Dieb sind, ziehen die anderen Händler ab. Keine Händler bedeutet weniger Fans, bedeutet weniger Geld. Und ehe man sich versieht, implodiert die ganze Sache, und Sie stehen da mit der Hand in der Keksdose von Tel Aviv.«

»Nein«, widerspricht Farber. Leise.

»Caplan hat Sie auf frischer Tat ertappt. Und Sie als armseligen Dieb entlarvt!« Deckers Stimme dröhnt in dem hallenden Raum.

»Nein!«

»Sie haben sich gestritten. Sich geprügelt!« Decker steht jetzt neben Farber. »Sie haben ihm den Kopf gegen den Waschtresen gerammt und ihm dabei den Schädel zertrümmert.«

»Nein!«

»Sie haben ihn blutend zurückgelassen. Sie haben ihn dort sterbend zurückgelassen!« Decker knallt die Handflächen auf den Tisch. »Sagen Sie die Wahrheit! Genau so ist es passiert. Sie haben ihn umgebracht!«

»Nein!«, brüllt Farber.

»Pah!«, sagt Decker abfällig und geht zur Tür. »Wir haben die Beweise, die wir brauchen. Buchten Sie ihn wegen Mordes ein, Detective. Er kann bis Montag in seiner Zelle schmoren.«

Farber fährt zu seinem Anwalt herum, der nur mit den Schultern zuckt. Ich verstehe. Der Typ ist kein Strafverteidiger. Er ist Anwalt für Wirtschaftskriminalität. Ich wette, er hat noch kein einziges Mal in seiner Laufbahn einen Ladendieb verteidigt, geschweige denn einen Mordfall verhandelt.

»Warten Sie!« Farber lässt die Schultern hängen und die Hände in den Schoß sinken. »Was wollen Sie?«

Decker bleibt an der Tür stehen und dreht sich um. »Ich will wissen, was passiert ist.«

»Ich hab den Kerl nicht umgebracht«, behauptet Farber.

»Okay, dann erzählen Sie uns, was da passiert ist«, ergreift Dana die Initiative.

»Moment.« Der Anwalt kommt endlich wieder zu Atem. »Wenn Mr. Farber kooperiert, welche Sicherheit haben wir, dass er freigelassen wird?«

»Falls er sich nicht des Mordes schuldig gemacht hat? Wenn er das gestohlene Eigentum zurückgibt, belassen wir es vielleicht bei einer Verwarnung«, antwortet Dana.

»Okay«, lenkt Farber ein. »Ich weiß nicht, wer den Kerl getötet hat, aber ich kann Ihnen erzählen, was ich gesehen habe.«

25

Farber mag schleimig und unausstehlich sein, aber er ist nicht dumm. Während Dana ihn über den Tisch im Verhörraum hinweg anstarrt und Decker sich über seine Schulter beugt, nimmt er sich eine Minute Zeit, um seine Gedanken zu sammeln. Dana hat ihm einen Ausweg aufgezeigt, und er wird ihn nutzen. Kerle wie er tun das immer.

Während Farber über seine unmittelbare Zukunft nachdenkt, checke ich die Uhrzeit auf meinem Handy und überschlage etwas im Kopf, was ich schon millionenfach berechnet habe: Ich addiere die Stunden zur Tokioter Zeit. Dort ist Nacht. Eine gute Zeit, um Akito zu erwischen, wenn er gerade ein paar Spiele macht.

Wie sich herausstellte, ist Ashley Brewster, das junge Mädchen, das wir bei Wasteout 3 erwischt haben, süchtig nach Big Fish Pyramid. Ihrer Meinung nach schaffen es nicht viele über Level 42 hinaus, weil es da einen Fehler im Spiel gibt, aber sie hat rausgefunden, wie man ihn umgehen kann.

Cleveres Mädchen.

Ich schicke Akito kurz eine Nachricht, wie man

Level 42 überwindet. Es gibt keine bessere Quelle als ihn, um zu erfahren, ob und wie Caplan das Fukushima-Einhorn nach Amerika geschmuggelt hat. Akito ist auf jeden Fall schneller als irgendwelche formellen Anfragen beim Außenministerium oder Interpol, und er hat Zugang zu dem, was ich brauche, ohne bürokratische Hürden auf japanischer Seite überwinden zu müssen. Er wird erst das Level beenden und dann die Informationen zusammenstellen. Obwohl meine Anfrage sehr spezifisch war, muss er vielleicht ein bisschen graben.

Akito lebt nach seinem eigenen Zeitplan. Es nützt nichts, ihn zur Eile zu drängen. Was nicht heißt, dass es nichts zu tun gibt.

Farber scheint endlich weitermachen zu wollen, obwohl er mit seinen gefalteten Händen und den hängenden Schultern erheblich nervöser aussieht als vorher. Vielleicht hat er seine Lage jetzt vollständig erfasst. Seine israelischen Investoren werden von seinen Schwierigkeiten mit der Polizei im Zusammenhang mit einem Mord erfahren. Ich frage mich, wie lange es dauert, bis sie seine Veruntreuung aufdecken, wenn sie anfangen sollten, ihr Geld abzuziehen. Und dann steckt er in echten Schwierigkeiten. Nur weil seine Investoren legal sind, heißt das nicht, dass sie sich alles gefallen lassen.

»Was wollen Sie wissen?« Er sieht Dana finster an. Blickkontakt mit Decker vermeidet er. Der steht mit verschränkten Armen an der Wand.

Deckers Äußeres ist schon einschüchternd genug, aber ihn ständig im Augenwinkel zu sehen würde sogar mich stressen.

»Alles«, sagt Dana. »Sagen Sie mir, wie Sie überhaupt reingekommen sind.«

»Ich hab vor Jahren mal einem Wachmann einen Tipp gegeben, und er hat mir von einem Weg durch den toten Winkel erzählt.«

»Was ist mit dem Opfer? Roger Caplan? Wo haben Sie ihn gesehen?«

»Am Ende von Reihe K.«

»Wo ist Reihe K?«

»Eine Reihe hinter der, in der Caplan seinen Stand hatte.« Er seufzt frustriert. »Er kam aus diesem Gang und wollte zu den Waschräumen.«

»Hatte er etwas bei sich?«

»Eine schwarze Stofftasche mit so einem Geek-Aufdruck, irgendeine Werbung.«

»Was hat er mit der Tasche gemacht?«

»Er hat sie mit auf die Toilette genommen.«

»Was war da drin?«

»Woher soll ich das wissen?«

»Sie haben nicht gesehen, woher genau er kam?«, erkundigt sich Dana.

»Nein, ich sagte doch, ich hab ihn nur am Ende der Reihe gesehen. Durch diesen Gang gehe ich nie.«

»Warum nicht?«

Farber lässt den Kopf hängen und schaut auf seine Hände, die er auf dem Tisch unablässig knetet. »Da gibt es eine Überwachungskamera.«

»Aber das hatten Sie doch alles schon mit dem Wachmann abgeklärt«, mischt sich Decker ein.

»Ich red nicht von den Kameras im Convention Center.« Farbers Tonfall verrät, dass er Decker für einen Idioten hält. »Es gibt da eine oben an einer dieser Schrottbuden.«

Dana spitzt die Ohren. Sie erinnert sich offensichtlich an die Kameraattrappe, mit der sich Webb Diebe vom Hals halten will. Die er angeblich nie angeschlossen hat, sondern nur zur Abschreckung aufgestellt hat, wie diese Balkonkrähen.

»An der Wand hinter Caplans Stand?«, fragt sie. Ihr Ton ist gelassen, aber ich sehe, wie sie die Schultern anspannt. »Sind Sie sicher, dass sie aktiv war?«

»Hab ich das nicht gerade gesagt?«

»Woher wussten Sie das?«

»Die LED hat geleuchtet. An der Rückseite, wo das Netzkabel eingesteckt wird.«

»Sie hat geleuchtet?«

»Wie hätte ich es sonst sehen sollen?« Farber hebt gereizt die Hände.

»Antworten Sie einfach«, ermahnt ihn Decker.

»Dann stellen Sie nicht solche dummen Fragen«, blafft Farber. Sein Anwalt legt ihm erneut beschwichtigend die Hand auf den Ellbogen, aber er schüttelt sie ab. »Wen interessiert schon dieses oder jenes Licht? Das ist nicht wichtig.«

»Dann erzählen Sie mir, was wichtig ist«, fordert Dana ihn auf.

»Nachdem ich Caplan mit der Tasche im Bad habe verschwinden sehen, bin ich weiter durch den Gang gelaufen.«

»Um zu stehlen«, stellt Decker klar.

»Ich nenne es lieber sammeln.« Farber verengt die Augen zu Schlitzen.

»Was ist dann passiert?«, fragt Dana.

»Geschrei. Ein Streit.«

»Konnten Sie hören, worum es ging?«

Farber denkt nach, reibt sich das Kinn und schließt die Augen. »Ich würde sagen … jemand war verärgert, weil man ihn reingelegt hat. Es ging um einen Deal, aber das ist alles, was ich verstanden habe. Es war mir zu laut und zu dramatisch, also bin ich verduftet, so schnell ich konnte. Ich kann Ihnen wirklich nicht sagen, was da noch mehr passiert ist.«

»Wo sind Sie hingegangen?«, fährt Dana fort.

»Sie wollten etwas über diesen Caplan hören. Das habe ich Ihnen gesagt.«

»Und ich habe gesagt, Sie sind fertig, wenn ich es sage.« Dana lehnt sich zurück und verschränkt die Arme. »Ich habe den ganzen Tag Zeit. Und die ganze Nacht. Und morgen ebenfalls den ganzen Tag. Sie auch?«

Es herrscht eine lange angespannte Stille. Dana sitzt vollkommen gelassen da. Decker betrachtet lässig seine Fingernägel. Farber schaut zwischen den beiden hin und her.

»Also gut«, sagt er schließlich. »Ich bin durch den toten Winkel zurück zu meinem Auto, das in der Gasse parkte.«

»Was für ein Auto?«, fragt Decker.

»Warum?«

»Beschreiben Sie's.«

»Cadillac. Schwarz. Getönte Scheiben.«

»Und was haben Sie gemacht, als Sie Ihr Auto erreicht haben?« Dana nimmt ihr Notizbuch und ihren Stift zur Hand.

»Ich habe mich organisiert.«

»Sie haben nachgesehen, was Sie erbeutet haben«, präzisiert sie sachlich.

»Ja, von mir aus.« Farber seufzt wieder gereizt. »Dann ist dieser Typ mit dem Motorrad aufgetaucht.«

»Welcher Typ auf welchem Motorrad?«

»Ich weiß nicht. Ein Typ. Ein Kerl! Er fuhr bis zum Gebäude und hielt direkt neben der Tür.«

»Moment mal«, sagt Dana. »Sie haben an der Tür zur Gasse geparkt. Welche Gasse?«

»Die hinter der Laderampe. Wo die Security immer eine Tür offen stehen lässt.«

»Also, wer ist der Typ auf dem Motorrad?«

»Woher zum Teufel soll ich das wissen? Irgendein Typ auf irgendeinem Motorrad.«

»Wie hat er ausgesehen?«

»Rotes Motorrad. Rot-weiße Lederjacke und Hose,

Rennfahrerkluft. Weißer Helm mit roten Streifen. Fragen Sie mich nicht nach seinem Gesicht, er hat den Helm nie abgenommen.«

»Das ist eine sehr präzise Beschreibung«, stellt Decker fest. »Sie scheinen sich ziemlich sicher zu sein.«

»Das bin ich auch.« Farber streicht sich frustriert über den Kopf. »Ich saß eine Weile dort fest. Er hat mich nicht bemerkt, als er hochgefahren ist, und ich wollte nicht, dass er mich sieht. Also habe ich gewartet, während er da sein Ding machte.«

»Und was war das für ein ›Ding‹?«

»Weiß ich nicht. Wo ist euer Klugscheißer – das ist wohl mehr sein Fachgebiet.«

Im Beobachtungsraum werde ich hellhörig und trete dichter an das Fenster.

»Was wollen Sie damit sagen?«, fragt Decker.

»Dieser Typ, auf dem Motorrad. Er war auch so ein Techniknerd. Er hat so ein Ding rausgeholt, ein weißes Plastikding. Es hat ausgesehen wie ein Megafon oder so was. Das hat er vorn auf sein Motorrad geklemmt und auf das Gebäude gerichtet. Dann hat er eine Tastatur rausgeholt und darauf herumgetippt.«

»Wie bitte, eine Tastatur?«, hakt Decker nach. »Sie meinen einen Laptop?«

»Hätte ich Laptop gemeint, hätte ich Laptop gesagt!« Farber verdreht die Augen. »Ich meine eine Tastatur. Einfach nur eine Tastatur. Er hat sie unter der Jacke hervorgezogen, sie auf den Tank seines

Motorrads gelegt, ein bisschen drauf rumgetippt, mit der Hand gewedelt und hat dann alles wieder eingepackt.«

Ich rufe schnell eine Bildersuche auf meinem Handy auf. Was ich suche, taucht nicht sofort auf. Das passiert selten. Wenn es sich um das handelt, was ich glaube, hat sich gerade ein weiteres Puzzleteil eingefügt. Frustriert probiere ich ein paar Variationen der Suchbegriffe aus, während ich weiter zuhöre.

»Wie lange hat das alles gedauert?«

»Elf Minuten.«

»Das ist eine ziemlich genaue Zeitangabe.« Dana hebt überrascht die Brauen.

»Ich wollte unbedingt weg. Und hab dauernd auf die Uhr in meinem Auto geschaut. Es waren genau elf Minuten.«

»Dann ist dieser Motorradtyp verschwunden?«

»Ja, und ich auch.«

»In welche Richtung ist er gefahren?«

»Wer?«

»Der Motorradtyp«, sagt Dana. »In welche Richtung ist er weggefahren?«

Bingo. Ich habe gefunden, wonach ich gesucht habe, zoome das Bild heran und gehe zur Tür. Es dauert ein paar Sekunden, bis ich den Verhörraum erreiche, deshalb verpasse ich Farbers Antwort.

»Entschuldigung, in welche Richtung ist er gefahren?«, frage ich, als ich die Tür öffne. »FBI, Special

Agent Will Parker«, füge ich knapp hinzu, als der Anwalt etwas sagen will.

»Ich habe ihr nur gesagt, dass er auch in die Halle gegangen ist«, sagt Farber.

»Durch die Tür, die immer offen ist?« Ich schließe die Tür des Verhörraums hinter mir. »Die neben der Laderampe?«

»Genau die.«

»Okay, nur noch eine letzte Frage«, sage ich. Dana starrt mich finster an. »Hatte er das auf sein Motorrad montiert? So ein Plastikding?«

Ich zeige Farber das Bild auf meinem Handy.

»Ja, genau, das ist es. Das hat er an den Lenker geklemmt.«

»Und auf das Gebäude gerichtet?«

»Ja.«

Meine Hände zittern so sehr, als ich wieder hinausgehe, dass ich fast mein Handy fallen lasse.

26

Ich: Brauche dich.

Ace P: In 5 Minuten. Bin in einer Besprechung.

Ich: Nein. Du musst dich ins Flugzeug setzen und herkommen.

Ace P: Wann?

Ich: Jetzt.

Ace P: Viel zu tun an diesem Wochenende. Personalversammlung. Montag?

Ich: Jetzt. Und bring 1 Million Dollar in bar mit.

Ace P: WTF? Echt jetzt?

Ich: Habe das Einhorn gefunden.

Ace P: Bin schon unterwegs.

Wallace »Ace« Prior ist der CEO von CastorNet, also der Chef ganz oben, seit ich weggegangen bin. Ich kann unsere Gespräche an einer Hand abzählen, seit ich das Ruder an ihn übergeben habe.

Jack war mein Partner, aber Ace war mein Oberleutnant, der das Tagesgeschäft leitete. Er ist ein operatives Genie, aber ich hab ihn einfach im Regen stehen lassen, als ich ohne Übergangsplan verschwunden bin. Er ist ein guter Mann. Und ein

Freund. Zumindest war er das mal. Er hat was Besseres verdient als das, was er von mir bekommen hat.

Früher hat er mich oft zu Grillabenden mit seiner Frau Laureen und den Kindern eingeladen. Er hat drei. Alle blond. Sie rannten die ganze Zeit kreischend herum. Nicht mein Ding, aber trotzdem war's nett.

Seit Burke mich damals mitten in der Nacht angerufen hat, habe ich nur noch schlechte Erinnerungen gesammelt. Kate Mason. Bruce Sterling. Jack. Der Tsunami. Aber jetzt rührt sich etwas Angenehmes in mir, zusammen mit dem Adrenalinrausch, weil ich dem Einhorn näher komme. Ich freue mich auf das Wiedersehen mit Ace. Er war schon da, bevor mein Leben aus der Spur sprang. Vielleicht habe ich deshalb nicht mehr mit ihm gesprochen. Ich wollte, dass er ein Teil von meinem Früher bleibt.

Aber da ich jetzt glaube, dass das Einhorn tatsächlich hier ist, tut sich eine andere Dimension auf: Wer wird es behalten? Angenommen, wir bleiben der Auktion voraus und bekommen es zuerst in die Hände. Die Regierung wird es uns nicht einfach überlassen. Sie werden es zu einem Beweisstück erklären. Im besten Fall wird Burke mir befehlen, es einem unserer Labore in Kalifornien zu übergeben. Im schlimmsten stiehlt es ein anderer Agent, und wir sehen es nie wieder.

Wem mache ich was vor? Ich weiß, wo es letzten

Endes landen wird. Es verschwindet irgendwo bei der NSA und wird zur Überwachung von ... nun, so ziemlich jedem auf der ganzen Welt eingesetzt.

Mit dem Einhorn und der Software von CastorNet darauf könnten wir eine technologische Revolution auslösen. Von autonomen Fahrzeugen bis zu virtuellen Ärzten könnten das Einhorn und seine Nachfahren das Leben von Milliarden Menschen verbessern.

Sollte es jedoch der Regierung gelingen, das Einhorn heimlich zu übernehmen, könnte sie es als Waffe einsetzen. Mit freiem Zugang zu allen Überwachungsmitteln und sämtlichen Daten, die jemals über eine Person gesammelt wurden, könnte das Einhorn die Gedanken dieser Person erraten und ihre Handlungen vorhersagen, und das schon, bevor die überhaupt die entsprechende Entscheidung trifft. Was würde eine Regierung, einschließlich unserer, mit so viel Macht tun? Das Einhorn sollte ein Werkzeug sein, um das Leben der Menschen zu verbessern, nicht um sie zu unterdrücken.

Deshalb darf es der Regierung nicht in die Hände fallen.

Was mich zu meinem aktuellen Problem bringt. Ich arbeite für die Regierung.

Am sichersten wäre es bei Ace aufgehoben. CastorNet hat das Netz von Fukushima Semiconductor einschließlich aller geistigen Eigentumsrechte gekauft. Ace ist der Chef dieser Firma. Sobald es in seinem Besitz wäre, würde es eine ganze Armee von

Anwälten der Regierung in einer sehr öffentlich geführten Schlacht unmöglich machen, es heimlich einzukassieren.

Die Herausforderung besteht darin, mit Ace Kontakt aufzunehmen, bevor die Regierung ihre Hand drauflegt.

Das Verhör ist vorbei, und Decker hält Hof im Konferenzraum. Er läuft auf und ab wie ein Hund vor einem Gewitter.

»Was zum Teufel ist hier eigentlich los?« Mit diesen Worten stürzt er sich auf mich, kaum dass ich reinkomme. »Wer ist dieser Typ auf dem Motorrad? Und was ist das für ein Plastikmegafon, über das Sie sich so aufregen?«

Nassar sucht immer noch Hicks' Aufenthaltsort in der Mordnacht. Griffon hat seine Telefonate beendet und sitzt mit verschränkten Armen neben Dana am Tisch.

Ich lasse mich mit einem Seufzer auf einen Stuhl fallen. »Der Typ auf dem Motorrad ist Dragoniis.«

Decker scheint mich mit seinem Blick durchbohren zu wollen. »Ist das … eine Vermutung?«

»Da ich ihn hier mangels Anwesenheit nicht persönlich fragen kann, ist das *natürlich* eine Vermutung«, schieße ich zurück. »Aber es ist eine *fundierte* Vermutung.«

Nachdem ich die ganze Zeit während Farbers Verhör herumgestanden habe, bin ich jetzt etwas steif, aber gleichzeitig voller nervöser Energie. Ich kann unmöglich stillsitzen, also stehe ich auf und halte mich an der Lehne eines Stuhls fest. Dann beuge ich mich vor und strecke meine Beine hinter mir aus, abwechselnd links und rechts.

»Woher wissen Sie, dass es nicht *irgendein* Motorradfahrer ist, der an seinem GPS herumgespielt hat?«, fragt Dana. »Farber ist nicht gerade ein Technikfreak. Wie kommen Sie darauf, dass dieser Motorradfahrer ein Hacker der chinesischen Regierung ist?«

»Das ist er nicht«, antworte ich. Decker sieht aus, als würde er gleich explodieren, also erkläre ich das sofort. »Hacker sind nicht gerade ein moralischer Haufen. Sie wechseln beliebig ihre Loyalität. Sie erledigen gelegentlich auch Jobs für Regierungen, aber sie arbeiten nicht *für* sie. Jedenfalls nicht Hacker von Dragoniis' Kaliber. Er hat auch für China gearbeitet, aber nur wenn es ihm in den Kram passte. Wichtiger ist, dass er definitiv hier ist, und zwar zweifellos wegen des Einhorns.«

In den nächsten Minuten erkläre ich den fehlenden Dateneintrag in der Sicherheitsdatenbank des Hotels. Jemand war in Caplans Zimmer und hat dann seine Spuren mit solcher Geschicklichkeit verwischt, dass niemand jemals darauf stoßen würde. Außer mir natürlich. Und dieser Jemand muss Dragoniis sein. Außer mir ist er der einzige Spieler am Tisch, der die Fähigkeiten besitzt, so einen Hack durchzuziehen. Hätte er mehr Zeit gehabt, hätte vielleicht nicht einmal ich ihn aufgespürt.

»Aber diesen Hack hätte man von überall machen können«, sagt Decker. »Woher wissen Sie, dass er tatsächlich hier ist?«

»Weil jemand real in das Hotelzimmer gegangen ist, und jemand ist auch real zum Convention Center gegangen. Es hätte auch sein können, dass sich Dragoniis aus der Ferne einhackt und ein anderer Agent vor Ort war. Aber nach Farbers Aussage bin ich mir sicher, dass dem nicht so war. Er ist es!«

»Wegen dieses Dings an seinem Motorrad?«, erkundigt sich Dana. »Dieses weiße Megafonding?«

Ich nicke bestätigend. »Das war eine Antenne. Dragoniis ist in Caplans Zimmer eingedrungen und wurde bei der Suche nach dem Einhorn gestört. Aber Caplan war besorgt. Er musste das Einhorn in Sicherheit bringen. Also ging er zum Convention Center. Dragoniis hat ihn beobachtet und ist ihm gefolgt. Aber unser Hacker hat eine tief sitzende Abneigung gegen Auftritte in Überwachungsvideos.«

»Keiner hat je eine Aufnahme oder ein Foto von ihm machen können«, bestätigt Decker.

»Und das wird er auch jetzt nicht zulassen«, fahre ich fort. »Nicht mal für das Einhorn. Er hatte keine Zeit, einen Hack vom Netz aus zu starten, also musste er einen anderen Weg gehen. Das Security-Office liegt in der Mitte des Gebäudes. Mit der Antenne, die sein Signal verstärkte, konnte sich Dragoniis direkt mit den Wi-Fi-Chips in den Computern des Office verbinden, eine Schwachstelle in der Firmware suchen, und schon war er drin.«

»Aber warum?«, fragt Griffon. »Dort scheint ja jeder ein und aus zu gehen wie bei McDonald's, und das alles, ohne auf den Videos aufzutauchen. Warum sollte er sich die Mühe machen?«

»Weil er davon nichts weiß«, wirft Dana ein. »Dieser Weg außerhalb der Überwachungskameras ist nur einer kleinen hiesigen Gruppe bekannt. Die Information wurde nur durch Mundpropaganda weitergegeben. Online würde er nichts darüber finden.«

»Sobald er im System war, erzeugte er diesen Loop, den ich gesehen habe«, sagt Decker. »Deshalb ist die Schleife fehlerhaft – er hatte es eilig.«

»Er dachte, das Fukushima-Einhorn sei direkt vor seiner Nase«, stimme ich ihm zu, »und er hätte folglich nicht genug Zeit für einen perfekten Hack. Obwohl er trotz der Eile fast perfekt war.«

Dragoniis verfügt über ein unglaubliches technisches Wissen, aber am meisten bewundere ich, wie er aus dem Stegreif improvisiert. Im Valley nannten wir das »geplante Spontaneität«. Man stellt die nötigen Werkzeuge für Kreativität zur Verfügung, und dann lässt man den Dingen ihren Lauf. Er wollte Caplans Hotelzimmer durchsuchen, und als das aus dem Ruder lief, hat er seine Vorgehensweise sofort angepasst und ist mit dem Strom geschwommen.

»Hat er Caplan umgebracht?«, will Griffon wissen.

Decker sieht aus wie ein Kind am Weihnachtsmorgen. Wenn Dragoniis einen US-Amerikaner auf US-amerikanischem Boden getötet hat, gehört er Decker. Entweder arbeitet er ab dann für die USA, oder er wandert für den Rest seines Lebens hinter Gitter.

Ich lasse seine Seifenblase nur sehr ungern platzen. »Das konnte er nicht.«

Prompt wirft mir Decker einen finsteren Blick zu.

»Farber gibt zu, dass er den Kampf gehört hat«, fahre ich fort, »und danach hat er sich verpisst. Die Gamer-Kids bestätigen seine Geschichte, denn sie haben die Auseinandersetzung auch gehört. Draußen hat Farber gesehen wie Dragoniis beim Convention Center angekommen ist, und zwar lange *nach* dem Kampf und dem Mord.«

»Okay, Farber ist raus, und Dragoniis ist raus.« Dana zählt sie an den Fingern ab. »Wer ist jetzt noch übrig?«

»Golowtschenko?«, schlägt Griffon vor.

»Wenn seine Leute das Einhorn hätten, wären sie nicht hinter dem Koffer her gewesen«, entgegne ich.

»Und hätten auch noch auf zwei Detectives geschossen«, fügt Dana hinzu und reibt sich den Brustkorb. »Nein, er ist eindeutig davon ausgegangen, dass das Einhorn in diesem Koffer war.«

»Dann vielleicht dieser Hicks-Typ?«, spekuliert Griffon weiter.

»Das glaube ich nicht.«

»Warum nicht?«, blafft Decker mich an. »Ist das

nicht der Grund, warum Sie Nassar losgeschickt haben, um ihn zu beobachten?«

»Bei ihm ist es dasselbe wie bei Golowtschenko. Er ist noch hier, und das aus einem einzigen Grund – er will immer noch das Einhorn haben.«

Laut Bradley gibt es vier Bieter, und wir haben bis jetzt nur drei Möglichkeiten in Betracht gezogen: die Russen, Hicks und Dragoniis. Der vierte Bieter ist also ein Mysterium.

Bevor ich Decker darauf aufmerksam machen kann, löchert er mich mit weiteren Fragen. »Also gut, es war Dragoniis. Wo ist er hin? Und wo ist er jetzt?«

»Nach dem Hack ging er ins Convention Center und fand den toten Caplan, doch das Einhorn war weg«, erkläre ich. »Ich weiß nicht, wo er jetzt ist, aber er hat etwas sehr Wichtiges mitgenommen.«

»Und das wäre?«, fragt Decker.

»Caplans Handy!« Dana schnippt mit den Fingern. »Es wurde nie am Tatort gefunden, aber das Blut von Caplans Finger wurde abgewischt, um es mit dem Abdruck zu entsperren.«

»Wir wissen, dass er ein Handy hatte, denn darüber haben wir ihn verfolgt, nachdem er das Hotel verlassen hat.« Ich nicke. »Entweder nahm sein Mörder es mit oder Dragoniis. Ich würde auf Dragoniis setzen. Das Handy hat für den Mörder keinen großen Wert, für unseren Hacker aber schon.«

»Inwiefern?«, will Griffon wissen.

»Er könnte es hacken«, sagt Decker, »und so vielleicht einen Hinweis auf das Versteck des Einhorns finden!«

»Und er hat es benutzt, um meine Aufmerksamkeit zu bekommen«, sage ich und lehne mich auf dem Stuhl zurück.

»Wie bitte?«, sagt Decker.

Es ist an der Zeit, alle über die Textnachricht zu informieren, die ich kurz vor der Schießerei erhalten habe.

»Er hat es eingeschaltet, Ihnen eine Nachricht damit gesendet und es dann wieder ausgeschaltet?« Griffon klingt ungläubig. »Wenn er schon Spoofing macht, warum benutzt er dann nicht sein eigenes Handy oder ein Prepaid? Warum das von Caplan?«

»Weil er wusste, dass wir diese Nummer im Netzwerk beobachten und sofort wüssten, dass sie die von Caplan ist«, erkläre ich. »Er wollte uns stecken, dass hier nicht die Russen das Sagen haben.«

»Aber warum?«, fragt Dana.

»Er ist ein Hacker«, antworte ich finster, »also hat er ein großes Ego.«

»Und damit rücken Sie erst jetzt raus?« Decker ballt die Hände zu Fäusten, schüttelt ungläubig den Kopf.

»Es hätte nichts geändert, und ich wusste nicht, wer Caplans Handy hat. Jetzt weiß ich es.«

»Und jetzt ist es tot«, stellt Decker fest. »Es sendet nicht mehr.«

»Sie meinen, er hat es tatsächlich ausgestellt?«, fragt Griffon.

»Das könnte sein«, antworte ich. »Oder aber Dragoniis verwahrt es in einem Faraday-Beutel.«

»Einem was?«, hakt Dana nach.

»Faraday-Beutel.« Decker massiert sich mit den Fingerspitzen die Kopfhaut. »Das ist ein transparenter Beutel mit feinen Metallfäden, die in den Kunststoff verarbeitet sind. Wir haben so was in Afghanistan benutzt. Wenn wir einen mutmaßlichen Terroristen erwischt haben, haben wir sein Handy sofort in so einen Beutel gesteckt, um die verwertbaren Informationen zu retten. Weil kein Signal durchkam, konnten ihre Kommandeure es weder aus der Ferne löschen noch die Position unserer Einheit verfolgen, aber wir konnten durch das Plastik auf den Touchscreen zugreifen.«

»Wie ist er an Ihre Nummer gekommen?«, fragt Griffon. »Sie haben gesagt, er hätte Ihnen eine SMS geschickt. Wie ist er an die Daten gekommen?«

»Die Nummer steht auf seinen Visitenkarten.« Decker zuckt mit den Achseln. »Sie ist frei zugänglich, kein Problem für Dragoniis, sie zu finden.«

»Aber er hat eine SMS an Ihr privates Telefon geschickt«, widerspricht Dana, »nicht an Ihr Bürotelefon. Mir ist aufgefallen, dass Sie zwei Handys haben.«

Decker sieht mich erstaunt an. Das war ihm entgangen.

Wenn ihn das schon stört, wird ihm der nächste Teil wirklich gegen den Strich gehen. »Er hat die Nummer aus nächster Nähe abgegriffen.«

»Was sagen Sie da?« Deckers Tonfall klingt bedrohlich. »Sie hatten Kontakt?«

»Nicht direkt.« Ich wedele mit der Hand durch die Luft. »Handys senden ständig Signale aus. Wenn Sie dicht an jemandem vorbeigehen oder -fahren, können Sie diese Signale auffangen.«

»Heilige Scheiße, das Motorrad!« Dana hat's geschnallt.

»Dieser Scheißkerl!« Decker springt wütend auf.

Griffon wirkt ziemlich alarmiert. »Würde mich vielleicht mal jemand aufklären?«

»Als wir gestern vom Hotel zum Convention Center gegangen sind, wurde ich fast von 'nem Typen auf einem Motorrad angefahren«, erkläre ich. »Auf einem rot-weißen Motorrad, genau wie Farber es beschrieben hat. Er ist definitiv nahe genug an mir vorbeigerauscht, um meine Handys scannen zu können.«

Decker tritt so heftig gegen den Mülleimer, dass die Detectives außerhalb des Raums aufspringen und zum gläsernen Konferenzraum hinüberschauen.

»Ich bin schon seit Jahren hinter diesem Kerl her!«, stöhnt Decker und verschränkt die Hände auf dem Kopf. »Und er war genau vor meiner Nase!«

»Es gibt nicht nur schlechte Nachrichten, Decker«, versuche ich ihn zu beruhigen. Es fällt mir nicht schwer, Mitleid mit ihm zu empfinden. Immerhin ist auch er einer Sache so nahe, die ihm so viel bedeutet. »Er ist noch hier und bietet weiter, und er hat das Einhorn noch nicht.«

Mein Handy klingelt mit dem unverwechselbaren Rufton für Bradley. Ein Sprachanruf?

Dafür gibt es nur einen Grund. Etwas ist dramatisch schiefgelaufen.

27

»Bradley, du bist auf Lautsprecher«, warne ich ihn. Ich hab heute schon genug Gespräche wiederholt, deshalb habe ich die Freisprechfunktion aktiviert.

»Will, da ist gerade etwas auf Caplans Darknetkonto eingegangen«, sagt er. Seine Stimme bebt vor Aufregung. Auch wenn er nicht direkt hier im Einsatz ist, weiß ich, dass er den Druck ebenfalls empfindet. »Das Fukushima-Einhorn soll heute um zwei Uhr nachmittags in der Haupthalle der Comic Con in einem radioaktiv gesicherten Behälter übergeben werden.«

»Was ist mit Amanda?«, frage ich.

»Angeblich wollen die Entführer sie freilassen, sobald sie das Einhorn haben. Sie behaupten, es ginge ihr gut, aber sie hätte Angst und wolle nach Hause.«

»Glauben Sie, sie sind uns auf der Spur?« Decker stützt sein Kinn auf die Faust.

»Nein«, antwortet Griffon für Bradley. »Sie sind immer noch davon überzeugt, dass sie mit Caplan kommunizieren. Es ist die Wortwahl: Amanda habe Angst und wolle nach Hause. Diese Worte sind an einen Vater gerichtet. Ich würde ganz sicher ausrasten, wäre sie meine Tochter, und würde alles tun, was sie sagen, um sie gesund und unversehrt wiederzubekommen. Und dann würde ich die Mistkerle jagen.«

»Wie sollen wir um zwei Uhr nachmittags diese Übergabe machen?«, will Dana wissen. »Wir haben nichts zum Tauschen anzubieten.«

»Können wir sie über das Darknet zurückverfolgen?«, fragt Decker.

»Dafür reicht die Zeit nicht«, antworte ich.

»Aber sie haben offenbar herausgefunden, wer Caplan ist«, wirft Dana ein. »Denn wenn sie nicht wüssten, wer er ist, hätten sie nicht seine Tochter entführt.«

»Caplan hat Fehler gemacht, er war ein Amateur«, entgegne ich, »aber die Leute, die auf das Fukushima-Einhorn bieten, sind alles andere als das.«

»Und wenn wir die Russen aufmischen?«, schlägt Decker vor. »Wir setzen sie unter Druck. Zumindest könnten wir sie so ausschließen.«

»Vergessen Sie die Russen!« Griffon seufzt. »Ich sage Ihnen, das ist eine Sackgasse. Ob sie es sind, die Amanda entführt haben oder nicht, sie würden niemals auspacken.«

»Wer außer den Russen hätte genug Handlanger, um das durchzuziehen?«, fragt Decker.

»Die Frage kann ich beantworten«, meldet sich wieder Bradley zu Wort, der über Lautsprecher mitgehört hat. »Aber die Antwort wird Ihnen nicht gefallen.«

»Das wäre ja auch mal was Neues«, brummelt Decker und presst seine Fingerknöchel frustriert auf die Tischplatte. Das muss wehtun.

»Ich hab weitere Aktivitäten für DarkRiderX im Darknet gefunden. Sie haben in einem Forum nach freiberuflichen PMCs gesucht.«

»O Scheiße!«, zischt Decker.

»Was ist ein PMC?«, erkundigt sich Dana.

»Private Military Contractors.« Ich lasse mich auf meinem Stuhl zurückfallen. »Söldner.«

»Wer würde denn für so was Söldner anheuern?«, fragt sie.

»Golowtschenko jedenfalls nicht«, antwortet Griffon. »Er traut nur seinen eigenen Männern. Was ist mit Dragoniis?«

»Möglicher«, räumt Decker ein. »Aber wenn er im Auftrag der Chinesen hier ist, hätten sie ihm sicher auch Leute zur Verfügung gestellt.«

»Wir wissen also, dass dieser Bieter ein paar Profis angeheuert hat«, sagt Dana, »doch wir wissen immer noch nicht, wer er ist?« Sie rauft sich die Haare. »Das ist ja einfach toll.«

»Täuschen wir die Übergabe doch einfach vor«, sagt Decker. »Locken Sie sie mit einem leeren Koffer aus der Deckung.«

»Mal ganz abgesehen davon, dass auf Miller und mich beim letzten Mal, als wir mit diesem Koffer rumspaziert sind, geschossen wurde«, sagt Dana, »was passiert, wenn sie den Koffer öffnen? Glauben Sie nicht, dass sie den Inhalt überprüfen?«

»Wir schrauben eine überzeugend aussehende Fälschung zusammen«, schlägt Decker vor. »Will weiß doch, wie das Ding aussieht.«

»Es muss radioaktiv sein«, erinnert sie ihn.

»Wir packen irgendwas Radioaktives aus 'nem Krankenhaus rein.« Decker will nicht aufgeben. »Da muss es doch etwas geben, worauf ein Geigerzähler anspringt.«

»Wenn die Kerle bereit sind, zehn Millionen Dollar für dieses Geschäft zu investieren, haben sie bestimmt auch ihre Hausaufgaben gemacht.« Ich fühle mich steif und stehe auf, um mich etwas zu dehnen. »Sie werden mit Sicherheit genau wissen, wie heiß ein echtes Fukushima-Artefakt ist. Dieses Strahlungslevel können wir nicht fälschen. Nicht in der kurzen Zeit, die wir zur Verfügung haben. Und wenn wir es vermasseln, stirbt Amanda.«

Decker starrt mich an. »Hören Sie damit auf!«

»Womit?«

»Sie machen da schon wieder Yoga oder so 'nen Scheiß.«

»Ich dehne mich nur.« Ich mache einen tiefen Ausfallschritt.

»Wir halten sie hin«, sagt Griffon. »Wir antworten und sagen ihnen, dass wir mehr Zeit brauchen.«

»Wofür?«, fragt Decker. »Ich sage, wir schlagen zu.

Mit vollem taktischem Einsatz. Wir schalten sie aus. Und dann können wir uns ja gern mit ihnen unterhalten, wo sie Amanda festhalten.«

»In einem überfüllten Convention Center?« Dana beugt sich vor. »Auf keinen Fall. Chief Wilmont wird das niemals gestatten. Und ich ebenso wenig. Sie reden hier von verkackten Söldnern. Wenn wir es verbocken, stirbt die Geisel. Ganz zu schweigen von dem Risiko für Tausende von Zivilisten, die in die Schusslinie geraten könnten. Wir können den Ablauf unmöglich kontrollieren.«

Trotz des Disputs zwischen Decker und Dana verdichten sich in meinem Kopf die Details zu einem arbeitsfähigen Plan. Aber noch fehlt mir was. Ich brauche mehr Input. »Bradley, die Auktion sollte doch am Sonntag zu Ende sein, richtig?«

»Ja, Boss, laut Caplans privaten Nachrichten am Sonntagmittag.«

»Wer ist am Sonntag in einem Forum?«

»Du meinst von den Gästen?«, fragt Bradley. Aus dem Lautsprecher dringen Tippgeräusche, als er die Website aufruft. »Zum Beispiel dein Freund Jerry Oldham.«

»Ich bin sein Fan. Ich würde nie behaupten, dass er mein Freund ist.«

»Du hast wohl in letzter Zeit deinen Twitter-Feed nicht gecheckt, Boss?«

»Ich war beschäftigt, Bradley.«

Jerry Oldham – ich habe ihn vorhin schon erwähnt – spielt die Hauptrolle in *The Double Limit* – hab ich auch schon erwähnt –, meiner Lieblingsserie über einen zeitreisenden Cop.

Ich hole mein Handy hervor und öffne Twitter.

»Wie es scheint, ist Jerry auch ein Fan von dir, Boss«, fährt Bradley fort. »Er hat dich auf einem Foto auf der Comic Con markiert.«

Ich sehe es in meinem Feed.

Bin grade in #ComicCFRS reingeschlendert und sah @derwahrewillparker! #fantastischer #Tech CEO

Das Bild zeigt mich, wie ich durch die Con gehe. Er hat mich erwischt, als ich gerade auf dem Rückweg in die Verkaufshalle war. Dana folgt mir, ist aber unscharf getroffen. Das muss gestern Abend gewesen sein.

Die vage Idee, die in meinem Kopf herumschwirrt, nimmt Form an. Bis jetzt haben die Entführer das Sagen und bestimmen das Spiel. Wenn meine Idee aufgeht, wäre die Sache einigermaßen ausgeglichen.

»Wann am Sonntag findet sein Forum statt?«, frage ich.

»Um dreizehn Uhr«, antwortet Bradley.

»Wie Griffon eben sagte, wir spielen auf Zeit. Wir sagen den Entführern, dass das Einhorn nicht in der Stadt ist und ein Mitarbeiter es erst am Sonntag herbringt. Das geht frühestens morgen früh, sobald die Con aufmacht. Dann stellen wir ihnen eine Falle.«

»Auf der Con? Ich sage Ihnen, da macht Wilmont nie im Leben mit«, behauptet Dana.

»Sobald er meinen Plan kennt, wird er mitmachen.«

28

Ein paar Stunden herrschen im Konferenzraum Totenstille und eine angespannte Atmosphäre. Der anfängliche Nervenkitzel ist verflogen. Wir befinden uns mitten im Planungsprozess, und Decker geht das, was wir vorhaben, immer wieder durch, bis wir jedes Detail auswendig kennen. Das Gefühl, dass wir allmählich die Ereignisse steuern, statt nur zu reagieren, macht die Situation erträglich. Der Plan löst zwar nicht alle Probleme, aber er verschafft uns mehr Zeit.

Unsere Antwort auf die Forderungen der Entführer ist fast fertig. Wir müssen sie davon überzeugen, dass ihre beste Chance, sich das Einhorn zu sichern, darin besteht, Caplans Vorschläge zu akzeptieren und sich gleich morgen früh mit ihm zu treffen. Wir haben jedes Wort sorgfältig so formuliert, dass es nach Caplan klingt, basierend auf seinen früheren Nachrichten. Verzweifelt, aber nicht labil. Sie müssen weiterhin daran glauben, dass »Caplan« liefert.

»Es ist so weit«, liest Bradley über Handy unseren Text. »Wir haben alles organisiert. Das Einhorn wird wie geplant Sonntagmorgen hier sein. Das Treffen auf der Comic Con ist in Ordnung. Bitte tun Sie Amanda nicht weh. Details zum Austausch folgen, wenn die Messe um acht Uhr öffnet. Noch einmal: Bitte tun Sie Amanda nicht weh!«

Nachdem alle am Tisch den Text abgenickt haben, gebe ich Bradley grünes Licht. Er soll auf »Senden« drücken.

»Erledigt, Boss.«

Jetzt gibt es kein Zurück mehr. Welcher Bieter auch immer Amanda Caplan entführt hat, er wird morgen früh um acht auf der Comic Con erscheinen, ob wir bereit für ihn sind oder nicht.

Eine weitere Runde mit Decker bleibt mir erspart, als Nassar mit Informationen über Hicks zurückkehrt.

»Er war die ganze Nacht im Hotel«, sagt sie und öffnet die Notizen auf ihrem Smartphone. »Er hatte eine Team-Builder-Session mit den Pyntel-Mitarbeitern im Hotelrestaurant, dann hat er die Party an der Bar allein fortgesetzt, nachdem der Rest des Teams gegangen war. Darryl Parr, der Barkeeper, erinnert sich zweifelsfrei an ihn.«

»Er hat einfach allein dort rumgesessen?«, fragt Decker.

»O nein, ganz und gar nicht.« Nassar kichert. »Deshalb hat sich Darryl auch so deutlich an ihn erinnert. Er war in weiblicher Begleitung. Es bedurfte einiger Überredungskunst, aber schließlich hat Darryl zugegeben, dass er die Frau kennt. First-class-Escort. Sie taucht häufig in den Hotels auf.«

»Und dann?«, will Decker wissen.

»Was glauben Sie?« Ich mache eine eindeutige Geste. »Auf zum Hauptereignis.«

Decker braucht eine Sekunde, bis er kapiert, aber dann schüttelt er den Kopf. »Wir müssen wissen, wann genau sie gegangen ist.«

»Schon geschehen«, sagt Nassar. »Ich hab sie ans Telefon gekriegt.«

»Wahnsinn«, lacht Griffon.

»Wie haben Sie das geschafft?«, frage ich. »Normalerweise nehmen Escorts keine Anrufe entgegen, wenn die Nummer anonym ist, und alle Telefone im Büro haben Rufnummerunterdrückung.«

»Ich hab mir Darryls Handy ausgeliehen.« Nassar grinst. »Sie ist sofort rangegangen.«

»Gut gemacht«, lobt Dana. »Wenn sie in den Hotels arbeitet, hat sie die Barkeeper sicher im Handyspeicher. Wahrscheinlich bekommen sie einen kleinen Bonus für ihre Empfehlungen. So oder so, damit ist Hicks raus.«

»Haben Sie ihre Nummer noch?«, frage ich Nassar. »Können Sie sie mir geben?«

Decker verdreht die Augen.

»Für die Untersuchung«, setze ich hinzu und bedenke Decker mit einem genervten Blick, während Nassar mir die Nummer schickt.

Sie erzählt uns weiter, dass Griffon den Durchsuchungsbeschluss hatte, als sie mit der Befragung von Darryl fertig war. Die Hotel-Security ließ sie in Hicks' Zimmer, aber dort gab es nichts Ungewöhnliches, nur eine normale Hotelsuite mit den üblichen Sachen eines Geschäftsreisenden. Kein Fukushima-Einhorn und erst recht keine junge, an einen Stuhl gefesselte Frau.

So werden wir Amanda nie finden. Unser einziger brauchbarer Anhaltspunkt ist das Foto, das die Entführer von ihr gemacht haben. Ich habe zwei mächtig große Gefallen von Rick und Kumar eingefordert, damit sie dieser Spur nachgehen. Aber wenn uns das rechtzeitig zu Amanda Caplan führt, war's das wert. Sobald wir ihr Leben gerettet haben, können wir uns auf den Rest konzentrieren.

Zum Beispiel auf den Kerl, der Roger Caplan zu Tode geprügelt hat und immer noch frei herumläuft. Oder Dragoniis, damit Decker ihn einkassieren kann. Und zu guter Letzt geht es darum, das Fukushima-Einhorn zu finden, damit es nicht in die Hände der Regierung fällt.

Während einer Essenspause überkommt mich das überwältigende Verlangen hinauszugehen. Ich verlasse das Gebäude und trete an die frische, wenn auch heiße Luft. Widerwillig gestehe ich mir ein, dass ich hungrig bin, und kehre in einen Minimarkt am Ende der Straße ein. Ich genehmige mir noch einen Energydrink und ein paar Clif-Bar-Riegel und halte gerade meine Smartwatch an das Bezahlterminal, als Dana hereingeschneit kommt.

»Ich habe mir schon gedacht, dass ich Sie hier finde.«

Ich lächle gezwungen. »Noch eine Tasse von dem, was Sie Kaffee nennen, ertrag ich nicht.«

»Statt unseres verwässerten Javas ziehen Sie also eine große Portion Herzkasper in der Dose vor?«, erwidert sie trocken. »Klingt vernünftig, da schließe ich mich an.«

Sie nimmt auch einen Energydrink und einen Clif-Bar-Riegel. Sie wählt die Geschmacksrichtung, ohne zu zögern, also sind ihr die Energieriegel offensichtlich nicht fremd.

Wir verlassen den Markt, und sie führt mich zu einem kleinen Platz mit einem Springbrunnen. Es ist ein ruhiges, angenehmes Fleckchen zwischen den Bürogebäuden. Die Bänke auf dem Platz werden von den Bäumen, die hier überall gepflanzt sind, vor der grellen Sonne geschützt.

Dana geht zu einer freien Bank.

»Ich mache mir Sorgen«, sagt sie, während sie die Verpackung ihres Clif Bar aufreißt. Chocolate Chip. »Ihr Plan scheint ein paar Löcher zu haben.«

»Welches zum Beispiel?«

»Zum Beispiel, was ist, wenn wir Amanda nicht vorher ausfindig machen?«

»Das werden wir.« Ich reiße die Verpackung meines Riegels auf. Erdnussbutter.

»Nur angenommen, wenn nicht, was dann?« Ihre Augen sind hinter einer verspiegelten Pilotensonnenbrille verborgen, deshalb kann ich ihre Miene schwer deuten.

Ich fixiere mein Spiegelbild in ihren Gläsern. »Dann müssen wir den Tauschhandel eingehen.«

»Das Mädchen gegen das Fukushima-Einhorn.«

»Richtig.«

»Das wir gar nicht haben. Sie begreifen, worauf ich hinauswill.«

»Allerdings.« Ich beiße von dem Riegel ab und betrachte den Brunnen. Hier scheint es nur Büros zu geben, trotzdem wird eine lange Kolonne von Kindern über den Platz und um den Springbrunnen geführt. Sie sind mit einer gekringelten hellgrünen Plastikschnur aneinandergebunden. Sicher ist sicher.

»Das macht Ihnen keine Sorgen?«, hakt Dana nach.

»Natürlich tut es das.«

»Und was unternehmen wir diesbezüglich?«

»Bevor der Austausch über die Bühne geht, finden wir entweder Amanda oder das Fukushima-Einhorn.«

»Na klar.« Eine Haarsträhne hat sich aus ihrem Pferdeschwanz gelöst, und sie streicht sie hinters Ohr. »Und wenn wir das Einhorn finden, würden sie es uns dann überlassen?« Als ich nicht antworte, fährt sie fort. »Wenn wir das Einhorn nicht vorweisen können, werden diese Verbrecher das Mädchen nicht einfach gehen lassen. Immerhin ist sie die einzige Person, die sie identifizieren kann.«

»Ich weiß.«

»Will, sie werden sie umbringen.«

Mein Handy brummt. Standardnachricht.

Rick W: Daten liegen bereit.

Ich: Super. Kannst du sie senden?

Rick W: Ich schick einen Link.

Rick W: Richterliche Anordnung?

Ich: Sekunde.

Meine Finger zittern, als ich die Nummer von Griffons Handy eintippe. Ich kann nicht warten, bis er seine SMS liest und eine Antwort schickt. Wenn wir reden, geht es schneller. Es kann gar nicht schnell genug gehen.

»Ich brauch die richterliche Anordnung!«, platze ich heraus, nachdem sich Griffon gemeldet hat.

»Ist gerade gekommen«, antwortet er. »Ich schick eine elektronische Kopie.«

Dana sitzt schweigend da, beobachtet mich und isst ihren Riegel, beeindruckend geduldig. Ich habe keine Geduld. Meine Nerven liegen blank.

Eines der Kinder an der grünen Schnur quietscht vor Freude. Ich fahre zusammen, zittere und lasse fast mein Handy fallen.

Kaum ist Griffons Nachricht angekommen, als

ich den Anhang auch schon kopiere und an Rick sende.

Ich: Anordnung ist da.
Ich: *Angehängte Datei*

Ich zähle die Sekunden und bin bei hundert angekommen. Liest er diese Anordnung tatsächlich erst durch? Warum dauert das so lange? Schließlich halte ich es nicht mehr aus und texte ihm erneut.

Ich: Ist alles klar? Ich kann auch jemanden schicken, um sie dir persönlich zu überbringen, wenn du das brauchst.
Rick W: Was, in Papierform? Nein. Ich überfliege sie nur.
Ich: Du traust mir nicht?
Rick W: Echt?
Ich: Schon gut. Vergiss es.
Ich: Bist du fertig?
Rick W: *Angehängter Link*

Als ich auf den Link tippe, öffnet sich eine Tabelle mit den Daten, die ich angefordert habe. Eine Liste der IP-Adressen in der Stadt, die mit einem Firefox-Browser auf einem Mac in der Minute, in der das Erpresserfoto aufgenommen wurde, die Home-Suchseite von Google aufgerufen haben. Das ist genau das, worum ich gebeten habe. Aber damit enden die guten Nachrichten auch schon.

»Haben wir was?«, erkundigt sich Dana.

»Wir haben eine Menge«, sage ich und leite den Link an Bradley weiter. »Zu viel.«

»Wie viel ist zu viel?«, will Dana wissen und zerknüllt die leere Energydrinkdose in ihrer Hand.

Als ich den Kopf hebe und sehe, wie sie mich anstarrt, ist die Aufregung, die ich noch vor ein paar Minuten verspürt habe, bereits in bittere Enttäuschung umgeschlagen. Ich hatte gehofft, die Liste wäre vielleicht kurz genug, um auf einen Abgleich mit Kumars Daten verzichten zu können.

»Ungefähr hundert mögliche Orte.« Der Clif-Bar-Riegel liegt wie ein Stein in meinem verkrampften Magen.

»Es ist unmöglich, so viele Orte bis morgen früh genau zu überprüfen«, erklärt Dana. »Wir könnten zwar so viele Adressen abklappern, aber jeder, der mit einer Polizeimarke an der richtigen Tür auftaucht, ist so gut wie tot. Und wir haben auch nicht genug Ressourcen, so viele Orte zu überwachen.«

»Deshalb müssen wir die Liste zusammenstreichen.«

»Und wie machen wir das?«

Ich habe meine anfängliche Enttäuschung überwunden. Hab ich wirklich geglaubt, dass wir es gleich mit dem ersten Datensatz schaffen? Dann hätte ich Kumar nicht kontaktieren müssen.

»Ganz einfach«, beantworte ich Danas Frage. »Mit Pornos.«

29

Ich: Ich brauche einen Gefallen.

Kumar P: Was gibt's?

Ich: Ich suche jemanden.

Kumar P: Tinder schon ausprobiert?

Ich: Etwas Perverses.

Kumar P: Ah, Treffer! Da bist du hier richtig :–) :–) :–)

Ich: Habe Zeit, Ort und IPs. Querverweis?

Kumar P: Wir verkaufen keine Benutzerdaten :-(

Ich: Aber ihr sammelt sie.

Mein Handy klingelt. Es ist Kumar.

»Ich werd das doch nicht texten. Bist du verrückt, Bruder?«

Kumar Patel ist Pornograf. Er betreibt die Nummer-eins-Fetischseiten in den USA. Sie produzieren eigene Inhalte und sammeln auch solche aus dem Internet. Vor ein paar Jahren ist er wegen der URL einer seiner Websites in die Schlagzeilen geraten. Sie lautete »kpop« oder so und ähnelte einer Seite für koreanische Popmusik und Videos, die bei Teenagern sehr beliebt war. Kumar bestand darauf, dass das »k« für »kink« stand beziehungsweise

»kinkiness«, »Abartigkeit«, womit besondere, für manche Leute abwegige sexuelle Praktiken und Fantasien gemeint sind, und willigte schließlich ein, den Namen der Seite zu ändern. Aber erst nachdem er weltweit Schlagzeilen gemacht hatte und die Art von Werbung bekam, die man mit Geld nicht kaufen kann.

Ich traf ihn vor Jahren zum ersten Mal auf einer Party im Valley. Die Gastgeber hatten neben ihrer Villa riesige Zelte aufgebaut, die mit weichen Teppichen und Stoffen ausgekleidet waren, wie früher bei Sultans. Außerdem hatten sie wunderschöne junge Models angeheuert, männliche und weibliche, die in Djinn-Kostümen herumliefen und Speisen und Getränke servierten. Die Models hatte Kumar herbeigeschafft.

»Verrückt?« Ich lache. »Weil ich glaube, dass du das Online-Verhalten deiner Kunden verfolgst? Jeder verfolgt jeden online. Deshalb ist das Internet kostenlos, Kumar. Wenn du nicht für das Produkt zahlst, bist *du* das Produkt.«

»Sicher, aber darüber denken die Leute nicht nach. Man muss die Illusion aufrechterhalten, Mann. Die Leute denken gerne, dass sie in ihrer Freizeit unbeobachtet sind.« Seine Stimme trieft vor Sarkasmus.

»Sicher, vor allem deine Kunden.«

»Nicht jeder ist bereit, über seine Neigung zu sprechen, und ich verurteile das nicht. Ich meine, du solltest dir mal ansehen, was für ’n Scheiß heutzutage abgeht.«

»Immer noch viel Bondage?«

»Das ist ein Klassiker«, erwidert Kumar. »Das kommt nie aus der Mode.«

»Ich hab da einen Ballknebel am Start …«

»Schön für dich«, unterbricht mich Kumar. »Machst du auf Franchise? Schwarz und Chrom? Oder hast du dich für einen Farbspritzer entschieden?«

»Nicht ich.«

»Klar, für einen Freund, verstehe schon«, spottet Kumar. »Zwinker, zwinker, zwinker!«

»Es geht um einen Fall. Jemand ist in Gefahr.«

»Sorry, Will. Schieß los, was brauchst du?« Kumars Verhalten ändert sich schlagartig. Er ist im Herzen ein Geschäftsmann, kein Perverser, und wenn das FBI anruft, weil jemand in Gefahr ist, der eine Verbindung zu Kink hat, könnte das schlecht fürs Geschäft sein. Außerdem ist er kein schlechter Kerl. Er sortiert sehr gewissenhaft alles auf seiner Seite aus, was mit Menschenhandel oder Ausbeutung zu tun haben könnte. Er ist auf eine schmutzige Weise sauber.

Als ich ihm die Sache mit Amanda Caplan schildere, lasse ich alles aus, was mit dem Fukushima-Einhorn oder meinem Gespräch mit Rick Downie von Google zu tun hat. Ich beschreibe das vergrößerte Bild in allen Einzelheiten, einschließlich des

Ballknebels und der ledernen Bondage-Manschetten, mit denen Amanda gefesselt wurde. Das elektronisch verbesserte Foto zeigt deutlich, dass es sich um Qualitätsware handelt. Was bedeutet, das Zeug gehört jemandem mit einem Hang zu Fetischen. Also jemandem, der höchstwahrscheinlich Kumars Seite besucht hat.

»Mein Gott, Mann, das ist ja furchtbar«, sagt Kumar. »Du weißt, dass es bei diesen Bondage-SM-Spielen nicht um so was geht, oder? Die ganze Sache läuft einvernehmlich. Entführung und Nötigung gehören nicht dazu. Wenn das öffentlich wird, gibt's sicher Repressalien gegen die Branche.«

»Hilf mir, und ich tue, was ich kann, um diese Details von der Öffentlichkeit fernzuhalten«, versichere ich ihm.

Ich brauche nur ein paar Minuten, um ihm zu erklären, was ich benötige. Wenn ich das, was ich von Kumar bekomme, mit dem abgleichen kann, was Rick mir zur Verfügung gestellt hat, sollte ich herausfinden können, wo Amanda Caplan festgehalten wird, oder kann das Gebiet zumindest eingrenzen.

»Klar, natürlich, Will, das kriegst du.«

»Danke, Kumar. Wenn das funktioniert, bist du buchstäblich ein Lebensretter.«

»Meine Mama wär so stolz auf mich.«

30

»Warum grinsen Sie so?«, will Decker wissen, als wir wieder in den Konferenzraum zurückkehren.

Griffon und Nassar sitzen immer noch mit ihm am Konferenztisch. Reste von Sandwiches und Salaten aus der Cafeteria liegen zwischen Laptops und Papieren. Am Whiteboard hängt ein Plan des Convention Centers. Griffon hat die Krawatte gelockert und Nassar ihren Blazer über die Stuhllehne gehängt, aber Decker ist immer noch so zugeknöpft wie zuvor, in Jackett und mit Schlips.

»Er hat einen Pornoplan«, antwortet Dana. »Und zwar einen ziemlich guten.«

Griffon verschluckt sich an einem Stück Sandwich, und Nassar lässt die Plastikgabel sinken. Sie sieht mich mit großen Augen an, und ihre Mundwinkel zucken unter dem Anflug eines Lächelns.

»Nicht auch noch Sie«, sagt Decker zu Dana, runzelt die Stirn und schüttelt bestürzt den Kopf. »Sie klingen schon wie er. Völlig unlogisch. Was zum Teufel ist ein Pornoplan?«

»Er hat es mir auf dem Rückweg erklärt«, erwidert sie. »Es geht um das Erpresserfoto.«

»Der Ballknebel?«, fragt Griffon.

»Der Ball-was?« Decker schlägt mit den Fäusten auf den Tisch. »Würde bitte jemand hier anfangen, Klartext zu reden?«

»Auf dem Foto hat Amanda einen Ballknebel im Mund, damit sie nicht schreien kann«, erläutert Dana. »Das ist sauber, sicher und effektiv. Es gibt keine Chemikalien oder Fasern, die Husten oder Ersticken verursachen.«

»Woher wissen Sie das?«, fragt Decker.

»Weil sie genau dafür gedacht sind.« Nassar klingt, als müsste sie erklären, warum Wasser nass ist. »Ein ganz gewöhnlicher Gegenstand bei sexuellen Dominanzsessions. Aber warum ist das wichtig, Will? Glauben Sie, wir könnten den Kauf zurückverfolgen?«

Decker sieht Nassar verständnislos an, und ich antwortete schnell, bevor er in das nächste Fettnäpfchen treten kann. »Nein. Der Entführer bietet auf das Einhorn, was bedeutet, dass er von außerhalb kommt. Ein Ballknebel ist bei Bondage-SM üblich, ansonsten aber ein eher spezielles Spielzeug. Man bekommt ihn nur in Sexshops. Aber das macht man nicht, wenn man eine Entführung plant. Für so ein Teil gibt es zu wenig Kunden, und sie sind deshalb zu leicht abzuklappern. Außerdem gibt es eine Menge ganz alltäglicher Gegenstände, mit denen man jemanden knebeln kann, die alle leichter zu beschaffen sind.«

»Also hat er ihn mitgebracht«, folgert Griffon.

Ich zeige auf ihn. »Der Mann hat einen Stern verdient.«

»Er hat die Entführung geplant?«, fragt Decker.

»Das glaube ich nicht.« Ich setze mich an den Tisch. »Bei meinen Fällen mit Menschenhandel habe ich viele Fesseln gesehen. Sie benutzen dabei nie Ballknebel, selbst wenn es um sexuelle Sklaverei geht, sondern nehmen fast immer das, worauf sie am leichtesten zugreifen können. Und dann sind da noch die Handgelenke.«

»Ledermanschetten«, sagt Griffon.

»Gutes Gedächtnis. Sehr gut, Peter.«

Griffon scheint sich mit diesem Zeug gut auszukennen.

»Will sagt, die Leute benutzen das, worauf sie am leichtesten Zugriff haben, was darauf schließen lässt, dass der Entführer es ohnehin bei sich hatte«, sagt Dana. »Und wenn der Entführer so sehr auf Bondage-SM steht, dass er mit seinem Spielzeug reist, stehen die Chancen gut …«

»… dass er Kink-Pornoseiten besucht«, beendet Nassar den Satz. »Genial.«

»Danke«, sage ich und nicke ihr lächelnd zu.

»Also, er besucht Pornoseiten für Perverse, na und?«, fragt Decker. »Das machen offenbar mehr Leute, als man denkt.« Bei dieser Bemerkung blickt er mürrisch in die Runde.

»Da haben Sie recht«, sage ich. »Wir mussten es

eingrenzen. Zum Glück können wir vier Faktoren gegeneinander abgleichen.«

Ich ziehe den Plan des Convention Centers vom Whiteboard, nehme einen Marker zur Hand und zeichne einen großen Kreis.

»Das sind die Leute, die Google benutzen.« Ich zeige auf den Kreis.

»Also so ziemlich jeder«, sagt Griffon sarkastisch.

»Und Firefox«, füge ich hinzu und zeichne einen kleineren Kreis innerhalb des ersten.

Griffon beugt sich vor.

»Leute, die ihren Computer in einem Umkreis von hundert Meilen benutzt haben.« Ich ziehe einen noch kleineren Kreis innerhalb des zweiten.

»Das sind Macs.« Ich ziehe einen vierten Kreis im dritten.

Decker schüttelt den Kopf, als es ihm dämmert.

»Die Bondage-Pornoseiten besuchen«, füge ich hinzu und kritzle einen winzigen Fleck in die Mitte.

Nassar klatscht in die Hände. »Sehr nett.«

»Damit hätten wir jetzt eine ziemlich kurze Liste«, schließe ich und lege den Marker weg.

»Wie kurz?«, fragt Decker. Typisch. Er lässt sich nie die Zeit, echte Brillanz zu bestaunen.

»Keine Ahnung.« Ich zucke mit den Achseln.

»Ich habe Ihnen doch die richterliche Anordnung hinsichtlich Google und des ECPA-Gesetzes geschickt«, sagt Griffon. »Hat das nichts gebracht?«

»Doch, aber das bringt uns nur die ersten vier Kreise.«

»Wie können wir all diese Informationen zu einem konkreten Ort zurückverfolgen?«, will Decker wissen.

»Google hat uns eine Liste von IP-Adressen geschickt«, antworte ich. »Bradley kann sie konkreten Adressen zuordnen. Diese Informationen sind leicht zu beschaffen.«

»Und die Leute, die anonym surfen?«, fragt Nassar. »Wenn sie den Privatsphärenmodus eingeschaltet haben?«

»Das hätten wir auf dem Bild gesehen. Und selbst wenn, verbirgt das nur den Browserverlauf auf dem Computer. Google muss ja trotzdem wissen, wohin die Datenpakete geschickt werden müssen.«

»Sie verfolgen jede einzelne IP, die auf ihre Seite zugreift?«, fragt Griffon. »Das müssen jeden Tag Milliarden von Daten sein.«

»Mindestens. Deshalb hat es auch Stunden gedauert, bis sie das hier analysiert haben.« Ich hebe mein Handy. »Hier haben wir's. Etwas mehr als hundert Leute in der Umgebung haben über Firefox für Mac in dieser kurzen Minute die Google-Suche gestartet.«

»Es muss doch Millionen von Pornoseiten geben«, meint Griffon. »Wie sollen wir da einen Querverweis erkennen?«

»Genau wie das Sexspielzeug ist dies eine sehr spezielle Pornoseite«, sagt Nassar. »Die meisten der einzelnen Kink-Seiten gehören nur wenigen Leuten oder werden von ihnen betrieben.«

»Genau genommen ist es nur eine«, korrigiere ich sie. »Die einer Firma, die von einem Mann namens Kumar Patel geleitet wird.«

»Der zufällig ein Freund von Will Parker ist«, sagt Dana und hebt ergeben die Hände.

»War ja klar«, grummelt Decker.

»Die Sache ist nur, dass wir nicht wissen, wann sie auf die Seite gegangen sind. Sicherlich nicht zu dem Zeitpunkt, als sie das Erpresserfoto gemacht haben. Wenn wir annehmen, dass sie wegen der Comic Con hier sind, haben wir ein Zeitfenster von achtundvierzig Stunden.«

»Auch das dürfte eine lange Liste werden«, unkt Griffon.

»Und wann bekommen wir die Daten von diesem Kumar?«, will Decker wissen.

»Wann immer er sie uns schickt.«

»Beschleunigen wir das Ganze ein bisschen.« Decker lässt die Faust in seine offene Handfläche klatschen. »Griffon, kriegen wir noch eine richterliche Anordnung? Wenn wir den Druck erhöhen ...«

»Moment mal!«, unterbreche ich ihn und hebe warnend die Hand. »Kumar tut mir einen Gefallen, okay?«

»Okay«, stimmt Decker nach einer langen Pause zu. »Dann müssen wir den Plan ergänzen. Ich hätte da ein paar Ideen.«

Da jetzt alle Karten auf dem Tisch liegen, geht der Planungsprozess bis in die Nacht weiter. Zwischendurch gibt es mehrere Rückfragen und Go/No-Go-Entscheidungen von Burke und Chief Wilmont.

Wir gehen das Treffen auf der Comic Con noch mal haarklein durch. Wir setzen uns mit dem örtlichen SWAT-Team in Verbindung und besprechen die taktischen Vorgehensweisen beim Zugriff. Wir studieren die Security-Pläne für das Convention Center. Dann fangen wir noch mal von vorn an. Und noch mal.

Die gute Nachricht kommt ziemlich spät am Tag: Miller wurde von der Intensivstation verlegt. Es liegt noch ein langer Weg der Genesung vor ihm, aber er wird es schaffen!

Alle sind erleichtert, das zu hören, und angesichts eines vielversprechenden Plans zur Befreiung und Rettung von Amanda Caplan wirkt jeder ein wenig optimistischer.

Wiederholungen sind nicht mein Ding, die brauche ich nicht, um mir etwas einzuprägen. Das geht mir irgendwann so auf die Nerven, dass ich gerade dabei bin, mit dem Kopf auf den Tisch zu schlagen oder einfach zu verschwinden, als ich von einem vertrauten Vibrationsmuster meines Telefons davon abgehalten werde.

Ace P: Bin im Hotel.

Ich: Gut.

Ace P: Das Nächste?

Ich: Warte auf mein Signal.

Ace P: Was denn, machst du jetzt auf Batman? Menschenscheuer Fast-Milliardär?

Ich: Hast du Security mitgebracht?

Ace P: Natürlich.

Wie die meisten Silicon-Valley-CEOs wird auch Ace rund um die Uhr von bewaffneten Leibwächtern geschützt. Sobald man eine öffentliche Person wird, kriecht eine alarmierende Anzahl von wütenden, gefährlichen Verrückten unter den Steinen hervor. Ich hatte das Vergnügen mit mehr als genug von ihnen, bis ich mich aus der Öffentlichkeit zurückgezogen habe.

Die anderen haben kurz den Raum verlassen, und ich bin mit Dana allein. Sie betrachtet die Pläne des Convention Centers. Sie zelebriert es zwar nicht so wie Decker, aber auch sie scheint auf Wiederholungen zu stehen. Das muss jetzt mindestens das zehnte Mal sein, dass sie die Pläne durchgeht.

Ich setze mich neben sie.

»Ich bin beeindruckt, dass Sie es geschafft haben, Chief Wilmont zu überzeugen.« Ich öffne eine Flasche Wasser, die vom Mittagessen übrig geblieben ist. »Eine Zeit lang hab ich schon befürchtet, wir könnten ihn nicht überreden, ein solches Risiko an einem öffentlichen Ort einzugehen.«

»Er hat eine Tochter«, erwidert sie. »Sie ist ein

bisschen älter als Amanda, um die zwanzig, glaube ich.«

»Das haben Sie nicht erwähnt, als wir mit ihm gesprochen haben.«

»Manche Dinge lässt man besser ungesagt.« Sie nimmt einen Schluck aus ihrer Flasche mit mittlerweile lauwarmem Wasser.

He, redet sie immer noch über den Polizeichef?

Bevor mir etwas Geistreiches darauf einfällt, wechselt sie das Thema und will wissen, ob ich wirklich davon überzeugt bin, dass bei der geplanten Aktion keine Unbeteiligten in Gefahr geraten.

»Das sollte uns gelingen. Wenn Ihre uniformierten Kollegen und die Con-Security am Eingang gewissenhaft kontrollieren, ist die Chance sehr gering, dass jemand eine Waffe ins Convention Center schmuggelt.«

Zudem ist da noch Jerry Oldham. In einer Nachricht auf Twitter habe ich ihm mitgeteilt, dass wir seine Hilfe brauchen und er sich morgen früh bereithalten soll. Seine Antwort kam prompt und war enthusiastisch. Was genau wir von ihm erwarten, verrate ich ihm erst morgen. Schauspieler lieben es, über ihre zukünftigen Rollen zu plaudern. Da wir nicht wissen, wer die Bieter sind, dürfen wir nicht riskieren, dass etwas über unsere Aktion durchsickert.

»Und wenn der Entführer noch eine weitere Geisel nimmt?«, fragt Dana.

»Wenn wir den Bieter von den Con-Besuchern isolieren, verringert das die Gefahr, dass so etwas passiert. Mehr können wir nicht tun.«

In der Antwort an den Erpresser habe ich geschrieben, dass Caplans »Mitarbeiter« einen roten Fez trägt. Decker ist daraufhin fast mal wieder ausgerastet und wollte wissen, wo wir denn so etwas Spezielles herbekommen wollen. Natürlich war seine Sorge unbegründet. Wir sind auf einer Fan-Convention. Doctor Who, Held der wohl erfolgreichsten Sci-Fi-Serie im britischen Fernsehen, hat diese Art von Kopfbedeckung zur Ikone gemacht. Ein Kinderspiel, so etwas bei einem der Verkäufer zu finden. Gleichzeitig ist es schon Jahre her, dass Matt Smith in der Serie den Doktor gespielt hat, also ist die Chance gering, dass ein Fan ihn nachspielt.

Jerry soll gleich am nächsten Morgen Autogramme geben. Fans zahlen zwischen zwanzig und hundert Dollar pro Signatur, aber es ist nicht nur der gekritzelte Name mit ein paar netten Worten auf dem Foto, die ihnen diese Summe wert sind, sie genießen die gemeinsamen Sekunden oder gar Minuten mit ihrem Lieblingspromi, ganz isoliert von den Menschenmassen. Genau das, was wir für den Bieter brauchen.

Also, während Jerry ein Autogramm nach dem anderen gibt, trägt er einen nagelneuen knallroten Fez auf dem Kopf. Wenn sich der Bieter nähert, stehen ihm abgesehen von seinem Assistenten Dana und ich am nächsten. Wir warten direkt hinter dem Vorhang, bereit für die Verhaftung.

»Sind Sie sicher, dass dieser Oldham damit einverstanden ist?«, fragt mich Dana.

»Warum sollte er das nicht sein?«

Ihm zu verraten, dass er es mit einem gefährlichen Entführer, möglicherweise auch einem Mörder zu tun bekommt, hebe ich mir für morgen auf. Es bringt nichts, wenn er die ganze Nacht darüber brütet.

Bevor ich das Dana erklären kann, vibriert mein Telefon erneut. Das Muster ist unverwechselbar, und ich habe es sehnlichst erwartet. Mein Herz hüpft derartig in meiner Brust, dass ich das Gefühl habe, gleich daran zu ersticken.

(Auf Japanisch)

Akito: Level 42 abgeschlossen!

Akito: Danke, Parker-san.

Akito: Hier ist, wonach Sie suchen.

Akito: *Bilder im Anhang*

Ich: Vielen Dank.

Akito: Viel Glück!

Ich wische durch die Bilder, die Akito beigefügt hat. Er arbeitet für den japanischen Geheimdienst, deshalb wusste er genau, was ich brauche. Ich bin plötzlich so aufgeregt, wie ich es seit dem bevorstehenden Abschluss des Fukushima-Deals nicht mehr gewesen bin. Ich stehe an der Schwelle von etwas Großem. Einem Wendepunkt in der Geschichte.

Dann zwinge ich mich, noch einmal hinzusehen, um absolut sicher zu sein. Aber ich zweifle keine Sekunde.

Das erste Foto bestätigt, dass das Fukushima-Einhorn den Narita International Airport in Tokio passiert hat. Das zweite Foto beweist, dass Roger Caplan es herausgeschmuggelt hat. Und das dritte Foto verrät mir, wo genau es sich jetzt befindet.

Und es verrät mir zudem, dass jemand gelogen hat.

31

Ich: Convention Center.
Ich: Comic Con. Tür 4.
Ich: Sag ihnen, dass du zu mir gehörst.
Ich: Bring Dollars und Security mit.
Ich: Geh sofort los.
Ace P: OK.

Ich bin schon halb aus der Tür und schiebe mein Handy zurück in die Tasche, als Dana mich aufhält.

»Wohin wollen Sie?«, fragt sie.

Ich will mir das Einhorn holen. Das sich in den Händen eines Mörders befindet.

Ich drehe mich noch einmal zu Dana um. Sie sitzt am Konferenztisch, die Jacke über den Stuhl gehängt, die Haare nach hinten gebunden, sodass nichts ihren misstrauischen Blick behindert.

Sie ist keine Bundesagentin. Sie kann das Einhorn nicht im Cyberarsenal der Regierung verschwinden lassen. Dafür ist sie Detective bei der Mordkommission und hat Erfahrung mit der Verhaftung von Mördern.

»Fahren Sie mich hin, und ich erzähle es Ihnen«, schlage ich vor.

Ihre Augen werden zu schmalen Schlitzen. Dann zuckt sie mit einer Achsel, ihre Stirn glättet sich, und sie schnappt sich ihr Jackett. »Gehen wir.«

Wir kommen im Convention Center, wenige Minuten bevor sie zumachen, an. Menschen strömen aus dem hell erleuchteten Gebäude, Hunderte befinden sich noch im Inneren, aber für mich ist im Moment nur einer wichtig, und der steht bei den Rolltreppen.

Ace Prior macht eine gute Figur in dem frischen weißen Oxfordhemd, das in abgetragenen Levi's steckt. Der erste Eindruck, der sich aufdrängt, ist »unauffällig«. Das gilt auch für seine randlose Brille ist.

Aber deshalb zu glauben, er wäre durchschnittlich, wäre ein Fehler. Unter Aces unscheinbarem Äußeren verbirgt sich ein ausgesprochen scharfer Verstand. Den hat er auch gebraucht, als er mich damals abgelöst hat.

Drei große, kräftige Kerle in Jeans und zerknitterten marineblauen Blazern umgeben ihn. Seine Leibwächter.

Während Dana kurz mit den Uniformierten am Eingang spricht, nutze ich die Gelegenheit, allein mit Ace zu reden. Er ignoriert meine ausgestreckte Hand und umarmt mich herzlich. Dass er immer noch mein Freund ist, obwohl ich ihn im Stich gelassen habe, verstärkt meine Schuldgefühle. Aber letztlich bin ich einfach nur froh, meinen Freund wiederzusehen.

Ich erkläre ihm schnell, was er für mich tun soll. Ace hört aufmerksam zu und nickt jedes Mal, wenn er einen wichtigen Punkt kapiert. Einen Moment fühlt es sich an wie in den alten Zeiten, als wir im Valley Magie gewirkt haben.

Aber für Nostalgie haben wir keine Zeit. Ace verschwindet mit seinen Leibwächtern in der Halle, während ich auf Dana warte.

»Also gut«, sagt sie, als sie neben mir an den Rolltreppen auftaucht, »warum sind wir hier?«

Ich halte ihr mein Handy hin, auf dem das erste Foto zu sehen ist, das Akito mir geschickt hat.

»Was genau sehe ich da?«

»Standbilder von Überwachungskameras am Narita International Airport. Vor zwei Wochen.«

Sie nimmt das Smartphone, zoomt das Bild größer. »Das ist Roger Caplan.«

»Richtig. Und die beiden anderen Fotos? Was sehen Sie noch?«

Sie wischt zur nächsten Aufnahme. »Das sieht aus wie ein Röntgenscan von Gepäck, aber was ist das große schwarze Quadrat in der Mitte? Ist das geschwärzt? Und woher haben Sie das überhaupt?«

»Big Fish Pyramid.«

»Das Videospiel? Das, über das Sie mit Ashley Brewster gesprochen haben?«

»Genau das.« Ich nicke und gehe in Richtung Halle. »Ich habe einen Kontaktmann in Japan, der Zugang zu dem Videomaterial aus Narita hat. Aber er ist ein Sonderling. Um diese Aufnahmen zu bekommen, musste ich ihm sagen, wie man bei Big Fish Pyramid Level 42 schafft.«

»Was Ashley Ihnen letzte Nacht verraten hat.«

»Richtig.«

»Warum haben Sie in Narita gesucht?«

»Caplan hat sein Konto vor zwei Wochen leer geräumt, bevor er in ein Flugzeug nach Tokio gestiegen ist. Eine Woche später kam er zurück. Der Zeitpunkt fällt mit seiner jährlichen Reise zum Erwerb von Sammlerstücken zusammen, aber er hat noch nie so viel Geld mitgenommen.«

»Sie glauben, er hat so viel Geld mitgenommen, um in Japan das Fukushima-Einhorn zu kaufen?«

»Das glaube ich nicht, ich weiß es. Und sobald er es hatte, musste er es irgendwie hierherschaffen.«

»Sie glauben, er hat es im Handgepäck transportiert?« Sie tippt auf den Bildschirm des Smartphones. »Aber es wurde bei der Kontrolle gescannt!«

»Es wurde nicht gescannt. Die Röntgenstrahlen wurden blockiert.«

»Wodurch?«

»Von einem Material, mit dem man radioaktive Strahlung abschirmt, wie sie zum Beispiel ein Quantencomputer aus Fukushima abgibt.«

»Die Flughafen-Security hätte das auf keinen Fall

durch die Kontrolle gelassen. Sie hätten das Einhorn gefunden.«

Ich bleibe stehen, nehme ihr das Smartphone aus der Hand und wische wortlos zum letzten Bild, das ich ihr dann zeige.

»O Scheiße«, sagt sie. »Aber … das gehörte nicht Caplan.«

»Es gehörte ihm, dann hat er es verkauft.«

»Mein Gott, das bedeutet …«

Ich lege meine Hand auf ihren Arm und unterbreche sie.

Schließlich biegen wir in den Gang von Reihe K ein.

Auf halber Strecke des langen Gangs befindet sich Spider Webb's Stand, in der Nachbarschaft von einem Dutzend anderer Verkäufer von Sammlerstücken, Comics und Fankunst. Ich manövriere Dana zu einem Stand, der verspielte Aquarelle bekannter Genre-Figuren anbietet, und beuge mich zu ihr, um ihr zuzuflüstern, dass wir nicht auffallen dürfen.

»Okay, also, wir sind ein Paar, das nach Sammlerstücken stöbert«, sagt sie und schiebt ihren Arm durch meinen. »Aber würde es Ihnen etwas ausmachen, mir den Grund dafür zu verraten?«

Ich schiele zwischen den Bilderregalen hindurch und sehe Webb, der dabei ist, seinen Stand zu schließen.

»Jeden Augenblick wird ein Typ mit einer roten Nylontasche auftauchen und ihm einen Haufen Bargeld für die Han-Solo-Statue anbieten«, sage ich und zeige auf Webb.

»Ich dachte, die will er nicht verkaufen.« Sie beugt sich dicht zu mir, damit sie besser sehen kann.

»Das hat er gesagt. Aber als Fastmilliardär habe ich eine unschöne Wahrheit lernen müssen: Alles hat seinen Preis.«

»Und woher kennen Sie seinen Preis?«

»Ich kenne ihn nicht. Aber ich wette, eine Million sollte reichen.«

»Sagten Sie … *eine Million*?«, flüstert Dana und dreht sich überrascht zu mir um. »Dollar?«

Eine Gänsehaut rieselt mir über den Rücken und die Arme, als ihr Atem meinen Hals trifft. Der Duft von Seife und Flieder steigt mir in die Nase.

»Ja, hab ich gesagt«, gebe ich zurück und inhaliere tief. »Nachdem sie den Deal gemacht haben und der Mann mitsamt der Statue verschwunden ist, greifen wir zu und verhaften Webb.«

»Wegen Mordes?«

»Terrorismus.«

Sie sieht mich schief an, aber bevor sie etwas sagen kann, taucht Ace auf. Die rote Tasche hängt über seiner Schulter. Seine Leibwächter bleiben im Hintergrund, ein paar Stände entfernt, behalten ihn aber im Blick.

Neben seinem bescheidenen Auftreten und seiner natürlichen lockeren Art besitzt Ace auch ein Talent für Kommunikation. Das macht ihn zu einem der besten Verkäufer, die ich je kennengelernt habe. Er könnte jemanden nicht nur überreden, ihm sein letztes Hemd zu verkaufen, sondern würde ihn auch noch dazu bringen, die Hose obendrauf zu legen. Ace beim Verhandeln zu erleben ist, wie Picasso beim Malen zu beobachten.

Nach einem kurzen Gespräch stößt Webb ein Lachen aus. Tief und dröhnend rollt es durch den Gang. Kurz darauf kratzt sich Ace am Kopf und signalisiert damit, dass er Webbs striktes Nein geknackt hat. Jetzt ist es nur noch eine Frage des Preises.

Am liebsten möchte ich rübergehen, die Tüte mit der Million Dollar aus Aces Tasche ziehen, sie Webb in die Hand drücken und fertig. Aber wenn wir zu aggressiv vorgehen, könnte er sich weigern zu verkaufen, bis er genau weiß, warum wir sein Schmuckstück wollen. Dafür haben wir keine Zeit. Jetzt oder nie.

Dana beobachtet Webb. »Was ist, wenn er nicht verkauft?«, fragt sie, als könnte sie meine Gedanken lesen.

»Wir haben genug, um ihn zu verhaften. Aber ein Verhör kostet Zeit. Es ist besser, wenn er verkauft.« Vor allem für mich.

Mein Puls hämmert so stark in meinen Ohren, dass ich fast die Frau hinter uns überhöre, die uns fragt, ob wir ein Bild haben wollen, bevor sie schließt.

»Es ist so schwer, sich zu entscheiden«, antwortet Dana entschuldigend und legt eine Hand auf meinen Arm. »Will liebt deine Arbeit. Wir kommen morgen auf jeden Fall wieder.«

»Ja, das verspreche ich.« Ich lege meine Hand auf die von Dana, um die Illusion eines Pärchens aufrechtzuerhalten. Sie zieht ihre Hand nicht zurück.

»Gut.« Die junge tätowierte Frau klappt die Schaukästen zu. »Ich nehme auch Aufträge an, also wenn ihr etwas haben wollt, was ihr nicht seht, sagt es einfach.«

An Webbs Stand schüttelt Ace gerade den Kopf und weicht etwas zurück. Dasselbe hat er bei einem Deal im Valley gemacht und ihn erfolgreich abgeschlossen. Webb glauben zu machen, er hätte den Deal verloren, zementiert in seinem Kopf nur, dass er ihn unbedingt durchziehen will.

Dana verkrampft sich unter meiner Hand. Instinktiv packe ich ihre fester.

Die tätowierte Frau schließt auch die Auslage mit den Aquarellbildern und nimmt uns damit unsere Deckung. Dana zieht uns zum nächsten Stand, der mit niedlichen Plüschtieren aus japanischen Spielhallen gefüllt ist.

Ace hat Webbs Flehen erhört und ist zu ihm zurückgegangen. Da die meisten Besucher schon weg sind, können wir den letzten Teil der Verhandlung hören. Am Ende geht es um läppische 10.000 Dollar.

Ace nimmt ein Bündel Bargeld aus der Tasche und reicht es Webb, um ihn zu fragen, ob er es zählen wolle. Doch der fächert nur mit dem Daumen durch das Geld, als würde er den Unterschied zwischen Fünfzig- und Hundert-Dollar-Scheinen am Windhauch im Gesicht erkennen. So dicke Bündel Bargeld veranlassen Menschen oft zu seltsamem Verhalten.

Zufriedengestellt hebt Webb die Statue vom Tisch und holt eine Stofftasche unter dem Tresen hervor. Bei dem Anblick stockt mir der Atem. Auf der Stofftasche ist das gleiche Videospiellogo aufgedruckt wie auf denen von Caplans Stand.

Mit beeindruckender Kraft hebt Webb die schwere Statue mit einer Hand und lässt sie in die Stofftasche gleiten, die er dann an Ace weiterreicht.

»Los, jetzt!«, sage ich zu Dana.

Wir trennen uns, ziehen unsere Waffen und halten sie am ausgestreckten Arm an unserer Seite nach unten, während wir die paar Schritte zu Webbs Stand zurücklegen.

»Gordon Webb, FBI, Sie sind verhaftet!« Ich stoße die Worte laut heraus und lasse meine Stimme tief und einschüchternd klingen, während ich meine Waffe hebe.

»Die Hände so, dass wir sie sehen können!«, schnauzt Dana ihn an. Sie rückt neben mir vor, die Smith & Wesson M&P vor sich ausgestreckt.

»Was? Wer? Ich?« Webb deutet mit der Linken auf seine Brust und …

Er greift mit der Rechten unter den Tisch.

O Scheiße!

Ace verlässt schleunigst mit der Statue in der Tasche den Stand. Seine Leibwächter sind augenblicklich zur Stelle und umringen ihn.

»Nehmen Sie die Hand da weg! Sofort!« Dana bleibt cool und zielt mit ihrer Waffe direkt auf Webbs Brust.

»Okay, schon okay!« Webbs Stimme zittert, als die Panik ihn ergreift. In die Mündungen von gleich zwei Pistolen zu starren kann so etwas schon mal auslösen, und das ist genau das, was ich will. Er hebt beide Hände. Sie sind leer.

»Gordon Webb, ich verhafte Sie wegen des Verdachts auf terroristische Aktivitäten!«, verkünde ich und leiere die Miranda-Formel herunter, während Dana ihm die Hände hinter den Rücken zieht und die Handschellen klicken lässt.

Webbs Augen unter den buschigen Brauen weiten sich in echter Verblüffung. Das hat er ganz sicher nicht erwartet.

»Terrorismus? Was? Nein, nein, Sie müssen sich irren!«, beteuert er. »Ich bin kein Terrorist.«

»Und was ist das da?« Ich winke Ace zurück.

Ich ziehe Nitrilhandschuhe hervor und streife sie mir demonstrativ über. Dana hält Webbs Arm fest, für den Fall, dass er versucht zu fliehen. Aber das wird er nicht. Er kapiert noch nicht, was hier vorgeht, und glaubt immer noch, dass er sich rausreden kann.

»Eine Statue. Das ist nur eine Statue.« Webb ist

sichtlich erleichtert. »Sehen Sie sich das Ding doch an. Was dachten Sie denn, was es ist?«

Zeit, seinen Optimismus zu zerstören.

Ich hole die Skulptur von Solo hervor und lege sie vorsichtig auf den Tisch. Dann untersuche ich mit meiner Handykamera die Oberfläche der Statue und zoome Details heran.

»Woher haben Sie die?«, frage ich.

»Ich hab sie gekauft«, gibt Webb gereizt zurück.

»Wo?«

»Von einem Kerl.«

»Was für einem Kerl?«

Webb zögert.

»Von was für einem Kerl?«, wiederhole ich die Frage nachdrücklicher.

»Ein anderer Verkäufer.«

»Hat er auch einen Namen?«

Webb schweigt. Er will nicht reden. Das kann ich ihm nicht verdenken, denn ich kenne den Grund dafür.

Ich baue mich vor ihm auf, gehe mit dem Gesicht nah an ihn heran und bohre meinen Blick in seine Augen. »Es wäre besser für Sie, wenn Sie die Fragen beantworten. Sie sagen, das alles wäre ein Irrtum? Und das hier ist nur eine Statue? Dann helfen Sie mir, es zu klären. Wer hat sie Ihnen verkauft?«

»Roger Caplan.« Webb schlägt kurz den Blick nieder und sieht mich dann wieder an. »Aber was hat das mit Terrorismus zu tun? Es ist nur eine Statue.«

»Sie haben keineswegs nur eine Statue gekauft, sondern auch Materialien für eine Bombe. Eine schmutzige Bombe, um genau zu sein.«

»Eine *was*? Eine schmutzige… Nein! Wovon reden Sie da?« Webb tritt mit seinem beträchtlichen Gewicht von einem Fuß auf den anderen. Er hat die Lippen trotzig zusammengepresst.

Nachdem ich jetzt die Katze aus dem Sack gelassen habe, muss ich auch liefern. Mit der Lupen-App suche ich nach der kleinen rechteckigen Markierung für das Bedienfeld auf dem Karbonit. Es befindet sich an der Seite und muss hier irgendwo sein. Ich schalte die Taschenlampenfunktion ein und führe den Lichtkegel in einem Bogen über das Material. Dann entdecke ich ihn, einen feinen vertikalen Kratzer unter dem Miniatur-Bedienfeld.

Ja, ich hab's!

Mit bebenden Fingern drücke ich vorsichtig auf das Bedienfeld. Zuerst passiert nichts, aber ich erhöhe den Druck, bis es aufschnappt und einen Knopf freigibt, auf den ich dann ebenfalls drücke.

»Treten Sie bitte alle zurück.«

»Sind Sie sicher, dass es nicht gefährlich ist?« Dana tritt hastig nach hinten und zieht Webb mit.

»Warten Sie eine Sekunde.« Webbs Trotz verpufft geradezu. »Gefährlich? Schmutzig? Ist das Ding etwa radioaktiv?« Mit einem schrillen Aufschrei fährt er herum und wirft dabei die säuberlich gestapelten Waren auf einem Stuhl um.

»Es ist sicher genug«, antworte ich Dana und ignoriere Webb. »Die Strahlung entspricht etwa der bei einer Röntgenaufnahme. Ich öffne es nur für ein paar Sekunden.«

Ace tritt von seinen Leibwächtern weg und stellt sich neben mich. »Ist es wirklich da drin, Will?«

»Finden wir es heraus«, flüstere ich.

Mit angehaltenem Atem hebe ich die Oberkante an und trenne die Statue wie einen Sarg in zwei Teile. Das Geheimfach im Inneren ist mit Schaumstoff gefüllt, bis auf einen präzisen Ausschnitt, genau wie bei dem Pelican-Koffer. Nur ist dieser Ausschnitt im Gegensatz dazu belegt.

Darin befindet sich ein längliches, rechteckiges Objekt aus Metall, Glas und Silizium, bestückt mit vergoldeten Steckern und Kontakten.

Das Fukushima-Einhorn.

32

Meine Erleichterung ist unbeschreiblich. Nachdem ich ihm in Japan monatelang nachgejagt bin, gefolgt von all den Jahren, in denen es Gott weiß wo war, hat das Fukushima-Einhorn endlich seinen Weg zu mir gefunden.

Wenn ich das hier in Ordnung bringen kann, ist das Leben, das ich hinter mir gelassen habe, vielleicht doch nicht für immer verloren. Kate Mason kann ich nicht wieder lebendig machen, aber Amanda Caplan kann ich noch retten, und vielleicht ist das genug.

Ace klopft mir auf die Schulter, sagt aber nichts. Das muss er auch nicht. Ich sehe Dana an. Sie hat noch immer die Stirn gerunzelt, aber ein Lächeln zupft an ihren Lippen. Sie nickt fast unmerklich, aber ich erkenne es ganz klar. Glückwunsch.

Ich bin mir der unsichtbaren Strahlung bewusst, die von dem Einhorn ausgeht, und schließe den Deckel der Statue, drücke ihn fest zu, und der Knopf springt heraus, womit der mit Blei ausgekleidete Sarkophag wieder versiegelt ist.

Jetzt ist nur noch eine Sache zu tun. Für Dana.

»Mr. Webb …« Ich suche den Blick des korpulenten Mannes. »Das ist radioaktives Material, verwendbar für den Einsatz in einer Massenvernichtungswaffe, nämlich einer schmutzigen Bombe.«

»Was? Das da? Davon weiß ich nichts. Ich wusste nicht mal, dass es sich öffnen lässt. Ich dachte, es wär nur eine Statue, das schwöre ich!«

Er will sich von Dana losreißen, aber sie hält ihn fest. Wie ein gefangenes Tier sucht er verzweifelt nach einer Möglichkeit zu entkommen. Ich werde ihm einen Ausweg zeigen.

»Wenn das wahr ist, warum haben Sie dann gerade eine Statue aus Bronze und Blei für zehntausend Dollar verkauft? Ein bisschen viel Geld, finden Sie nicht, Detective Lopez?«

»Aber gerade genug für Bombenmaterial, Agent Parker«, erwidert sie.

»Nein, nein, nein!«, heult Webb. »Es sollte nur eine Statue sein. Das war der Deal! Genau das wollte ich von ihm, ich hab es ihm ausdrücklich gesagt!«

»Wem gesagt?«

»Roger Caplan!« Webb krümmt sich. »Da gibt es so einen Bildhauer in Japan. Er macht jedes Jahr nur ein einziges neues Design, und jedes Jahr importiert Roger seine Stücke. Dieses Jahr war es Han Solo, in Karbonit erstarrt. Ich habe Roger gesagt, er soll mir eine Statue besorgen. Ich bin ein großer Fan der Originaltrilogie von Star Wars.«

»Wie viel haben Sie dafür bezahlt?«

»Fünfhundert Dollar.«

Ich verdrehe die Augen und schüttle den Kopf. Das glaube ich ihm nicht, und das zeige ich ihm deutlich. »Sie erwarten, dass ich Ihnen abkaufe, dass dieses Ding zehn Riesen wert ist, und Caplan gibt sich einfach mit fünfhundert Dollar zufrieden?«

»Warten Sie! Er hat sich nicht einfach zufriedengegeben«, protestiert Webb.

Jetzt hab ich ihn.

»Hat er nicht?«

»Nein. Er hat versucht, sie sich zurückzuholen. Er wollte mich verarschen! Und ich kann's beweisen. Ich hab's mit der Kamera aufgenommen.«

»Sie haben gesagt, die Kamera wäre gar nicht angeschlossen«, erinnert ihn Dana. Natürlich weiß sie, dass sie es war, denn Farber hat ja gesehen, dass sie eingeschaltet gewesen ist.

»Das war… ein Missverständnis. Auf meinem Handy wurde der Bewegungsalarm ausgelöst, während ich bei dem Karaoke war.« Er lässt den Kopf hängen. »Darauf hab ich gesehen, wie Roger die Statue stahl. Er muss hinter dem her gewesen sein, was drin war! Er ist der Terrorist!«

»Und was haben Sie gemacht, als Sie gesehen haben, wie er sie gestohlen hat?«, will ich wissen.

Webb antwortet nicht. Er ist verwirrt. Er weiß nicht genau, wie er aus der Sache rauskommen soll.

»Haben Sie deshalb die Karaokeparty verlassen?«, fragt Dana. »Um ihn damit zu konfrontieren?«

»Ja. Und außerdem …« Webb schnaubt angewidert. »Auf der Party war noch ein anderer Typ in der gleichen Uniform wie meiner. So was hasse ich.«

Das erklärt sein etwas lückenhaftes Alibi. Als Dana die Leute befragt hat, erinnerten sie sich nur daran, jemanden in dieser Sternenflottenuniform gesehen zu haben, der auch die ganze Nacht über auf der Veranstaltung war. Weil bei solchen Events niemand wirklich miteinander spricht, nahmen sie an, dass es sich nur um eine einzige Person handelte.

Ich schüttle den Kopf. »Was hat Caplan gesagt, als Sie ihn zur Rede gestellt haben?«

»Er sagte, er müsste es noch ein bisschen länger behalten.«

»Haben Sie ihm geglaubt?«, will Dana wissen.

»Nein, er wollte es stehlen. Mitten in der Nacht. Ich hab ihm gesagt, wenn er es zurückwill, dann will ich auch mein Geld zurück. Aber er sagte, er bräuchte das Geld für seine Tochter und würde es mir später zurückgeben. Doch ich bin kein Trottel, auf so was falle ich nicht rein. Roger hatte immer irgendwelche miesen Tricks drauf. Wahrscheinlich hatte ihm irgendwer ein besseres Angebot gemacht, aber er wollte mein Geld behalten, falls der Deal dann doch nicht zustande kam. Ich hab ihm gesagt, Geschäft ist Geschäft, daran müsse er sich halten!«

»Und dann haben Sie ihn umgebracht«, stellt Dana fest.

»Was? Er ist tot?« Webb bleibt der Mund offen stehen, aber er lügt, und das nicht sehr gut.

Es wird Zeit, die Sache zu beenden.

»Ich will Ihnen etwas erklären«, sage ich. »Sie haben gerade eben die Statue in eine Stofftasche gesteckt, wie Roger Caplan sie auch hatte, und sie darin meinem Mitarbeiter geben.«

»Na und? Diese Taschen wurden vor ein paar Jahren auf der Super-Con als Werbegeschenke verteilt. Jeder könnte so eine haben.«

»Jeder könnte eine haben, die so *aussieht* wie diese, das stimmt.« Ich hebe die Tasche mit zwei behandschuhten Fingern auf, betrachte das Logo genau und zeige dann darauf. »Sehen Sie diese Flecke? Das ist Blut, und ich verwette mein Strandhaus darauf, dass unser Labor dieses Blut Roger Caplan zuordnen kann.« Ich beobachte, wie Webbs Gesicht beunruhigend rot anläuft, und fahre fort: »Sie haben sich mit Caplan wegen der Statue gestritten. Nicht nur, dass er ihnen die Statue stehlen wollte, er hatte auch einen anderen Käufer dafür gefunden. Einen, dem Sie die Statue auch hätten verkaufen können. Sie haben gerade gesagt, Sie wären kein Trottel, aber da standen Sie als Trottel da, ohne Statue und ohne Geld. Also haben Sie ihn umgebracht.«

»Es war … ein Unfall«, sagt Webb heiser. »Ich wollte nur wiederhaben, was mir gehört.«

»Das war alles andere als ein Unfall«, erklärt Dana. »Sie haben ihm den Kopf eingeschlagen.«

»So war es nicht!«

»Dann erzählen Sie mir, wie es passiert ist«, fordere ich ihn auf.

»Ich habe ihn in den Waschräumen mit der Statue gefunden.« Webb wimmert leise und lässt die Schultern hängen. »Wir haben uns deshalb gestritten. Er hat mich gestoßen und ich ihn, es ging hin und her. Dann ist er ausgerutscht und schlug mit dem Kopf auf den Rand des Waschbeckens. Ich hab mir die Tasche geschnappt und bin verschwunden.«

»Sie haben ihn einfach tot auf dem Boden liegen lassen?«

»Nein, er war noch am Leben, das schwöre ich!« Webb sieht mich entsetzt an. »Er war auf den Beinen, als ich weggelaufen bin. Okay, er hat getaumelt, aber ich dachte, er würde sich erholen, und wollte nicht darauf warten. Ich habe mir die Statue geschnappt und bin nach Hause gegangen.«

»Aber Sie haben es niemandem gesagt?«, fragt Dana. »Sie haben deswegen nichts unternommen?«

Webb senkt den Blick und sackt irgendwie zusammen. »Nein. Ich dachte, wenn es wirklich schlimm gewesen wäre, bliebe die Convention bestimmt geschlossen. Als dann geöffnet wurde, dachte ich, dass er vielleicht im Krankenhaus wäre und genäht werden musste. Oder einfach nur schlimme Kopfschmerzen hätte.«

Dana und ich wechseln einen vielsagenden Blick.

Es erstaunt mich immer wieder, welche Geschichten sich die Leute einreden. Nach den Spritzern im Bad zu urteilen, muss das Blut nur so aus Caplans Wunde gesprudelt sein.

Und wäre Farber nicht bis über beide Ohren bei seinen israelischen Investoren verschuldet, wäre die Convention vielleicht tatsächlich geschlossen worden. Das hätte Webb Zeit gegeben, zu fliehen und das Einhorn mitzunehmen.

»Gordon Webb, ich verhafte Sie wegen des Verdachts des Mordes an Roger Caplan«, sagt Dana.

Obwohl das Convention Center fast leer ist, als wir ihn abführen, legen wir ihm keine Handschellen an, um nicht allzu viel Aufsehen zu erregen. Auf dem Weg weigert er sich, auch nur ein weiteres Wort zu sagen. Aber es ist schon zu spät, er hat genug gesagt. Er wird für Caplans Tod einfahren. Und selbst wenn ein Jurist mit einem Postgraduiertenabschluss in der Lage sein mag, die Anklage auf Totschlag zu reduzieren, ist der Fall für Dana abgeschlossen, und für Roger Caplans Tod wird jemand zur Rechenschaft gezogen.

Dana verfrachtet Webb auf die Rückbank ihres Autos. Ace wartet in diskretem Abstand auf dem Bürgersteig, umringt von seinen Leibwächtern. Die rote Tasche trägt er immer noch über der Schulter.

Dana öffnet den Kofferraum, holt einen großen Beweisbeutel heraus und reicht ihn mir.

»Legen Sie es da rein.« Sie deutet auf die Tasche mit dem Werbelogo in meiner Hand.

Als ich mich nicht rühre, wirft sie mir einen warnenden Blick zu. »Das sind Beweise, Will.«

»Es ist das rechtmäßige Eigentum meiner früheren Firma.«

»Sagen Sie nicht ›früheren‹.« Sie neigt den Kopf. »Ihnen gehört immer noch ein großer Batzen davon. Genug, um den CEO zu veranlassen, mit einer Million Dollar im Rucksack hierherzufliegen.«

»Das ändert nichts daran, dass es CastorNet gehört.«

»Und das ändert nichts daran, dass es ein Beweismittel ist.«

»Nicht das Einhorn.«

Sie zögert.

»Die Statue und die Stofftasche, in der sie war, sind Beweisstücke«, stimme ich ihr zu. »Aber das Einhorn nicht. Webb wusste nicht einmal, dass es da drin war.«

Dana blickt auf die Tasche und denkt stirnrunzelnd darüber nach.

»Sie wissen selbst, wie gefährlich es ist«, füge ich hinzu.

»Deshalb sollte es irgendwo aufbewahrt werden, wo niemand herankommt.« Sie sieht mir in die Augen.

»Nur ist das nicht wahr, und das wissen Sie genau«, gebe ich zurück. »Jemand taucht mit einer richterlichen Anordnung auf, in der irgendwas von nationaler Sicherheit steht, Sie müssen es herausrücken, und dann verschwindet es für immer.«

»Will, das ist wirklich ein bisschen paranoid.«

»Ach ja? Sie haben doch mitgekriegt, was die Leute alles dafür zu tun bereit sind.« Ich strecke die Hand aus und lege sanft einen Finger auf die Stelle ihres Oberkörpers, wo die Kugel ihre Weste getroffen hatte. »Ace verwahrt es in einem versiegelten Behälter. So wissen wir, dass es nicht verschwindet, bis wir es morgen für den Geiselaustausch brauchen. Denken Sie an Amanda.«

»Und Sie? Tun Sie das auch?« Sie stemmt die Hände auf die Hüften.

Die Frage ist nur fair. Bei der Jagd nach dem Einhorn ging es nicht um Amanda Caplan. Ich könnte jetzt einfach mit dem Einhorn weggehen und zu dem Leben zurückkehren, das ich vorher hatte. Nur wäre es nicht mehr dasselbe Leben. Bruce Sterling, Kate Mason und Jack sind tot. Amanda ist es nicht. Sie hat noch eine Chance.

»Ja, das tue ich.« Ich atme tief aus. »Das hier ist der beste Weg.«

Dana kaut auf ihrer Unterlippe und denkt nach – eine Ewigkeit, wie mir scheint.

»In Ordnung«, sagt sie schließlich. »Aber nur das Einhorn. Die Statue wird als Beweisstück konfisziert.«

Ohne meinen Blick von Dana abzuwenden, winke

ich Ace zu mir. Er öffnet die rote Tasche und holt einen flachen Kohlefaserkoffer heraus. Durch die Bleiisolierung ist das Ding recht schwer. Er öffnet eine App auf seinem Smartphone, und ein kleiner Touchscreen am Koffer leuchtet rot auf. Ich lege meine Hand für eine Sekunde darauf, bis er grün wird. Das Schloss ist jetzt mit meinem Handabdruck codiert.

Der Koffer öffnet sich mit einem leisen Klicken und offenbart ein mit Schaumstoff gepolstertes Inneres, in dem CastorNet bereits einen Ausschnitt von der exakten Form des Einhorns eingepasst hat. Ich lege die Statue auf den Kofferraum von Danas Auto, hole das Einhorn heraus und verstaue es schnell in dem Kohlefaserkoffer. Als ich den Deckel schließe, klickt es wieder, als das Schloss einrastet. Der Touchscreen blinkt kurz rot, bevor er dunkel wird.

»Das wär's«, sage ich zu Dana. »Der Koffer ist gesichert, nur ich kann ihn öffnen. Aces Sicherheitsleute werden ihn bis zur morgigen Übergabe sicher aufbewahren.«

»Ich hoffe, Sie behalten recht.« Sie sieht Ace nach, der umringt von seinen Bodyguards davongeht.

»Vertrauen Sie mir, den Koffer kriegt niemand anders in die Finger.«

33

Das Hotel wirkt verlassen, als Dana ein paar Stunden später davor hält. Durch das große Panoramafenster sehen wir, dass die Lobby verwaist ist bis auf einen Angestellten an der Rezeption. Draußen steht ein einsamer Hoteldiener. Sogar die hawaiianische Kaffeebar hat bereits dichtgemacht.

»Zeigen Sie mir das Foto noch einmal«, bittet Dana und macht den Motor aus.

Ich rufe von den Fotos, die Akito mir zugesandt hat, das dritte und letzte auf. Es ist von einer Deckenkamera, die senkrecht nach unten in den Inspektionsbereich gerichtet ist. In der Mitte eines geöffneten Handkoffers zwischen Caplan und einem Wachmann steht die Karbonitskulptur von Han Solo.

»Warum haben sie ihn nicht gezwungen, die Skulptur zu öffnen?«, fragt Dana.

»Weil sie nicht wussten, dass sie hohl ist. Sie sieht aus wie eine massive Statue aus schwerem Metall, was perfekt zu dem gepasst hat, was das Röntgengerät zeigte. Deshalb haben sie ihn durchgelassen.«

Ich drehe mich zu Dana herum. Sie hat sich auf dem Fahrersitz seitlich gegen die Tür gelehnt. Es ist zwar spät, aber keiner von uns ist müde.

Ich habe das Einhorn wieder, und Dana hat einen Mörder hinter Gitter gebracht. Es gab für uns beide schon schlechtere Tage.

»Wie sind Sie auf die Idee gekommen, sich an ihren Kontaktmann in Tokio zu wenden?«, fragt sie.

»Die Ware an Caplans Stand hat auf eine Verbindung zu Japan hingedeutet. All diese echten japanischen Markenartikel, besonders die Statuen. Eine solche handwerkliche Qualität findet man online nicht. Also muss er selbst nach Japan gereist sein, um sie vor Ort zu erstehen. Sein Aufenthalt dort bot ihm auch die Gelegenheit, das Einhorn zu kaufen. Er hätte das niemals einfach so verschickt, also musste er es selbst zurückgebracht haben. Der Pelican-Koffer wäre zwar ein besserer Strahlenschutz gewesen, aber damit wäre er nie durch die Sicherheitskontrolle oder den Zoll gekommen.«

»Warum hat er dann hier in den Staaten den Koffer benutzt?«, will Dana wissen.

»Weil er leichter und stabiler ist. Aber wenn ich wetten sollte, würde ich den Grund eher darin vermuten, dass er die Statue an Webb verkaufen musste, um einen Streit mit ihm zu vermeiden.«

»Das hat aber offensichtlich nicht sonderlich gut geklappt, oder?«, sagt sie.

»Nur deshalb nicht, weil Caplan das Einhorn mitten in der Nacht mit sich rumgetragen hat, als er es verstecken wollte. Der einzige strahlungssichere Behälter, der für ihn infrage kam, war der, mit dem er es aus Japan herausgeschmuggelt hatte. Nachdem wir herausgefunden hatten, wie er es außer Landes gebracht hat, wussten wir auch, wonach wir suchen mussten.«

Der Hoteldiener macht einen halbherzigen Versuch, Danas Tür zu öffnen, aber sie winkt ihn weg. Ich beobachte, wie er wieder vor das Auto tritt, die Hände in den Taschen vergraben.

Dana nickt. »Sie wussten, dass er es in einem Behältnis transportieren musste, das die Röntgenstrahlen blockiert, und dass er sein Handgepäck würde öffnen müssen.«

»Ja, aber Webb wusste nicht einmal, was er da tatsächlich vor sich hatte. Er dachte wirklich, es wäre nur eine Statue von Han Solo und dass Caplan versuchte, ihn zu linken.«

»Es sind schon Leute für weniger umgebracht worden.« Dana schüttelt den Kopf und blickt dann hinaus. »Da Sie das Einhorn jetzt haben, kehren Sie nun ins Silicon Valley zurück?«

Der plötzliche Themenwechsel überrascht mich. Mit dieser Frage habe ich mich noch nicht beschäftigt, weil ich zu sehr darauf konzentriert war, das Einhorn zu finden.

»Glauben Sie das?«, frage ich zurück.

»Möglich.« Sie zuckt mit einer Achsel und nickt

dann. »Sie sind ein verdammt guter Ermittler, aber das Einhorn hat Ihnen alles bedeutet. Und was werden Sie damit machen, da es jetzt wieder da ist? Was ist mit Ihren Plänen, die Sie 2011 dafür hatten? Nehmen Sie die Zügel Ihrer Firma wieder in die Hand, oder lassen Sie los?«

»Ich weiß nicht«, gestehe ich ehrlich. Denn sosehr ich mich bemühe, ich kann einfach das Bild einer an einen Stuhl gefesselten Amanda Caplan nicht wegschieben.

»Das ist definitiv was Neues«, meint Dana.

»Was?«

»Dass Sie mal was nicht wissen.« Sie lacht. Es ist nicht das scharfe, sarkastische Lachen, das ich von ihr gewohnt bin. Es ist anders, freier, amüsiert.

Ich schüttele den Kopf, dann sehe ich ihr in die Augen. »Ich bin wohl noch zu aufgedreht.«

Sie erwidert meinen Blick, nimmt meine Hand, drückt sie und fährt mit einem Finger über meine Handfläche. »Ich denke, dagegen könnte ich etwas tun.«

O ja. Ja, bitte, ja.

Ohne ein weiteres Wort steigen wir aus. Dana wirft dem Hotelbediensteten die Schlüssel zu und nimmt im Gehen das Ticket entgegen. Wir laufen fast durch die Lobby und warten eine gefühlte Ewigkeit auf den Aufzug. Als er klingelt und die Türen sich endlich öffnen, stürzen Dana und ich hinein, drücken auf den Knopf und ballen die Fäuste, können es kaum erwarten, dass sich die Türen schließen.

Sie gleiten zu, und wir wenden uns gleichzeitig einander zu. Ich beuge mich vor, sie hebt ihr Kinn an, und unsere Lippen treffen sich. Es ist kein sanfter Kuss, sondern hat eine nervöse, hungrige Energie. Unsere Zungen erforschen unsere Münder, und ich schlinge meine Arme um ihre Taille. Sie packt meine Schultern und zieht mich dichter an sich heran. Ich spüre jeden Zentimeter ihres Körpers.

Jemanden zu umarmen, der einen Körperpanzer trägt, ist seltsam. Ich fühle ihre Hüften, ihre Taille und ihre Arme, aber dazwischen ist ein großer harter Block, also berühre ich, was ich kann.

Ich lege meine Hand auf ihren Nacken, direkt unter ihren Pferdeschwanz. Sie neigt den Kopf weiter und erforscht mit ihrer Zunge tiefer meinen Mund. Der Geruch ihres Haars, der Geschmack ihres Mundes und die Hitze ihres Körpers vermischen sich zu einem Wirbel unterschiedlicher Eindrücke.

Sie weicht zurück, als sich die Aufzugtüren öffnen, und zerrt mich förmlich in den Flur.

»Wohin?« Ihre Stimme ist tief und drängend.

Ich führe sie an der Hand zu meiner Tür und suche hastig nach der Schlüsselkarte. Dana kitzelt meinen Nacken mit einer zarten Berührung, die mir eine Gänsehaut über den Körper jagt. Ich schiebe die Karte in das Lesegerät, die Tür wird entriegelt, und ich stoße sie auf.

Ich will Dana wieder küssen, aber sie dreht sich weg und betrachtet den Raum.

»Heilige Scheiße!« Sie lässt ihren Blick durch die Suite schweifen. »Das ist ein verdammt großes Zimmer.«

»Das Schlafzimmer ist da drüben.« Ich zeige zitternd vor Erwartung mit dem Finger auf die Tür.

»Das Sofa ist näher«, sagt sie und knöpft ihre Bluse auf.

Eine Stunde später stehe ich unten in der heißen feuchten Parkgarage und atme den Geruch von Öl und Müll ein. Ich habe nur hastig meine Jeans und ein T-Shirt übergezogen und trage meine Converse ohne Socken. Ich wirbele den Schlüssel zu Danas Zivilfahrzeug um den Finger.

Der Hoteldiener hat mir gesagt, wo das Auto steht, aber es sind viele Fahrzeuge in der Garage. Er wollte es für mich holen, aber so lange wollte ich nicht warten. Eine schöne Frau liegt nackt in meinem Bett. Eine, bei der ich mich freue, wenn sie morgen früh noch da ist. Ich kann mich nicht daran erinnern, wann das das letzte Mal passiert ist.

Also, wo zum Teufel ist ihr Auto?

Nachdem ich ein paar Minuten ungeduldig suche, finde ich es neben einem grauen Charger, dessen Nummernschild in der rechten unteren Ecke eingedellt ist. Deckers Leihwagen.

Wir haben ihm nichts vom Einhorn erzählt. Als er

sagte »Wir bleiben in Kontakt«, meinte er wohl, dass ich ihn sofort darüber informieren sollte, aber das ist mir egal. Caplans Mörder gefasst zu haben ist Danas Sieg, und das Einhorn gefunden zu haben ist meiner. Wenn wir morgen Amanda Caplan finden, werden wir uns mit Decker diesen Sieg teilen.

Als ich den Kofferraum öffne, finde ich die schwarze Sporttasche mit dem Logo der Polizeibehörde und dem aufgestickten »Lopez«, genau wie Dana sie beschrieben hat. Ist bei ihrer Figur nicht besonders überraschend, dass sie eine Tasche mit Trainingszeug im Auto hat, nur für den Fall, dass sie spontan ins Fitnessstudio geht. Das ist verdammt viel Fitness, aber – he, Kumar würde sagen, jedem seine Obsessionen. Und wieso sollte ich Einwände erheben, wenn die Trainingsklamotten bequem genug sind, dass Dana heute Nacht bei mir und in meinem Bett bleibt?

Man kann von dem Inhalt eines Autos viel auf die Person schließen, der es gehört. In Danas Kofferraum befindet sich ein Notfallset mit dem Logo ihrer Abteilung, ein Fußball, und unter ihrer Sporttasche lugt die Speisekarte eines kubanischen Restaurants hervor. Das Lokal muss ziemlich gut sein, wenn es mit der Hausmannskost ihrer Mutter in Miami mithalten kann. Wo wir aufgewachsen sind, war Thema während unseres postkoitalen Schmusens, das ich so schnell wie möglich fortsetzen möchte.

Nachdem ich den Kofferraum mit einem dumpfen Schlag geschlossen habe, fällt mir Deckers Auto in der nächsten Reihe wieder ins Auge. Ich schultere Danas Sporttasche und zögere. Irgendwas stört mich an dem Mietwagen, als ich ihn jetzt wieder sehe.

Ich habe L. A. mitten in der Nacht verlassen. Selbst mit der Zeitverschiebung war es früher Morgen, als ich hier ankam. Wie konnte Decker vor mir hier sein und zudem so schnell einen Leihwagen bekommen?

Man kann von dem Inhalt eines Autos viel auf die Person schließen, der es gehört.

Dana wartet oben auf mich.

Es wird nicht lange dauern.

Als ich zu Deckers Auto gehe, rufe ich eine weitere praktische App auf meinem Telefon auf. Die Lichter des Mietwagens blinken, und die Türen entriegeln sich. So schnell ich kann, durchsuche ich den Wagen. Ich beginne mit dem Fahrersitz, durchsuche alle Kartentaschen, die Mittelkonsole, die Getränkehalter und das Handschuhfach. Der Kofferraum ist leer bis auf einen Schneefeger, den die Autovermietung ganzjährig stellen muss.

Alles, was ich finde, sind Kaffeeflecken rund um den Getränkehalter und den Mietvertrag der Firma. Ich weiß nicht, was ich erwartet habe. Das Auto ist so zugeknöpft und pingelig wie Decker selbst.

Ich schlage den Mietvertrag auf und überfliege ihn, ohne genau zu wissen, warum ich das mache. Dana wartet oben. Ich denke an die makellose glatte

Haut ihrer Oberschenkel, deren Muskeln unter meiner Hand zitterten, als ich sie darauf hinaufgleiten ließ … Moment mal!

Ich runzle die Stirn so stark, dass meine Brauen spürbar eine Falte bilden. Ich überprüfe die Uhrzeit und das Datum auf meiner Smartwatch und rechne im Kopf bis zum Abschlussdatum des Vertrages zurück.

Dieser verdammte Mistkerl!

Decker hat das Auto Donnerstagnachmittag abgeholt. Caplan wurde erst am späten Donnerstagabend ermordet. Decker hat mir gesagt, dass das FBI erst aufgrund von Farbers Mittelsmännern eingeschaltet wurde, *nachdem* Caplans Leiche entdeckt wurde.

Was zum Teufel hat Decker dann am Tag zuvor hier gemacht?

Meine Gedanken werden durch eine Textnachricht von Kumar unterbrochen.

Kumar: Hier ist die Info, nach der du gesucht hast. Hoffe, das hilft.

Kumar: *Datei angehängt*

Ich: Danke.

Die angehängte Datei ist eine einfache Excel-Tabelle, aber erheblich umfangreicher, als ich gehofft hatte. Ich hatte eine geringere Anzahl von Perversen im Mittleren Westen erwartet. Mit einem Daumendruck leite ich die Daten an Bradley weiter. Wenn er jetzt loslegt, könnten wir Amandas Standort bis zum Morgengrauen haben.

Ich: Hier sind die Daten von Kumar.
Ich: *Datei angehängt*
Ich: Muss ich betonen, dass es eilig ist?
Bradley W: Bin startklar. Wie viele Einträge?
Ich: Eine Menge.
Bradley W: OK. Bin dran. Ich arbeite bis spät in die Nacht. Und schicke sofort SMS. Ruh dich aus.

Mein Finger schwebt über der Tastatur. Es gibt nichts mehr zu sagen. Bradley weiß, was zu tun ist. Alles, was ich tun kann, ist warten. Die Größe der Liste ist zwar ein Rückschlag, aber das heißt nicht, dass mein Plan nicht trotzdem funktionieren kann.

Aber ich spüre, wie ich die Schultern zusammenziehe, als die Unsicherheit wieder zurückkehrt.

Dana schläft, als ich in die Suite zurückkomme. Ich will sie wecken und ihr sagen, dass Kumar die Daten geschickt hat, aber als ich ihr ruhiges und entspanntes Gesicht sehe, bringe ich es nicht übers Herz. Sie braucht Schlaf. Genau wie ich. Amandas Leben könnte davon abhängen, dass ich in Bestform bin.

Angenommen, Bradley hat bis Sonnenaufgang den Ort herausgefunden, dann bleiben uns nur ein paar Stunden, bis die Con die Tore öffnet und die Übergabe ansteht. Trotz der Zuversicht, die ich

Burke und Chief Wilmont gegenüber gezeigt habe, bin ich überhaupt nicht davon überzeugt, dass die Cops an den Türen wirklich die Bieter daran hindern können, Waffen hineinzuschmuggeln. Es gibt zu viele Eingänge und weder genug Leute noch genug Zeit, sie zu sichern. Vor allem die Russen verstehen es, Waffen dorthin zu schaffen, wo sie sie brauchen. Es wäre besser, Amanda zuerst zu finden und damit das Treffen überflüssig zu machen.

Zudem ist Dragoniis immer noch in der Nähe und beobachtet mich. Decker hat mir nie gesagt, woher er von Dragoniis' Anwesenheit hier wusste, und ich hab nie gefragt, da ich vollkommen auf das Einhorn fokussiert war.

Als ich jetzt neben Dana liege und ihren nackten Körper an meinem fühle, fällt es mir leichter als erwartet, das alles loszulassen. All diese ungelösten Probleme, die normalerweise an mir nagen und mich wach halten, verblassen in der Dunkelheit.

Dana wälzt sich im Schlaf herum und schmiegt sich mit einem zufriedenen Seufzer tiefer in meine Umarmung. Sie ist warm. Ich bin erschöpft. Der Schlaf holt mich ein.

34

Das Geräusch eines beschleunigenden Star-Trek-Transporters dringt durch die Dunkelheit – und in meinen Schlaf. Ich verharre einen Moment in dieser Grauzone, bevor ich vollständig wach werde. Dann bin ich mir nicht sicher, ob ich es wirklich gehört habe. Ich drehe mich auf den Rücken, weg von Dana, und der Schlafnebel löst sich langsam auf.

Als das vertraute Geräusch wieder ertönt, werfe ich die Decke zurück und greife nach meinem Handy.

Bradley W: Erledigt. Analyse abgeschlossen. Es gibt ein Problem.

Ich: Wir haben keinen Standort bekommen?

Bradley W: Im Gegenteil. Wir haben zwei.

Ich: Zwei? Was meinst du mit zwei?

Bradley W: Zwei verschiedene Standorte. Beides Treffer für Google auf Firefox für Mac in der fraglichen Minute, und beide stehen auch auf Kumars Liste seiner Bondage-Pornokunden.

Ich: Was können wir tun? Wir müssen wissen, welche.

Bradley W: Weiter eingrenzen geht nicht. Das sind alle Daten, die wir haben. Tut mir leid, Will.

Ich raufe mir die Haare und werfe einen Blick auf die Leuchtziffern der Uhr neben Dana. Nur noch ein paar Stunden, bis die Con wieder aufmacht, und dann sollen wir das Fukushima-Einhorn an den Bieter aushändigen, der Amanda als Geisel genommen hat. Angesichts so vieler Variablen – Betriebssystem, Browser, Tageszeit und enger Fokus der Pornosite – hatte ich gehofft, dass die Kombination von Ricks und Kumars Listen nur einen einzigen Ort ausspucken würde. Zwei bedeuten, dass wir noch nicht fertig sind.

»Was ist los?« Dana setzt sich auf und reibt sich die Augen. Dann nickt sie zu meinem Handy. »Ist das Bradley?«

»Ja.«

»Hat er den Standort rausgekriegt?«

»Nicht ganz.« Ich atme tief durch. »Er hat zwei.«

»Damit können wir arbeiten.« Sie gähnt und schaltet die Nachttischlampe ein. »Es wird eng, aber wir können es schaffen.«

Während sie hastig eine SMS tippt, bewundere ich ihre Silhouette: fit und stark und doch weich und feminin. Ihr dunkles glänzendes Haar reicht ihr bis knapp über die Schultern.

Geld zieht Menschen an. Damit musste ich leben, seit meine erste Firma die Millionengrenze überschritten hat, und das ging auch weiter, nachdem ich das Valley längst verlassen hatte. Sowohl Männer als auch Frauen bieten ihre Gesellschaft, sexuell oder anderweitig, im Austausch für einen Batzen Geld an. Mittlerweile wittere ich solche Menschen schon aus einer Meile Entfernung.

Dana ist nicht so ein Mensch.

Sie hat sich jeden Zentimeter ihres Weges selbst erarbeitet und die Belohnung geerntet. Ich hege sogar den Verdacht, dass ich auch eine Art Belohnung bin, das Sahnehäubchen nach der Aufklärung des Caplan-Mordes.

»Wie lange hab ich geschlafen?«, fragt sie, als sie fertig ist mit Tippen und die SMS verschickt hat.

»Vier Stunden.«

»Bähh! Na ja, muss reichen.«

»Bähh?« Ich klinge erschüttert, was mir ein Lachen einbringt.

»Ich meine, vier Stunden sind nicht viel Schlaf. Aber es war schön, dich hier zu haben.« Sie beugt sich vor und küsst mich auf die Wange.

»Mich hier zu haben? Das ist mein Zimmer.«

»Die übliche Antwort wäre ›Ich fand's auch schön‹, das weißt du schon, ja?« Sie verdreht die Augen.

»Ach so, richtig. Entschuldigung. Schlafmangel. Bin noch benebelt. Und es ist schon eine Weile her …«

»Mach dir keine Sorgen, du warst großartig.« Sie reckt sich genießerisch und streckt die Arme über den Kopf.

»Du warst mehr als großartig«, sage ich.

»Ich weiß.«

Sie schiebt die Decken weg und geht nackt zum Kühlschrank der Minibar. Als sie sich bückt, um einen Blick hineinzuwerfen, wird meine Bewunderung für ihre Gestalt durch das laute Klingeln ihres Handys gestört.

»Einsatzbesprechung in dreißig Minuten.« Sie blickt auf das Display, nimmt dann eine große Dose Energydrink aus der Minibar und wirft sie auf das Bett neben mich. »Wir trinken einen und duschen kalt. Dann sind wir im Nu wieder munter.«

Ich bin auf halbem Weg zum Bad, bevor ich die Lasche der Dose knacke.

In dem stillen, stickigen Treppenhaus stinkt es nach Waffenöl, Leder und Schweiß. Ich blicke hoch, auf die lange Reihe von SWAT-Beamten, die irgendwo über mir verschwindet.

Decker wartet mit Griffon und Nassar in einem Kommandofahrzeug um die Ecke, geschützt vor Blicken aus dem Gebäude. Sie sind mit den Kameras und Mikrofonen des SWAT-Teams über Funk verbunden und sehen, was sie sehen. Das bedeutet, sie sehen wahrscheinlich mehr als ich.

Niemand sagt ein Wort, angespannt warten sie auf das Startkommando. Während des quälend langen Briefings wurden die beiden Standorte identifiziert. Der eine ist eine Eigentumswohnung in einem vornehmen Teil der Stadt, der andere ein Hotel. Im Laufe der Nacht ist ein häuslicher Streit zu einer

Geiselnahme eskaliert, was eines der beiden SWAT-Teams der Stadt beansprucht. Da uns deshalb nur ein Team zur Verfügung steht, können wir nicht an zwei Orten gleichzeitig zuschlagen. Also mussten wir uns für den wahrscheinlichsten entscheiden. Wenn wir noch zum zweiten müssen, wird die Zeit knapp.

Auf dem Erpresserfoto sieht man nur schlichte weiße Wände und keine Möbel. Das verrät uns nicht genug über Amandas Aufenthaltsort, um zu entscheiden, welcher von beiden es sein könnte. Das Hotelzimmer ist auf einen Allerweltsnamen auf einer gängigen Kreditkarte registriert. Es könnte eine falsche Identität sein, die von Söldnern eingerichtet wurde, oder es könnte ein Mann mit einem gewöhnlichen Namen sein.

Es wird Stunden dauern, bis die Bank weitere Informationen über den Karteninhaber herausrückt. So viel Zeit haben wir nicht. Letztendlich hat Burke die Entscheidung Chief Wilmont überlassen. Er wählte das Hotel, basierend auf der Annahme, dass die Entführer nicht aus der Stadt kommen.

Dank Dana durfte ich mit dem Einsatzteam mitfahren. Der SWAT-Kommandeur ist ein mürrischer Kerl mit kahl rasiertem Schädel und Stiernacken. Er wollte keine »Zivilisten« dabeihaben, aber Dana hat eine SWAT-Zulassung und ein paar Fäden gezogen, sodass ich zumindest mit ins Treppenhaus kann. Sie haben mir eine Schutzweste verpasst, die ich über mein T-Shirt gezogen habe, haben mir einen Helm aufgesetzt und mir befohlen, unten am Ende der Schlange zu warten.

Es kommt mir vor, als säßen wir schon seit zwei Wochen in diesem stickigen Treppenhaus, während sie versuchen, einen Blick in den Raum zu werfen. Ich wäre einfach hochgegangen und hätte angeklopft. Wahrscheinlich ist es ganz gut, dass ich nicht zum Geiselbefreiungsteam des FBI gehöre.

Der Grundriss der Suite verhindert, dass sie mit der Glasfaserkamera, die sie unter die Tür hindurchgeschoben haben, genug von dem Raum sehen können. Und da sich der Sonnenaufgang in den Fenstern spiegelt, können sie auch von der anderen Straßenseite nicht hineinschauen, nicht mal mit Thermalscannern. Sie haben eine gute Ausrüstung, aber die Umstände sind einfach gegen sie.

Der Typ vor mir sagt, dass so was manchmal passiert und ich mir keine Sorgen machen soll. Er hat leicht reden. Er sieht ja auch nicht jedes Mal, wenn er die Augen schließt, Amanda Caplan, die verängstigt und an einen Stuhl gefesselt ist. Oder Kate Mason, die mit aufgeschlitzter Kehle verblutet. Ich schon.

Die Stimme des SWAT-Kommandanten dringt durch den winzigen drahtlosen Knopf in meinem Ohr. »Wenn wir noch länger warten, wachen die Leute auf. Wir müssen mit den Informationen arbeiten, die wir haben. Bereitschaft Blau.«

Das Team im Treppenhaus erhebt sich fast synchron. Sie nehmen die geduckte taktische Position ein, und jeder legt seine Hand auf die Schulter des Vordermanns.

Ich folge dem Beispiel, lege meine Hand auf die Schulter des Mannes vor mir und schlurfe hinter ihm her. Da die anderen zwanzig Polizisten vor mir mehr als genug Waffen in den Händen haben, lasse ich meine im Holster. Das ist wahrscheinlich für alle gesünder.

Als wir den Flur erreichen, rücken wir geduckt, schnell und leise vor, bis wir vor der fraglichen Wohnungstür stehen. Es ist eine Suite. Das ist mehr als genug Platz, um Amanda festzuhalten. Aber sicher wissen wir nur, dass irgendwo da drinnen ein Kerl hockt, der auf Bondage-Sites gesurft hat. Es könnte jeder sein. Ein Kind, das auf den falschen Link auf YouTube geklickt hat. Ein Geschäftsreisender, der sich die Zeit vertreiben will. Was, wenn Amanda nicht in der Suite ist? Schlimmer, wenn die Entführer sie töten, bevor wir sie ausschalten können?

»Bereitschaft Grün!«, befiehlt der Einsatzleiter.

Ich höre das Brechen der Wohnungstür, dann das Knallen von Schockgranaten. Die Hölle bricht los.

Das SWAT-Team bewegt sich im Gänsemarsch, trampelnd und schnell. Befehle werden geschrien: »Hände hoch!« und »Auf den Boden!« Das bedeutet, es ist jemand da. Amanda? Ich habe uns hergebracht, an diesen Ort. Früh genug? Oder liegt in der Suite eine junge Frau, an deren Tod wieder ich Schuld trage?

Ich lasse mich mit dem Rücken an der Flurwand zu Boden sinken und schlage die Hände vor das Gesicht. Mit allen mentalen Techniken und Tricks, die ich in Okinawa gelernt habe, versuche ich, meinen Herzschlag zu beruhigen. Aber ich werde das Bild nicht los: Kate Mason, das Messer und Sterlings widerliches Grinsen. Ich bin vollkommen diesem Moment ausgeliefert, in dem sich entscheidet, ob Amanda Caplan lebt oder stirbt oder schon tot ist.

»Gesichert!«, rufen die Männer.

Die Suite ist gesichert. Ich kann hineingehen.

Ich zwinge meine gummiweichen Beine, mir zu gehorchen, und rapple mich hoch. Mein Magen brennt wie Feuer, und ich mache einen Schritt auf die Tür zu, dann noch einen. Mit aller Willenskraft, die ich aufbringen kann, biege ich um den Türpfosten und betrete den Raum.

Ich merke sofort, dass etwas nicht stimmt. Die Farben sind falsch. Die Möbel auch. Hier gibt es Tapeten. Die Türrahmen sind angeschlagen, unter der Farbe sieht man das Holz. Das Muster des Teppichs ist verblasst, aber bunt, die Vorhänge sind verblichen.

Dana kommt aus dem Schlafzimmer.

»Agent Parker, schon klar.« Sie hebt die Hände.

»Das hier ist es nicht«, sprudelt es aus mir heraus. »Das Zimmer ist vollkommen anders als …«

»Ganz ruhig«, sagt sie.

»Wer ist da drin?« Ich schiebe mich um sie herum und werfe einen Blick ins Schlafzimmer.

Auf der Kante eines unordentlichen Bettes hockt ein pummeliger Weißer in Boxershorts mit blassblauen Streifen und sonst nichts. Sein kurzes Haar kann nicht verbergen, dass er fast eine Glatze hat. Neben ihm sitzt eine Frau mittleren Alters mit pechschwarzem, offensichtlich gefärbtem Haar. Ihr Gesicht ist geschminkt, als würde sie in der Kosmetikabteilung bei Macy's arbeiten. Sie trägt ein schwarzes Lederkorsett über einem passenden schwarzen Ledertanga. Ihr blasser Busen quillt über das Oberteil. Sie hält nichts in den Händen, aber der roten Haut des pummeligen Kerls nach hat sie die Neunschwänzige Katze benutzt, die jetzt auf der Kommode liegt.

»Robert Johnson und Kaitlyn Morris, beide aus Toledo, Ohio.« Ein SWAT-Officer liest von zwei Führerscheinen ab. »Unterschiedliche Adressen.«

»Sie werden das doch nicht meiner Frau erzählen, oder?« Der Mann beugt sich vor und stützt den Kopf in die Hände. Dabei gibt er einen Laut von sich, der fast wie das Miauen einer verzweifelten Katze klingt.

»Fuck. Das ist nur ein Kerl, der seine Frau betrügt!« Ich bin entsetzt, aber nicht wegen dieses ehebrecherischen Paares, sondern weil wir uns für den falschen Ort entschieden haben.

Ich wirble herum und stürme zurück ins Wohnzimmer. Dana folgt mir auf dem Fuß.

»Wir müssen zu der anderen Wohnung«, sage ich zu ihr. »Zu der Eigentumswohnung.«

»Das schaffen wir nicht mehr, Will.« Dana blickt kurz auf ihre Uhr. »Wir haben hier zu viel Zeit verloren. Die Wohnung liegt draußen in den Vororten. Wen auch immer der Bieter schickt, er ist bereits auf dem Weg zur Con. Wir schaffen es nie, dorthin zu fahren, zuzuschlagen und dann rechtzeitig zurück zum Convention Center, um uns mit dem Bieter zu treffen.«

»Gut, dann soll sich Decker um das Treffen kümmern, während wir die Wohnung stürmen!« Ich bin aufgeregt und nervös. »Das ist noch zu schaffen, aber wir müssen uns verdammt beeilen.«

»Ich weiß, dass du dorthin willst, Will, aber da bist du nicht am richtigen Ort.« Ihre Stimme ist ruhig und entschlossen. »Wir brauchen dich im Convention Center. Dein CEO hat das Fukushima-Einhorn. Du kennst dich mit der Technologie aus. Du kennst das Convention Center in- und auswendig. Und die ganze Nummer mit diesem Schauspieler läuft über dich. Was ist, wenn er es mit Decker nicht durchziehen will?«

Gutes Argument. Ich jedenfalls würde es nicht tun.

»Aber ich will nicht dorthin.« Ich will zur Wohnung, weil ich für Amanda verantwortlich bin, genau wie ich für Kate Mason verantwortlich war.

»Du traust dem SWAT-Team nicht?«

»Sie sind okay.« Ich sehe mich um. »Trotzdem halte ich es für besser, wenn ich auch dort bin.«

»Natürlich tust du das. Und wir wissen beide, warum du das denkst!« Sie stellt sich vor mich, schaut mich direkt an. »Ich möchte dich etwas fragen: Vertraust du *mir*?«

In jeder anderen Situation wäre es vollkommen daneben, so eine Frage von einer Frau zu hören, mit der ich gerade die Nacht verbracht habe, obwohl ich sie nicht mal achtundvierzig Stunden kenne. Aber jetzt und hier ist es genau die richtige Frage.

»Ja.«

»Dann los!«, antwortet sie. »Ich mach das schon.«

35

Warten ist nichts für mich.

Ich hocke tatenlos hinter einem Vorhang im Convention Center, während Dana den Sturm auf die zweite Location vorbereitet, und linse durch einen Spalt auf die Menschenmenge auf der anderen Seite. Und warte.

Unter den Tausenden von Menschen, die in das Gebäude strömen, befindet sich der Bieter, der Amanda Caplans Leben in der Hand hat. Und der erwartet, dass ich ihm in wenigen Minuten das Fukushima-Einhorn übergebe. Ich mache mir keine Illusionen darüber, was mit ihr passiert, wenn er es nicht bekommt.

In den falschen Händen kann das Einhorn Millionen Menschen schaden. Aber wenn ich dem Bieter das Einhorn nicht gebe, wird Amanda sterben. Jetzt. Heute. Ich weiß nicht, was ich tun werde, wenn ich mich zwischen dem Einhorn und Amanda entscheiden muss. Wenn Dana Erfolg hat, muss ich mich dieser Wahl nicht stellen, also setze ich all meine Hoffnung auf sie.

Ich habe die Adresse der Wohnung auf einer

Home-Sharing-Website gefunden. Vielleicht wohnen die Besitzer tatsächlich dort und reisen nur viel. Oder sie betreiben ein nicht lizenziertes B & B. Ich weiß es nicht, und es ist mir auch egal. Wichtig ist nur, dass die Wohnung offenbar verfügbar und abgelegen ist. Genau das, wonach Söldner suchen. Ich habe ein gutes Gefühl hinsichtlich unserer Chancen, dass Amanda dort gefangen gehalten wird. Ob Dana dort rechtzeitig ankommt, steht auf einem anderen Blatt.

Decker wollte feststellen, wer die Wohnung gemietet hat, aber nicht einmal ich kann in den nächsten Minuten Strippen ziehen, um eine Antwort auf diese Frage zu finden. Uns läuft einfach die Zeit davon.

Auf der anderen Seite des Vorhangs sitzt Jerry Oldham an einem Tisch und gibt seinen Fans Autogramme. Er trägt den roten Fez keck schräg auf dem Kopf. Vor dem Tisch liegt ein roter Teppich als Puffer zwischen den Menschenmassen und den Prominenten. Ich bin so nah wie möglich an ihm dran, nur ein paar Meter entfernt, und trotzdem verborgen.

Neben Jerry steht seine Assistentin, die die Aufgabe hat, das Geld der Fans zu kassieren und sie aus einigen Hochglanzfotos im Format 8 × 10 eins zum Signieren aussuchen zu lassen. Die ganze Sache läuft wie eine gut geölte Maschinerie. Die Fans bekommen ihr Promi-Erlebnis, und die Promis bekommen Geld. Tanz Äffchen, tanz!

Jenseits des Teppichs kontrolliert Farbers Assistentin Sally Cho Jerrys Fangemeinde. Decker hat uns verboten, ihnen zu verraten, wer kommt und warum, nur dass es wichtig für die Untersuchung des Mordfalls ist. Sally ist sichtlich erleichtert, Farber los zu sein. Jerry ist begeistert, an einem »richtigen Fall« mitzuarbeiten. Und seine Assistentin liebt ihren Job und erfüllt ihm gern all seine Wünsche.

Das Einhorn liegt versteckt in seinem Kohlefasergehäuse vor der Assistentin. Sie wird es beschützen, bis Oldham einen Codesatz sagt. Wenn er sagt: »Na klar, das habe ich gleich hier«, ist der Moment gekommen, in dem ich mich zwischen Amanda Caplans Leben und der Möglichkeit entscheiden muss, die gefährlichste Cyberwaffe der Geschichte auf die Welt loszulassen.

Decker hat sich erbittert dagegen gesträubt, es so weit kommen zu lassen. Er wollte nicht, dass Oldham den Koffer mit dem Einhorn auch nur anfasst. Und das, obwohl er gar nicht weiß, dass ich den Koffer so programmiert habe, dass er sich auch für Jerry öffnet. Dem Bieter zu ermöglichen, den Inhalt des Koffers zu prüfen, könnte Dana noch eine Minute, vielleicht zwei verschaffen, um Amanda zu befreien. Ich werde zweifellos gefeuert, wenn Decker herausfindet, was ich getan habe, aber wenn das der Preis dafür ist, Amanda Caplans Leben zu retten, bin ich bereit, mich zur Ruhe zu setzen.

Mindestens hundert Leute stehen bereits in der

Schlange, um Oldham zu sehen, und es kommen immer mehr dazu. Da sich auch vor den Tischen der anderen Prominenten Schlangen bilden, wird es immer schwieriger, die Menge von meinem Platz hinter dem Vorhang aus im Auge zu behalten.

»Wie sieht es aus, Bradley?«, frage ich in mein Headset. Ich habe zwei aktive Kanäle: Auf dem einen höre ich das SWAT-Team, sodass wir wissen, was in der Wohnung passiert, und der andere ist für uns im Convention Center reserviert. Bradley hat sich von L. A. aus eingeklinkt.

»Noch nichts, Boss«, sagt er, während er knisternd irgendeine Süßigkeit auspackt. »Ich hab mich in die Security- und Automatisierungssysteme des Gebäudes eingeloggt. Sieht alles normal aus.«

»Wo ist er?« Deckers Stimme knurrt in mein Ohr. »Es war abgemacht, dass wir uns nach der Eröffnung treffen.«

Durch den Spalt sehe ich Decker im Zwischengeschoss über mir. Er beugt sich über die Brüstung. Um nicht aufzufallen, trägt er ein Battlestar-Galactica-T-Shirt mit der Aufschrift »What the Frak?« in fetter Schrift auf der Vorderseite.

»Das Einhorn ist hier, also ist auch er hier«, antworte ich und setze hinzu: »Sie sehen gut aus da oben, Decker.«

Noch aus hundert Metern Entfernung sehe ich ganz deutlich seinen ausgestreckten Mittelfinger.

»Die Schlangen am Eingang sind endlos«, meldet

sich Griffon. »Es wird lange dauern, bis alle die Sicherheitsschleuse passiert haben.«

»Schon irgendwas von unseren russischen Freunden zu sehen?«, frage ich.

»Noch nicht, aber es sind eine Menge Leute hier.«

»Und? Schon was verdient?«

Wie sich herausstellte, ist Griffon auch Musiker. Mit einer alten Gitarre, die wir auf dem Polizeirevier gefunden haben, und verkleidet mit ein paar Klamotten aus einem Secondhandladen klimpert er draußen herum, während er nach bekannten Gesichtern Ausschau hält.

»Würden Sie es glauben, wenn ich Ja sage? Und eine Handynummer hab ich auch schon bekommen.«

»Jetzt schon?« Das kommt von Nassar. »Ich hab doch gesagt, wir hätten ihm die Gitarre nicht geben sollen.«

Sie steht am Ende der Autogrammgasse, in der Nähe einer breiten Brandschutztür, für den Fall, dass sich der Bieter aus dem Staub machen will. Sie trägt den Ghostbusters-Jumpsuit, den wir vor der Öffnung gekauft haben.

Wie heutzutage jeder, der die Geduld verliert, zücke ich mein Handy. Aber statt mir die Zeit mit dem Stöbern in sozialen Medien zu vertreiben, gehe ich noch mal die Fallnotizen durch, bis mir etwas ins Auge fällt.

Die Nummer des Escortmädchens, die Nassar mir gegeben hat.

Ich grinse, als ich mich an Deckers Reaktion erinnere. Aber dann klickt etwas in meinem Kopf.

Ich öffne die Nachrichten, kopiere die Nummer und füge sie ein. Dann tippe ich eine SMS.

Ich: Habe Ihren Namen von Darryl. Kann ich einen Termin machen?
Unbekannt: Wann? Und wie lange?
Ich: Flexibel, was die Zeit angeht. Ich komme von außerhalb. Nur übers Wochenende hier. Zum Beispiel eine Stunde?
Unbekannt: Ich bevorzuge im Allgemeinen mehrstündige Termine.
Unbekannt: *link*

Natürlich tut sie das. Sie wird stundenweise bezahlt. Ich tippe auf den Link und öffne ihre Website. Sie hat, typisch für die Branche, eine Seite mit einer Kurzbio, eine Galerie mit geschmackvollen erotischen Fotos und einige Registerkarten für weitere Informationen. Es sind professionelle Fotos und, wenn sie stimmen, hat sie einen sehr sexy Körper. Keines der Bilder zeigt ihr Gesicht.

Sie ist ein Luxus-Escortgirl. Um herauszufinden, wie viel Hicks bezahlt hat, tippe ich auf die Registerkarte »Preise«. Als die Seite lädt, werden auch ihre Dienstleistungen aufgelistet.

Ich erstarre.

»Sind wir denn sicher, dass er den Köder

schluckt?« Deckers Stimme über Funk reißt mich aus der Starre. »Was, wenn er nicht auf diesen Oldham schaut, sondern erwartet, dass Caplans ›Mitarbeiter‹ hier irgendwo rumläuft?«

»Die Halle füllt sich schnell«, meint Nassar. »Vielleicht kann er ihn nicht sehen.«

»Eine Sekunde«, antworte ich und schreibe eine kurze Nachricht. *Es wird Zeit, dass du dir deine Kohle verdienst, Jerry.*

Durch den Vorhang sehe ich, wie Oldhams Betreuerin auf ihr Handy blickt. Sie beugt sich zu Jerry, während der gerade dabei ist, ein kleines Mädchen mit seinen strahlend weißen Zähnen zu blenden.

Ich betätige den Schalter des Funkgeräts in meiner Tasche und füge den SWAT-Kanal hinzu. Sie können uns nicht hören, aber wir können ihren Funkverkehr mithören.

»Sie sind live im Convention Center, Leute. Backup-Team, sind Sie in Position?«

»Verstanden, bin in Position.«

»Scharfschütze eins. Rührt sich was?«

»Negativ.«

»Scharfschütze zwei?«

»Negativ.«

»Eingreifteam, Lagebericht.«

»In Position. Kamera wird ausgefahren.«

Danas Stimme zu hören lässt die Distanz zwischen uns schrumpfen.

Jerry hört seiner Assistentin eine Sekunde zu, dann steht er auf und breitet seine Arme weit aus.

»Wie geht's euch, Leute?«, brüllt er über die Menge hinweg. Hundert Stimmen jubeln im Chor.

»Haben wir hier ein paar *Double Limiters*?« Er legt demonstrativ eine Hand an sein Ohr.

Das Gebrüll der Menge schwillt auf doppelte Lautstärke an, und die Fans aus den benachbarten Reihen und die Passanten, die vorbeischlendern, recken neugierig die Hälse, um zu sehen, was diese Aufregung ausgelöst hat.

»Es ist an der ZEIT!« Jerry schreit die Hookline seiner Figur und schaut zur Decke, als würde er gleich verschwinden und sich in eine andere Epoche und an einen anderen Ort teleportieren.

Die Menge dreht durch. Die Leute in der Schlange der Autogrammjäger springen wie verrückt herum, sodass der Betonboden unter meinen Füßen vibriert. Junge männliche Fans stoßen ohrenbetäubende Freudenschreie aus.

Eins muss ich ihm lassen: Der Mann ist ein Vollblutentertainer.

Schweigen breitet sich im Saal aus, während alle Jerrys Mätzchen beobachten. Dabei achtet er darauf, dass sein roter Fez schön auf seinem Kopf bleibt. Wenn unser Bieter im Gebäude ist, muss er ihn jetzt gesehen haben.

Die Stimmen des SWAT-Teams in der Wohnanlage knistern in meinem Ohr: *»Einsatzleitung, Be-*

wegung in der Nähe des Foyers. Ausschnitt durch Blick in einen Spiegel. Unbekannte Person. Weiß, männlich. Mitte zwanzig. Bart. Große Ohrringe. Bluetooth-Kopfhörer.«

Das klingt nicht nach dem Besitzer der vorstädtischen Luxus-Eigentumswohnung. Vielleicht im Valley, aber nicht hier im Maisgürtel. Die Hoffnung in meinem Herzen lodert etwas heller.

Dann fällt mein Blick auf mein Handy, und ich springe hoch, als mir einfällt, was ich gerade getan habe, bevor Decker mich unterbrochen hat. Ich wechsle zur Telefon-App und wähle.

Sie geht nach dem ersten Klingeln ran. »Hallo?«

»Ich habe Ihnen gerade eine SMS geschickt.«

»Richtig. Ich weiß nicht, ob das Ihr erstes Mal ist, aber die meisten Mädchen nehmen keine Anrufe von unterdrückten Nummern entgegen.«

»Warum haben Sie es dann getan?«

»Weil Darryl Ihnen meine Nummer gegeben hat und er bisher immer eine gute Vorauswahl für mich getroffen hat.«

»Wie heißen Sie?«

»Sie können mich Eliza nennen.«

»Nun, Eliza, bitte legen Sie nicht auf. Es wird für uns beide nicht gut ausgehen, wenn Sie das tun. Nur so viel: Sie sind nicht in Schwierigkeiten. Mein Name ist Will Parker. Ich bin Special Agent beim FBI.«

»Was? Soll das ein Scherz sein?«

»Mein Kollege hat Darryl Parr auf der Arbeit befragt. Sie können ihm eine SMS schicken, um das zu überprüfen, aber bitte legen Sie nicht auf. Wir ermitteln in der Entführung eines achtzehnjährigen Mädchens. Der Zeitfaktor ist entscheidend.«

»Ist sie in Gefahr?«

Ich schlucke schwer. »Ja.«

»Warten Sie kurz.«

Jede Sekunde, in der sie weg ist, vergeht so langsam, dass ich mich frage, ob die Zeit überhaupt vergeht.

»Okay, ich habe ihm eine Nachricht geschickt.«

»Vor zwei Nächten hatten Sie einen Kunden.«

Es gibt eine lange Pause. Vorsicht ist in ihrem Metier klug, aber dafür habe ich keine Zeit.

Ein kurzes Rauschen in meinem Ohr und die Stimmen des SWAT-Teams mischen sich in das Gespräch. *»Balkonteam, haben Sie Augen in der Wohnung?«*

»Drohne in Position. Vorhänge geschlossen. Suchen nach einer Lücke.«

Der Plan sah vor, dass sich ein zweites Team Zutritt in die Wohnung nebenan verschafft und den gemeinsamen Balkon nutzt, um eine kleine ferngesteuerte Raupendrohne auf der Terrasse zu platzieren.

»Möglich«, antwortet Eliza schließlich.

»Wir wissen es. Weiß, männlich, Ende vierzig, von außerhalb.«

»Das trifft auf neunzig Prozent meiner Kunden zu.«

Ein leises Brummen kommt über die Leitung. Irgendwas vibriert bei ihr.

Eine weitere Pause, während sie den Text der SMS liest. »Das war Darryl. Er sagt, Sie sind echt. Und ich krieg wirklich keinen Ärger?«

»Das verspreche ich Ihnen. Das FBI interessiert sich nicht für Ihre beruflichen Aktivitäten über diesen speziellen Kunden hinaus.«

»Okay, Special Agent Parker. Was wollen Sie wissen?«

»Aufpassen«, meldet sich Decker in meinem anderen Ohr. »Die Menschenmenge bewegt sich wieder.«

Ich widerstehe dem Drang, durch den Spalt in den Vorhängen zu spähen. »Sie bieten auf Ihrer Website Domina-Dienste an. Ist das korrekt?«

»Ich treffe viele Geschäftsreisende. Einige sind Subs und haben eine Dom zu Hause. Manche wollen es einfach nur mal ausprobieren. Es ist ein beliebter Service.«

»Der Kunde, den Sie vor zwei Nächten hatten – hat er Dom-Dienste verlangt?«

»Ich überprüfe kurz meine Anrufnotizen. Wie viele Details wollen Sie?«

»Fesseln? Ja oder nein.«

Wieder eine Pause, diesmal kürzer, während sie nachschaut. »O ja, der Typ. Ja, Bondage.«

»Sie haben wahrscheinlich keinen Namen, aber gab es etwas Auffälliges an ihm?«

»Oh, ich hab einen Namen«, sagt sie schnell. »Diskretion ist zwar wichtig, Special Agent Parker, aber meine Sicherheit hat oberste Priorität. Für meine Dom-Dienste überprüfe ich immer die Ausweise.«

Warum hast du das nicht gleich gesagt, verdammt? Ich balle die Faust und trete vom Vorhang weg.

»Wie war sein Name?« Ich stelle die Frage so ruhig wie möglich.

»Martin Hicks.«

»Decker, wir müssen Martin Hicks ausfindig machen, sofort! Er ist der Entführer!« Die Worte sprudeln aus meinem Mund, während ich gleichzeitig das Telefonat beende.

»Wer ist in der Nähe des Pyntel-Stands?«, fragt Decker.

»Ich stehe direkt davor«, antwortet Griffon.

»Bewegung!«, befiehlt Decker.

»Bradley!« Ich spreche in das Funkgerät, leise, aber drängend.

»Bin dabei, Boss. Ich such ihn. Aber da sind eine Menge Leute.«

»Gesichtserkennung?«

»Keine Zeit, das Programm zu laden, und die Kamerabilder sind sowieso nicht besonders gut.«

»Ich hab jemanden!«, ruft Decker. »Er geht an der Oldham-Schlange entlang. An allen vorbei.«

»Hicks?« Ich presse das Wort aus meiner zugeschnürten Kehle.

»Ich kann nur seinen Rücken sehen. Weiß, männlich. Handy am Ohr. Mehr hab ich nicht. Passen Sie auf!«, setzt Decker wenig hilfreich hinzu.

»Ich hab ihn«, meldet Bradley, »aber ich kann das Gesicht nicht erkennen. Die Kameras sind zu weit weg. Tut mir leid, Boss.«

Der SWAT-Kanal erwacht in meinem Ohr zum Leben. Die Stimmen klingen schnell, dringlich.

»Einsatzleitung, Balkonteam bestätigt Geisel im Schlafzimmer.«

»Wiederholen Sie, Balkon. Können Sie die Identifizierung bestätigen?«

»Bestätigt. Das ist sie. Geknebelt und an einen Stuhl gefesselt.«

»Kontrahenten?«

»Bleiben Sie dran.«

»Sir, Sie wollen Mr. Oldham sehen?« Sally Chos Stimme dringt durch den Vorhang. Klar und professionell, aber der Lärm der Menschenmenge übertönt die Antwort. »Das Ende der Schlange für Mr. Oldham ist dort drüben. Ach, Sie haben einen VIP-Ausweis? Kein Problem, dann sind Sie der Nächste, Sir.«

Die Stimmen im SWAT-Funk werden immer drängender.

»Einsatzleitung, hier Balkonteam. Es sind zwei, wiederhole zwei Kontrahenten im Schlafzimmer bei der Geisel. Bewaffnet. Halbautomatische Pistolen.«

»Verstanden. Plan C! Verstärkung, Team zwei, los!«

Plan C sieht vor, dass das zweite Team über den Nachbarbalkon klettert und durch die Balkontür eindringt. Da sie im Schlafzimmer bewacht wird, würde ein Eindringen durch die Vordertür zu lange dauern. Aber Einsatzkräfte, die im zehnten Stock herumklettern, brauchen Zeit. Und genau die haben wir nicht.

Das Mädchen unmittelbar vor Jerry tritt mit seiner Mutter beiseite und macht dem VIP Platz. Wer auch immer es ist, er hat es eilig, denn das Kichern des Mädchens ist noch nicht verklungen, als ich höre, wie die Assistentin ihm ein Foto anbietet. Ich verstehe seine Antwort zwar nicht, aber ich weiß, wonach er gefragt hat, als ich höre, was Jerry als Nächstes sagt.

»Na klar, das habe ich gleich hier.«

36

»Er ist es!«, zische ich in das Headset. »Es ist Hicks!«

»Das kam nur verstümmelt an«, antwortet Decker. »Wie war das?«

Ich sehe durch den Vorhang, wie die Assistentin unter dem Tisch nach dem schlanken Karbonkoffer mit dem Einhorn greift. Von seinem Aussichtspunkt im Zwischengeschoss müsste Decker es eigentlich auch sehen.

Die Zeit ist abgelaufen. Das SWAT-Team hat weder Amanda noch den Bieter, und Hicks ist wegen des Einhorns hier. Wenn er es nicht bekommt, ist Amandas Leben in Gefahr. Verteidige ich das Einhorn, oder lasse ich zu, dass Hicks es an sich nimmt? Wenn er damit das Gebäude verlässt, sehe ich es garantiert nie wieder!

Wenn ich ihn hinhalten will, muss ich genau wissen, was Hicks tut. Decker sieht nur seinen Rücken, und Bradley sagte, die Kameras seien keine große Hilfe. Aber sobald Hicks mich erspäht, weiß er, dass wir hinter ihm her sind.

Ich öffne den Spalt im Vorhang gerade so weit, dass ich ihn sehen kann. Im selben Moment wird der Vorhang auseinandergezogen und gibt den Blick auf das Mädchen und ihre Mutter frei, die sich gerade ein Autogramm holen wollten. Sie haben hier eigentlich nichts zu suchen.

»Komm schon, Mama, hier sind bestimmt die Toiletten!«, ruft das Mädchen.

Oldham beugt sich vor, um seiner Assistentin den Koffer abzunehmen. Martin Hicks steht vor ihm mit einem Handy am Ohr. Sally Cho hält die anderen Fans zurück.

Hicks' Aufmerksamkeit wird auf die Vorhänge gelenkt, und sein Blick fällt direkt auf mich.

Die Stimme des SWAT-Kommandanten in meinem Ohr klingt eindeutig ungeduldig.

»Balkonteam, in Position?«

»Zwei in Position, zwei noch unterwegs. Schwieriger Aufstieg.«

Die Wohnung. Amanda. Ihre Wächter. Sie tragen Bluetooth-Headsets.

Und Hicks ist am Handy.

»Bradley, sag Dana, sie soll sofort losschlagen!«

Hicks runzelt die Stirn und verarbeitet, was er sieht. Als er es kapiert, reißt er Augen und Mund weit auf. Wenn er mit den Söldnern in der Wohnung in Kontakt ist, bleiben nur noch ein paar Sekunden.

Ich stoße die Mutter zur Seite, remple das Mädchen zu Boden. Meine Beine bewegen sich quälend langsam, als wären sie gefühllos. Es würde zu lange dauern, meine Waffe zu ziehen, und angesichts der tausend Menschen hinter Hicks wäre es auch zu gefährlich.

Stattdessen richte ich meinen Blick starr auf seine Brust. Dort werde ich zuschlagen, mit aller Kraft, die ich aufbringen kann.

Jeder Muskel spannt sich an.

Keiner bewegt sich. Sie alle sind Statuen. In diesem Moment gibt es nur Hicks und mich.

Er bläht die Nasenflügel, als er tief einatmet. Ich habe Zeit, bis seine Lunge gefüllt ist, um zu ihm zu gelangen.

Nach drei Schritten fliege ich durch die Luft, über den Tisch hinweg und knalle wie ein Rammbock mit dem Kopf gegen seine Brust. Er grunzt, als ihm die Luft wegbleibt. Ein Wort bringt er nicht heraus. Wir landen hart auf dem roten Teppich, der dünner ist, als er aussieht.

Das Handy fliegt ihm aus der Hand und poltert über den Boden, ist aber noch in Reichweite.

Ich höre eine andere Stimme in meinem Ohr. Dana.

»Hier Einsatzleitung: Los, sofort!«

»Fast da!«

Die Nachricht ist zu Dana durchgedrungen, aber jemand zögert. Ich hasse das. Warum können die Leute nicht einfach tun, was ich ihnen sage, wenn ich es sage?

Hicks versucht, mich abzuwehren, aber genau für so was bin ich ausgebildet. Ich presse ihm meinen

Unterarm gegen die Kehle. Ich habe zwar nicht die nötige Hebelwirkung, um seine Luftröhre zu zerquetschen, aber ich kann seine Schreie zu einem kläglichen Würgen ersticken. Was, wie ich hoffe, am anderen Ende der Leitung nicht gehört wird.

Danas Stimme ist wieder im Funk zu hören. Sie ist ganz ruhig.

»Hier Einsatzleitung. Code Schwarz!«

Dana nennt den Code, der bedeutet, dass eine Geisel gleich sterben wird. Es ist das Beste, was sie in dieser kurzen Zeit tun kann.

Ich habe mich nur auf den Angriff konzentriert und meine Deckung vernachlässigt. Ich hätte jederzeit darauf gewettet, dass die Konzerndrohne Hicks ein leichtes, untrainiertes Ziel ist. Leider habe ich mich verzockt.

Er rammt mir sein Knie in den Schritt. Es ist ein schmutziger Kampf, aber wie mein Sensei zu sagen pflegte: »Wenn es um dein Leben geht, ist alles erlaubt.« Und Hicks glaubt, er kämpft um sein Leben.

Schwarze Punkte tanzen vor meinen Augen, als mein Hirn den Schmerz registriert. Ich schnappe nach Luft, um weiterzukämpfen, und das gibt Hicks die Zeit, die er braucht. Er verkrampft sich, findet die schwache Stelle an meinem Griff und schleudert mich zur Seite. Doch statt den Angriff fortzusetzen, rollt er sich zur Seite und greift nach dem Handy.

Die Stimme des SWAT-Kommandanten tönt laut und deutlich in meinem Ohr.

»Einsatzzentrale an alle! Go! Go! Go!«

Ich presse die Zähne so fest zusammen, dass ich das Gefühl habe, sie müssten brechen, und stürze mich auf Hicks. Ich bekomme seinen Fuß zu fassen und ziehe mit aller Kraft daran. Er fällt mit dem Gesicht auf den Boden, die Hand kaum einen Fingerbreit vom Handy entfernt.

In meinem Ohr höre ich ein Chaos von Geräuschen. Das Bersten von Glas. Ein knirschender Aufprall. Es knallt so laut, dass es nur verzerrt bei mir ankommt. Schreie.

Hicks zerrt an seinem Bein, aber ich halte es fest und nutze den Schwung, um mich nach vorn auf seinen Rücken zu katapultieren. Nach einem Wimpernschlag hab ich seinen Hals gepackt. Doch bevor ich die Hände um seine Kehle legen und ihn würgen kann, schreit er: »Eine Falle!«

Das SWAT-Team ist bereits in der Wohnung, Dana ist bei ihnen. Ich kann nur darauf vertrauen, dass sie keinen Fehler macht, so wie ich es bei Bruce Sterling getan habe.

Die Jahre der Frustration und des Schmerzes wegen meiner Rolle bei Sterlings Tat scheinen sich in meinem Würgegriff zu konzentrieren. Hicks ist verstummt, und solange ich spüre, dass er gegen mich kämpft, halte ich den Druck meiner Finger aufrecht. Seine Gegenwehr, die er vermutlich während einiger Wochenenden in einem Fitnessstudio für Mixed Martial Arts gelernt hat, hat mich überrumpelt. Aber jetzt hab ich ihn, und ich lasse nicht los.

Seine Gegenwehr wird schwächer und endet schließlich ganz. Noch etwas fester, noch etwas länger, und ich kann garantieren, dass er nie wieder jemandem etwas antun kann, etwas, was Bruce Sterling Kate Mason angetan hat.

Aber …

Hicks ist nicht Bruce Sterling, und ich bin kein Killer.

Ich lockere den Griff um seinen Hals, lasse ihn atmen.

Das Gebrüll des taktischen Teams in der Wohnung wird von anderen, deutlicheren Geräuschen im Ohrhörer ersetzt. Zuerst habe ich Schwierigkeiten, sie bei dem Geschrei der aufgeregten und verwirrten Menge um mich herum auszumachen. Dann konzentriere ich mich und filtere Danas Stimme heraus, die höher ist, lauter. Sie schreit fast.

»Einsatzzentrale, Geisel ist sicher! Wiederhole: Geisel ist sicher!«

»Verstanden. Gute Arbeit.«

Meine Erleichterung ist jedoch nur von kurzer Dauer, denn Deckers Drillsergeant-Gebrüll übertönt alles andere.

»… Einhorn! Will! Das Einhorn!«

Als ich aufschaue, sehe ich gerade noch, wie jemand in einem Anime-Kostüm mit dem Karbonkoffer über den roten Teppich flüchtet. Auf seinem

Rücken kreuzen sich zwei Samuraischwerter, er trägt einen Helm und Motorradkleidung, rotes und weißes Leder.

Dragoniis!

Er hat das Fukushima-Einhorn!

Jemand landet mit einem dumpfen Plumps auf dem Teppich neben mir und drückt mir seine Wange ans Gesicht.

»Selfie!« Oldham hält ein iPhone vor uns hoch. »Verbrecherjagd mit dem FBI!«

Der Bildschirm zeigt ein Livebild seines Gesichts neben meinem.

»Halten Sie ihn am Boden fest, und lassen Sie ihn auf keinen Fall entkommen!«, befehle ich Oldham und springe auf.

»Verstanden, Will! Du kannst auf mich zählen, Kumpel!«

»Und hören Sie mit dem Scheißlivestreaming auf!«, schreie ich ihn an, während ich losrenne.

»Ich bin hinterm Vorhang unterwegs zu Ihnen!«, keucht Nassar angestrengt über Funk.

»Ich schneid ihm an den Rolltreppen den Weg ab!«, erklärt Decker.

»Sagt mir, wo er hinwill!«, ruft Griffon. »Wir nehmen ihn in die Zange.«

»Vergessen Sie's, Griffon!«, stoße ich zwischen zwei Atemzügen hervor. »Sagen Sie den Cops, sie sollen den Laden dichtmachen! Alle Ausgänge schließen!«

Dragoniis hat nur ein paar Sekunden Vorsprung, aber er taucht mit dem Karbonkoffer in der Menge der Besucher in der Haupthalle ab, nur ein Cosplayer in einem ganzen Meer davon.

Einen Wimpernschlag später ist er verschwunden, zusammen mit dem Fukushima-Einhorn.

37

Die Menschen schlendern dicht gedrängt durch die Halle, in zwei Strömen, die sich in entgegengesetzte Richtungen bewegen. Wenn ich die falsche Richtung wähle, kann ich nicht mehr rechtzeitig umkehren. Ich habe nur eine Chance.

»Bradley, hast du Dragoniis im Blick?«

»Ja, habe ich!«, antwortet Bradley in meinem Ohrhörer. »Etwa fünfzehn Schritt vor dir, Will. Er will nach links, zum Haupteingang!«

Ich stürze mich in die Menge und bewege mich, so schnell ich kann, aber die Leute bleiben immer wieder willkürlich stehen und zwingen mich, ihnen auszuweichen. Decker würde rumschreien, sie sollten dem FBI den Weg frei machen, aber ich glaube, das würde die Situation nur verschlimmern, denn dann würden nur noch mehr Leute aus Neugierde stehen bleiben.

Der einzige Lichtblick ist, dass Dragoniis ebenfalls in der Menschenmasse feststeckt und auch nicht schneller vorankommt.

»Ich bin an der Rolltreppe«, funkt Decker. »Ich komme runter. Ich sollte vor ihm da sein.«

Eine lange Rolltreppe führt vom Erdgeschoss zu dem Zwischengeschoss weit über der höhlenartigen Halle. Ich sehe Decker dort oben, aber vor ihm versperren viele Fans den Weg. Es wird eine Weile dauern, bis er unten ist.

»Ich bin raus!«, meldet sich Nassar. »Vor mir marschiert eine Phalanx Stormtrooper, und eine Menge Leute machen Fotos, versperren mir den Weg. Ich komme nicht zu Ihnen durch!«

»Geben Sie Gas, Decker!«, fordert Bradley.

»Ich versuch's ja, verflucht!«, schnauzt Decker zurück. Ich sehe, wie er sich frustriert umschaut, bevor er ein paar Security-Typen im Erdgeschoss anschreit. »Haltet den Kerl in rotem Leder auf!«

»Was?« Sie blicken zu den Fans auf der Rolltreppe.

»Moment, er ist stehen geblieben!«, meldet Bradley. »Er blickt auf etwas runter. Ich erkenne nicht, was es ist.«

»Ach, vergesst es!«, schnauzt Decker die Sicherheitsleute an und stürmt rücksichtslos weiter. Die Fans, an denen er sich vorbeirempelt, klammern sich an das Geländer und protestieren wütend.

Mit einem dumpfen Knall bleibt die Rolltreppe stehen.

Einige Leute stolpern und stürzen gegen die Menschen vor ihnen, sodass sich ein Wall aus Körpern bildet. Ein paar schreien.

Begleitet von einem lauten Brummen setzt sich

die Rolltreppe wieder in Bewegung, diesmal in die entgegengesetzte Richtung, nach oben. Das vereitelt jede Chance, die Decker hatte, Dragoniis den Weg abzuschneiden.

»Bradley, was zum Teufel ist mit der Rolltreppe?«, brülle ich in den Funk.

»Jemand hat das System gehackt!« Bradleys Antwort wird vom Klappern einer Tastatur akzentuiert. »Das muss Dragoniis sein.«

»Wirf ihn raus!«

»Versuch ich ja, aber ich weiß nicht mal, wie er das überhaupt geschafft hat.«

»Ich schlage einen Bogen«, meldet sich Griffon. »Wo will er hin?«

»Sieht aus, als ob er auf die Verkaufshalle zusteuert«, meint Bradley. »Decker hat ihn wohl erschreckt.«

»Ich nehme den Personaleingang«, sagt Nassar. »Dadurch komme ich in die Halle und kürze die Entfernung zu ihm ab.«

Guter Plan. Bei fünf gegen einen sind die Zahlen auf unserer Seite.

Ich bahne mir weiterhin einen Weg durch die Menge, bekomme Ellbogen ab, von denen nur einige Stöße versehentlich sind. Aber Schritt um Schritt komme ich weiter voran.

»Verdammt!«, knurrt Nassar über Funk.

»Was ist los?«

»Als ich zur Tür kam, sprang das Licht am Griff

auf Rot um. Jetzt kann ich sie nicht mehr öffnen. Warten Sie, da ist noch eine ein Stück weiter.«

»Will, beeil dich, er ist fast in der Verkaufshalle!«, drängt Bradley. »Die Menge da draußen ist dünner. Er wird schneller vorankommen, sobald er durch die Tür ist!«

Vor mir taucht eine freie kreisförmige Fläche auf, in deren Zentrum ein Typ in einer aufwendigen Weltraumrüstung steht. Als ich mich zwischen ihn und eine Reihe von Leuten dränge, die Fotos machen, bin ich etwas zu nah dran und stolpere über seine Stiefel. Ich taumle und ramme einen Kerl im grauen Overall mit dem Kopf. Er hält eine Kamera in der Hand.

»He!« Er stößt mich und hilft mir damit wieder auf die Beine. »Ich fotografiere hier gerade!«

»Verdammt, bei der zweiten Tür ist es dasselbe!«, erklärt Nassar. »Er hat mich ausgesperrt!«

»Das ist Dragoniis. Er ist im System und verarscht uns. Bradley, schmeiß ihn endlich raus!«

»Griffon, gehen Sie zum Security-Office«, sagt Bradley. »Ich brauche Sie dort. Ich will was versuchen.«

»Schon unterwegs«, antwortet er.

Ich stürze mich wieder in die Menge.

Die Wand aus Menschen wird immer dichter, und ich schiebe die Leute jetzt rücksichtslos aus dem Weg, was mir etliche wütende Beschimpfungen einbringt.

»In welche Richtung soll ich?«

»Das weiß ich nicht, Boss«, erwidert Bradley.

»Was? Du hast ihn doch beobachtet.« Ich bleibe in der Mitte der Halle, während ich auf eine Richtungsanweisung warte.

»Das habe ich auch! Er war gerade noch bei den Türen, dann ist er verschwunden. Ich bin blind!«

Der blinde Fleck!

Irgendwie hat Dragoniis von dem Geheimweg erfahren. Er hat uns systematisch unseren Vorteil genommen, indem er uns einen nach dem anderen ausgeschaltet und sich angepasst hat, um uns immer einen Schritt voraus zu sein. Und er hat das Fukushima-Einhorn. Ich hatte es kaum in den Händen, und jetzt droht es mir schon wieder zu entgleiten.

Nur dieses Mal löst es sich nicht in einen Mythos auf, sondern verschwindet im Besitz eines Verbrechers.

Doch solange wir Dragoniis auf Trab halten, kann er das elektronische Handabdruckschloss nicht umgehen. Ich muss den Koffer zurückbekommen!

Ich arbeite mich zu den Türen zurück. Dragoniis ist gar nicht in die Verkaufshalle gelaufen. Er nutzt den toten Winkel, um nicht gesehen zu werden, und vergrößert so seinen Vorsprung.

Ich stürme aus den Türen der Verkaufshalle und biege scharf links ab, vorbei an der Godzilla-Statue.

»Will, ich bin im Treppenhaus«, meldet Griffon,

»auf dem Weg nach oben zum … Hey, Sie kenne ich doch!«, ruft er plötzlich drohend. »FBI. Stoi! Stoi!«

»Was ist denn jetzt los?«, will Decker wissen.

»Das ist Russisch!«, erklärt Nassar.

»Wo ist er?«, brüllt Decker.

»Südwestliche Feuertreppe«, sagt Bradley. »Er ist nicht allein. Da sind noch zwei Typen. Griffon hält sie mit der Waffe in Schach. Sie greifen nach ihren Pistolen!«

Zwei Schüsse hallen über Funk. Ich laufe gerade durch den toten Winkel und stocke.

»Einer liegt am Boden.« Griffon atmet schwer. »Aber der andere ist geflüchtet. Ins Zwischengeschoss.«

»Ich bin an ihm dran!«, ruft Decker. »Er läuft in Ihre Richtung.«

»Ich folge ihm!« Griffon keucht immer noch. »Folgen Sie weiter dem Einhorn. Mir geht's gut!«

»Ich brauche jemanden im Security-Office!«, erinnert uns Bradley.

»Verstanden«, antwortet Nassar. »Auf der Etage hier komme ich ohnehin nicht weiter.«

Ich aber komme erstaunlich schnell voran. Der Weg im toten Winkel führt an den Wänden entlang, weg von den Menschenmassen. Später werden hier jede Menge Leute am Boden hocken und sich ausruhen, doch dafür ist es noch zu früh.

»Da ist er!«, ruft Bradley. »Er ist in der südlichen

Lobby, direkt hinter dem Mädchen mit den großen Fantasieflügeln.«

Ich biege um die Ecke in einen breiten Flur mit blauem Teppich und sehe in der Ferne den Südeingang. Sonnenlicht scheint durchs Glas.

Über der Menschenmenge erhebt sich ein kunstvolles Flügelpaar. Es ist fast drei Meter hoch. Ich sprinte los.

Endlich entdecke ich die rot-weiße Lederjacke. Als ich näher komme, sehe ich die gekreuzten Schwertgriffe auf Dragoniis' Rücken. Sie müssen aus Schaumstoff sein, sonst hätte der Sicherheitsdienst sie ihm weggenommen.

Griffon hat wie angeordnet die Cops draußen informiert, und sie lassen niemanden rein oder raus. Dragoniis wird langsamer und nähert sich einer Ausgangstür, während er auf das Handy in seiner Hand tippt.

»Bradley, er führt etwas im Schilde …«

Ein lauter Alarm geht los, begleitet von grellen blinkenden Lichtern. Alle bleiben stehen und sehen sich um.

Die meisten modernen Feueralarme haben einen zweistufigen Rhythmus. Langsam bedeutet, man soll sich auf die Evakuierung vorbereiten. Schnell heißt: Raus aus dem Gebäude!

Dieser Alarm heult schneller als mein hämmernder Herzschlag.

Zwei Kids packen sich an den Händen und rennen als Erste zu den Türen. Als wäre ein Damm gebrochen, brandet die Menge in der Lobby hinterher, und Hunderte von Menschen stürzen sich auf dieselben drei Türen.

Die Uniformierten dürfen die Türen bei einem Feueralarm natürlich nicht geschlossen lassen, aber wenn sie die öffnen, wird Dragoniis im Gedränge an ihnen vorbeischlüpfen.

»Bradley, schalten Sie das sofort ab!«

»Aber, Will, wenn es ein echtes Feuer ist…« Bradley kreischt fast vor Panik.

»Dann kannst du den Alarm wieder einschalten. Aber jetzt schalt ihn gefälligst aus!«

»Okay, okay!«

Dragoniis hat die Türen fast erreicht, als der Alarm so abrupt aufhört, wie er begonnen hat. Die Menge verliert den Zusammenhalt. Dragoniis bleibt nicht stehen und geht, den Karbonkoffer in einer Hand, weiterhin auf die Tür zu, die ihm am nächsten ist. Sobald er sie erreicht, sind er und das Fukushima-Einhorn für immer verschwunden.

»Polizei! Polizei! Polizei!«, schreie ich.

Hier drinnen in dem Tumult achtet natürlich niemand auf mich, aber ich schreie auch nicht sie an. Ich rufe es den Cops draußen zu, die sich herumdrehen. Ich schwenke meine Marke in der einen Hand und zeige mit der anderen auf die Tür, auf die Dragoniis zusteuert. Sie scheinen verwirrt und sind sich wohl nicht ganz sicher, was ich will, aber sie bewegen sich trotzdem auf diesen Ausgang zu und schneiden Dragoniis so den Weg ab.

Endlich nimmt er mich zur Kenntnis und dreht sich um. Das Helmvisier ist stark getönt und verbirgt sein Gesicht. Einen Moment sehe ich, wie mein eigenes Spiegelbild auf ihn zuläuft, bevor er zu einem Sprint zu den südlichen Rolltreppen ansetzt.

Jetzt kommen wir der Sache schon näher. Mit den Cops draußen an den Ausgängen und den FBI-Agenten hier drinnen kommt er nicht mehr weit. Wenn er wieder ins Gebäude verschwindet, bedeutet das, dass er keine Tricks mehr auf Lager hat.

»Ach, Scheiße!«, ruft Bradley. »Ich bin ausgesperrt. Ich sehe gar nichts mehr! Will, er hat mich rausgekickt!«

Okay, also hat er doch noch ein paar Asse im Ärmel.

38

Während ich die Rolltreppe hinaufstürme, schießen mir zwei Dinge durch den Kopf.

Erstens: Ich muss an Dragoniis dranbleiben. Ohne Bradley mit der Überwachungskamera finde ich ihn nie wieder, wenn ich den Sichtkontakt verliere.

Und zweitens muss ich dringend öfter auf den Stepper, denn als ich das Ende der langen Rolltreppe erreiche, keuche ich und meine Knie sind weich.

Aber ich verliere Dragoniis nicht aus den Augen, selbst als er mit bewundernswerter Schnelligkeit durch das Zwischengeschoss rennt. Auf dieser Seite des Gebäudes überzieht ein Netz aus Drahtgestellen die weitläufige zweite Ebene, und die Vorhänge, die von dort herunterhängen, schaffen ein komplexes System von temporären Gängen.

In der Mitte des Labyrinths befinden sich improvisierte Fotostudios, in denen die Fans ihre kostbaren Sekunden mit ihrem jeweiligen Star bekommen. Bis zu zweihundert Dollar pro Person berappen sie für ein Foto mit ihm.

Das ist ein großartiger Ort, um jemanden abzuhängen, und genau da will Dragoniis hin.

Ich laufe, so schnell ich kann, und behalte das rot-weiße Kostüm im Auge. Im Labyrinth muss ich das Tempo drosseln, weil ich herausfinden muss, in welche Richtung er sich wendet. Er dagegen braucht nur weiterzurennen.

Also ändere ich die Regeln.

Als ich den Eingang erreiche, breche ich wie ein Stier durch die Vorhänge und folge Dragoniis in gerader Linie, statt den definierten Gängen zu folgen. Wände fallen um, und Leute fangen an zu schreien.

Dragoniis biegt links ab, ich breche hinter ihm durch. Er schlägt einen Haken nach rechts, doch das laute Reißen von Stoff verrät ihm, dass ich ihm immer noch auf den Fersen bin.

Ich bin zwar nicht so schnell, wie es mir lieb wäre, aber es genügt.

Als ich durch eine letzte Trennwand stürme, lande ich in einem Fotobereich, wo ein gut aussehender junger Mann mit dunklen glatten Haaren und einem hautengen weißen T-Shirt für die Kamera posiert. Eine etwa vierzigjährige Lady hängt mit beiden Armen an ihm, doch ihr verzücktes Lächeln weicht dem Schock über die unerwarteten Eindringlinge.

Dragoniis, den Karbonkoffer noch immer in einer Hand, rennt in den abgetrennten Bereich, was bei dem Typen im T-Shirt einen weiteren schrillen Schrei auslöst. Überrascht stolpert Dragoniis nach links, was ihn genügend verlangsamt, um mir die

Gelegenheit zu geben, die ich brauche. Ein letzter adrenalingetriebener Stoß, und ich bin zum Greifen nah an ihm dran.

Dragoniis weicht meinem Ausfallschritt in letzter Sekunde aus, aber ich schaffe es, einen der Schwertgriffe zu packen. Mit der geschmeidigen Gelenkigkeit einer verängstigten Katze windet er sich und versucht vergeblich, mich abzuschütteln. Ich ziehe ihn am Schwertgriff näher heran und greife mit der freien Hand nach dem Rand seines Helms. Der gleitet von seinem Kopf, und langes dunkles Haar fällt Dragoniis über die Schultern. Als er sich zu mir umdreht, bleibt mir kurz die Luft weg.

Dragoniis reagiert mit Genugtuung auf meine Verblüffung. Die Schnelligkeit. Die Beweglichkeit. Die Silhouette der Lederkombi. All das habe ich nicht registriert, und jetzt erstarre ich, als ich den Anblick verarbeite.

Dragoniis ist eine Chinesin, höchstens dreißig Jahre alt.

Bevor ich die Überraschung abschütteln kann, schlägt sie meine Hand vom Schwertgriff. Sie springt auf den Tisch, auf dem die Leute während des Fototermins ihre Sachen ablegen, grinst mich an, rennt zum anderen Ende und springt hinunter in einen weiteren Gang.

In dem leeren Helm in meiner Hand leuchtet etwas. Als ich hineinschaue, sehe ich den transparenten LCD-Bildschirm, der in das Visier integriert ist. Den muss sie beim Hacken des Gebäudes betrachtet haben, während sie vor Farbers Cadillac stand. Er sah, wie sie »nur« auf einer Tastatur tippte, aber die war mit einem in ihren Anzug integrierten Computer verbunden.

In diesem Moment zeigt der Bildschirm einen Videofeed von der Überwachung des Convention Centers. Aber jetzt verfügt sie nicht mehr darüber. Die Chancen sind wieder gleich.

Ich lasse den Helm fallen, springe auf den Tisch und nehme wieder die Verfolgung auf.

»Will, ich bin im Security-Office«, verkündet Nassar. »Ich habe die Kameras wieder unter Kontrolle.«

»Fantastisch, ich bin direkt hinter Dragoniis.«

»Ich sehe Sie, aber wo ist er?«

»Nicht er. Sie. Die Frau vor mir. Suchen Sie nach den Schwertern!«

Dragoniis ist nur wenige Meter vor mir, als wir aus dem Labyrinth der Vorhänge stürmen.

Rechts von uns sind u-förmig Tische aufgestellt, dort können die Fans ihre Fotos abholen. Darauf liegen lauter Hochglanzdrucke, und davor drängen sich die Menschen, die sie auf der Suche nach ihren eigenen lächelnden Gesichtern durchwühlen. Links von uns erstreckt sich die Schlange der Fans bis weit jenseits der Absperrtaue und blockiert den Weg nach draußen.

Dragoniis springt auf den Tisch mit den Fotos, und dieses Mal bin ich direkt hinter ihr. »Das war's!«, rufe ich. »Es ist vorbei, Dragoniis! Lass uns die Sache friedlich zu Ende bringen!«

Aber sie hat andere Vorstellungen. Sie dreht sich zu mir um und zieht zwei Samuraischwerter aus Schaumstoff über ihren Kopf.

»Im Ernst?«, frage ich und strecke die Hände aus.

»Im Ernst.« Sie hat einen leichten Akzent.

Sie schüttelt die Griffe, die Schaumstoffröhren fallen weg und entblößen ultradünne Klingen aus einem Material, das wie Karbonkeramik aussieht. Ich weiß nicht, was es genau ist, aber es ist schwarz und sieht verdammt scharf aus.

»Moment, das wollen Sie nicht wirklich.« Ich streife meine Jacke ab und greife mit einer Hand nach der Glock im Gürtelholster auf meinem Rücken, während ich die andere mit der Handfläche nach vorn halte. »FBI. Ich bin bewaffnet. Ich will Sie nicht erschießen.«

»Ich weiß, wer Sie sind, Agent Will Parker.«

»Special Agent, genau genommen.«

»Special oder nicht, Sie bluten trotzdem«, sagt sie und schwingt die Schwerter lässig durch die Luft. Ihre Schnelligkeit ist beängstigend.

»Okay, das ist nah genug.« Ich wedele mit der Hand.

Diese Klingen sehen fies aus. Leicht wie chirurgische Skalpelle. Sie machen ganz den Eindruck, als könnten sie mein Bein so schnell und sauber durchtrennen, dass es nicht einmal blutet.

»Sie werden nicht schießen«, behauptet sie. »Bei Ihren miesen Schießkünsten, Special Agent Parker, würden Sie all diese Leute in Gefahr bringen!«

Meine Schießkünste? Offenbar hat sie sich an mehr Orten umgesehen, als selbst Decker klar ist. Zum Beispiel in den FBI-Personalakten. Was weiß sie wohl sonst noch über mich? Leider hat sie außerdem recht. Meine Schießkünste sind mies.

»Ich kann Sie nicht damit verschwinden lassen.« Ich deute auf den Karbonkoffer, den sie vor ihren Füßen abgestellt hat, als sie die Schwerter zog.

»Sie können und Sie werden. Welche Wahl haben Sie?«

»Ich habe dafür schon einen Unschuldigen getötet«, sage ich und zücke die Glock. »Glauben Sie wirklich, dass ich jetzt aufhöre?«

Ihr kommen Zweifel. Sie weiß nichts von Kate Mason, aber offenbar genügen meine Worte, um sie zögern zu lassen.

»Nassar?«, frage ich über Funk.

»Decker ist unterwegs, aber er braucht noch eine Minute.«

»Die habe ich nicht.«

Keine Verstärkung. Ich kann nicht schießen. Und da ich meine Gliedmaßen nicht in der Nähe dieser Klingen haben will, helfen mir alle Schläge und Tritte, die ich trainiert habe, nicht.

Als ich mich im Raum nach etwas umsehe, das mir helfen könnte, entdecke ich eine Reihe von Fans, die wohl wegen eines Schauspielers aus einer Fantasyserie hier sind, denn sie tragen unter anderem Nachbildungen von Schwertern bei sich. Sie sind aus echtem Metall, und das hier ist der einzige Ort auf der Con, an dem sie erlaubt sind.

Es ist ein verrückter Versuch. Aber mehr habe ich nicht.

Mein Blick fällt auf einen Mann, der einen dicken schwarzen Pelz über den Schultern trägt. An seiner Taille hängt eine riesige Scheide, aus der ein Schwertgriff mit Wolfskopfknauf ragt.

»Hey, John Snow, ich gebe dir auf der Stelle tausend Dollar in bar für das Schwert!«, rufe ich.

»Welche tausend Dollar?«, fragt der Typ zurück. Das ist nur fair.

Ich halte die Glock fest, fische mit der anderen Hand meine Brieftasche heraus und werfe sie ihm zu.

»Scheiße, ja, Mann«, sagt er und zieht ein Bündel Geldscheine heraus. »Hier, bitte sehr!«

Mit einem Grinsen wirft er mir die Scheide zu. Ich schnappe sie mir aus der Luft, erwische dabei den Wolfskopf und ziehe die Klinge in der gleichen Bewegung.

Die LED-Leuchten über mir spiegeln sich in dem massiven hochglanzpolierten Metall. Ich stecke meine Glock ein und schwinge das Schwert.

»Im Ernst?«, fragt Dragoniis mit einem verschmitzten Lächeln. Ich fände sie traumhaft schön, würde sie mich nicht gerade mit diesen Schwertern bedrohen.

Sie stürzt sich wie ein Wirbelwind auf mich und greift mich mit den beiden rasiermesserscharfen Klingen von jeweils einem Meter zwanzig Länge an.

In Okinawa habe ich den Schwertkampf mit dem feinsten Stahl trainiert, den Japan zu bieten hatte, zu einer Klinge geschliffen, die so scharf war, dass ich ein Bündel Bambus mit einem Schlag durchtrennen konnte. Jetzt habe ich fünf Fuß billigsten chinesischen Schrott in der Hand, der ungefähr so scharf ist wie ein Buttermesser.

Ich schlurfe zurück, erreiche die Tischkante. Ich kann nirgendwo anders hin. Ich schwanke eine Sekunde und halte das Schwert abwehrend vor mich.

Sie schlägt mit der Schnelligkeit einer Kobra zu. Ich pariere. Ihr Schwert trifft meins, es kreischt gruselig, aber die Nachbildung hält, die hochmoderne Karbonkeramik ihrer Klinge ist zu leicht. Ein Halleluja auf schweres chinesisches Altmetall!

Mit beiden Händen hämmere ich mein Schwert gegen ihres und setze mein größeres Gewicht ein, um sie zurückzudrängen. Sie taumelt ein paar Schritte, wendet sich ab und greift dann erneut an.

Wir kämpfen wie im Mantel-und-Degen-Film den Tisch hoch und runter, begleitet von bewundernden

Ooohs und Ahhs der Fans. Sie vergessen ihre Plätze in der Schlange und kommen näher, weil sie es für eine Show halten.

Da ich Dragoniis mit dem plumpen, stumpfen Schwert nicht wirklich angreifen kann, konzentriere ich mich darauf, ihre Schläge zu blocken, und dränge sie zurück, wann immer ich kann. Schweiß läuft mir übers Gesicht und tränkt mein Hemd. Dragoniis kleben die Haare in einem verfilzten Durcheinander an der Stirn, und ihre Wangen sind von der Anstrengung gerötet.

»Genug!«, schreit sie schließlich und schwingt beide Klingen hoch über ihrem Kopf. Als ich dieses Mal das nachgebildete Schwert hebe, bricht der Stahl, und die grausamen schwarzen Klingen treffen meine linke Schulter.

Mein Arm brennt wie Feuer, und dann wird er nass.

Jemand unter den Fans schreit auf, als mein Blut spritzt.

Ich falle auf den Tisch und lasse die Reste des nachgebildeten Schwertes mit einem Klirren fallen. Dragoniis steht über mir und zielt mit einem Karbonschwert auf meine Kehle.

»Danke für das Einhorn«, sagt sie mit einem Lächeln. »Ich verspreche, ich werde es gut verwenden.«

Am Eingang bricht ein Tumult aus, ein Dutzend Stimmen protestieren wütend, als sich jemand durch die Menge pflügt.

Zyklon Decker ist im Anmarsch. Er schwingt die Marke, hat die Waffe gezückt und scheint gierig auf einen Kampf zu sein.

»FBI! Aus dem Weg, verdammt!«, schreit er. »Aus dem Weg!« Seine tiefe Stimme fegt wie eine Schockwelle über die Leute.

»Und wie sind Deckers Schießkünste, hm?«, frage ich Dragoniis. »Ich wette, ziemlich gut.«

Mit einer Grimasse springt sie vom Tisch, lässt eins der Schwerter fallen, schnappt sich den Koffer und verschwindet wieder in dem Kaninchenbau aus Vorhängen.

Als ich aufstehe, um ihr zu folgen, rutsche ich aus und stürze vom Tisch auf meine Schulter. Ein stechender Schmerz zuckt durch mein Gehirn.

»Will, Sie sind verletzt«, stellt Decker fest.

»Danke für die Diagnose.« Ich ziehe mich knurrend hoch. »Wie schlimm?«

Er mustert die Wunde mit geübtem Blick. »Starke Blutung. Die hat Sie voll erwischt. Das muss genäht werden. Halten Sie mal kurz still.«

Er reißt einen Streifen von der Unterseite meines T-Shirts ab und legt mir fachmännisch einen engen behelfsmäßigen Verband an. Die ganze Prozedur dauert höchstens zehn oder fünfzehn Sekunden. Decker ist zwar ein echter Rambo, aber ich beschwere mich nicht, als ich aufstehe.

»Das Beste, was ich ohne QuikClot machen kann«, sagt er. »Los geht's!«

Und schon macht er sich an die Verfolgung von Dragoniis.

»Nassar, wo zum Teufel ist sie?«, frage ich über Funk und folge Decker.

»Im Treppenhaus! Gehen Sie nach unten.«

»Nehmen Sie die Rolltreppe, und kommen Sie ihr zuvor!«, sage ich zu Decker. »Ich gehe über die Treppe.«

»Sind Sie sicher, dass Sie dazu in der Lage sind?« Er wirft einen Blick auf meine Schulter.

»Ich verzichte einfach auf weitere Schwertkämpfe.«

Während er zur nächsten Rolltreppe läuft, stürme ich durch die Vorhänge zum Treppenhaus.

»Bleiben Sie nicht auf der Hauptebene, Will«, sagt Nassar. »Sie geht noch weiter runter.«

»Wohin zum Teufel will sie denn?«

»Wahrscheinlich zur Laderampe.«

»Steht da unten irgendwo ein Motorrad?«

Mit klopfendem Herzen, pochender Schulter und schweißgebadet stoße ich die Tür zum Treppenhaus auf. Schritte knallen irgendwo unter mir. Ich bin noch im Spiel. Noch kann ich mir das Einhorn zurückholen.

Eine Treppe, zwei, drei fliegen vorbei. Als ich die vierte und letzte Treppe herunterstürme, dringt Nassars Stimme wieder an mein Ohr.

»Ja, ich hab's! Rotes Sportmotorrad. Steht hinter einem weißen Kastenwagen.«

»Schalten Sie auf Polizeifrequenz. Sie sollen die Rampe blockieren. Wir dürfen sie nicht entkommen lassen!«

»Wir haben diese Frequenz nicht, Will. Dieser Funk ist nur für die taktischen Einheiten.«

Soll das ein Witz sein? Wer hat diese verfluchten Dinger gekauft?

»Ich kann sie informieren«, bietet Griffon an. »Ich bin im Hauptgeschoss.«

»Was ist mit dem Russen?«, will Nassar wissen.

»Der ist mit Handschellen an das Treppengeländer gefesselt und macht erst mal Pause.«

Ich sprinte aus dem Treppenhaus auf die Laderampe, bleibe auf einem kleinen Betonpodest stehen und blinzle in dem schummrigen, orangefarbenen Licht einer Natriumbogenlampe.

Etwas fliegt auf meinen Kopf zu. Ich springe zur Seite, wobei ich aufpasse, dass ich mir nicht die Schulter stoße.

Holz prallt gegen die Türöffnung, und als ich mich aufrichte, wirft Dragoniis ein weiteres Stück einer Holzpalette nach mir. Ich blocke es mit meiner gesunden Schulter ab und ziehe meine Glock und feuere zwei Schüsse in Dragoniis' Richtung, während sie davonläuft, tiefer in die orangefarbene Dämmerung. Weiße Zementwölkchen spritzen hoch und bezeugen, was für ein lausiger Schütze ich bin.

Neben der Rampe parken etliche Reihen von Lastwagen.

»Welcher ist es?«, frage ich Nassar.

Weißes Rauschen antwortet mir. Hier unten ist einfach zu viel Beton zwischen meinem kleinen Funkgerät und einem Repeater.

Ein weißer Kastenwagen, sagte sie.

Ich entdecke einen in der Reihe. Meine Schüsse haben Dragoniis in die andere Richtung verjagt. Also muss sie zurückkommen.

Ich stolpere um die Vorderseite des Kastenwagens herum. Dahinter steht das rote Motorrad, mit dem sie mich fast überfahren hätte.

In diesem Zustand überstehe ich keinen weiteren direkten Kampf mit Dragoniis, also lege ich mich auf den Boden und rolle mich unter den Kastenwagen, um zu warten.

Nach gefühlten ein oder zwei Jahrhunderten nähern sich leichte Schritte von hinten, erst zaghaft, dann werden sie schneller. In meinem Versteck drehe ich den Kopf und sehe ein Paar weiße Lederstiefel. Dragoniis bleibt stehen, dreht sich erst in die eine, dann in die andere Richtung. Ich halte den Atem an, die Stille wird nur durch das Rauschen der Lüftungsanlagen unterbrochen.

Schließlich rennt sie los, springt aufs Motorrad und startet den Motor.

In diesem Moment rolle ich mich hinter ihr unter dem Kastenwagen hervor. Das Aufheulen des Motorrads schluckt jedes Geräusch, als ich auf die Füße springe. So vorsichtig, wie ich kann, greife ich nach dem Koffer, den sie mit einem Gummiband am schmalen Gepäckträger befestigt hat. Als sie den Motor hochdreht, schüttelt sich das ganze Motorrad unter ihr, sodass sie den schwachen Ruck nicht bemerkt.

Dragoniis reißt den Gashahn auf und lässt den Hinterreifen mit einem ohrenbetäubenden Kreischen durchdrehen. Dann rast sie zur Rampe.

Ich jage hinter ihr her, den Karbonkoffer mit dem Einhorn in der einen und die Glock in der anderen Hand.

Habe ich behauptet, ich wäre schnell? Jetzt bin ich es jedenfalls nicht mehr. Das Einhorn zu schnappen hat meine letzte Kraft gekostet. Meine Kehle brennt. Ich schnappe nach Luft, aber ich laufe weiter. Jeder Schritt auf der spiralförmigen Rampe ist schwieriger als der letzte.

Als ich um eine Kurve biege, entdecke ich eine Gruppe von Cosplayern, die wahrscheinlich hier unten nach einem Weg suchen, sich in die Con zu schleichen. Sie scharen sich gerade erst wieder zusammen, nachdem sie für Dragoniis eine Gasse gebildet haben. Vielleicht bin ich näher an ihr dran, als ich dachte. Mit letzter Energie dränge ich mich durch die Teenager hindurch.

Ich erwische nur einen letzten Blick auf ihr Rücklicht, als sie auf die letzte Rampe zur Straße darüber abbiegt. Es hat keinen Sinn. Ich werde sie nicht mehr einholen. Sie ist so gut wie weg.

Die Welt verschwimmt um mich herum und wird an den Rändern trübe.

Oben an der Rampe heult eine Sirene, dann kracht es dumpf, Plastik knirscht, Glas klirrt, und Metall schleift kreischend über Asphalt.

Meine Beine protestieren vor Schmerz, meine Schulter pocht, und die Kehle brennt, aber ich schaffe die restliche Strecke bis zum oberen Ende der Rampe.

Dragoniis' Motorrad liegt auf der Seite, die rote Verkleidung ist zerborsten. Dragoniis selbst liegt auf dem Bürgersteig neben der dunklen Limousine, die sie gerammt hat.

»Keine Bewegung, verflucht!«, brüllt Dana und tritt um die Fahrertür herum. Sie trägt immer noch ihre schwarzen SWAT-Klamotten und hat ihre Smith & Wesson auf Dragoniis gerichtet.

Die chinesische Hackerin starrt erst Dana und dann mich an, bevor sie wieder auf dem Bauch zusammensackt.

»Agent Parker«, sagt Dana, als ich ebenfalls zu Boden sinke. »Du siehst furchtbar aus.«

39

Ein schwarzer Escalade biegt mit quietschenden Reifen um die Ecke und kommt neben der Stelle zum Stehen, an der ich auf allen vieren hocke und nach Luft ringe. Dana hält die Waffe auf Dragoniis gerichtet, blickt aber besorgt auf den schweren Geländewagen, bis sich die Tür öffnet und Ace aussteigt. Er winkt mit der Hand, seine stämmigen Leibwächter springen aus dem Wagen und umringen mich schützend.

»Will, bist du okay?« Ace schiebt sich an den Männern vorbei und hält mir eine Hand hin, um mir auf die Beine zu helfen. »Du blutest.«

Durch seine Beine sehe ich, wie Dana der Chinesin Handschellen anlegt.

»Das wird schon wieder«, beruhige ich Ace. »Decker hat mich verbunden.«

Decker. Er muss jede Minute hier sein.

Das Blut ist durch den Verband gesickert und auf den Karbonkoffer mit dem Fukushima-Einhorn getropft, den ich umklammere. Als ich zu Ace aufschaue, zwinge ich mich zu einem Lächeln.

Das Gesicht meines sonst so stoischen Freundes

ist vor Sorge verzerrt. Der Boden der roten Tasche, die – immer noch oder schon wieder? – über seiner Schulter hängt, wird von dem Rest der einen Million Dollar ausgebeult. Schon seltsam, dass er das ganze Bargeld mit sich herumschleppt, andererseits hat er ja ständig seine Leibwächter dabei.

Meine Grimasse verwandelt sich in ein echtes Grinsen. »Das ist eine wirklich hübsche Tasche.«

Dana zerrt Dragoniis auf die Beine und zwingt sie, sich über die Motorhaube des Polizeiautos zu beugen. Dann tastet sie die Hackerin gründlich ab. Ihre Hände finden etwas und wühlen in einer Tasche.

»Will, was ist das hier?« In ihrer Stimme schwingt ein alarmierter Ton mit. Sie zeigt mir ein Bündel von Drähten, die aus Dragoniis rot-weißem Leder herausragen.

»Keine Angst, das ist keine Bombe«, antworte ich. »Sie hat einen vollwertigen Computer in ihre Kombi eingenäht. Such nach dem größten, sperrigsten Block. Das ist die Batterie.«

Dana streicht mit ihren erfahrenen Händen von Kopf bis Fuß über die Hackerin. Dragoniis sagt nichts. Sie ist gerissen und weiß, dass dies hier nur der erste Akt der Oper ist. Und im nächsten Akt werden weder Dana noch ich auftreten.

»Ich hab's!« Dana klopft auf eine breite, flache Ausbuchtung auf Dragoniis' Rücken. Sie öffnet den verdeckten Reißverschluss und legt den mattschwarzen Akku frei, an dessen Seite ein ganzer Kabelbaum steckt. »Was jetzt?«

»Lös die Kabel und zieh den Akku raus. Kein Saft, kein Computer. Kein Computer, und sie ist harmlos wie ein Baby.«

Dragoniis dreht sich um und wirft mir einen finsteren Blick zu, zuckt dann aber zusammen, als Dana die Packung mit nicht sonderlich viel Zartgefühl herauszieht. Das Leder reißt.

»Und da wären natürlich noch die Schwerter«, meint Dana.

»Ach ja, stimmt, die natürlich auch.« Ich rolle meine verletzte Schulter.

Als Dana die Chinesin auf den Rücksitz des Wagens verfrachtet und die Tür zugeschlagen hat, stürmt Decker durch die Tür neben der Laderampe und brüllt: »Wo ist sie?«

»Entspannen Sie sich, Dana hat sie.« Ich deute auf das Auto.

Er beugt sich vor und wirft einen Blick durch das Fenster, wie eine Braut, die in einem Juweliergeschäft in eine Vitrine mit Eheringen starrt. Als er sich wieder aufrichtet, sehe ich etwas, was ich an ihm noch nie gesehen habe. Decker grinst übers ganze Gesicht, und seine strahlend weißen Zähne glänzen in der Morgensonne.

»O ja, so mag ich das!« Er stößt einen Jubelschrei aus und gibt Dana einen freundlich gemeinten Fausthieb auf den Arm. »Gute Arbeit, Detective.«

»He, *ich* habe sie zur Strecke gebracht!«, protestiere ich.

»Wirklich? Sieht eher so aus, als wäre sie Ihnen entkommen, Parker.«

»Sie saß auf einem Motorrad! Und ich bin verletzt. Es gab schließlich einen Schwertkampf.«

»Einen was?« Danas Blick zuckt zu meiner Schulter.

»Den Sie verloren haben«, sagt Decker.

»Ich hatte kein richtiges Schwert!«

»Woher hattest du überhaupt ein Schwert?«, will Dana wissen.

»Also, Sie haben das Fukushima-Einhorn zurückbekommen, Parker.« Decker ist noch nicht fertig. »Das nenne ich einen rundum gelungenen Tag. Wo wir gerade darüber reden, her damit!«

»Nein.«

Decker steht wie immer kerzengerade da, aber seine Augenbrauen senken sich über einen stahlharten Blick, der die ihm untergebenen Soldaten damals in Angst und Schrecken versetzt haben muss. Auch an mir geht er nicht spurlos vorbei.

»Das war keine Bitte, Parker«, sagt er, als ich mich nicht rühre.

Ich zücke mein Handy, wähle eine Kurzwahlnummer, stelle es auf Lautsprecher und lege es auf den Kofferraum von Danas Auto.

Der Stellvertretende FBI-Direktor Burke antwortet nach dem ersten Klingeln. »Parker?«

»Ich denke, es ist an der Zeit, dass Sie Ihren Bluthund zurückrufen«, sage ich.

»Wovon reden Sie?«, fragt er vorsichtig.

»Direktor, er will den Koffer nicht rausrücken«, sagt Decker. »Das sollten Sie wirklich besser tun, Will.«

Er hält mir erwartungsvoll die Hand hin.

Ich sehe ihn nur an.

»Moment mal, warum will *er* den Koffer?«, fragt Dana.

»Weil er der vierte Bieter ist«, antworte ich.

»Der vierte was?« Ihr erstaunter Blick zuckt von mir zu Decker.

»Woher wissen Sie das?« Decker baut sich drohend vor mir auf.

»Er ist schlauer als Sie, Decker«, antwortet Burke, »das habe ich Ihnen von Anfang an gesagt. Seine Abschlussquote ist sogar noch höher, als meine es war.«

Dana wendet sich an Decker. »Aber wir haben Sie doch hinzugezogen. Wie können Sie dann der vierte Bieter sein?«

»Er war schon hier, bevor Caplan getötet wurde«, eröffne ich ihr.

»Sie träumen wohl«, knurrt Decker. »Hat Dragoniis auch Ihren Kopf getroffen?«

»Ich habe einen Blick auf den Vertrag der Autovermietung geworfen«, erkläre ich Dana. »Er hat den Wagen, einen Tag bevor Caplan getötet wurde, abgeholt. Er muss Caplan im Darknet aufgespürt haben und hat ebenfalls ein Gebot abgegeben. Er konnte allerdings nicht wissen, ob das Einhorn echt war oder nur jemand versuchte, die Leute abzuzocken. Aber er wusste, dass das Einhorn Dragoniis herlocken würde. Sie war die ganze Zeit die eigentliche Mission, richtig?«, frage ich Decker.

»Sie war das Hauptziel«, gibt er zu, »aber als Caplan dann getötet wurde und das Ergebnis der Strahlungsanalyse kam, tat sich eine neue Dimension auf.«

»Sie dachten, es bestände die Chance, dass es hier tatsächlich um das echte Einhorn ging, also haben Sie mich hinzugezogen, um das zu bestätigen und es für Sie aufzuspüren.«

»Korrekt. Also geben Sie es her.« Er legt den Kopf schief und starrt mich an. »Burke?«

»Parker, bitte geben Sie Decker den Koffer.«

»Das Einhorn gehört ihm nicht.«

»Ihnen gehört es auch nicht.«

Da hat er recht, es gehört CastorNet.

Wir drei stehen allein mitten auf einer öffentlichen Straße, und die Menge der Neugierigen wird von uniformierten Cops auf Abstand gehalten. Der Escalade von Ace ist längst verschwunden, mit ihm und seinen Leibwächtern.

Ich zucke mit der guten Schulter und stelle den Koffer auf den Kofferraum von Danas Wagen. »Okay, nehmen Sie ihn, Decker.«

»Aber, Will ...«, sagt Dana.

»Schon in Ordnung«, unterbreche ich sie und hebe die Hand.

»Öffnen Sie ihn«, befiehlt Decker.

»Wie Sie meinen.« Ich lege meine Hand auf das schwarze Paneel, es wird grün, und das Schloss klickt leise, als es sich öffnet. Ich schiebe den Koffer zu Decker hin und trete einen Schritt zurück. Dana bleibt die ganze Zeit neben mir, streckt jetzt aber den Kopf vor, um besser sehen zu können.

Decker klappt den Deckel des Koffers auf. »Was zum Teufel soll das?«

»Was ist los?«, dringt Burkes Stimme aus dem Handy.

»Er ist leer«, antwortet Dana. »Wo ist es?«

»Unterwegs nach Kalifornien«, antworte ich und seufze theatralisch. »Im Besitz der Firma, der es gehört.«

»Was soll der Mist, Parker?«, platzt es aus Decker heraus. »Wie haben Sie das gemacht?«

Dana fasst sich an die Stirn. »Ace war vorhin mit seinen Leibwächtern hier, als Will Dragoniis verfolgt hat und hier herauskam.«

»Und jetzt ist er auf dem Weg zum Flughafen, wo ein Firmenjet auf ihn wartet, dessen Turbinen bereits warmlaufen«, erkläre ich. »Das Einhorn steckt vorläufig in der roten Tasche über seiner Schulter, aber ich wette, er wird es bald in den Reservekoffer packen. Es ist schließlich immer noch radioaktiv.«

»Er wird es nicht lange behalten«, stößt Decker drohend hervor. »Will, das war sinnlos. Wir haben eine richterliche Anordnung, lange bevor sein Flugzeug landet. Sie sind wirklich eine Nervensäge.«

»Nur leider wird es nicht so laufen, nicht wahr, Direktor Burke?«

Am anderen Ende der Verbindung herrscht eine lange Pause. Burke mag so steif und formell sein wie Decker, aber ihn treibt etwas anderes an. Decker folgt Befehlen, Burke folgt dem Gesetz.

»Nein, wird es nicht«, sagt er schließlich und seufzt ebenfalls, eher frustriert als theatralisch.

»Aber, Sir«, widerspricht Decker, »wir können ihn zwingen, es auszuhändigen. Es ist ein Beweisstück.«

»Das ist mehr als fragwürdig.« Dana bleibt unbeirrt an meiner Seite.

»Das wird ein Richter entscheiden«, behauptet Decker, »und ich sage Ihnen jetzt schon, er wird es uns geben. Will macht es uns nur unnötig schwer.«

»Lassen Sie es gut sein, Decker«, sagt Burke.

»Aber, Sir, er kann das FBI nicht einfach so verarschen. Das Gericht wird sich auf unsere Seite stellen.«

»Das Gericht wird für niemanden Partei ergreifen«, erwidert Burke. »CastorNet ist der rechtmäßige Besitzer des Einhorns. Wenn wir es haben wollen, müssen wir einen Antrag stellen. Was bedeutet, die Sache wird öffentlich.«

»Und?«

»Sie haben zu lange im Schatten gearbeitet, Decker«, stellt Burke fest. »Überlegen Sie doch, Mann. Wenn wir es hätten, würde CastorNet einen Antrag stellen, um seine angeblich ›geheime Technologie‹ von der Regierung zurückzubekommen. Sie würden sich wie irgendwelche Verschwörungsspinner anhören, und niemand würde ihnen Glauben schenken. Aber wir haben es nicht. CastorNet hat es. Und wenn wir jetzt einen Antrag stellen und es als Beweismittel beschlagnahmen lassen wollen, sieht es so aus, als ob die Regierung vorhätte, alles und jeden und obendrein noch seine Mutter auszuspionieren. Der Schaden wäre noch schlimmer als bei Snowden.«

»Verdammt!« Decker schlägt mit der Hand auf das Dach von Danas Auto. Durch das Fenster sehe ich, wie Dragoniis heftig zusammenfährt.

»Das Einhorn war nicht die Mission«, sagt Burke, »sondern Dragoniis, und Sie haben ihn.«

»Sie«, korrigiere ich ihn.

»Was?«, fragt Burke.

»Schon gut.«

»Hören Sie, Decker«, fährt Burke geduldig fort, »das ist kein Fehlschlag. Das Einhorn ist nicht in die Hände des Feindes gefallen.«

»Vergessen Sie nicht«, füge ich hinzu, »dass wir einen Mörder gefangen und eine unschuldige Frau gerettet haben.«

»Ja, das auch. Alles in allem, gute Arbeit für ein Wochenende.« Burkes Tonfall verrät mir, dass die Sache für ihn damit abgeschlossen ist. »Detective Lopez … Decker, Griffon und Nassar nehmen Dragoniis in Gewahrsam und schaffen ihn …«

Sie.

»… nach Washington. Danke für Ihre Unterstützung. Gute Arbeit.« Dann legt er auf.

»Das ist nicht richtig!«, brüllt Decker und schüttelt den Kopf. »Sie können nicht einfach Ihre eigenen verdammten Regeln aufstellen, Parker!«

Er macht auf dem Absatz kehrt und stürmt zurück ins Gebäude.

»Er ist ziemlich aufbrausend«, stellt Dana fest.

»Oh, er kommt schon wieder runter. Das ist nicht unser erster Tango.«

»Wo will er hin?«

»Keine Ahnung. Ist mir auch egal.«

»Und was ist mit dir?«

»Ich gehe erst mal ins Krankenhaus und überlege dort, wie es weitergeht.«

»Burke hat gar nicht gesagt, wann du dich wieder zum Dienst melden sollst«, stellt sie fest und neigt lächelnd den Kopf.

»Ich hab gehört, dass es in der Stadt eine Comic Con geben soll …«

40

Dana hat nicht gefragt, wo ich hinwill, und ich habe es ihr nicht gesagt. Ich glaube, ich wusste es selbst erst, als ich das Ticket gekauft habe.

Jetzt sitze ich in der ersten Klasse und schlürfe Champagner. Heute Abend, während ich dem Sonnenuntergang nach Westen folge, kann ich endlich frei entscheiden, wohin ich möchte.

Nach meinem Krankenhausaufenthalt haben Dana und ich eine kurze, aber tolle Zeit miteinander verbracht. Wir haben unsere Erfolge gefeiert und hielten die Welt auf Abstand, bis wir unserer Zukunft nicht länger aus dem Weg gehen konnten. Sie muss einen ganzen Berg Papierkram erledigen, wegen eines Totschlags, wegen russischer Bandenmitglieder und wegen Hicks, dem in Ungnade gefallenen Silicon-Valley-Manager, den sie in Gewahrsam hat. Und mich haben inzwischen die FBI-Außenstelle in Los Angeles und die CastorNet-Zentrale in San José nach Kalifornien zurückgerufen. Eine von beiden werde ich bald aufsuchen.

Am Flughafen hat Dana mich stumm umarmt. Nach einem letzten langen Kuss ging sie davon, ohne sich umzudrehen. Ich weiß es, denn ich habe ihr nachgesehen, bis sie durch die Glastür verschwunden ist. Es besteht durchaus die Chance, dass sich unsere Wege wieder kreuzen, so unwahrscheinlich das auch klingen mag.

Als ich aus dem Fenster auf den roten Himmel schaue, zaubert mir diese Vorstellung ein Lächeln ins Gesicht.

Ace hat das Einhorn nach Kalifornien gebracht, wo die klügsten Köpfe des Silicon Valley, bis auf einen, bereits begonnen haben, es rückzuentwickeln. Schon bald werden wir in der Lage sein, einen portablen Quantencomputer zu reduplizieren. Aber vorher muss die Entscheidung getroffen werden, was man mit der unglaublichen Macht, die er bietet, anfangen soll. Diese Vision der Zukunft zu entwerfen und den Fahrplan dorthin festzulegen wird Jahre dauern. Aber eines ist sicher: Sie wird die Welt verändern.

Bradley hat sich eine Auszeit genommen und in einem ruhigen Meditationsresort in Big Sur eingecheckt. Dass dieses märchenhaft exklusive Resort ein Lieblingsort der Hollywoodstars ist, hat er nur beiläufig erwähnt.

Ein leises Glockenspiel kündigt das Dimmen der Kabinenbeleuchtung an, gefolgt von einer kurzen Aktivität in den Sitzen um mich herum, als sich die Passagiere für die Nacht einrichten.

Decker hat keinen Mucks mehr von sich gegeben,

und ich erwarte auch nicht, dass er sich meldet. Zyklon Decker bewegt sich nur vorwärts, und nachdem er Dragoniis an einen geheimen Ort gebracht hat, hat er sicherlich bereits seine nächste Mission angetreten.

Überraschender ist hingegen das Schweigen von Burke. Es gab keine Konsequenzen nach dem, was ich mit dem Einhorn gemacht habe, noch irgendeine Anweisung für einen nächsten Auftrag. Obwohl wir schon häufiger wegen unserer sehr unterschiedlichen Herangehensweisen aneinandergeraten sind, habe ich nie an Burkes Einsicht und seiner unheimlichen Fähigkeit, Menschen zu lesen, gezweifelt. Vielleicht erkennt er mit seinem Schweigen einfach an, dass ich eine Entscheidung treffen muss, und signalisiert mir, dass er sie ganz mir überlässt.

Mein Kopf sinkt gegen die Lehne des Sitzes. In der abgedunkelten Kabine lockt der süße Schlaf, und ich habe keinen Grund, ihm zu widerstehen. Es ist nicht das gedämpfte Licht oder das leise Brummen der Flugzeugturbinen. Es ist auch nicht der Champagner.

Zum ersten Mal seit meiner persönlichen Apokalypse bin ich mit meinem Gewissen im Reinen.